[개정판]

한국인을 위한

일본문학 개설

김순전
박경수
사희영
著

제이앤씨
Publishing Company

머리말

본서는 한국인이 처음으로 '일본문학'을 대할 때, 그 접근성을 용이하게 하기 위해 개발한 일본문학 개설서이다.

한국과 지리적으로 가까운 곳에 인접해 있는 일본은 고래로부터 우리나라와 정치, 경제, 사회, 문화, 역사적으로도 매우 밀접한 관계를 지니고 있어 여러 면에서 동질성을 발견할 수 있다. 그러나 우리가 '가깝고도 먼 나라'로 인식하고 있듯이 그 이면에 오랜 세월 속에서 성립된 역사와 풍토가 다른 만큼 가치관이나 행동양식 등에 있어 사뭇 다른 이질성을 띠고 있음도 부인할 수 없다. 즉, 닮았으면서도 같지 않은 한국과 일본이라고 할 수 있다. 이런 까닭에 양국 간의 문화적 유사성과 이질성, 그리고 각 문화권 특유의 본질을 탐구하려는 노력이야말로 상호 이해와 소통의 지름길이 될 것이다.

이에 본서의 집필진은 한국인이 일본·일본인을 올바르게 이해하려면 일본인의 심상(心象)과 문화의 바탕이라 할 수 있는 '일본문학'으로의 접근이 필연적이라는 생각을 하게 되었다. 그 일환으로 누구나 쉽고 재미있게 다가갈 수 있는 '일본문학 개설서'의 발간을 계획하고 6여 년 전부터 관련 자료를 검토해 왔다. 그런데 현재 출판되어 있는 일본문학 관련서적의 대다수는 '일본문학사' 혹은 '일본문학의 흐름'이라는 관점에서 시대별로 정리되어 있어 안타까움을 느껴왔다.

다년간 학습현장에서 경험한바, 이러한 순차적 구성방식은 생소한 타국문학에 대한 일회적 학습으로 그치는 경우가 많아 쉽게 잊어버릴 우려와 함께 새로 학습할 부분의 접근을 어렵게 하는 요인이 되었다는 점에서 그렇다.

이에 본 집필진은 일본문학 전공자는 물론, 전공자 이외의 학습자나 일반인에게까지 '일본문예'에 대한 개략적인 지식과 '일본문학전반'에 대한 이해에 역점을 두고, 보다 체계적이고 반복적인 시스템을 구성하기에 이르렀다.

그리하여 일본문학 전공자는 물론이려니와, 전공자가 아닌 누구라도 알기 쉽고 흥미롭게 일본문학에 접근하고 이해할 수 있도록, 3단계 반복학습법을 지향하게 되었다. 다년간 학습현장에서 터득한바 문학에 있어서도 일회적인 학습에 그치는 것보다는 2~3차례의 반복학습이 학습자의 이해력 면에서나 지속성 면에서도 월등한 효과를 보아왔던 까닭이다.

본서의 구성은 '개괄 → 개관 → 개설'이라는 3단계 학습법을 기조로, 일본문학을 전체적으로 해설하는 '제1장 일본문학 개괄', 일본문학을 시대(X축)별로 해설하는 '제2장 일본 시대문학의 개관', 일본문학을 장르(Y축)별로 해설하는 '제3장 일본 장르문학의 개설'로 나누어 편성하였다.

'제1장 일본문학 개괄'에서는 문학의 기원에서부터 시작하여 '일본문예전반'에 관한 사항을 개괄하였다. '제2장 일본 시대문학의 개관'에서는 일본문학을 시대별로 구분하여 간략하게 개관하고, 거기서 다시 각 장르별로 해설하여, 그 전개과정을 해설함으로써 '일본문학전반'에 대한 개략적인 지식을 쌓을 수 있도록 하였다. 즉 가로대(X축 : 시대)로 구분해놓고 간략하게나마 세로대(Y축 : 장르)를 검토하는 시스템이다. 그리고 '제3장 일본 장르문학의 개설'에서는 이를 다시 주요장르로 나누어 일본문학의 발전과 진행사항을 구체화하였고, 각 시대를 대표하는 특징적인 작품에 다가가 동시대의 정치, 경제, 사회, 문화 등과 연계하여 파악할 수 있도록 하였다. 세로대(Y축 : 장르)로 간략하게 구분해놓고 가로대(X축 : 시대)로 세밀하게 파악하는 시스템인 것이다.

아무쪼록 본서를 통하여 일본문학을 처음 대하는 한국인 학습자들이 일본문학으로의 접근이 보다 용이해질 것과, 이를 통하여 일본인의 가치관이나 행동양식, 나아가서 일본·일본인에 대한 전반적인 이해에 의한 한국과 일본의 원활한 통섭에 일조하기를 바란다.

끝으로 근래 출판업계의 어려운 상황에서도 흔쾌히 출판에 응해주신 제이앤씨 윤석현 사장님과 편집실 여러분께 감사드린다. 아울러 이 책이 출판되기까지 원고교정에 도움을 준 전남대학교 일본근현대문학교실 여러 선생님들께도 감사의 마음을 전하고 싶다.

2019

김순전·박경수·사희영

일러두기

1. 본서는 크게 3부 체제로 구성되어 있다. 1부에서는 일본문학 전반을 개괄하고, 2부에서는 일본문학을 시기별로 개관하였다. 그리고 3부에서는 일본문학을 장르별로 개설하는 단계적 구성을 하였다.

2. 작품을 인용할 경우 일일이 독음을 달아 초보자도 쉽게 읽을 수 있도록 하였다.

3. 스타일에 사용하는 기호는, 모든 문학작품의 경우 『 』, 잡지류는 「 」, 신문이나 단체 및 법령은 〈 〉, 원문병기 혹은 설명이 필요할 경우는 ( ), 본문 중의 인용문은 " ", 강조 문은 ' '로 하였다.

4. 연대 표기에서 메이지(明治)는 'M', 다이쇼(大正)는 'T', 쇼와(昭和)는 'S' 등의 이니셜로 표 기하였다.

5. 인명, 작품명, 잡지명 등 고유명사의 표기는 교육부에서 제시한 '일본어 한글표기'에 원문을 병기하는 방식으로 통일하였다.

   ex 인명 : 무라사키 시키부(紫式部), 오에 겐자부로(大江健三郎)

   작품집명, 문학작품명 : 『만요슈(万葉集)』『안야코로(暗夜行路)』

   잡지명 : 「시라카바(白樺)」「분게이센센(文芸戦線)」

6. 위 3항에서 학습자의 이해가 필요한 부분은 초출 용어에 번역을 병기하였다.

   ex 잡지 : 「아라라기(アララギ, 탑)」

   문학작품명 : 『다케쿠라베(たけくらべ, 키재기)』

7. 이해를 돕기 위해, 〈부록 1〉에 '日本文學의 人名·作品·事項 解説'을, 〈부록 2〉에 '日本 文學의 장르별·시대별 흐름'을 제시하였다.

목차

한국인을 위한
일본문학 개설

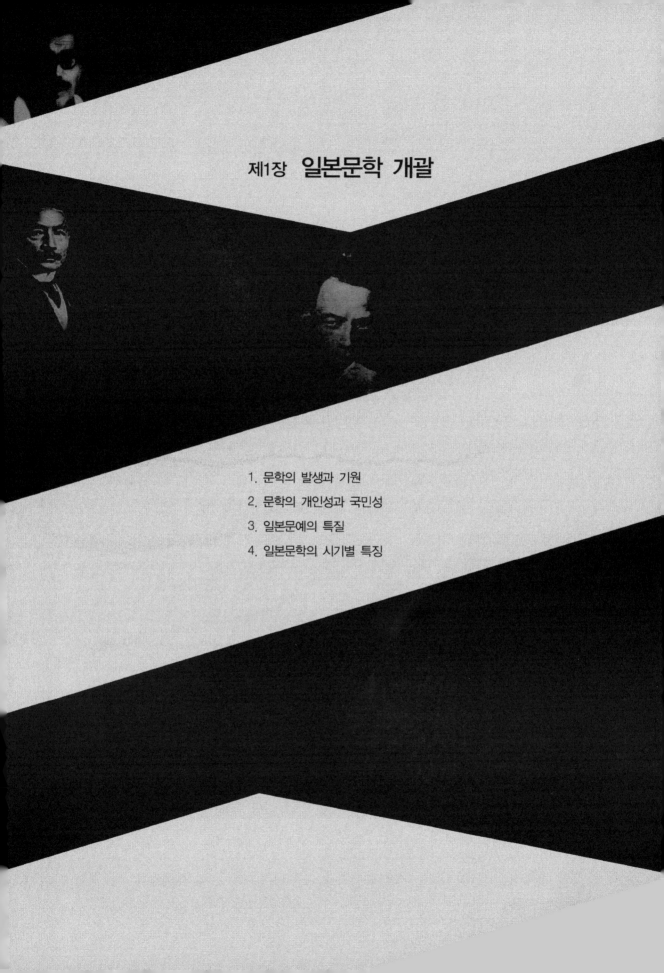

제1장 일본문학 개괄

1. 문학의 발생과 기원

문학의 생성에는 다양한 발생론이 있는데, 그 발생과 전개과정을 원초적으로 거슬러 올라가 보면 원시시대 집단사회에서 행해지는 주술적이고 의례적인 신(神)을 향한 신앙구조 속에서 문학의 기원을 찾을 수 있다.

고대의 농민들은 촌락을 형성하여 그 안에서 벼농사를 지으며 생활하였기에 계절을 잘 파악하여 일정한 시기에 씨앗을 뿌리고, 농작물의 성장과 수확을 위해 생산신령(生産靈)의 은혜를 구하였다. 그 과정에서 태양신과 토지신에 대한 종교의례를 매년 규칙적으로 행하였으며, 그것이 연중행사(年中行事)로 발전하였다. 5월(皐月、さつき)의 모내기와 9월(長月、ながつき)의 수확, 그리고 11월(霜月、しもつき)의 추수를 감사하는 제의(祭儀)가 그것이며, 다시 정월(睦月、むつき)에 새로운 한 해가 순조롭게 운영되기를 기원하는 예축행사(豫祝行事), 즉 일 년의 농사가 평안한 가운데 잘 이루어지기를 바라는 농경의례로서 이어졌다.

이러한 농경의례의 실체를 형태적이고 구조적으로 파악하기는 어렵지만, 그 중심이 타계(他界)관념과 결합된 일신(日神), 즉 태양신을 모시는 신앙과 조령(祖靈)신앙에 있었다고 보았다.

원시신앙(原始信仰)에서 문학의 발생은 주술신앙을 바탕으로 하는 신(神)의 주언(呪言)에서 비롯된다. 문학의 발생이 주술적이고 의례적인 것과 관계되어 있는 한, 일본문학의 발생도 원시시대(原始時代)에 농경 또는 수렵생활을 영위한 고대인의 제례(祭禮)와 밀접하게 관련되어 있다 할 것이다.

고대인에 있어 신(神)의 존재는 구성원인 각 개인이 공동체(共同體)로 향하는 마음, 즉 일종의 공동환상(共同幻想)이라 볼 수 있는데, 이러한 제례의식 과정에서 특별하게 마련된 '장(場, 空間, 자리)'에서 행해지는 춤(舞)과 노래(歌) 등이 구승(口承)으로 전승(傳承)되어 집단 공동체문화를 이루고, 그것이 역사와 정치와도 뒤섞여 진행되다가 점차 문학으로써 자립해 온 것이라고 생각된다.

문학의 기원을 예술충동적인 면에서 살펴보면, 유희충동설(遊戲衝動説 Play-impulse), 모방충동설(模倣衝動説 Imitative-impulse), 흡인본능설(吸引本能説 Instinct to Attract others by Pleasing), 자기표현본능설(自己表現本能説 Self-Exhibiting Instinct) 등 4가지로 나눌 수 있다.

유희충동설	유희본능을 자극하여 예술창조(잉여정력).
모방충동설	모방본능이 예술창조의 동력
흡인본능설	쾌락적인 것으로 흥미유도
자기표현본능설	자기표현본능이 예술의 동기

위의 네 개의 주장에서 유희충동설(遊戯衝動説 Play-impulse)이, 예술발생학적 입장에서는 부정(否定)되기도 하였지만, 예술충동적인 면에서는 가장 우세하여 논의의 중심이 되었다.

현재로서 가장 설득력 있는 유희충동설은, 인간 이외의 동물들은 종족보존(種族保存)과 생명보존(生命保存)을 위해서만 모든 에너지를 소비하는 데 반해, 인간은 유희본능의 원천이라 할 수 있는 '정력의 잉여(Surplus of Energy)'에서 발현된 예술(芸術)이라 할 수 있다. 즉 인간만이 유희충동이 있기 때문에 예술의 천지를 창조할 수 있고, 인간이 다른 동물보다 고상할 뿐만 아니라, 만물의 영장이 되는 까닭도 인간의 유희본능 때문이다.

이러한 다양한 주장을 근거로 하는 문학은 원시시대 무용이나 음악과 일체되어 나타난 것을 시작으로 점차 무용과 음악이 분리되어 문자로 기록된 문학으로 자리하게 되었고, 또 그것이 각국의 국민성과 문화를 배경으로 시대성을 담아내면서 다양한 장르의 문학으로 발전하게 된 것이다.

광의의 문학(文學 Literature)이라 함은 이러한 전 분야를 포함하는 학문을 의미하지만, 최근에는 그 의미가 문예의 의미로서 언어 또는 문자로 표현되는 시·소설·설화·희곡·수필·일기·평론 등으로 한정된다. 그러나 그 범위는 문장에 의해 예술적 활동이 행해지는 모든 분야의 활동을 포함시키는 것이 일반적이다.

2. 문학의 개인성과 국민성

일본의 작가는 일본적 특색을, 프랑스의 작가는 프랑스적 의식을 지니고 세계문학(世界文學)에 참여하기 때문에 그들의 개인성(個人性)과 국민성(國民性)은 영원한 것이며, 그 위치에서의 예술적 성과를 기대할 수 있다. 바꿔 말하면, 세계의 작가들은 상호간에 상대를 이해하고 서로를 사랑하며, 정서(情緒)나 감성(感性)에서는 전통적 국민성을 유지하는 가운데 그 속에서 개인성을 발휘한다는 말이다.

2.1 문학의 개인성

문학의 개인성(個人性, Individuality)이란, 작자의 독자성을 말한다. 여기에는 당연히 창작하는 사람의 전인격(全人格, personality)[1]이 반영되어 나타난다. 미국의 존 바로(John Burroughs)는 문학에서 개인성의 문제를 다음과 같이 비유하고 있다.

'꿀벌은 꽃에서 꿀을 얻어오는 것이 아니다. 꿀벌이 꽃에서 얻어오는 것은 단순히 단 즙뿐이다. 꿀벌은 이 단 즙에 자기 자신의 뱃속에서 소량의 분비물 즉 의산(蟻酸, 개미산)이란 것을 혼합한다. 즉 단순한 단 즙을 꿀로 개조하는 것은 꿀벌의 의산(蟻酸)이라는 특수한 인격적 기여에 의한 것이다. 문학자의 작품에서 일상생활의 사실과 경험도 이와 마찬가지 방법으로, 각 개인의 인격에 따라 하나의 팩트에 각양각색으로 해석되어 창작되는 것이다. 여기서 '꽃'이나 '단 즙'은 문학작품의 재료이고, 의산(蟻酸)은 작자의 개인성 또는 인격을 나타내는 것으로, 이 개인성이야말로 작품의 가치를 결정하여, 그 특질을 규정하는 것이라 할 수 있을 것이다.

2.2 문학의 국민성

프랑스의 민족학자 르 본(Le Bon, 1841~1931)은, 『민족발전의 심리(Lois Psychologiques

---

1) 전인격(全人格, personality) : 일반적 의미의 '인격자(人格者)'로서, 행동이나 덕성 등이 기성도덕에 준거한 것으로, 문예작품에서 내포하는 작가의 인격, 즉 작가가 작품을 통해 창조해낸 광의의 개인성이며 독자적 모랄리티를 의미함.

de Levolution des peuples)』에서 "종족은 시간을 초월한 일종의 영속적인 생물이다. 이것은 단순한 어떤 일정한 기간만을 살아가는 개인으로 조직되어 있을 뿐만 아니라, 각 개인의 조상으로, 죽은 사람(死者)의 오랜 계통(系統)으로 조직되어 있는 것이다. 따라서 친족(親族)의 진정한 의의(意義)를 알려고 하면, 당연히 과거와 현재에 걸쳐서 궁리하지 않으면 안 된다. 죽은 사람은 그 힘에 있어서는 살아있는 사람(生者)보다 우월한 것이 대단히 많다. 죽은 사람은 광대무변(廣大無邊)한 무의식의 세계를 지배하기에, 한 나라의 백성은 오히려 살아있는 사람(生者)보다도 죽은 사람(死者)에 의해 보다 많이 지도받는다."고 말하고 있다.

종족(種族)이란 어떤 의미에서는 죽은 사람(死者)의 무의식의 세계를 이어간다고 해도 과언이 아닐 것이다. 죽은 사람(死者)은 세월을 거듭하여, 우리들의 사상(思想)이나 감정(感情)을 만들기 때문에, 우리들 행동의 모든 동기(動機)를 만든다. 그렇기 때문에 우리들은 좋고 나쁜 것 두 가지를 모두 죽은 사람(死者)으로부터 받고 있다고 볼 수 있다.

자손(子孫)은 선조(先祖)에 속해있다고 할 수 있다. 즉 어떠한 인간도 종족성(種族性) —종족의 영혼으로부터 자유로울 수 없다는 것— 에 근거하며 종족성(種族性)에서 나온 국민성(國民性)이란 어느 누구도 부정(否定)하기 어렵다. 어떤 나라의 문학작품이라도 그 작자가 소속해 있는 나라의 국민성과 밀접한 관계를 가지고 있다는 말이다. 각개인의 의식(意識)은 스스로의 것이지만, 개인의 역사는 조상의 것이기 때문에 각 개인의 역사의 집합에서 드러나는 특성을 우리들은 '국민성(國民性)'이라고 하는 것이다.

흔히 "영국인은 앉아서 생각하고, 프랑스인은 서서 생각하고, 미국인은 달리면서 생각한다."고 한다. 이는 영국인의 침착성과 보수적인 면을, 프랑스인의 개방적인 사고를, 미국인의 사고와 행동의 연속성을 설명해주는 예화이다. 이러한 예화는 각각의 인종을 긴 세월에 걸쳐 양육하고 품어온 토지나 기후 등의 자연조건, 전쟁과 혁명으로 인한 변화 혹은 경제나 정치체제 등의 사회조건, 여기에 각자의 몸에 스며있는 신앙이나 도덕 혹은 생활습관 등이 크게 작용하고 있음을 말해준다. 인간이 어떤 결단을 해야 할 때, 어릴 때부터 부지불식간(不知不識間)에 몸에 밴 신앙(信仰)이나 도덕(道德), 생활습관 등이 크게 작용하는데 '타인을 아는 것은 나를 바로 고치는 것이다.'라는 오래된 격언 또한 이에 합당하다.

3. 일본문예의 특질

일본문예는 초기의 발달단계부터 외국문화의 영향을 받고 있었다. 문자는 말할 것
도 없고 표현의 기법이나 사고(思考) 혹은 발상의 형태에까지 외국적인 것이 침투해
있었다. 때문에 이러한 사실을 배제하고 일본의 문학예술은 생각할 수 없다. 그러나
한 때 외국적인 것이 주류를 이루다가도 다시금 일본 고유의 것이 부활하는 현상이
심심찮게 관찰되었던 일은 그 안에 일본 고유의 성질이 소멸된 것이 아니라 모든
시대에 걸쳐 건재하고 있음을 말해준다. 이는 혼합양태로 관찰되면서 시기에 따라
서 고유한 성질의 것이 선명하였던 때와 외국적인 성질이 현저한 때가 있었다 해도
순수하게 고유의 것이라든가 순수하게 외국적인 것이라고 인정되는 문예현상만이
존재하였던 적은 없었다는 사실이다. 다시 말하면 일본문예는 일본 고유의 본질과
외국문화와의 접촉에 의해 변화된 성질이 있는데, 이 양자가 결합해서 '일본문예의
특성'을 형성하고 있다는 것이다. 이를 염두에 두고 일본문학에 나타난 문학적 특질
을 알아보자.

3.1 단편성의 지향

① 詩의 단편성

주지하다시피 일본의 하이쿠(俳句, **俳諧의 連句**)는 5·7·5의 3句 17음절로 세계에서
가장 짧은 정형시이다. 고대의 와카(和歌, 大**和의 歌**)는 조카(長歌)도 번성했지만,
대다수가 5·7·5·7·7의 5句 31음절의 단카(短歌)로 정형화 되었다. 이후 쇠퇴일로를
걷게 되었고 9세기 말엽에는 거의 자취를 감추게 되었다. 이후 가요(歌謠)의 세계에
서 엔쿄쿠(宴曲)[2]로 대표되는 조카(長歌)의 부활이 있었지만, 독자를 감동시킬 만

---

2) 엔쿄쿠(宴曲) : 중세가요의 하나로 귀족·무사·승려 계층에서 불린 7·5조의 우타로 부채로 장단을 맞춰
   불렸으나 이후 퉁소 등의 악기에 맞춰 불려졌다. 내용은 주로 같은 종류의 물건을 열거하는 모노즈쿠시

한 작품이 나타나지 않아 그다지 번성하지 못했다.

② 설화, 장편소설의 단편성

ⓐ 『고지키(古事記)』, 『니혼쇼키(日本書紀)』의 경우 : 이야기의 길이를 지탱한 것은 신대(神代) 이래 황통(皇統)의 정당성을 위한 역사성, 정치성, 종교성을 융합한 실천적 행위이다. 여기에 문예성이 진출하게 된다면 이야기의 길이는 유지되기 어려울 것으로 보는 것이 보편적이다.

ⓑ 『겐지모노가타리(源氏物語)』, 『난소사토미핫켄덴(南総里見八犬伝)』의 경우 : 두 소설은 분량 면에서 서양의 장편소설에 해당된다. 그러나 서양의 장편소설은 각각의 부분이 전체 속에서 적절한 역할을 담당하도록 배치됨으로써 구성이 작품의 길이를 유효하게 작용시키고 있는 반면, 『겐지모노가타리』나 『난소사토미핫켄덴』은 단편 내지 중편이 합성되어 있는 구성을 취하고 있다. 이는 웨레이 역의 『겐지 이야기(The Tale of Genji)』가 「스즈무시(鈴蟲, 방울벌레)」에 해당하는 권(卷)을 생략했음에도 불구하고 줄거리 진행에 있어서 전혀 지장이 없을 뿐만 아니라, 오히려 「요코부에(横笛, 퉁소)」에서 「유기리(夕霧, 저녁안개)」로의 이동이 원활해졌다는 데서도 명확해진다. 많은 작은 줄거리로 구성된 『난소사토미핫켄덴』의 경우도 어떤 작은 줄거리를 생략한다 해도 전체적인 구성에는 아무런 지장이 없다는 것은 일본문예의 단편성을 잘 보여주는 부분이라 하겠다.

3.2 대립성의 결여

① 구성면에서의 대립성 결여

ⓐ 희곡(能, 淨瑠璃, 歌舞伎)의 경우 : 서양에서는 흔히 주역(主役, protagonist)과 대립하면서 주제를 연기하는 역할의 적대자인 조역(助役, antagonist)이 존재하는 것이 보통이다. 그런데, 일본의 노(能)에 있어서 와키(ワキ)는 시테(シテ)의 대립자가 아니라, 오히려 주역을 돋보이게 하는 단순한 보조자(byplayer)의 역할이

(物尽くし)나 여행 과정을 노래한 미치유키노우타(道行きの歌)를 담고 있다.

다. 이것은 노(能)에 있어서 특히 현저하지만, 조루리(淨瑠璃)나 가부키(歌舞伎)에서도 역시 주역을 돋보이게 하는 역으로 관찰된다.

ⓑ 소설(物語, 浮世草子)의 경우 : 이러한 사실은 모노가타리(物語)나 우키요조시(浮世草子)[3]의 구성에서도 나타난다. 때문에 서양의 근대소설에 나타나는 구성의 긴밀함이, 일본의 소설에서는 구성의 긴밀함이 결여되고 주역의 행동을 쫓아가기만 하는 서술로 흐르기 쉬운 경향이 있다. 그것이 일본 근대의 사소설(私小說)에까지 영향을 미치고 있다.

② 자연과 인간과의 대립성 결여

기키가요(記紀歌謠)[4]의 「齋つ眞椿」(記.57)나 「嚴つ白樹がもと」(紀.92) 등에서 보이는 「ゆつ」·「いつ」에서 알 수 있듯이 고대 일본인에게 있어서 자연은 깊은 친근함과 놀라고 두려워해야 할 엄숙함의 양면성을 지니면서도 인간과는 분리될 수 없는 존재였다. 때문에 「俗」[5]의 문예에서는 원시시대의 자연이 인간과 함께 존재하고 있고, 현대의식의 상층에서도 역시 자연과 항상 함께하고 있음을 엿볼 수 있다. 이러한 예는 애니메이션으로 제작되어 한국에 소개된 『未来少年コナン(미래소년 코난』, 『風の谷のナウシカ(바람계곡의 나우시카)』, 『天空の城ラピュタ(천공의 성 라퓨타)』, 『もののけ姫(원령공주)』 등에서도 쉽게 찾아볼 수 있다.

　내적인 면에서 일본문학에서 묘사되는 자연은 인간과의 간격이 거의 없다. 그것은 개인의 유아기에 작용하는 원시심성(primitive mentality)[6]과 동질적인 심성이 민족단위의 문예에도 침투해 있기 때문일 것이다.

③ 신분·계급을 초월한 장르의 발전

일본에서는 계급적인 대립관계가 문예의 장르에까지 진입하는 일은 거의 없으며, 오히려 몇몇 장르에서 상행현상을 보여주고 있다.

---

3) 우키요조시(浮世草子) : 에도시대에 화류계를 중심으로 한 세태(世態), 인정(人情)을 묘사한 소설.
4) 기키가요(記紀歌謠) : 『고지키(古事記)』와 『니혼쇼키(日本書紀)』에 실린 가요(歌謠)의 총칭.
5) 「俗」 : 일본토착의 미의식. 일본의 서민층에서 생겨난 미의식(진취적, 진보적)
6) '원시심성(primitive mentality)'이란 심리학에서 ①지각과 표상(인식의 대상)의 미분화된 복합성 ②부분이 전체의 속에서 분절적으로 취해지지 않는 혼동성 ③감정적 인자가 강하게 작용하는 주정성 등을 그 특질로 한다.

ⓐ 와카(和歌)나 렌가(連歌)의 경우 : 원래 저속한 언어유희에서 생긴 렌가가 귀족적인 '가(雅)'[7]의 문예로 승화되면서, 이전 렌가의 위치를 하이카이렌가(俳諧連歌)가 차지하였다. 이후 하이카이렌가를 무사계급까지 더불어 즐기게 되자, 그 자리는 센류(川柳) 등의 잣파이(雜俳)[8]가 계승하였다.

ⓑ 지방의 속요(俗謠)의 경우 : 속요는 유녀나 기생을 매개로 귀족에게까지 애호되었다. 그것이 불교가요의 영향을 받아 이마요(今樣)에까지 「雅」화 한 후, 그 위치는 고우타(小歌)로 교체되었다.

ⓒ 사루가쿠(猿樂)의 경우 : 비속한 소극에 지나지 않았던 사루가쿠가 노(能)를 끌어들여 '사루가쿠노'로서 쇼군가(将軍家)의 애호아래 꽃피우게 되고, 본래 사루가쿠의 위치는 교겐(狂言)이 자리잡게 된 것도 마찬가지의 사례일 것이다. 이들 장르의 상행현상은 모두 계급에 의한 단절이 없었던 것에서 가능하게 된 것이다.

④ 개인과 집단과의 협조현상

일본에서 개인은 집단에 귀속하려는 경향이 유독 강하기 때문에 개인과 집단과의 대립의 여지는 극히 드물다. 스포츠(특히 스모)나 와카(和歌), 하이카이(俳諧) 등 각종 문예부문에서 유파에 소속되어 성장한 사례가 이를 대변한다. 이는 단체 속에서 통용되는 표현이야말로 가장 아름다운 것이라는 일본인의 집단적 정신구조라 할 수 있다. 일본인의 이러한 정신구조가 근대 낭만주의 이후 독자적인 개성이 존중되었던 서양의 입장에서 보면 좀처럼 이해하기 힘든 부분이기도 하지만, 이 또한 일본인이 오래전부터 고수해 온 국민성의 한 단면이라 하겠다.

3.3 작조(作調, tone)의 주정성 및 내향성

日本詩의 주정(主情)적인 작조는 실제로는 내향(内向)적인 감정이 주가 된다. 전 세계의 수많은 민족이 문예형성기에 영웅시(英雄詩)를 가지는 것이 보통이지만, 일본

---

7) 가(雅, が) : 고상하고 우아함. 시경(詩經)의 육의(六義)의 한 가지
8) 잣파이(雜俳、ざっぱい) : 하이카이에 나온 마에쿠즈케(前句付), 간무리즈케(冠付), 구쓰즈케(沓付), 센류(川柳) 등 통속문예의 총칭.

(大和)계의 문예에는 영웅시가 거의 없다. 이는 양성(陽性)적인 적극성이 즐겨 사용되지 않았다는 데 있다고 볼 수 있는데, 이야말로 일본문예의 중요한 특질이라 할 수 있다.

일본에 비극(悲劇, tragedy)이 발달하지 않았던 것도 같은 이유일 것이다. 예를 들면, 노(能)에 있어서는 웃는 행위가 천하다고 의식되어 거의 연기되고 있지 않는다. 현행의 노의 경우도 웃음을 연기하는 것은 수십 년에 한 번 정도밖에 상연되지 않았던 비인기곡「야마와라이(山笑)」 외에는 없을 정도이다. 반면 웃음을 본위로 하는 교겐(狂言)은 노(能)보다 격이 낮은 예능, 혹은 노의 부속물처럼 취급되는데, 이러한 현상은 일본문예의 작조가 전반적으로 음성적이고 내향적인 성질을 지니고 있음을 말해준다.

소설의 경우도 그렇다. 이는 헤이케(平家) 멸망에 대한 반카(挽歌)[9]의 취향이 주도적인 『헤이케모노가타리(平家物語)』에서도 찾아볼 수 있다. 정치적인 사건의 추이나 그에 관련된 신화가 전체의 흐름을 주도하는 가운데 여성의 우아한 춤이 삽입된 것은 명확한 내향적 작조일 것이며, 또 고요하고 쓸쓸함을 의미하는「さび」, 한랭을 의미하는「ひえ」, 간소·검소를 의미하는「わび」 등의 미의식은 극히 예술성이 높은 내향적 아름다움일 것이다.

4. 일본문학의 시기별 특징

일본문학을 시대적으로 구분할 때,

상대문학(~ 794, 大和, 奈良時代)
중고문학(794~1192, 平安時代)
중세문학(1192~1603, 鎌倉, 南北朝, 室町時代)
근세문학(1603~1868, 江戸時代)

---

9) 반카(挽歌) : ①상여 메고 갈 때 부르는 노래 ②죽은 사람을 애도하는 시가(詩歌)라는 의미로, 한국의 만가(輓歌)와 동일한 의미이다.

근대문학(1868~1945, 明治, 大正, 昭和前期時代)

현대문학(1945~현재, 昭和後期, 平成時代)

으로 나누는 것이 보편적이다. 그 시기별 특징을 파악하기 위해서 아래 표를 통해 일본역사와 대조해 보자.

▲ 일본역사와 문학사 대조표

시대	구분	기 간	특 징	문학사 구분
선사	繩紋 じょうもん	~ BC300	* 수렵, 어로, 채집생활 * 4~6세대 2~30명 정도의 집단생활	
	弥生 やよい	BC300 ~300	* 농경생활(쌀이 생산되기 시작함) * 기원전 1세기경 큰 부락정도의 100여 개 소규모 국가구성 * 농경생활관련 신앙, 의례, 풍속이 널리 퍼져서 일본문화의 원형이 됨.	
고대	古墳 こ ふん	300 ~593	* 야마토(大和)정권에 의해 통일됨 * 대륙의 문물 유입 * 중국한자 한반도에서 유입, 문자사용 시작	상대문학 (상고문학, 고대문학, 고대전기문학)
	飛鳥 あすか	593 ~710	* 593년 聖德太子 등장 * 견수사 파견 문물 유입 * 당(唐)을 모방한 다이호 율령, 율령국가 * 645년 처음 연호 만듦 - 다이카개신	
	奈良 な ら	710 ~794	* 율령국가의 융성기, 수도: 平城京 * 8세기 중반 귀족들의 싸움이 성행 * 덴표문화, 『古事記』, 『日本書紀』, 『万葉集』 성립	
	平安 へいあん	794 ~1192	* 수도는 平安京, 귀족정치, 셋칸정치 * 궁정문화와 여성문학이 성행 * 10세기경 ひらがな가 만들어짐	중고문학 (고대후기)
중세	鎌倉 かまくら	1192 ~1338	* 미나모토노요리토모(源賴朝)가 가마쿠라(鎌倉)에 막부 설립하고 집권함 * 조큐의난(承久の亂) * 신흥불교 성행	중세문학
	室町 むろまち	1338 ~1573	* 남북조시대 * 100여년의 전란(戰国時代 1469~1573)	
	安土 あづち 桃山 も も やま	1573 ~1603	* 織田信長, 豊臣秀吉가 지배한 시기 * 豊臣秀吉이 임진왜란, 정유재란 일으킴	
근세	江戸 え ど	1603 ~1868	* 도쿠가와 이에야스(德川家康)가 에도에 막부를 설립하고 집권함	근세문학

			* 문화의 중심이 에도로 옮겨짐 * 1867년 15대 도쿠가와 요시노부(德川慶喜)가 대정봉환(大政奉還)을 실행함으로써 메이지 신정부로 정권이 넘어감.	
근대	めいじ 明治	1868 ~1912	* 메이지 근대국가 탄생 * 폐번치현, 토지세 개정, 징병령 공포 * 메이지 헌법제정, 국회개설 * 청일, 러일전쟁 승리	근대문학
	たいしょう 大正	1912 ~1926	* 제1차 세계대전으로 막대한 이익을 얻어 경제호황 * 1925년 보통선거법 통과	
근현대	しょうわ 昭和	1926 ~1989	* 1931년 만주사변을 시작으로 전쟁기 돌입 * 1937년 7월 중일전쟁 개전 * 1941년 12월 태평양 전쟁 개전 * 1945년 종전, 천황 인간선언 * 1964년 도쿄올림픽 개최	현대문학
	へいせい 平成	1989~	* 1989년 아키히토 천황 등극	

일본문학의 시기별 특징은 이와 같은 역사의 흐름과 불가분의 관계성을 지닌다. 일본문학의 시기별 특징을 각 시대를 대표하는 이념과 함께 살펴보자.

4.1 上代文學 – 'まこと'의 文學

상대문학(上代文学)의 이념을 극단적으로 표현하자면, '명랑함(明き)', '깨끗함(淨き)', '솔직함(直き)'을 기반으로 하는 '마코토(まこと)'의 문학이라고 할 수 있다.

고대인들은 집단생활을 하면서, 인간의 힘이 미치지 않는 자연의 힘에 경탄하고, 신의 존재를 믿었다. 굶주림이나 죽음 등 생활이나 생명의 불안을 극복하기 위한 주술신앙(呪術信仰)이 성행했으며, 위대한 신을 찬미하고 조상신에게 제사 지내는 행사를 통해서 자기들의 생활이 번영하고 행복이 이어지기를 기원했다. 그들의 생활과 직접 연결된 주술적 제례의식은 공동체의 중요한 행사가 되었고, 이러한 집단행사, 즉 제사는 많은 사람들이 참례하는 가운데 오락을 수반하게 되면서 문화로 형성되어 갔다. 이 집단행사에 이야기(語り)・노래(歌い)・춤(踊り)이 일체가 되어 행해졌다고 생각되며, 여기에서 문학이 발생되었다고 보는 것이다.

신에게 기원하거나, 조상의 위대한 업적을 기리는 이야기(語り), 솟아나는 감동을 솔직하게 표현한 노래(歌い) 등은 입에서 입으로 구전(口傳)되어 오다가 이윽고 한자(漢字)가 전래되어 공식적으로 문자가 사용되면서 기록으로 남게 되었다. 이처럼 구전으로 전해져 온 원시적인 문학을 '구승문학(口承文学)'이라고 하고, 문자로 표기되어 전해지는 문학을 '기재문학(記載文学)'이라고 한다.

한자가 실용화되고 황실을 중심으로 한 국가체제가 완성되자, 황실과 민간에 전해져온 신화, 전설, 설화, 가요는 역사편찬의 일대 사업으로 편찬된 『고지키(古事記)』 『니혼쇼키(日本書紀)』 『후도키(風土記)』에 기록되었다.

율령국가체제에서 대륙문화가 활발하게 이입(移入)됨에 따라 중국 한시(漢詩)의 영향을 받아, 『가이후소(懷風藻)』가 편찬되었고, 집단적인 가요를 기틀로 하면서 개성적인 서정문학으로 『만요슈(万葉集)』가 탄생하기도 하였다.

상대문학의 중심지인 야마토(大和)는 가구야마(香貝山), 우네비야마(畝傍山), 미미나시야마(耳成山) 등 3대산으로 둘러싸인 분지(盆地)이다. 고대 야마토 사람들은 이 풍토의 영향을 받으면서 명랑하고 소박하고 늠름한 기질을 길러왔다. 그 기질이 솔직하고 장중하고 힘찬(丈夫振り) '마코토(まこと)'의 문학을 탄생시킨 것으로 본다.

4.2 中古文學 – 'もののあはれ'의 文學

중국 문화가 일본에 유입되면서 당(唐)문화를 존중하는 풍조는 중고시대에 들어와서도 계속되어, 9세기 초 한시문은 천황의 칙명(勅命)에 의해 『료운슈(凌雲集)』가 찬집되는 등 전성기를 맞이했다. 그러다가 당풍(唐風)문화는 서서히 쇠퇴하게 되고, 9세기말경 일본의 고전을 존중하는 국풍(国風)문화가 다시 세력을 회복하게 되었다.

이러한 흐름에 따라 와카(和歌)가 다시 부흥되면서 10세기 초에 이르러 우아하고 아름다운 '다오야메부리(たをやめぶり)'를 기조로 하는 『고킨와카슈(古今和歌集)』가 편찬되었다. 이같은 추세는 산문부문으로 이어져 『다케토리모노가타리(竹取物語)』를 비롯한 쓰쿠리모노가타리(作り物語)와 『이세모노가타리(伊勢物語)』를 비롯한 우타모노가타리(歌物語)가 창작되었고, 『도사닛키(土佐日記)』를 비롯한 일

기 및 수필문학의 창작도 성행하게 되었다.

10세기말부터 11세기에 걸쳐 셋칸(摂関)정치가 전성기를 맞이할 무렵, 궁정을 중심으로 많은 재녀(才女)들이 출현함으로써 여류(女流)문학의 황금시대를 맞이하게 된다. 무라사키 시키부(紫式部)의 장편 역사소설『겐지모노가타리(源氏物語)』와 세이 쇼나곤(淸少納言)의 수필『마쿠라노소시(枕草子)』 외에도『가게로닛키(蜻蛉日記)』,『이즈미시키부닛키(和泉式部日記)』,『무라사키시키부닛키(紫式部日記)』 등 귀족 여성들의 일기문학이 성행하였다. 여기에 가나(假名)문자의 보급이 크게 기여하였음은 말할 나위도 없다.

장원경제를 기반으로 평온하고 윤택한 생활을 하던 헤이안시대의 귀족들은 우아하고 아름답고 세련된 문화를 향유하였기에, 이 시기의 문학은 솔직하고 장중하고 힘찬 상대문학에 비해 우미(優美)하고 섬세한 정취를 기조로 한다. 때문에 그 중심 이념은 마음속 깊이 스며들어온 정취를 음미하는 '모노노아와레(もののあはれ)'이다. 그것은 생활의 조화적 우미함을 추구하는 헤이안 귀족들이 만들어낸 화려함 이면에, 고뇌의 날들을 보냈던 여성들이 사회의 모순을 날카롭게 감득(感得)하여 만들어낸 이념이기도 하다. 그 이념인 '모노노아와레(もののあはれ)'가『겐지모노가타리』로 완성되었고, 그것이 수필『마쿠라노소시』의 주된 정취인 '오카시(をかし)'와 더불어 중고시대의 문학을 일괄하는 이념으로 부상하게 된 것이다.

그러나 11세기 후반 귀족계급이 몰락함에 따라 궁정중심의 귀족문학이 쇠퇴하게 되면서 왕조(王朝)의 전성기를 회고하는 레키시모노가타리(歷史物語) 계통이나, 신시대의 태동을 알리는 설화집『곤자쿠모노가타리슈(今昔物語集)』가 출현하게 된다.

한편 전란(戰亂)이 시작되면서 불교의 정토사상(淨土思想)[10]이 생활과 사상을 깊이 지배하게 되었다. 이 시기 전란으로 지친 사람들의 고통 해소에 도움을 주었던 불교의 정토사상은 문학에도 깊이 침투하였다. 인과응보(因果應報)를 근본으로 하는 숙세사상(宿世思想)도 당시의 문학에 크게 영향을 끼쳤다.

---

10) 정토사상(淨土思想) : 오염된 현세를 혐오하고 오직 한마음으로 염불을 외우는 것으로 사후에 극락정토에 가게 된다는 사상.

4.3 中世文學 - '無常觀'과 '幽玄'의 文學

중세는 전란(戰亂)의 시대였다. 따라서 사람들은 전란과 천재(天災)가 만연한 세상에 극심한 허무를 느끼고, 그 허무에 의한 불만과 불안에서 벗어나고자 자신과 가족의 구원을 종교에 의탁하기 시작했다. 그리하여 호넨(法然), 신란(親鸞), 이치렌(一蓮), 도겐(道元) 등의 고승에 의한 신불교(新佛敎)가 대단한 기세로 무사사회와 서민사회에 퍼져갔다. 때문에 중세문학에서 불교의 영향을 받지 않은 것은 거의 없다고 할 수 있다.

『호조키(方丈記)』,『쓰레즈레쿠사(徒然草)』 등 허무, 불안 등에 의한 무상관을 주제로 한 초암문학(草庵文學)과, 불교적 무상관으로부터 인생을 응시하며 전란의 세상을 생생하게 묘사한 군키모노가타리(軍記物語) 등이 이 시기를 대표하는 문학으로 부상하였다.

한편 귀족계급의 몰락은 와카(和歌)의 쇠퇴로 나타났다. 초기에 만들어진 『신코킨와카슈(新古今和歌集)』에 수록된 와카는 동란의 현실을 외면한 우미적인 것이 많아 이 시기의 미의식 '유겐(幽玄)' 이념이 되기도 하였다. 그러나 이 시기의 와카는 이미 시대를 대표하는 문학은 아니었다. 반면 중고시대 와카의 여흥으로 행해졌던 렌가(連歌)가 활발해지게 되었는데, 이것은 '유겐'을 이념으로 점차 예술화되어갔다. 렌가는 『신센쓰쿠바슈(新撰筑波集)』가 집성되면서 가장 전성기를 맞이하였으나 이후 점차 쇠퇴하여, 자유분방하고 익살스럽고 세속적인 하이카이렌가(俳諧連歌)로 발전하였다.

렌가와 마찬가지로 '유겐'을 이념으로 하는 노가쿠(能楽)는 귀족적 세계에의 동경이 현저하다. 그것에 비해 교겐(狂言)은 서민의 감정을 반영하고 있다. 중세는 중고의 'もののあはれ'를 계승하여 '유겐'에 심취하면서도, 한편으로는 현실적이고 서민적인 정서가 이미 문학에도 침투함으로써 근세문학의 탄생을 예고하였다.

4.4 近世文學 - 조닌(町人)의 文學

도쿠가와 이에야스(德川家康)는 에도바쿠후(江戸幕府)시대를 전개하면서 유교의 주자학(朱子学)을 통치이념으로 하여 관학(官学)으로 삼았기에, 일본의 근세는 유학을 존중하는 학문과 문화적 기운이 지방의 작은 고을에까지 미쳤다. 이러한 근세일본의 시대정신을 정립하는 데 주도적 역할을 했다고 할 수 있는, 에도막부 최고 교육기관인 쇼헤이코(昌平黌)의 수장인 하야시 라잔(林羅山, 1583~1657)의 세계관에서도 엿볼 수 있다.

道あれば文あり、道あらざらば文あらず、文と道とは理同じくして事異なり。道は文の本なり、文は道の末なり。末は少にして本は大なり、故に能く固し。
(道가 있으면 文이 있고, 道가 없다면 文도 존재하지 않는다. 文과 道란 이치는 같으나 사실은 다르다. 道는 文의 근본이자, 文은 道의 끝이니라. 끝은 작고 근본은 크다. 따라서 쉽게 굳어진다.)

그러나 문예적인 면에서는 지배계급인 무사들이 전통과 관례를 중시하며 봉건제를 고수하려 하였기에 만사 보수적이고 소극적인데 비해, 상업의 발달로 경제력을 갖게 된 조닌(町人)계층은 스스로의 문화를 형성하며 향락을 누리는 적극적인 생활방식을 보였다. 무사(武士)사회는 기존의 한시문(漢詩文)이나 와카(和歌), 요쿄쿠(謠曲) 등 전통적인 문예로 이어간 반면, 신흥 조닌(町人)들의 급격한 세력 확장은 통속적이고 오락적이며 서민적인 문예, 즉 가나조시(假名草子), 우키요조시(浮世草子), 하이카이(俳諧), 조루리(淨瑠璃), 가부키(歌舞伎) 등의 발전을 초래하였다.

이러한 문예의 유형을 시기별 지역별로 구분하여, 18세기 전반은 교토(京都) 오사카(大阪) 등을 중심으로 한 '가미가타문학(上方文学)의 시대'로, 18세기 후반은 문학의 중심이 에도(江戸)로 이동하였기에 '에도문학(江戸文学)의 시대'로 칭하고 있다.

① 중국문학의 영향

중국문학의 영향은 예로부터 있어왔으나, 유교를 정치적 이념으로 삼았던 근세에 이르러 더 활발해졌다. 특히 전기(伝奇)의 대표작인 『유센쿠쓰(遊仙窟, ゆうせんくつ)』, 『리아덴(李娃伝, りあでん)』, 『진추키(枕中記, ちんちゅうき)』, 『한쿄산조시(板橋三娘子, はんきょうさんじょうし)』, 『도시슌덴(杜子春伝, とししゅんでん)』 등이 읽히거나, 번역 혹은 번안되기도 하였다.

『유센쿠쓰(遊仙窟)』는 만요가인(万葉歌人)이나 헤이안초(平安朝)의 궁정문인(宮廷文人)들에게 애독된 것이었고, 『리아덴(李娃伝)』은 무로마치(室町)시대에 『리아모노가타리(李娃物語)』라는 제목으로 번역 출간되었으며, 『진추기(枕中記)』 또한 요교쿠(謡曲) 『간탄(邯鄲, かんたん)』의 원본이다. 이러한 현상은 근대 문학에서도 찾아볼 수 있다. 이즈미 교카(泉鏡花)는 중국의 『한쿄산조시(板橋三娘子)』에 촉발(促發)되어 『고야히지리(高野聖)』를 썼고, 아쿠타가와 류노스케(芥川竜之介)의 동화 『도시슌(杜子春, とししゅん)』도 그 원작이 중국의 『도시슌덴(杜子春伝)』이다.

근세에 이르면 송(松)대에 전성기를 구가한 '백화소설'과 명(明)대에 완성된 '4대기서(四大奇書)', 즉 『수호전(水滸傳)』, 『삼국지(三國志)』, 『서유기(西遊記)』, 『금병매(金瓶梅)』[11] 등이 에도 사람들에게 사랑받았다. 그 영향으로 우에다 아키나리(上田秋成)는 『우게쓰모노가타리(雨月物語)』를, 다키자와 바킨(滝沢馬琴)은 『난소사토미핫켄덴(南總里見八犬伝)』이라는 대작을 완성하였다. 위 4대기서는 모두가 장편소설로 중국에서는 회(回)를 거듭한다는 의미로 '장회소설(章回小説)'이라 불렸다.

② 上方文学期

가나조시(假名草子)에 이어 우키요조시(浮世草子)로 대표되는 가미가타문학은 겐로쿠(元祿)시대(1688~1703)에 크게 융성하여 하이카이, 조루리와 함께 겐로쿠문화를 형성하였다. 이 시기 두드러진 활동을 보여준 작가로는 소설 부문에 이하라 사이카쿠(井原西鶴), 시가 및 산문 부문에 마쓰오 바쇼(松尾芭蕉), 극문학 부문에 지카마쓰 몬자에몬(近松門左衛門)을 들 수 있다.

한편 모토오리 노리나가(本居宣長)를 비롯한 여러 국학자(国学者)들이 고전연구에 전념하여 '국학(国学)'이 활발해진 시기이기도 하다.

③ 江戸文学期

교호(享保, 1716~1735)시대를 경계로 가미가타문화는 에도 쪽으로 이동하여 분카·

---

11) 『금병매(金瓶梅)』라는 작품명은, 작품에서 서문경의 가장 아름다운 세 여인 즉, 반금련(潘金蓮)과 이병아(李瓶兒), 춘매(春梅)의 이름에서 한 자씩 취하여 만들어진 것이다.

분세이(文化·文政, 1804~1829)기 무렵 꽃을 피우게 된다. 에도문학기는 우키요조시가 쇠퇴하고 요미혼(讀本)이 성행한 시기이다. 산도 교덴(山東京伝), 다키자와 바킨(滝沢馬琴)에 의해 확립된 요미혼은 우에다 아키나리(上田秋成)의 『우게쓰모노가타리(雨月物語)』와 다키자와 바킨의 『난소사토미핫켄덴(南總里見八犬伝)』에서 정점을 이룬다.

이 시기 아카혼(赤本), 구로혼(黑本), 아오혼(靑本) 등 표지의 색으로 명명된 아이들 대상의 그림책이 있었는데, 그것이 속세의 세태(世態)를 희극적(戲劇的)으로 묘사한 어른 대상의 기뵤시(黃表紙)로 발전하였고, 이를 몇 권씩 합친 단편집 고칸(合卷)으로 출판되었는가 하면, 그 외의 장르로서 유곽을 무대로 남녀의 희화(戲話)를 주 내용으로 한 샤레본(洒落本), 그 흐름을 잇는 닌조본(人情本)과 곳케이본(滑稽本) 등이 있는데, 이들은 대개 문학적 가치가 낮은 게사쿠문학(戲作文學)으로 분류되고 있다.

운문(韻文)에서는 단연 하이카이(俳諧)가 대세였다. 하이카이를 예술적 경지로 끌어올린 마쓰오 바쇼(松尾芭蕉), 덴메이(天明)기에 낭만성을 중시한 요사노부손(与謝蕪村), 가세이(化政)기에 현실적 생활을 읊은 고바야시 잇사(小林一茶)의 하이카이는 지금가지도 널리 애송되고 있다.

4.5 近代文學 - 새로운 사조의 출현과 창조의 문학

① 메이지기(明治期)의 문학

봉건제도를 타파하고 신시대 수립을 목표로 한 근대화의 거센 물결에 의해 국가체재는 일변해가고 있었지만, 문학적 측면에서의 전환은 쉽게 이루어지지 않았다. 때문에 초기에는 대부분 에도말기의 게사쿠문학(戲作文學)이나 전통시의 흐름을 잇는 문학이 주류를 이루었다. 그 가운데 문명개화를 추진하는 풍조에 따른 서양에의 관심이 번역문학을 활발하게 하였고, 자유민권운동과 호응한 정치소설이 유행하게 되었다. 뒤이어 서양의 문학이념이 소개되어 신체시(新体詩)운동이 일어났으며, 쓰보우치 쇼요(坪内逍遥), 후타바테이 시메이(二葉亭四迷)의 사실주의문학 제창에 의해 비로소 근대문학의 태동을 볼 수 있게 되었다. 후타바테이 시메이와 야마다 비묘(山

田美妙)의 '언문일치운동(言文一致運動)'도 근대문학의 출발에 크게 기여하였다.

이에 힘입어 모리 오가이(森鷗外)의 창작과 번역에 의한 문학계몽운동이 낭만주의(浪漫主義) 탄생으로 이어지지만, 개화파의 극단적인 서구화에 대한 반성으로 또다시 국수주의적 경향의 국학파가 나타났다. 이렇게 개화파와 국학파가 교대로 세력을 잡아, 균형을 취하는 현상이 나타났다. 이러한 배경을 기반으로 메이지 20년대에는 오자키 고요(尾崎紅葉)와 고다 로한(幸田露伴)이 중심이 된 의고전주의(擬古典主義)가 부상하게 된다.

〈청일전쟁〉(1894~1895)과 〈러일전쟁〉(1904~1905) 두 전쟁의 승리로 일본의 산업은 비약적 발전을 이루게 되어 근대적 자본주의가 성장한 반면 심각한 사회모순이 대두되었다. 이 시기 자본주의 발전에 따른 사회적 모순은 문학에도 반영되어 반봉건적인 사회의 모순을 지적하는 관념소설(觀念小說), 심각소설(深刻小說)의 출현을 보게 되었다. 〈러일전쟁〉을 전후한 시기에는 19세기말 유럽에서 발생한 근대과학 정신과 결부된 자연주의 사조의 영향으로 현실의 어두운 면을 묘사함과 동시에 적나라한 자기고백을 통해 개인의 해방을 지향한다는 일본 독자적인 자연주의 문학운동이 전개된다. 시(詩)에서도 이러한 영향에 의하여 '구어자유시운동(口語自由詩運動)'이 일어나 일본 근대시의 기반을 구축하게 된다.

한편 자연주의가 인생의 어두운 면을 비관하고 고뇌하며 인생에 대한 적극적 의지를 잃고 있었던 것을 반대하며 이상주의를 추구하는 경향이 생겨났다. 서양문예의 교양적 견지에서 독자의 입장을 고수하면서 윤리적이고 이지적인 작품으로 자연주의에 대립한 나쓰메 소세키(夏目漱石)와 모리 오가이(森鷗外)가 있었는데, 이들은 다이쇼(大正)기의 '이상주의 문학'이나 '신현실주의 문학'에 커다란 영향을 끼쳤다. 나가이 가후(永井荷風), 다니자키 준이치로(谷崎潤一朗) 등은 자극과 향락에서 자아의 해방을 도모하는 탐미주의(耽美主義)를 추구하였다.

② 다이쇼기(大正期)의 문학

다이쇼(大正) 시대는 메이지(明治) 근대화의 제2세대가 성인이 되어 사회의 주역으로 등장하게 되면서 개성의 신장, 이상적인 삶, 인도주의, 박애정신 등이 시대의 키워드로 부각된다. 이러한 현상이 '다이쇼데모크라시(大正デモクラシー)'와 함께 문

학에 반영되면서 다이쇼문학은 이전에 비해 개인주의, 자유주의, 합리주의, 현실주의 방향으로 성숙화 되어간다.

이 시기 문단에서 가장 두드러진 현상으로는 반자연주의적 성향의 '시라카바파(白樺派)'의 등장이다. 무샤노코지 사네아쓰(武者小路実篤)를 중심으로 시가 나오야(志賀直哉), 아리시마 다케오(有島武郎), 사토미 돈(里見敦) 등이 참여한 시라카바파는 1910년(M43) 잡지 「시라카바(白樺)」를 중심으로 자연주의의 무이상, 무의지, 무해결의 태도를 비판하고 낙관적 이상주의를 추구하면서 다이쇼 문단에 신선한 바람을 일으켰다.

다이쇼 중기는 자연주의의 자아에 집착하는 무해결의 태도와 시라카바파의 사회적 현실과 무관한 낙천적 경향에 문제의식을 갖기 시작했다. 아쿠타가와 류노스케(芥川龍之介), 기쿠치 간(菊池寛), 구메 마사오(久米正雄) 등은 잡지 「신시초(新思潮)」를 중심으로 활동하면서 현실과 인간을 이지적으로 파악하여 이념과 사상을 표현하였다. 특히 예술지상주의자로 불렸던 아쿠타가와 류노스케와 탐미주의 문학의 진수를 보여준 다니자키 준이치로(谷崎潤一郎)를 축으로 다이쇼문학은 성숙되어 간다.

또 하나 다이쇼기에 빼놓을 수 없는 작가는 와세다대학 문과 출신인 히로쓰 가즈오(広津和郎)와 가사이 젠조(葛西善藏) 등으로 대표되는 '신와세다파(新早稲田派)' 즉, 후기자연주의 작가들이다. 이들은 1912년 창간된 잡지 「기세키(奇蹟)」를 중심으로 메이지 말기 자연주의문학을 계승하여 내면을 응시하여 있는 그대로의 나를 그려내는 이른바 다이쇼 스타일의 '사소설(私小説)'을 완성하였다.

③ 쇼와기(昭和期)의 문학

〈러일전쟁〉과 〈제1차 세계대전〉을 거치면서 일본사회는 데모크라시의 열기에 휩싸이게 되었다. 이러한 상황 속에서 새로운 조류로서 민중예술이 등장하였는데, 그것이 '아나키즘운동'을 시작으로 '프롤레타리아문예운동'으로 이어졌다. 그 일환으로 창간된 잡지 「다네마쿠히토(種蒔く人)」(1921)가 관동대지진(1923) 이후 정부의 탄압으로 폐간되자, 뒤이어 「분게이센센(文芸戦線)」이 창간(1924)되어 이를 중심으로 '프롤레타리아문학'이 성행하게 되었다.

쇼와기의 문학은 다이쇼 말기로부터 쇼와 8, 9년 무렵까지의 프롤레타리아문학운동과 '신감각파'를 중심으로 하는 '예술파' 문학의 대립을 중핵으로 전개된다. 사상성을 내세우며 사회혁신을 추구하는 프롤레타리아문학은 노동자 입장에서 리얼하게 표현하려 하였으며, 예술파는 전위예술로 시사되어 문학기법의 혁신을 목표로 전통문예의 부정을 시도했다. 그러나 사회주의문학은 정부의 탄압에 의하여 점차 붕괴되어 갔고, 신감각파문학도 표현형식의 존중으로부터 인간성의 상실과 해체에 의해 점차 쇠퇴해갔다.

쇼와 10년대는 언론의 통제와 국책에 따른 문학이 강요되어 순문학의 공백시대로 접어들게 된다. 기성작가 중에는 전쟁에 협력하지 않는 것으로 자기의 세계를 지킨 사람도 있었지만, 대다수가 '전향문학', '국책문학' 또는 '전쟁문학'으로 선회하게 된다.

일본의 근대문학은 진보된 서양문예를 추수(追隨)하면서도 다른 한편으로는 전통문예를 고수하는 가운데 그 모순을 초극하면서 독특한 형태로 발전해 왔다. 그러다가 쇼와 10년대에 접어들면서 정부의 강권에 의하여 '국책문학'에 이르게 된다.

4.6 現代文學 – 자유, 순수, 다양성을 추구한 문학

〈태평양전쟁〉이 종결되고 언론 출판의 자유가 부활되자, 기성작가들은 그동안 준비한 작품으로 재빨리 활동의 전면에 나서게 되었다. 그런가 하면 쇼와 10년대에 활약하던 작가들은 전후문학의 담당자로서 새로이 활동을 개시하였다. 이른바 전쟁의 체험을 가진 젊은 세대로 구성된 〈제1차 전후파〉의 등장인데, 이들은 잡지 「긴다이분가쿠(近代文學)」 동인의 평론활동과, 「신니혼분가쿠(新日本文学)」 동인의 민주주의문학을 기점으로 창작활동을 지속하였다. 근대문학으로서의 하이쿠(俳句)를 부정하려는 〈제2예술론(第二芸術論)〉이 논의를 일으킨 것도 이 시기이다.

1950년대에는 저널리즘의 거대화에 수반된 중간소설의 출현은 많은 독자를 확보하여 제2, 제3의 신인의 등장으로 이어졌으며, 이후 매스컴의 발달에 의한 사회의 대중화에 힘입어 광범위한 독자층이 형성됨에 따라 다채로운 문학의 시대가 전개되었다. 작품의 소재 또한 폭넓은 분야에 걸쳐 이루어지는 1970, 80년대로 접어들면 이른바 순문학(純文学)과의 경계도 애매모호해지게 된다.

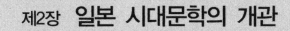

제2장 일본 시대문학의 개관

I 상대문학(上代文學)

1. 상대문학의 시대개관

문학이 발생한 때로부터 아스카(飛鳥)시대를 거쳐 개성적인 문학이 꽃피는 나라(奈良)시대까지, 즉 문학이 발생한 시점에서부터 794년 헤이안쿄(平安京)로 천도하기 전까지를 상대(上代)라고 하며, 이 시기, 즉 정치와 문화의 중심이 야마토(大和)에 있었던 시대의 문학을 상대문학(上代文学)이라고 한다.

4~5세기 즈음 각지에 생성되어 있던 소국가(小國家)들이 야마토 조정에 의해 통일되어, 7세기에 이르면 중앙집권 체제가 정비되게 된다. 6세기 중반 한반도를 통한 불교의 유입과 7세기경 견수사(遺隋使), 견당사(遺唐使)의 파견으로 대륙문화가 적극적으로 유입되고 한자가 실용화되기에 이르고, 황실중심의 국가체제가 완성을 보게 된 8세기 초 무렵에는 권력자나 국가의 의도에 의해 신화(神話) 전설(傳說) 설화(說話) 가요(歌謠) 등 옛 전승문학이 문자에 의한 정착을 보게 된다. 역사서『고지키(古事記)』(712)『니혼쇼키(日本書紀)』(720)가 편찬되었으며, 상대문학을 대표하는 일본 최고(最古)의 와카집『만요슈(万葉集)』가 성립되기에 이른다. 또한 궁정을 중심으로 한시문(漢詩文)이 융성하여 한시집『가이후소(懷風藻)』의 완성과,『니혼료이키(日本靈異記)』등 불교문학작품의 성립을 본 것도 이 시기의 일이다.

2. 상대문학의 전개

일본문학의 발생은, 그 시기는 불분명하지만 아주 오랜 시대부터 구전(口傳)에 의한 문학이 행해지고 있었을 것으로 추측하고 있다. 이 구전문학(口傳文學)의 시대를 시작으로 대륙으로부터 문자가 전래되어 한자에 의한 기록문학(記錄文學)이 성립되는 아스카(飛鳥)시대를 거쳐 나라(奈良)시대에 이르면 개성적인 문학을 꽃피우게 된다.

　일반적으로 상대문학은 문자가 없었던 시대에 입에서 입으로 전해오던 구승문학(口承文学)과, 한자의 유입에 의해 문자로 기록된 기재문학(記載文学)의 시대로 구분된다. 구승문학은 주로 집단생활에서 파생되었던 까닭에 집단적 성향과 종교적 색채가 짙고 서사적(敍事的)인 요소를 지니고 있었는데, 한자가 유입되면서 이를 문자로 기록할 수 있게 되자 점차 개성적(個性的)이고 예술적(藝術的)인 경향이 뚜렷해지게 되었다. 그 가운데 신화(神話) 전설(傳説) 설화(説話) 등이 집성되고 시가(詩歌)도 확립되어갔다.

　일본에서 상대문학은 큰 갈래로 서정적인 '우타(歌)'와 서사적인 '가타리(語り)'라는 두 가지 형태로 전개되는데[1], 이를 서정시(抒情詩)와 서사시(敍事詩)로 해석하기도 한다. 서정시는 와카(和歌)와 같은 운문으로, 서사시는 작자의 창작과 비판정신에 의해 산문(散文)화가 이루어지다가 이후 모노가타리(物語)문학을 생성시키게 된다.

2.1 시가(詩歌)문학

대륙으로부터 문학이 도래하기 전에도, 일본에는 많은 민요적인 가요가 있었다. 생산과 신앙에 관련된 집단적인 축제의 장소에서 사람들 사이에서 불렸다고 생각되는 노래는 일상생활에서 억제되어있었던 이성을 향한 감정을 숨김없이 마음껏 표현할 수 있는 공식적인 연례행사에서 우타가키(歌垣)[2]로 표현되었고, 그 일부는 『고지키』나 『니혼쇼키』의 기키가요(記紀歌謠)로 수록되어 있다.

　이러한 마쓰리(祭)를 통해 표현되는 기키가요와 『만요슈(万葉集)』[3] 초기의 노래로 이어지는 서정적인 계보의 원시형태였던 가요(歌謠), 즉 '우타(歌)'는 춤과 음

---

1) '우타(歌)'와 '가타리(語り)'는 신에 대한 두려움에서 혹은 그 두려움을 진정시키기 위하여 신을 찬양하는 행위에서 출발하였다고 보는데, '기키가요(記紀歌謠)'에서는 이를 동일한 범주로 보기 때문에 일본의 상고시대의 일정시점까지는 '우타'와 '가타리'가 분화되지 않은 상태로 전해내려 왔다고 할 수 있다.

2) 우타가키(歌垣) : 본디 오곡(五穀)의 풍요를 기원하는 농경의례로서의 우타가키(歌垣)는 다수의 남녀가 산이나 언덕위에 모여 신(神)을 제사하고 노래를 부르며 사랑을 나누기도 하는 집단행사로, 관동지방에서는 '가가이(嬥歌)'라고도 하였다.

3) 『만요슈(万葉集)』 : 현존하는 가장 오래된 가집(歌集)으로, 전20권 4,500여首로 이루어져 있다. 작자는 천황으로부터 관리, 승려, 농민에 이르기까지는 폭넓은 계층에 걸쳐 500여 명에 이른다. 편자는 미상이나 오토모노야카모치(大伴家持, 718~785)가 깊게 관련되었다는 설이 있다.

악과 결합되면서 행해졌을 것으로 보인다. 그리고 『고지키』 등에서 볼 수 있는 것처럼, 서사적인 계보를 형성한 씨족이나 각 집안의 신들과 위대한 업적을 남긴 영웅에 얽힌 이야기인 '가타리고토(語り事)'는 족장(族長)이나 '미코(巫女)'로 불리는 무녀들이 그 대표가 되어서 읊기도 하였을 것이다. 이러한 제반 요소와 함께 이것들과 관련된 각종 언어활동을 담은 내용이 문학과 예술의 형식으로 알맞게 다듬어지면서 서서히 발달하게 되었다.

2.2 제사(祭祀)문학

고대 일본인을 지배하는 관념은 '언어에 영혼이 있어 그 언어의 영혼이 사물을 지배한다.'는 언령신앙(言靈信仰)이었다. 그것이 상대(上代)의 제사문학을 대표하는 것으로는 센묘(宣命)[4]와 노리토(祝詞)로 나타난다. 센묘란 천황이 신의 명을 받아 정사를 행하기 위해 사람들에게 알리는 말을 일본어로 표현한 것, 즉 쇼초쿠(詔勅)이며, '노리토'는 제사의식에서 사람이 신에게 빌 때 사용하는 언어로, 문장은 장중하고 아름다우며 음률적이다. '노리토(祝詞)'에는 신께 제사 지낼 때, 'ⓐ여러 신하에게 읽어주던 것, ⓑ신전에서 기원하는 것, ⓒ천황에게 아뢰어 국가의 무운장구를 축복하는 것' 등이 있다.

2.3 신화(神話) 전설(傳說) 설화(說話)의 집성

상대 초기의 문학은 신화(神話), 전설(傳說), 설화(說話)를 소재로 한 것이 많다. 인간의 힘을 초월한 자연현상을 신의 영역으로 보았던 고대인들은 신을 두려움과 공경의 대상으로 여기고 나라와 인류의 창조와 발전이 신을 중심으로 이루어진다고 믿었다. 이를 토대로 만들어낸 이야기가 바로 신화이다. 여기서 파생된 신화와 전설은 구승문학으로 전해지다가 기재문학으로 발전하였다. 『고지키』(712) 『니혼쇼키』(720) 『후도키(風土記)』(713)가 여기에 해당된다.

---

4) 센묘(宣命) : 원래 천황이 내리는 명령을 일컫는 말이었으나 헤이안(平安)시대에 이르러 천황의 명령문 그 자체를 가리키게 되었다.

Ⅱ 중고문학(中古文學)

1. 중고문학의 시대개관

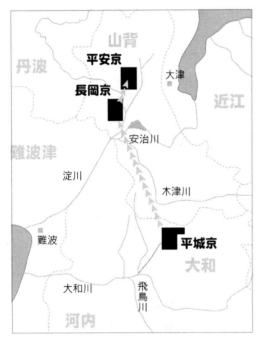

平安京의 위치

나라(奈良)에서 헤이안쿄(平安京)로 천도한 794년부터 가마쿠라(鎌倉)막부가 개설된 1192년까지 약 400년간을 일본 역사상 중고(中古)시대, 또는 헤이안(平安)시대라고 한다. 이 시대는 율령제(律令制)사회로부터 후지와라(藤原) 가문을 중심으로 하는 귀족들이 정치 경제를 주도하는 귀족중심의 사회로 옮겨가고, 장원제도(莊園制度)가 일반화됨에 따라 지방 호족의 세력이 점차 강해졌다.

9세기 중엽에는 장원경제를 기반으로 하는 이른바 셋칸정치(摂関政治)[1]가 시작되었다. 셋칸정치는 후지와라노미치나가(藤原道長)에 이르러 크게 세력을 확장하여 정점을 이루다가 11세기 후반부터 급속히 무너지고 급기야 인세이기(院政期)[2]로 접어들게 된다. 인세이기는 100여 년 동안 지속되다가 미나모토 가문(源氏)과 다이라 가문(平氏)으로 총칭되는 두 무사가문의 진출로 점차 쇠락하게 된다.

헤이안 말기 다이라 가문과 미나모토 가문은 서로 다른 천황을 세우기 위해 경

---

1) 셋칸정치(摂関政治) : 딸을 천황의 부인으로 들이고 거기서 태어난 황자로 황위를 계승하게 함으로써 천황의 외조부가 되어 실권을 장악하는 정치형태를 말한다. 어린 천황을 대신하여 정무를 돌보는 셋쇼(摂政)와, 천황이 성장한 이후에는 천황을 보좌하여 정무를 돌보는 '간파쿠(関白)'의 첫 음을 취하여 **셋칸(摂関)**으로 만들어진 용어이다.
2) 인세이기(院政期) : 천황을 대신하여 상황(上皇) 또는 법황(法皇, 出家한 경우이)이 그 거처인 **인(院)**에서 국정을 운영하는 정치형태를 말한다. 셋칸정치가 쇠락하면서 상황이 정치를 하던 시기이다.

쟁을 하였는데, 1185년 미나모토 가문이 〈단노우라(壇の浦) 전투〉에서 경쟁관계에
있던 다이라 가문을 물리친 후 독자적인 바쿠후(幕府)를 세워 조정을 보좌하였다.
1192년 미나모토노요리토모(源頼朝)가 쇼군(将軍)으로 공인되고 천황이 그의 권한을
재가하고, 가마쿠라(鎌倉)에 막부를 개설함으로써 헤이안시대는 막을 내리게 된다.

2. 중고문학의 전개

중고문학은 후지와라(藤原) 가문을 중심으로 한 귀족이 주체가 되어 전개되었기에
헤이안문학 또는 왕조문학(王朝文学)으로도 불린다.

이 시대의 문학은 새로 조성한 헤이안쿄(平安京)와 대륙에서 유입된 불교를 옹
호하는 대륙문화의 모방에서 시작되었다. 헤이안 초기에는 한시문(漢詩文)이 국가
정치의 기초라는 문장경국사상(文章経国思想)과 함께 관료의 출세와도 연결되었기
때문에 크게 융성하였다. 그러나 헤이안 중기 이후 후지와라 가문이 실권을 잡게
되면서 한시문의 재능 보다는 문벌(門閥)이 중시되면서 한시문은 쇠퇴의 길을 가게
되었고, 가나(仮名)문자의 보급에 힘입어 와카(和歌)와 산문(物語, 随筆)문학이 급
속히 발달하였다.

한편 견당사의 폐지로 대륙과의 교섭이 단절되고 순수한 일본적인 문화를 존중
하는 국풍(国風)문화가 시작되었는데, 이로써 일본 고유문학의 발전을 이루기도 하
였다. 다음은 그 전개과정이다.

▲ 中古文學의 전개과정

시 기	전 개 과 정
~9세기 중반	·천황 중심의 율령정치 시대 ·한시문의 전성기
~10세기	·셋칸(摂関)정치의 시대 ·가나(仮名)문자 성립 및 보급 ·국풍문화의 회복과 和歌의 부흥 ex)『古今和歌集』
~11세기 중반	·셋칸(摂関)정치의 최고조기 ·궁정여류문학, 귀족문학 전성기(物語의 융성, 随筆文 발생) ex)『源氏物語』,『枕草子』,『蜻蛉日記』

平安말기	·귀족정치와 귀족문화의 쇠퇴, 인세이기(院政期)
	·歷史物語, 說話物語 등장
	·신흥무사, 서민문학 등장

후지와라 가문의 전성시대인 헤이안 중기에는 남성들이 한문학을 숭배하여 한시에 열중하고 있는 사이 궁정에 출사한 여성들을 중심으로 궁정문학이 꽃을 피워간다. 10세기말에서 11세기 초 셋칸(摂関)정치가 전성기를 맞게 될 무렵, 황후나 후궁들의 후견인으로 궁정에 출사한 재녀(才女, 뇨보女房)에 의하여 여류문학(女流文学, 뇨보분가쿠(女房文学))의 황금시대가 도래하게 된다.

이들 여류작가들이 그린 미의 세계는 자연과 인간의 마음을 융화시킨 섬세하고 우미(優美)한 것으로, 왕조 여류문학의 가장 큰 업적은 산문의 전통 수립과 일본적 감수성의 확립이라 할 수 있다.

2.1 시가(詩歌)

한시문(漢詩文)은 공적인 문학으로서 궁정사회에서 정통적인 위치를 차지하다가(이 시기를 '국풍암흑시대'라고도 한다) 중기 이후에 쇠퇴하였다.

헤이안 초기의 와카는 공적인 자리가 아닌 사적인 장(場)에서 이루어지다가 9세기 후반에 이르러 점차 공적인 장소에서 행해지게 되었다. 여기에는 당풍문화의 규범을 탈피하려는 경향, 국풍(国風) 기운의 상승, 궁정여성의 지위향상, 가나(仮名)문자의 보급 등 여러 요인이 있었다. 이러한 요인은 와카를 더욱 성행하게 하여 마침내 와카가 한시문과 대등한 궁정문학으로 자리하게 하였다. 와카의 궁정가로서의 면모는 귀족들 사이에서 유행하던 우타아와세(歌合)3)나 뵤부우타(屏風歌)4) 등에서 잘 드러난다.

10세기 초에는 다이고(醍醐)천왕의 칙명으로 『고킨와카슈(古今和歌集)』가 칙찬(勅撰)되었으며, 이후에 팔대집(八代集)5)이 간행됨으로써 와카는 더욱 융성하게

---

3) 우타아와세(歌合) : 가인(歌人)을 좌우로 나누어 읊은 노래를 한 번 할 때마다 비교해서 우열을 논하는 놀이이다.
4) 뵤부우타(屏風歌) : 그림을 그린 병풍의 화면 상단에 '이로가미가타(色紙形)'라는 구획을 설치하여 거기에 병풍의 화제(画題)에 따른 단카(短歌)를 읊고 표기하는 것을 말한다.

되었다.

이 시기의 와카에는 헤이안 귀족층의 우아한 생활이 그대로 반영되어 있기에 고대 『만요슈(万葉集)』의 남성적이고 소박한 가풍에 비해 우미(優美)하고 이지적인 면을 엿볼 수 있다.

2.2 모노가타리(物語)

모노가타리는 가공이나 상상의 세계에서 소재를 취하여 실체가 없는 가타리테(語り手, narrater)를 상정하여 허구적인 이야기(語り)를 독자에게 들려주는 형식이므로, 이야기의 진행은 현실적인 인간생활을 통해 구체적이며 합리적으로 전개된다. 초기의 모노가타리는 '덴키모노가타리(伝奇物語)'와 '우타모노가타리(歌物語)'의 두 계통으로 발전해오다가 『겐지모노가타리(源氏物語)』에서 통일된다.

① 초기의 모노가타리

ⓐ 덴키모노가타리 : 공상적인 줄거리로 전기성(伝寄性)이 강하다. 『다케토리모노가타리(竹取物語)』, 『우쓰호모노가타리(宇津保物語)』, 『오치쿠보모노가타리(落窪物語)』 등이 있다.

ⓑ 우타모노가타리 : 와카의 구승설화를 중심으로 엮은 단편 모노가타리. 『이세모노가타리(伊勢物語)』, 『야마토모노가타리(大和物語)』, 『헤이추모노가타리(平中物語)』 등이 있다.

② 『겐지모노가타리(源氏物語)』

11세기 초, 여류작가인 무라사키 시키부(紫式部)에 의해 완성된 『겐지모노가타리』는 3부(部) 54첩(帖)으로 이루어진 장편 모노가타리이다. 쓰쿠리모노가타리(作り物語)와 우타모노가타리(歌物語)를 이어받아 와카나 일기의 전통을 유지하면서 장중

---

5) 팔대집(八代集) : 『고킨와카슈(古今和歌集)』(905), 『고센슈(後撰集)』(951), 『슈이슈(拾遺集)』(1005), 『고슈이슈(後拾遺集)』(1086), 『긴요슈(金葉集)』(1127), 『시카슈(詞花集)』(1151~54), 『센자이슈(千載集)』(1188), 『신코킨와카슈(新古今和歌集)』(1205)를 말한다.

한 허구의 세계를 구축한 『겐지모노가타리』는 4명의 천황과 70여년의 시간의 흐름을 히카루 겐지(光源氏)의 일생과 그의 아들 가오루(薫)의 반생에 담아 단순한 묘사가 아닌 허구를 의식적으로 인간의 실상에 접근시키고 있다. '사랑'이라는 인간의 보편적이고 본질적인 문제를, 현실을 뛰어넘는 표현으로, 모노가타리의 정점을 보여주고 있다.

③ 『겐지모노가타리』 이후의 모노가타리

이후의 모노가타리는 내용의 변화를 추구하거나 비현실적인 내용을 다루는 등 새로운 취향이 엿보이긴 하지만 대다수가 『겐지모노가타리』의 모방에 지나지 않았다. 『요루노네자메(夜の寝覚)』, 『하마마쓰추나곤모노가타리(浜松中納言物語)』, 『사고로모모노가타리(狹衣物語)』, 『쓰쓰미추나곤모노가타리(堤中納言物語)』 등이 창작되었지만, 문학성 면에서도 『겐지모노가타리』를 뛰어넘는 작품은 없었다.

④ 레키시모노가타리(歴史物語)

헤이안 말기는 모노가타리 창작의욕의 쇠퇴, 귀족사회의 퇴조가 진행되는 가운데, 모노가타리 문학의 한계를 탈피하기 위한 방법으로 전시대를 회고하거나 비판하는 모노가타리풍의 역사소설, 즉 레키시모노가타리(歴史物語)가 유행하게 되었다. 『에이가모노가타리(榮花物語)』, 『오카가미(大鏡)』, 『이마카가미(今鏡)』 등이 그것인데, 여기서 가가미(鏡)란 역사에 새겨진 인간의 실태를 비추는 거울이라는 비유적인 의미가 있다. 실제 역사를 바탕으로 화려한 과거의 영광을 회상하는 방식의 레키시모노가타리는, 한문으로 기록된 정사(政事)와는 달리, 가나(仮名)로 기술하고 있는데다, 작자의 시선과 심정을 고스란히 담고 있어 문학사적으로 중요한 의의가 있다.

2.3 일기(日記)·수필(随筆)

일반적으로 일기는 자신의 경험을 기반으로 하여 정서나 감정을 드러내는 서사양식의 하위개념으로 볼 수 있으며, 수필은 이러한 일기를 바탕으로 하여 그 형태나 성격이 파생된 것이다. 때문에 일기문학과 수필문학은 뿌리가 같은 문학이라고 할 수 있겠다.

① 일기(日記)

헤이안시대의 일기는 자기의 체험을 기반으로 하여 견문을 기록하는 새로운 기록문학형태로 등장한다. 이 시기 일기는 궁정 관청과 조정의 의식 전례 등 궁중의 의식이나 예법을 후대의 규범으로 삼기 위한 일종의 기록문이었는데, 주로 한문으로 기록되어 있는 형태의 일기와, 와카(和歌)를 삽입한 여행일기나 자기의 생활 감상 추억 등을 가나로 기록한 형태의 자전적 일기로 나누어 볼 수 있다. 전자의 경우 무미건조하고 사무적인 반면 후자의 경우 문학성이 풍부하여 문학적 가치가 있다.

대표적인 일기문학으로는 기노쓰라유키(紀貫之)가 가나(仮名)를 혼용하여 쓴 『도사닛키(土佐日記)』가 있으며, 후지와라노미치쓰나(藤原道綱)의 어머니 후지와라노미치쓰나노하하(藤原道綱母)가 쓴 『가게로닛키(蜻蛉日記)』, 이즈미 시키부의 『이즈미시키부닛키(和泉式部日記)』, 무라사키 시키부의 『무라사키시키부닛키(紫式部日記)』, 스가와라노다카스에(菅原孝標)의 딸 스가와라노다카스에노무스메(菅原孝標女)가 쓴 『사라시나닛키(更級日記)』 등도 빼놓을 수 없다.

② 수필(隨筆)

수필은 예나 지금이나 형식에 구애받지 않고, 여러 가지의 사상(事象)을 마음 가는 대로 적어 놓은 글이다. 원래 수필은 일기에서 분리되어 발달한 것인데, 일기가 시간의 흐름이나 장소의 한정 등 서술상의 제약을 지닌 데 비해, 수필은 시간과 장소의 제약에서 해방되어 자유롭게 단편적으로 자기를 표현하는 산문문학으로 자조적이고 비평적인 경향을 보여주고 있다. 대표작으로 거론되는 세이 쇼나곤(淸少納言)의 『마쿠라노소시(枕草子)』(1001)는 무라사키 시키부의 『겐지모노가타리』와 함께 헤이안시대 여성문학의 쌍벽을 이룬다.

2.4 설화(説話)의 세계

모노가타리(物語)가 허구를 기반으로 한다면 설화(説話)는 실제로 있었을 법한 사실을 기반으로 구전되어 온 문학이다. 신화, 전설, 설화, 가요 등이 소재가 된다. 내용적으로는 전설과 비슷하나 설명보다는 이야기에 대한 재미에 중심을 두고 진행된다. 일본설화는 광범위한 지역을 무대로 귀족, 무사, 서민, 도둑, 유녀, 거지 등 다양한 계층의 등장인물의 행동이나 지혜를 사실적으로 묘사하고 있다.

헤이안시대의 설화는 주로 인과응보를 이야기하는 '불교(佛敎)설화'와 세태를 이야기하는 '세속(世俗)설화'로 구분할 수 있다. 9세기 초에 성립된 최초의 불교설화집으로는 『니혼료이키(日本靈異記)』(822경)를 들 수 있으며, 이를 시작으로 10세기 말의 『산보에(三宝絵)』 1,100여 개의 설화를 체계적으로 모은 『곤자쿠모노가타리슈(今昔物語集)』에 이르게 된다.

Ⅲ 중세문학(中世文學)

1. 중세문학의 시대개관

일본문학사에서 중세(中世)라고 하면, 미나모토노요리토모(源頼朝)가 가마쿠라(鎌倉)에 독자적인 바쿠후(幕府)를 설립한 후 쇼군(将軍)으로 공인된 1192년부터 남북조시대(1333~1392)와 무로마치(室町)시대(1400~1573), 아즈치모모야마(安土桃山)시대(1580~1603)를 거쳐 도쿠가와 이에야스(德川家康)가 천하를 통일하고 1603년 에도(江戸)에 바쿠후를 개설하기까지의 약 400년간을 말한다.

　　중세는 '조큐의 난(承久の乱)'[1], 남북조의 대립, '오닌의 난(応仁の乱)'[2], 군웅이 할거하던 전국시대(戦国時代)[3]로 이어지는, 실로 전란(戦乱)의 연속이었다. 때문에 중세 사람들은 어지러운 세상으로 인한 불안한 마음을 불교에 의탁하였다. 이에 따라 정토종(浄土宗), 정토진종(浄土眞宗), 시종(時宗), 일연종(日蓮宗), 선종(禅宗) 등 새로운 불교가 널리 보급되었는가 하면, 문학에 있어서도 내세(來世)를 향한 불교적 심리가 강하게 작용하였다.

---

1) 조큐의 난(承久の乱) : 1221년(承久 3) 고토바천황이 가마쿠라막부의 토벌을 꾀하였으나 패배하여 귀족세력은 쇠퇴하게 되고, 오히려 무가세력의 강성을 초래한 전란이다.
2) 오닌의 난(応仁の乱) : 무로마치시대의 오닌(応仁) 원년인 1467년에 전국의 슈고다이묘(守護大名)들이 호소카와(細川)가문을 중심으로 하는 동군(東軍)과 야마나(山名)가문을 중심으로 하는 서군(西軍)으로 갈라져 1477년(文明 9)까지 약 11년에 걸쳐 싸운 내란을 말함.
3) 전국시대(戦国時代) : 오닌의 난에서부터 오다 노부나가(織田信長)가 천하통일을 하기까지 100여 년간을 전국시대라고 함.

2. 중세문학의 전개

중세문학의 담당자는 대부분이 귀족으로부터의 탈락자이거나 봉건사회의 질서로부터 도피한 지식인이었으므로, 중세의 문학을 '은자문학(隱者文学)', 혹은 '초암문학(草庵文学)'이라고 일컫는다.

이 시대의 문학은 귀족계급이 몰락하고 무사계급이 정치권으로 대두하면서 왕조의 우미함과 거칠고 세속적인 것이 대립 또는 융합되는 양상을 보인다. 중세 전기인 가마쿠라시대에는 무사들에게 정권을 빼앗긴 귀족들이 헤이안시대를 동경하며 왕조로 회귀하고픈 심정을 『신코킨와카슈(新古今和歌集)』에 담아내었으며, 그 밖에 수필, 기행문, 군키모노가타리(軍記物語) 등에서도 세상을 등진 은둔자의 시선으로 그려낸 은자문학(隱者文学)이 주류를 이루었다.

중세 후기에는 무사와 서민계층에 의해 남북조 동란을 배경으로 렌가(連歌)와 레키시모노가타리(歷史物語) 등이 쓰여지기도 하였다.

이 시기 주목해야 할 것은 종래의 문학에서 볼 수 없었던 극문학 노(能)와 교겐(狂言)의 등장이다. 특히 유겐(幽玄)을 미의식으로 하여 고도의 예술로서 승화된 노(能)는 서민의 감정을 그대로 담아낸 교겐(狂言)과 더불어 한 무대에서 상연되는 것으로 상호발전을 이루었다. 렌가(連歌) 역시 귀족에서부터 승려, 서민에 이르기까지 폭넓게 사랑받았다.

2.1 詩歌

① 와카(和歌)

중세 초반 귀족들은 정치적 실권은 잃었지만 여전히 문학창작을 담당하고 있었다. 가마쿠라막부(鎌倉幕府) 성립 후 즉위한 고토바(後鳥羽)천황은 특히 와카를 장려하였던 까닭에 궁정 귀족을 중심으로 와카가 크게 융성하여 사상최대의 가집 『신코킨와카슈(新古今和歌集)』가 편찬되기에 이르렀다. 그러나 가풍이나 표현기교는 이전과는 달리 시대를 반영한 중세 특유의 그늘진 미의 세계를 형성해 간다. 대표가집으로는 『신코킨와카슈』(줄여서 『신코킨슈(新古今集)』라고도 함), 『산카슈(山家集)』,

『긴카이와카슈(金槐和歌集)』 등이 있다.

② 렌가(連歌)

렌가(連歌)는 단카(短歌)의 윗구(上句, かみのく, 5·7·5)와 아랫구(下句, しものく, 7·7)를 여러 명이 교대로 읊어가는 형식으로, 헤이안 중기의 조쿠센슈(勅撰集)인 『슈이슈(拾遺集)』에 처음 수록됨으로써 행해지기 시작하였는데, 무로마치기에 이르러 형식과 내용면에서도 문학으로 완성되어 유행하게 되었다.

ⓐ 가마쿠라시대의 렌가 : 초기에는 와카카이(和歌会)와 함께 렌가카이(連歌会)가 열리는 등 렌가는 고위 귀족을 중심으로 융성해져갔다. 와카적인 정취가 있는 '우신하(有心派)'와 신분이 낮은 무사나 승려, 일반서민을 중심으로 우스꽝스러움을 주로하는 '무신하(無心派)'의 두 양상으로 나타났으며, 가마쿠라 말기가 되면 렌가를 직업으로 하는 렌가시(連歌師)도 출현하게 된다.

ⓑ 남북조시대의 렌가 : 남북조시기(1336~1392)에 이르러 렌가는 니조 요시모토(二条良基)와 그의 스승 규사이(救済)의 활약으로 점차 융성해졌다. 니조 요시모토는 스승의 도움을 얻어 최초의 렌가집 『쓰쿠바슈(菟玖波集)』를 완성하였으며, 이어 렌가의 규칙을 확립한 이론서 『쓰쿠바몬도(筑波問答)』를 남겼다.

ⓒ 무로마치시대의 렌가 : 무로마치시대의 렌가는 폭넓게 유행하였는데, 질적으로 저하되고 비속화되기에 이른다. 이 때 렌가의 질을 향상시킨 사람은 소제이(宗砌)와 신케이(心敬)였다. 신케이는 그의 렌가 이론서인 『사사메코토(ささめこと)』에서 와카·렌가·불도의 조화에 의한 유겐(幽玄)을 제창하여 렌가의 문학성을 향상시켰다.

ⓓ 하이카이렌가(俳諧連歌) : 하이카이렌가는 소기(宗祇) 이후 렌가가 번거로운 규칙에 얽매여 신선함을 상실해가게 되자 새롭게 등장한 장르이다. 해학과 우스꽝스러움을 주로 한 하이카이렌가는 야마자키 소칸(山崎宗鑑)과 아라키다 모리타케(荒木田守武)에 의해 보급되었다. 야마자키 소칸은 『이누쓰쿠바슈(犬筑波集)』를, 아라키다 모리타케는 『도쿠긴센쿠(獨吟千句)』와 『모리타케센쿠(守武千句)』를 펴냈는데, 이것이 이후 하이카이의 규범이 되었다.

③ 가요(歌謠)

ⓐ 엔쿄쿠(宴曲) : 주로 연회석상에서 불렸던 노래로, 템포가 빨랐기 때문에 소가(早歌)라고도 한다. 무가(武家)를 중심으로 귀족이나 승려들에게도 유행했다.

ⓑ 와산(和讚) : 불교나 고승의 가르침 등을 칭송하는 내용의 불교가요이다.

ⓒ 고우타(小歌) : 당초 고우타(小歌)는 오우타(大歌)에 대칭적 개념으로 궁정의 궁녀들 사이에서 불렸던 것인데, 민간에서 부르게 되면서 당시의 세태풍속을 노래한 유행가요를 칭하게 되었다. 남녀간의 애정을 주 내용으로 하는 가운데 해학과 풍자가 엿보인다. 『간긴슈(閑吟集)』가 대표적이다.

2.2 모노가타리(物語)

중세의 모노가타리는 기코모노가타리(擬古物語), 레키시모노가타리(歴史物語), 세쓰와모노가타리(説話物語) 등 전대(前代)의 전통을 계승함과 동시에 군키모노가타리(軍記物語), 오토기조시(お伽草子) 등 새로운 소설형태가 만들어져 보급되었다.

① 기코모노가타리(擬古物語)

기코모노가타리(擬古物語)로는 전대(前代) 헤이안초(平安朝)의 모노가타리를 모방한 모노가타리이다. 『스미요시모노가타리(住吉物語)』, 도리카에바야모노가타리(とりかへばや物語)』, 『마쓰라노미야모노가타리(松浦宮物語)』, 『고케노코로모(苔の衣)』 등이 대표적이다.

② 레키시모노가타리(歴史物語)

가마쿠라막부(鎌倉幕府)가 성립하기까지의 전란, 남북조(南北朝)의 동란 등이 이어지는 격동 속에서 사람들의 역사에 대한 인식이 높아져 새로운 형태의 사론(史論)이 생성되게 되면서 레키시모노가타리의 저작으로 이어졌다. 『미즈카가미(水鏡)』, 『마스카가미(増鏡)』, 『구칸쇼(愚管抄)』, 진노쇼토키(神皇正統記)』 등이 그것이다.

③ 군키모노가타리(軍記物語)

헤이안 말기부터 가마쿠라 초기에 걸쳐 전란을 경험한 사람들이 무가(武家)의 흥망성쇠를 주제로 장대한 스케일의 전쟁물을 선보이게 되는데, 이를 군키모노가타리(軍記物語)라고 한다. 『호겐모노가타리(保元物語)』, 『헤이지모노가타리(平治物語)』, 헤이케모노가타리(平家物語)』, 『다이헤이키(太平記)』, 『기케이키(義経記)』, 『소가모노가타리(曾我物語)』 등이 대표적이다.

④ 오토기조시(お伽草子)

가마쿠라 말기 생성된 오토기조시(お伽草子)는 무로마치시대에 들어 기코모노가타리(擬古物語)의 형태를 빌려 민간적인 소재나 전승 등을 소재로 확산되어갔다. 귀족, 서민, 무사, 상인, 장인 등 다양한 계층의 인물이 등장함으로써 광범위한 독자층을 형성해 간 오토기조시의 대표작으로는 『잇슨보시(一寸法師)』, 『분쇼조시(文正草子)』 등이 있다.

오토기조시는 근세 초기 가나조시(仮名草子)로 옮겨가는 과도기적 소설의 한 장르로서 가치가 있으며, 근대에 이르면 국민교육의 주요소재로서 변용되기도 한다.

2.3 설화

설화는 헤이안 말기부터 왕성하기 시작하여 가마쿠라 전기(前期)에 바야흐로 황금기를 맞게 된다. 레키시모노가타리나 군키모노가타리, 오토기조시, 수필 등에도 설화가 등장할 뿐만 아니라, 연이어 세속설화집과 불교설화집이 간행되어 독자들에게 소개되었다.

ⓐ 세속설화집 : 『우지슈이모노가타리(宇治拾遺物語)』, 『짓킨쇼(十訓抄)』, 『고콘초몬쥬(古今著聞集)』

ⓑ 불교설화집 : 『호부쓰슈(宝物集)』, 『센주쇼(撰集抄)』, 『샤세키슈(沙石集)』, 『홋신슈(発心集)』

이들 설화는 계몽적이고 교훈적이며 서민문학적 성격이 강하여 중세 사람들에게 크게 호응을 얻었다. 중세문학을 대체적으로 설화적(説話的)이라고 하는 것은 이러한 까닭이다. 작자로는 승려와 은자(隱者)가 많다는 점이 특징이다.

2.4 일기(日記)·기행(紀行)·수필(隨筆)

① 일기·기행

중세는 귀족사회의 쇠퇴와 더불어 궁정 여성문학도 현저하게 쇠퇴하게 된다. 그러한 가운데 헤이안시대로부터 이어져 온 여류일기문학은 가마쿠라시대로 이어졌으며, 교통망의 발달로 지방과의 왕래가 잦아지면서 기행문학도 발전하게 된다.

중세의 일기문학에 특기할 만한 현상은 궁정여인들의 견문기(見聞記)적인 일기 외에 기행문적인 여행일기가 많다는 것이다. 가장 주목되는 것은 아부쓰니(阿仏尼)의 『이자요이닛키(十六夜日記)』(1280)와 고후카쿠사(後深草)천황의 궁녀인 니조(二条)의 『도와즈가타리(とはずがたり)』(1313 이전)이다. 이외에도 『가이도키(海道記)』, 『도칸키코(東関紀行)』 등이 있다.

② 수필

중고시대부터 성행하였던 수필은 중세에 들어 귀족의 말류(末流), 즉 세상을 등지고 산 속으로 들어간 은둔자 중심의 '은자문학(隱者文学)'으로 이어진다. 가모노초메이(鴨長明)의 『호조키(方丈記)』(1212)와 요시다 겐코(吉田兼好)의 『쓰레즈레쿠사(徒然草)』(1330~31)가 대표적이다.

2.5 극문학(劇文學) ― 노(能)·교겐(狂言)

무대에서 상연되는 예술로는 춤(舞), 기술(奇術), 곡예(曲芸), 흉내내기(物真似) 등이 있었는데, 중세 이전까지는 극문학(劇文学)으로 간주하기에는 미흡했다. 중세에 들어 연극이 빠른 속도로 발전하여 줄거리와 대본을 갖추게 되면서 비로소 극문학으로서의 모양새를 갖추게 되었다. 노(能)는 여러 가지의 연극적인 요소를 갖춘 종합적인 무대예술로서, 노(能)의 대본(詞章)인 요쿄쿠(謡曲)가 극문학으로 간주된다.

① 노(能)

'노(能)'는 고대 무용극인 사루가쿠(猿楽)와 12~13세기에 신사(神社)나 절(寺)에서 벌어지던 다양한 형태의 축제극에서 발전하기 시작하여 14세기에 독특한 형식을 갖추게 된 일본 전통악극이다. '노'는 경사스러운 일이 있을 때 무사계급을 위해 직업 배우들이 벌이는 의식극(儀式劇)으로 발전하였는데, 어떤 의미에서는 사회 지배층의 안녕과 장수(長壽), 번영을 기원하는 행사이기도 하였다. 간아미(觀阿弥, 1333~1384)는 노의 기초를 이룩한 사람이며, 그의 아들 제아미(世阿弥, 1363~1443)는 노의 '유겐(幽玄)의 미'를 중시하여 예술로서 완성시켰다.

② 교겐(狂言)

노와 거의 같은 시대에 발생한 '교겐(狂言)'은 사루가쿠 중의 흉내내기(物真似) 부분에서 발달한 예능으로, 5막으로 구성되어 있는 노(能)의 사이사이에 상연되기 때문에 '아이쿄겐(間狂言)'이라고도 하며, 그래서 4막으로 구성되어 있다. 구어체를 사용하고 있으며, 독특한 대화와 독백으로 이어지는 것이 특징이다.

③ 고와카마이(幸若舞)

부채로 박자를 맞추면서 모노가타리를 읊고 간단한 춤을 추는 행위로 무로마치(室町) 말기에 유행하였다. 무장(武将)이나 영웅의 이야기가 많았기 때문에 무인(武人)에게도 호응을 얻었다. 요쿄쿠(謠曲)에 비해 극적인 요소가 적고 산문적이다.

Ⅳ 근세문학(近世文學)

1. 근세문학의 시대개관

1603년 도쿠가와 이에야스(德川家康)가 지금의 도쿄(東京)인 에도(江戸)에 바쿠후(幕府)를 개설하고부터, 1867년 15대 쇼군(将軍) 도쿠가와 요시노부(德川慶喜)가 정권을 천황(天皇)에게 되돌려 주기까지를 근세(近世)로 구분한다. 정치, 경제의 중심이 에도(江戸)에 있었기 때문에 '에도시대', 혹은 도쿠가와 가문이 정권을 쥐고 있었기 때문에 '도쿠가와시대'라고도 한다.

이 시기는 중앙집권적 봉건제도를 취하였고, 사회 안정을 유지하기 위하여 사농공상(士農工商)이란 사회계급을 규정하여 계급간 이동을 금지하였으며, 대외적으로 쇄국정책을 폈다. 유교(儒敎)를 정치적 이념으로 삼고, 군신간의 질서를 중시하는 주자학(朱子學)을 장려하는 등 문치(文治)정책을 펴나갔던 까닭에 학문과 문화가 번영하여 널리 보급되었다.

한편 산킨코타이(參勤交代)[1] 제도에 의한 교통량의 증가는 육로와 해로의 개발을 촉진시켰고, 이에 따라 상공업이 성행하게 되어 조닌(町人)계급이 경제적 실권을 장악하기에 이른다. 반면 낙후된 농업 생산에만 의존하였던 다이묘의 사정은 잦은 농민봉기와 사무라이들의 소요가 이어져 갈수록 악화되어갔다. 여기에 서양의 침략 위협으로 바쿠후 체제의 존속에 대한 의문이 심각하게 제기되자 마침내 1867년에 대정봉환(大政奉還)[2]을, 1869년에 판적봉환(版籍奉還)[3]을 실행하게 됨으로써 무사정

---

1) 산킨코타이(參勤交代) : 1635년부터 이에야스의 후계자들은 전국을 좀 더 효과적으로 통제하기 위한 방안으로서 다이묘(大名)들에게 도쿠가와 바쿠후의 행정중심지인 에도(지금의 도쿄)에 가족들을 두고 2년마다 몇 개월씩 살도록 하는 정책을 폈다. 이를 통해 도쿠가와 바쿠후가 중앙에서 통제하는 반자치제도가 확립되어 260여 년간 지속되었다.
2) 대정봉환(大政奉還) : 1867년 11월 9일 에도 막부가 明治天皇에게 정권을 반환한 것.
3) 판적봉환(版籍奉還) : 1869년 7월 25일, 다이묘(大名)들이 천황에게 자신들의 '영지(領地)'와 '영민(領民)', 즉 '판적(版籍)'을 반환하였다. 이로써 봉건체제가 무너지고 중앙집권을 이루는 첫 단계가 되었다.

권시대는 막을 내리게 되었다.

2. 근세문학의 전개

근세의 문학은 크게 전기와 후기로 구분되는데, 전기는 바쿠후 개설로부터 1736년 경까지 교토, 오사카를 중심으로 하는 '가미가타(上方)문학', 혹은 겐로쿠(元禄)시대 (1688~1703)에 융성하였기 때문에 '겐로쿠문학'이라고도 불린다. 이 시기에는 가나조시(仮名草子), 하이카이(俳諧), 조루리(浄瑠璃), 우키요조시(浮世草子) 등 본격적인 서민문학이 형성되는가 하면 모토오리 노리나가(本居宣長) 등에 의한 고전연구가 성행하여 '국학(国学)'이 완성되기도 하였다.

1736년을 기점으로 문학의 중심은 교토에서 에도(江戸)로 이동하게 되어 본격적인 에도문학기에 진입하게 되는데, 특히 분카·분세이(文化·文政 1804~1934)년간에 크게 융성하게 된다. 이 시기 에도에는 이야기책 표지의 색에 의해 이름 지어진 아카혼(赤本), 구로혼(黒本), 아오혼(青本) 등의 어린이 상대의 그림책이 있었는데, 이것들이 세상을 희극적으로 묘사한 기뵤시(黄表紙)나 몇 권의 책을 합한 고칸(合巻), 샤레본(洒落本), 곳케이본(滑稽本), 닌조본(人情本) 등 점차 관능적이고 퇴폐적인 성인소설로 발전하게 된다.

근세문학의 특징은 서민층(町人)의 욕구를 핵(核)으로 하여 무사, 학자, 승려 등 여러 계층 사람들이 문학을 창작하고 향유하였다는 점이다. 이러한 요소의 근저에는 데라코야(寺子屋, 서당)의 교육과 인쇄술의 발달도 한 몫을 하였다. 이는 그때까지 독자층에 머물러 있던 서민층(町人)이 스스로 작품을 쓰기에 이르러 조닌(町人) 문학 융성의 촉발로 이어졌다. 근세문학 속에 익살이나 풍자 등과 같은 서민성(庶民性)이 주류를 이루는 것도 이 때문이다.

2.1 유학(儒學)과 한시문(漢詩文)

에도막부가 봉건제도의 정신적 지주로 유학(儒学)을 채용하고, 그중 신분질서와 예절을 중시하는 주자학(朱子學)을 관학(官学)으로 채용하였던 까닭에 중앙은 물론 지방에서도 주자학의 진흥을 꾀하여 한시문(漢詩文)이 번성하기 시작하였다. 초기에는 유학자 하야시 라잔(林羅山)과 기노시타 준안(木下順庵) 등이 소일거리로 한시를 지었는데, 교호(享保)기에 이르러 오규 소라이(荻生徂徠)에 의해 한시문이 널리 유행하게 되었다.

후기 들어 유학자들의 문필활동이 더욱 활발해져서 한시문은 서민층에도 침투하게 된다. 간 자잔(菅茶山), 라이 산요(賴山陽), 히로세 단소(広瀬淡窓) 등 뛰어난 시인의 등장에 이어 각 지방에서 한시를 즐기는 사람들의 결사(結社)까지 결성되어 한시문 발전의 기폭제가 되었다.

2.2 시가(詩歌)

① 국학(國學)으로서의 와카(和歌)

한편 유학의 발전은 국학(国学)의 발전을 초래하였다. 가다노아즈마마로(荷田春滿)와 그의 문하생 가모노마부치(賀茂眞淵)는 일본 고대정신을 탐구하려는 방향으로 나아갔으며, 마부치의 유파인 모토오리 노리나가(本居宣長)는 실증적인 태도로 일본 고래(古來)의 신도(神道)를 존중하는 국학을 완성하였다. 노리나가는 모노가타리의 본질을 사물의 정취, 즉 '모노노아와레(もののあはれ)'로 보는 문학론을 전개하기도 하였다.

근세 초기의 와카(和歌)는 구게(公家)[4]나 부케(武家)의 교양으로써 전통적인 와카가 존중되는 실정에 있었기에 와카의 창작은 쇠퇴한 반면 고전(古典)와카집에 대한 연구가 활발하였다. 이 시기 대표적인 와카 연구서로는 중세적 비전(秘傳)사상을 비판한 도다 모스이(戸田茂睡)의 『나시모토슈(梨本集)』, 고전연구의 문헌학적 실증주의에 의한 국학연구의 방법론적 기초를 쌓은 게이추(契中)의 『만요다이쇼키(万葉代匠記)』 등을 들 수 있다.

근세 후기에는 교토에서 와카 혁신의 움직임이 일어났다. 오자와 로안(小澤盧

---

4) 구게(公家) : 조정(朝廷) 또는 조정에 출사(出仕)한 사람. ～華族 옛 구게(公家) 출신의 귀족.

庵)은 형식화된 가풍(歌風)을 비판하고 청신한 감정을 평이하고 자연스럽게 표현하는 '다다코토우타(ただこと歌)'의 실천을 주장하였고, 감정을 자연스럽고 유창하게 읊는 '시라베노세쓰(しらべの説)'라는 새로운 가풍이 생성되어, 생활과 감정에 밀착한 개성적인 작품이 등장하였다.

② 하이카이(俳諧)

하이카이(俳諧)는 '하이카이렌가(**俳諧**連歌)'의 준말로, 원래 렌가카이(連歌会)의 여흥으로 행해졌으나, 무로마치 말기 소칸(宗鑑)과 모리타케(守武)에 의해 렌가로부터 독립하려는 움직임이 일어났다. 근세의 하이카이는 중세의 무신렌가(無心連歌) 계통으로부터 독립하여 데이몬(貞門)하이카이, 단린(談林)하이카이, 쇼후(焦風)하이카이에 이르면서 예술적으로 완성되어 갔다.

③ 교카(狂歌)·센류(川柳)

ⓐ **교카(狂歌)** : 31자 단카(短歌) 형식으로 이루어진 교카(狂歌)는 속어를 사용하여 익살과 우스꽝스러움을 주로 하는 놀이문학으로, 교토 오사카를 중심으로 유행한 '가미가타교카(上方狂歌)'와 덴메이기에 전성기를 이룬 '에도교카(江戸狂歌)'로 구분된다.

ⓑ **센류(川柳)** : 마에쿠즈케(前句付)[5]라는 유희문학에서 독립한 센류는 하이쿠(俳句)와 같은 17자 정형시이나, 기고(季語)[6]나 기다이(季題) 또는 기레지(切字)[7] 같은 형식에 구애받지 않으며, 내용면에서는 비속하고 날카로운 풍자가 엿보인다.

---

5) 마에쿠즈케(前句付) : 7·7 조의 앞 구를 먼저 내놓고 그에 어울리는 5·7·5조의 구(句)를 붙이는 일종의 재치문답

6) 기고(季語) : 하이쿠(俳句)나 렌가(連歌) 등에서 춘하추동(春夏秋冬) 사계절의 느낌을 나타내기 위하여 반드시 삽입하도록 '정해진 말'. 이 '정해진 말'의 계절을 '기다이(季題)'라고 한다.

7) 기레지(切字) : 하이쿠(俳句)나 하이카이(俳諧)의 한 구는 너무 짧기 때문에, 5·7·5 음률의 한 단락에서 끊어 줌으로써 강한 여운을 주게 되는데, 이 때 쓰이는 조사나 조동사를 일컫는 기레지(切字)는 단절된 여백과 논리의 애매함을 독자의 상상력으로 메꾸어 완성도를 극대화한다. '~や、~かな、~けり'나 命令形 등.

2.3 기행(紀行)·수필(隨筆)

① 기행(紀行)

근세의 기행수필 부문에서 가히 독보적이라 할 수 있는 마쓰오 바쇼(松尾芭蕉)는 5차례의 여행을 통하여 자연과 인생이 담긴 하이쿠(俳句)의 세계를 지향하는 기행수필을 집필하였다. 『노자라시키코(野ざらし紀行)』(1684~1685), 『가시마키코(鹿島紀行)』(1687), 『오이노코부미(笈の小文)』(1688), 『사라시나키코(更科紀行)』(1688), 『오쿠노호소미치(奥の細道)』(1689) 등은 바쇼가 정적 속의 자연미를 최고조로 이끈 기행수필이다.

② 수필(隨筆)

근세는 다양한 문화가 공존하는 시대상을 반영하듯 각양각색의 주제와 내용의 수필로 뛰어난 개성을 드러내고 있다. 『오리타쿠시바노키(折たく柴の記)』는 아라이 하쿠세키(新井白石, 1657~1716)가 자신의 정치적 생애를 회상하며 쓴 자서전풍의 수필이며, 『슨다이자쓰와(駿台雑話)』는 의사의 아들로 태어난 무로 규소(室鳩巣)가 오랜 내적 갈등 끝에 주자학을 받아들여 인간으로서 마땅히 지켜야 할 도리를 강조한 수필이다.

이 외에도 마쓰다이라 사다노부(松平定信)의 『가게쓰소시(花月草子)』, 모토오리 노리나가(本居宣長)의 수상집 『다마카쓰마』(玉勝間)가 있으며, '난학(蘭学)의 선구자'로 불리는 스기타 겐파쿠(杉田玄白)의 『란가쿠코토하지메(蘭学事始)』 등이 유명하다.

2.4 소설(小説)

① 가나조시(仮名草子)

가나(假名)로 쓰인 책(草子)이라는 의미의 가나조시는 중세의 오토기조시(お伽草子)의 흐름을 이어받은 읽을거리이다. 작자는 주로 지식계급인 유자(儒者), 승려, 무사들이었으며, 당시 교양이 얕은 민중들을 대상으로 하였기에 내용면에서는 계몽적 성격이 강했다. 작품성격에 따라 교훈, 오락, 실용의 세 부류로 나누기도 한다.

② 우키요조시(浮世草子)

겐로쿠(元禄, 1688~1704)시대에서 메이와(名和, 1704~1772)시대까지 약 100여 년 간 가미가타(上方)를 중심으로 성행한 서민적이고 현실적인 산문문학을 말한다. 조 닌(町人)의 생활이 향상되고 현실긍정의 풍조가 널리 퍼져감에 따라 호색과 금전의 세계를 리얼하게 묘사한 소설이 성행하였다. 이하라 사이카쿠(井原西鶴)의 『고쇼쿠 이치다이오토코(好色一代男)』를 그 출발점으로 하는, 근세의 산문문학은 사이카쿠 의 우키요조시(浮世草子)에 의해 급격히 발전하였다.

③ 하치몬지야본(八文字屋本)

이하라 사이가쿠(井原西鶴) 사후에 그의 작품을 모방한 작가들의 출현으로 우키요 조시의 유행은 그런대로 지속되었으나, 현실을 응시하는 눈과 인간성의 추구 및 표 현능력은 이하라 사이가쿠에는 미치지 못하였다. 그런 가운데 흥미본위의 우키요조 시(浮世草子)는 대중화 상품화 되어갔다. 교토의 '하치몬지야(八文字屋)'에서 출판 되어 '하치몬지야본(八文字屋本)'이라 불리기도 하며 18세기 중반까지 번성하였다.

④ 구사조시(草双紙)

그림을 삽입하여 가나를 섞어 쓴 그림책 소설로, 표지의 색깔에 따라 아카혼(赤本), 구로혼(黒本), 아오혼(靑本), 기보시(黄表紙), 고칸(合卷) 순으로 전개되어 갔다. 사 담(史談)이나 괴담(怪談)등을 내용으로 하는 구사조시 중 아카혼, 구로혼, 아오혼은 어린이나 여성을, 기보시와 고칸은 성인을 대상으로 한 것이다.

⑤ 요미혼(読本)

'읽는 문장을 주로 하는 책'이라는 뜻의 요미혼은 중국소설의 영향을 받아 전기성(伝 奇性)이 강하며 와칸곤코분(和漢混淆文)을 사용한 본격적인 소설이라 하겠다. 하치 몬지야본(八文字屋本)이 쇠퇴할 즈음 가미가타(上方, 前期読本)에서 시작되었으며, 에도(江戸, 後期読本)로 옮겨가 분카(文化)・분세이(文正)기(1804~1830)에 전성기를 구가하였다. 시기에 따라 '전기요미혼'과 '후기요미혼'으로 구분되는데, 가미가타를 중심으로 한 요미혼은 '전기요미혼', 에도를 중심으로 한 요미혼을 '후기요미혼'이라 한다.

⑥ 샤레본(洒落本)

근세 서민(町人)사회의 흥미와 관심은 유곽(遊廓)과 극장에 집중되어 있었는데, 이중 유곽을 무대로 한 소설을 샤레본이라 한다. 그러나 샤레본은 풍속단속으로 금지되어 곳케이본(滑稽本)이나 닌조본(人情本)으로 옮겨가게 되었다.

⑦ 곳케이본(滑稽本)

교훈을 해학적으로 설명하는 단기본(談義本)의 흐름을 받아 당시 조닌(町人)의 도피적 향락주의를 그려내었다. 짓펜샤 잇쿠(十返舍一九)의 『도카이도추히자쿠리게(東海道中膝栗毛)』와 시키테이 산바(式亭三馬)의 『우키요부로(浮世風呂)』가 대표적이다.

⑧ 닌조본(人情本)

근세소설로서 최후의 형태가 된 닌조본은 풍속단속으로 발매금지된 샤레본의 사실성을 계승하면서 특히 남녀간의 애정을 중심으로 에도 말기의 퇴폐적이고 무기력한 세태를 반영하고 있다.

다메나가 슌스이(爲永春水)의 『슌쇼쿠우메고요미(春色梅児誉美)』가 대표적이며, 속어를 사용한 사실적 표현이나 풍속묘사는 메이지(明治) 근대소설의 모태가 되었다.

2.5 극문학(劇文學)

① 조루리(淨瑠璃)

이야기로서의 조루리와 샤미센(三味線) 반주에 인형조종이 어우러진 종합연극이다. 무로마치 말기의 낭독용 연애이야기인 「조루리모노가타리(淨瑠璃物語)」를 기원으로 한 조루리는 처음에는 자토(座頭, 맹인연주가)가 쥘부채와 비파(琵琶)를 곁들여 낭독하는 단순한 것이었는데, 샤미센과 인형이 결합하여 닌교조루리(人形淨瑠璃)가 완성되었다.

② 가부키(歌舞伎)

가부키의 어원은 가부쿠(かぶく, 기울다, 치우치다, 이상한 행동을 하다)가 명사화된 것으로, 1603년 이즈모(出雲)의 무녀 오쿠니(阿国)가 교토에 나와 가슴에 십자가와 허리에 표주박을 매달고 색다르게 춘 춤에서 유래한다.

무녀 오쿠니의 가부키에 자극받아 '온나가부키(女歌舞伎)'가 크게 성행하여 인기를 끌었으나 풍기문란이 문제가 되어 상연금지처분을 받게 된다. 뒤이어 미소년이 연기하는 '와카슈가부키(若衆歌舞技)'가 등장하였는데, 이 또한 풍기문란으로 금지처분을 받게 되었다. 이후 성인남자만이 연기하는 '야로가부키(野郎歌舞伎)'의 시대로 접어들게 되었고, 그것이 현재까지 이어지고 있다.

Ⅴ 근대문학(近代文學)

1. 근대문학의 시대개관

일본에서 '근대'라 함은 메이지유신(明治維新)에 의하여 신정부가 탄생한 1868년부터 〈태평양전쟁〉이 종결된 1945년까지로 구분하는 것이 보편적이다.

'국민통합'과 '부국강병'을 기조로 한 메이지 신정부는 갖가지 새로운 정책으로 근대국민국가의 기틀을 다져나갔다. 신분제도의 폐지, 지조개정(地租改正), 폐번치현(廃藩置県), 학제(学制)의 발포, 태양력의 채용 등 새로운 체제 확립에 주력하는 한편, 그간의 쇄국정책을 만회하기 위하여 진보적인 서구문명을 적극 수용하였다. 이러한 체제의 변화는 대내적으로 '자유민권운동'[1]을 초래하였고, 대외적으로는 동북아 주도권장악을 위한 전쟁을 일으키게 된다. 〈청일전쟁〉(1894~1895)과 〈러일전쟁〉(1904~1905), 이 두 전쟁의 승리로 일본은 자본주의 발전과 국력의 신장을 이루게 되는 이면에 여러 가지 내부적 모순으로 인한 사회문제가 야기되기도 한다.

다이쇼(大正)기는 동양과 서양의 접합과정에의 모순이 민중운동으로 표출되면서, 개인주의·자유주의·민주주의·사회주의가 수용된 시기이다. 〈제1차 세계대전〉을 통해 세계적으로 민주주의의 풍조가 높아지는 가운데, 일본에서도 민주주의적 사회운동이 발흥하게 되었는데, 이러한 사회의식은 관동대지진(1923) 이후 심화되어, 마침내 '정당내각의 수립', '〈보통선거법〉의 실현'을 비롯하여, 노동자·농민의 단결권과 쟁의권이 공인되는 등의 성과를 이루게 된다.

그러나 쇼와(昭和)기 들어서면서 정치권은 또다시 군국주의 체제로 전환된다. 때마침 불어 닥친 세계적인 공황의 여파로 사회불안이 심각해지게 되면서 또다시 전

---

1) 자유민권운동 : 1870년대 후반부터 1880년대에 걸쳐 메이지 절대주의 정권에 맞서, 민주주의적 개혁을 요구한 국민운동이다. 정부는 이와쿠라 도모미(岩倉具視)를 중심으로 사쓰마(薩摩), 조슈(長州) 출신 정치가들에 의한 독선적인 정치에 반대하여 일부 민중들이 자유민권운동을 일으킨 시민혁명운동이며, 메이지 정부가 조약개정에서 구미제국에 대한 복종적인 태도에 반대한 민족주의적인 성격을 띠고 있다.

쟁을 모색하게 되었고, 마침내 〈중일전쟁〉과 〈태평양전쟁〉으로까지 확산되게 된다.

2. 근대문학의 전개

근대문학은 위와 같은 근대사회를 배경으로 근대를 살아가는 근대인의 존재방식을 추구했다. 근대사회의 본질은 시민사회이므로, 자유주의·개인주의에 의해 배양된 민주주의에 의해 관철되고, 그 기구는 자본주의에 의해 구동된다. 그 안에서 살아가는 근대인은 봉건적인 신분의 속박으로부터 해방되고자 자유·평등을 갈구하였다. 그 정신구조는 휴머니즘을 기조로 한 근대적 자아의 각성에 있었다.

　　여기에 자연과학의 비약적인 진보를 받아들여 더욱 복잡다기(複雜多技)해진 근대사회를 배경으로 하는 근대문학은 통절한 인간적 자각과 진지한 인생의 탐구를 추구하기에 이른다.

2.1 과도기적 계몽시대(1868~1885년경)

메이지 초기는 근세 이후의 통속문학이 답습되는 가운데, 진보적 계몽사조가 확산되어가면서 서양문학의 번역 소개가 활발해진다. 또한 국가체제가 바뀌면서 갖가지 정치적 문제가 야기됨에 따라 정치소설이 유행하게 된다.

① 게사쿠(戱作)문학
문명개화의 새로운 풍속을 풍자적이고 해학적으로 묘사하고 있으나 스토리나 주제가 선명하지 못하여 문학적 완성도가 떨어진다. 가나가키 로분(仮名垣魯文)의 『세이요도추히자쿠리게(西洋道中膝栗毛)』(1870~1876)와 『아구라나베(安愚楽鍋)』(1872)가 대표적이다.

② 계몽사조
메이지 초기 진보적 학술단체인 〈메이로쿠샤(明六社)〉[2]에 집결했던 학자들은 구사

상(舊思想)을 비판하고 서구의 자유와 인권론을 비롯한 각 분야에 걸쳐 계몽적인 의견을 내놓았다. 그중 후쿠자와 유키치(福沢諭吉)의 민중계몽과 교육발전에의 의지는 그의 평론서 『가쿠몬노스스메(学問のすすめ)』[3]의 모두(冒頭)에 잘 나타나 있다. "하늘은 사람위에 사람을 만들지 않았고, 사람아래 사람을 만들지 않았다고 한다.(天は人の上に人を造らず 人の下に人を造らずといへり。)"는 문장으로 '천부인권론'에 의한 교육균등의 원칙을 표명한 명문(名文)이다.

福沢諭吉

③ 번역문학

서양문물의 유입과 더불어 문학작품의 번역과 번안물이 유행하였다. 대표적인 것으로 『로빈슨크루소(魯敏孫全伝)』, 『아라비안나이트(暴夜物語)』, 『하치주니치칸세카이잇슈(八十日間世界一周)』 등이 번역되어 크게 호응을 얻었다.

④ 정치소설

1884년 이후, 일본 전국에 '자유민권운동(自由民權運動)'이 고조되어갔다. 이 시기를 기점으로 정치소설이 많이 쓰여졌는데, 야노 류케이(矢野竜渓)의 『게이코쿠비단(経国美談)』(1883), 도카이 산시(東海散士)의 『가진노키구(佳人之奇遇)』(1885∼1897), 스에히로 뎃초(末広鉄腸)의 『셋추바이(雪中梅)』(1886)가 대표적이다.

---

2) 메이로쿠샤(明六社) : 모리 아리노리(森有礼)를 중심으로, 明治 6년(1873)에 결성된 계몽적 학술단체. 니시 아마네(西周), 나카무라 마사나오(中村正直), 후쿠자와 유키치(福沢諭吉), 쓰다 마사미치(津田真道), 가토 히로유키(加藤弘之), 간다 고헤이(神田孝平) 등 서양학자가 결집하여, 국민을 서구문명으로 인도한 개명적 자유주의 명분으로, 明治7년(1874)에 기관지 「메이로쿠잣시(明六雑誌)」를 발간했는데, 이듬해인 1875년 메이지정부의 「新聞紙條例」('언론기준법'과 같은 기능), 「讒謗律」('집회시위에 관한 법'과 같은 기능) 등의 언론 및 집회시위에 관한 통제로 인하여 자진하여 폐간을 결의했다.

3) 『가쿠몬노스스메(学問のすすめ)』: 후쿠자와 유키치(福沢諭吉)가 1872∼1876에 걸쳐 쓴 전17권의 평론서. 후쿠자와는 여기서 인간평등과 학문의 존중 등을 주창하였으며, 실증과 합리성에 의한 실용적인 학문을 권장했다.

2.2 근대문학의 자각시대(1885~1904)

① 사실주의(写実主義)의 태동

근대적 자각은 〈청일전쟁〉을 전후한 시기의 일본문학 개량에 크게 작용하여 이른바
사실주의 이념과 사실주의문학의 태동을 알린다.

쓰보우치 쇼요(坪内逍遥)는 근대 최초의 소설이론서인『쇼세쓰신즈이(小説神
髄)』(1885)를 통해 사실주의라는 새로운 사상을 소개하였다. 여기서 쓰보우치 쇼요
는 "소설의 핵심은 인정이고, 세태풍속이 이에 따른다.(小説の主脳は人情なり、世
態風俗これに次ぐ。)"고 하였으며, 이러한 문학관을『도세이쇼세이카타기(当世書
生気質)』에 구체화하였다. 그러나 이 소설이 자신이 부정했던 전근대적 게사쿠문학
의 요소를 답습하고 있다는 평가를 받게 되어 또 다른 과제를 남겼다.

쇼요의 문학적 과제는 그의 추천으로 소설을 쓰게 된 후타바테이 시메이(二葉
亭四迷)의『쇼세쓰소론(小説総論)』(1886)에서 성숙된다. '모사야말로 소설의 핵심
(模写こそ小説の眞面目なれ)'이며, "모사란 것은 실상을 빌어서 허상을 묘사해내는
것이다.(模写といへることは実相を假りて虚相を写し出すといふことなり)"라
하여 허구의 세계를 창작의 중심으로 인정하였고, 소설이 예술로서의 독자적인 가치
가 있음을 주장한 것이다. 이 두 이론은 근대 리얼리즘문학의 초석이 되었다.

② 겐유샤(硯友社)와 의고전주의(擬古典主義)

1885년 오자키 고요(尾崎紅葉), 야마다 비묘(山田美妙) 등이 일본 최초의 문학결사
인 〈겐유샤(硯友社)〉[4]를 결성하고 잡지「가라쿠타분코(我楽多文庫)」를 발간하였
다. 쓰보우치 쇼요(坪内逍遥)가 쓴『쇼세쓰신즈이(小説神髄)』의 영향을 받았음에
도 이들은 문장의 수사적인 기교나 각색 면에서 새로운 시도를 하는 데 그쳤으며,
이하라 사이카쿠(井原西鶴)를 지향하였지만 인간의 전형을 그려내지는 못한 채 표
현상의 모방수준을 벗어나지 못했다. 이후 이와야 사자나미(岩谷小波), 오구리 후요

---

4) 겐유샤(硯友社) : 1885년(M18) 2월, 오자키 고요(尾崎紅葉), 야마다 비묘(山田美妙) 등이 중심이 된 일본
최초의 문학결사이다. 기관지「가라쿠타분코(我楽多文庫)」를 중심으로 에도적인 풍속취미를 살린 사실주
의 문학운동을 전개하여, 취미성과 풍속성이 농후한 이하라 사이카쿠(井原西鶴)의 현실주의적인 경향이나
문체를 근간으로 한 대중적인 작품을 추구하였다.

(小栗風葉), 이즈미 교카(泉鏡花), 도쿠다 슈세이(德田秋声) 등이 잇달아 가담함으로써 문단의 중심세력이 되었다.

③ 낭만주의(浪漫主義)문학

낭만주의 문학운동은 사실주의가 전개되던 시기와 동일한 메이지 20년대에 동인지 「분가쿠카이(文学界)」를 중심으로 일어났다. 당초 모리 오가이(森鴎外)가 선구자였으나 실제로 활약하기는 기타무라 도코쿠(北村透谷)를 비롯한 「문학계」의 청년들이었다. 이들은 에도말기의 봉건적 전통과 단절된 문학창조에 노력하여 인간성 해방을 추구하였으며, 연애나 예술의 절대성을 주장하였다. 그것이 〈청일전쟁〉이후 사회나 도덕문제에 대한 관심으로 쏠려 관념소설, 심각소설로 이어지다가, 도쿠토미 로카(德富蘆花)와 구니키다 돗포(国木田独歩) 등이 후기 낭만주의를 이끌어가게 된다.

2.3 문학의 성숙과 다양화의 시대(明治後期~大正期)

〈러일전쟁〉이 초래한 자본주의 체제의 강화와 근대국가 기구의 정비를 배경으로 개인주의, 자유주의, 합리주의, 현실주의 등 근대사상의 내실을 복잡한 맥락으로 메운 이데올로기가 심화되었고, 일본 근대의 새로운 단계를 맞이한다.

① 자연주의(自然主義)문학

19세기말 프랑스를 중심으로 일어났던 자연주의는 에밀졸라(E·Zola)를 중심으로 인간과 사회현실을 과학적으로 추구하고 그것을 객관적으로 묘사함으로써 사회의 병폐를 폭로하고자 한 문학운동이다. 이러한 자연과학적 방법을 문학에 적용시킨 이른바 졸라이즘(Zolaism)이 일본에 도입되어 1900년대 초반 고스기 덴가이(小杉天外), 나가이 가후(永井荷風) 등을 통해 작품화가 시도되었다.

그러나 과학자와 같은 냉철함으로 현실을 있는 그대로 기록하는 서구의 자연주의에 비해 일본의 자연주의는 〈러일전쟁〉을 전후한 정치적 상황이 반영되어 주로 개인의 문제에 치중했다. 자아에 대한 충실을 기하여 자기고백, 인습타파 등을 내세웠던 만큼 정치에 대해서는 철저하게 무관심하였다.

　이러한 자연주의문학은 사회성과 자기고백성을 합일한 시마자키 도손(島崎藤村)의 『하카이(破戒)』(1906)와, 자기체념적 사실을 그대로 묘사한 다야마 가타이(田山花袋)의 『후톤(布団)』(1907)에서 정점을 이루었다. 이상이나 관념을 버리고 철저하게 객관적인 입장에서 인간의 본질을 탐구하려 했던 일본의 자연주의는 일본 근대문학 성립에 대단히 큰 영향을 끼친 문예사조라 할 수 있겠다.

② 나쓰메 소세키(夏目漱石)와 모리 오가이(森鷗外)

자연주의가 일본문학의 주류를 이루던 시기 윤리적이고 이지적인 작품으로 독자적 입장을 수립했던 작가로 나쓰메 소세키(夏目漱石)와 모리 오가이(森鷗外)가 있다. 이 두 거장을 별도로 여유파(余裕派)·고답파(高踏派)라 칭하기도 한다. 이들은 각각 영국과 독일유학을 경험한 문학인으로 서구문화에도 조예가 깊었으며, 예리한 시각과 비판정신으로 시대와 문명을 비판하며 근대문학의 최고봉을 이루었다. 이후의 많은 작가들이 이들의 작품을 추수(追隨)할 정도로 이들의 문학은 후세에 영향을 끼쳤으며 현재까지도 여전히 폭넓은 독자층을 확보하고 있다.

③ 탐미주의(耽美主義)문학

19세기 후반 서구에서 일어난 미의 창조를 유일한 목적으로 인공미와 감각을 중요시한 문예사조가 탐미파(耽美派)이다. 일본에서는 자연주의문학이 추악한 현실폭로 방향으로 흘러갔던 것에 대한 반자연주의운동의 일환으로 일어났다. 자유롭고 향락적인 인생관을 배경으로 미의 세계를 탐닉하는 탐미주의문학은 잡지 「스바루(スバル)」5)의 창간을 계기로 나가이 가후(永井荷風)가 주재한 「미타분가쿠(三田文学)」6)를 무대로 전개되었다.

　나가이 가후는 『아메리카모노가타리(アメリカ物語)』(1908)에 이어 『레이쇼(冷笑)』(1910), 『스미다가와(すみた川)』(1911) 등을 발표하여 탐미파 작가로서 입지를

---

5) 「스바루(スバル)」: 잡지 「묘조(明星)」의 뒤를 이어 모리 오가이가 중심이 되어 창간한 문예잡지이다.
6) 「미타분가쿠(三田文学)」: 1910년(M43) 자연주의 문학잡지 「와세다분가쿠(早稲田文学)」에 대항하여 게이오대학(慶應義塾) 문학부를 중심으로 간행된 문예 잡지이다.

굳혔다.

　　화류계 사회를 소재로 관능적이며 향락적인 세계를 섬세하게 그려낸 다니자키 준이치로(谷崎潤一郎)는 『시세이(刺青)』(1910)로 독자적인 관능미의 세계를 구축하면서, 나가이 가후와 더불어 탐미파의 대표작가로 부상하였다.

④ 시라카바(白樺)문학

나쓰메 소세키(夏目漱石)에 대한 친애감에서 출발, 1910년(M43) 잡지 「시라카바(白樺)」를 중심으로 활동한 작가들의 문학을 말한다. 이들 시라카바 동인들은 어두운 자연주의적 인생관을 배제하며, 개성적인 자아의 존중과 인간의 존엄성 회복을 지향하는 이상주의와 인도주의적 입장을 추구하였다. 무샤노코지 사네아쓰(武者小路実篤)를 중심으로 시가 나오야(志賀直哉), 아리시마 다케오(有島武郎) 등이 참가하였는데, 이들은 〈러일전쟁〉 이후 자본주의 발달로 빈부차이가 격심해져 가는 가운데서도 국가와 사회문제를 매우 낙관적으로 파악하며 자기의 개성을 발휘하였다. '가쿠슈인(学習院)' 출신인 이들은 후기인상파로 대표되는 고흐나 세잔느 등 서구미술의 소개에도 기여하여 예술 활동의 폭을 넓혔으며 이후 다이쇼(大正) 문단의 중심에서 활동하였다.

⑤ 신현실주의(新現実主義)문학

다이쇼 중기 자연주의의 자아에 집착하는 무해결의 태도와 시라카바파의 사회적 현실과 무관한 낙천적 경향에 문제의식을 갖고, 현실과 인간을 이지적으로 파악하여 이념과 사상을 표현하고자 했던 작가들의 문학을 말한다.

ⓐ 신사조파(新思潮派) : 도쿄제국대학에 다니는 사람들을 중심으로 한 잡지 「신시초(新思潮)」(제3차, 제4차)에서 활약한 작가로, 아쿠타가와 류노스케(芥川龍之介), 기쿠치 간(菊池寛), 구메 마사오(久米正雄), 야마모토 유조(山本有三) 등이 있다. 이들은 냉철한 관찰로 인생의 현실을 이지적이고 기교적으로 묘사하여 이지파(理知派)라고도 불렸다.

ⓑ 신와세다파(新早稲田派) : 1912년(T1) 창간된 잡지 「기세키(奇蹟)」의 동인 히로쓰 가즈오(広津和郎)와 가사이 젠조(葛西善蔵) 등이 중심이 되어 신와세다파를 형

성하여 문단의 주목을 받았다. 이들은 자연주의문학을 계승하여 내면을 응시하여 있는 그대로의 자신을 고백하는 이른바 '사소설(私小説)'을 완성하였다.

2.4 쇼와(昭和)초기의 체제와 문학(1926~1945)

쇼와(昭和) 초기의 일본문학은 혁명의 문학을 표방한 '프롤레타리아문학'과 사소설(私小説)을 중심으로 하여 문단의 혁신을 지향한 이른바 신감각파를 위시한 '신흥예술파문학'과의 대립이 특징적이다.

　1926년 일본에 상륙한 마르크시즘(*Marxism*)이 급속히 확산되어감에 따라 노동문학과 민중예술론이 대두되기에 이른다. 이러한 사회적 문제점을 치열하게 파고든 '프롤레타리아(*Proletariat*)' 문학은 1928~1929년경 문단의 큰 세력으로 부상하였지만, 〈만주사변〉(1931)을 기점으로 극심해진 쇼와(昭和)정부의 통제와 탄압에 의하여 쇠퇴일로에 접어들었다.

　반면 동 시기 신진작가들 사이에서 전개된 '모더니즘(*modernism*)운동'에 의하여 신감각파(新感覚派), 신흥예술파(新興芸術派), 신심리주의파(新心理主義派)의 문학이 전면에 부상하였다. 그러다가 중국 대륙진출을 위하여 전쟁을 도모하던 국가의 정치적 탄압으로, 이후에는 새로운 유형의 문학이나 좌익사상의 문학을 포기한 '전향문학'과 '국책문학'이 그 자리를 대신 하게 된다. 한편 체제와 무관한 기성작가와 신인작가들의 두드러진 활약도 눈여겨볼 부분이다.

① 프롤레타리아문학

〈제1차 세계대전〉(1914~1918)과 〈러시아혁명〉(1917) 이후 싹트기 시작한 '프롤레타리아문학운동'은 1921년(T10) 창간된 잡지 「다네마쿠히토(種蒔く人)」에서 방향을 정립하게 된다. 화려했던 다이쇼시대의 이면에 돌출된 사회적 모순은 1923년(T12) 관동대지진(関東大地震) 직후 자본가와 노동자간의 극심한 대립을 초래하였다.

　이 시기 대표적 기관지로는 「분게이센센(文芸戦線)」과 「센키(戦旗)」를 들 수 있는데, 전자인 「분게이센센(文芸戦線)」에 속한 작가로는 하야마 요시키(葉山嘉樹) 외에 구로시마 덴지(黒島伝治), 히라바야시 다이코(平林たい子) 등이 있으며, 이의 이론적 지도자로 아오노 스에키치(靑野季吉)를 들 수 있다. 후자인 「센키(戰旗)」에 속한 대표작가로는 고바야시 다키지(小林多喜二)와 도쿠나가 스나오(德永直)가 있으며, 이의 이론적 지도자는 구라하라 고레히토(藏原惟人)이다.

② 모더니즘문학

1923년 관동대지진을 전환점으로 급변하는 사회 속에서 프롤레타리아문학에도 속하지 않고 기성문단에도 만족하지 못하는 신진작가들 사이에서 모더니즘문학운동이 전개된다. 〈제1차 세계대전〉 이후 유럽에서 발생한 전위예술인 다다이즘(*dadaism*)[7], 미래파[8], 표현파[9] 등의 영향으로 일어난 문학혁신운동이다. 신감각파, 신흥예술파, 신심리주의 등이 있다.

ⓐ 신감각파(新感覺派) : 1923년 「분게이슌주(文芸春秋)」의 젊은 동인들이 중심이 되어 프롤레타리아문학의 「분게이센센(文芸戰線)」에 대항하는 「분게이지다이(文芸時代)」를 창간하여 창작활동을 한 그룹을 말한다. 이들의 특색은 도시생활이나 기계문명의 일면과 현상을 감각적으로 찾아내어 짧은 기간에 문단의 이색적인 존재로 등장하였다. 그러나 명확한 이론을 내세우지 못한 채 감각표현의 기교로 일관한 탓에 점차 쇠퇴하게 된다. 요코미쓰 리이치(橫光利一), 가와바타 야스나리(川端康成)가 대표적이다.

ⓑ 신흥예술파(新興芸術派) : 1927년(S2) 「분게이지다이」가 폐간되고, 뒤이어 예술의 옹호를 외치며 1930년(S5) 나카무라 무라오(中村武羅夫), 후나하시 세이이치(舟橋聖一)를 중심으로 반프롤레타리아 작가들의 대동단결을 도모한 그룹이 신흥예술파이다. 신흥예술파 역시 통일된 이론이나 방법을 찾지 못하고 경박한 기교만으로 도시풍속을 묘사하다가 얼마 되지 않아 해체되고 만다. 이부세 마스지(井伏鱒二), 가지이 모토지로(梶井基次郎) 등이 독자적 개성을 발휘하여 창작활동을 전개하였다.

---

7) 다다이즘(*dadaism*) : 파괴주의 예술운동으로, 전통의 부정과 권위에 대한 반항 등을 지향함. 스위스 취리히에서 트리스탄 차라에 의해 시작되었다.
8) 미래파 : 운동과 생명력에 의한 세계 파악을 지향함. 이탈리아의 마리네티가 주창하였다.
9) 표현파 : 작가의 내면적이고 주관적인 감정표현을 중시함. 20세기 초반 독일을 중심으로 문학상의 자연주의나 미술상의 인상주의에 대한 반동으로 일어났다.

ⓒ 신심리주의파(新心理主義派) : 20세기 초 정신분석학을 바탕으로 한 의식의 흐름
과 내적독백의 수법으로 인간의 심층심리를 예술적으로 표현하였던 서구의 심
리주의를 적극적으로 수용하여 신감각파의 흐름을 계승·발전시킨 그룹이다.
호리 다쓰오(堀辰雄), 이토 세이(伊藤整)가 대표적이다.

③ 전향(転向)문학

전향이란 공산주의나 사회주의를 포기하고, 천황제하의 국가기관으로 귀속하는 것
을 말하며, 전향문학이란 전향문학자들의 고뇌 등을 작가 자신의 체험을 바탕으로
고백한 작품을 말한다. 이런 까닭에 전향문학은 사소설풍의 작품이 대부분이다. 나
카노 시게하루(中野重治), 무라야마 도모요시(村山知義), 다카미 준(高見順) 등이
있다.

④ 기성작가와 신인작가의 활약

프롤레타리아문학이 쇠퇴함에 따라 기성문단의 작가들이 활동을 재개하여 연이은
역작을 발표함에 따라 이른바 문예부흥의 시대가 되었다. 이 시기 두드러진 활동을
보인 작가는 도쿠다 슈세이, 나가이 가후, 다니자키 준이치로, 시마자키 도손, 시가
나오야 등이다.

한편 천재작가 아쿠타가와 류노스케를 기념하여 1935년(S10)에 제정된 〈아쿠타
가와상〉과 〈나오키상〉 역시 문예부흥에 일조하여 신인작가들의 창작열에 대한 기
폭제가 되었다. 이시카와 다쓰조(石川達三), 아베 도모지(安部知二), 이시카와 준
(石川淳), 니와 후미오(丹羽文雄) 등이 신인작가로서 두드러진 활동을 하였다.

⑤ 전쟁문학과 국책문학

1937년 〈중일전쟁〉 발발을 기점으로 1945년 8월 〈태평양전쟁〉이 종전되기까지는
쇼와정부의 언론과 문화의 통제가 극심한 시기였다. 이 시기 많은 문학자들이 '보도
반원'으로 종군하여 전쟁의 참상을 다각적으로 그려내었다. 이시카와 다쓰조(石川達
三)는 『이키테이루헤이타이(生きてゐる兵隊, 살아있는 병사)』를 비롯한 전쟁에 비
판적인 작품을 발표하여 발매금지처분을 당한 반면, 이른바 '국책문학'이라 불리는

히노 아시헤이(火野葦平)의『무기토헤이타이(麦と兵隊, 보리와 병사)』아류의 작품들은 전쟁의지를 고취시킬 수 있는 작품으로 널리 홍보되어 국책에 이용되기도 하였다.

Ⅵ 현대문학(現代文學)

1. 현대문학의 시대개관

1945년(S20) 쇼와천황의 무조건 항복 선언으로 일본사회는 새로운 국면을 맞게 된다. 전후 일본의 정치권과 사회는 군국주의 체제하의 강력한 통제에서 벗어나, 미국을 주축으로 한 점령군의 통제에 의해 민주적 개량을 시행하게 되었다. 패전이라는 전에 없는 경험과 미군정(美軍政)에 의한 급진적인 개혁, 갑작스런 사회 환경의 변화 등으로 국민은 혼란에 휩싸이게 되었지만, 1950년 6월 25일 발발한 〈한국전쟁〉으로 또다시 전쟁특수를 맞게 되면서, 단기간에 전후의 피폐함에서 벗어나 안정기로 들어서게 되었다.

1960년대 일본은 〈베트남전쟁〉 특수가 더해져 고도성장기로 접어들면서 비약적인 경제발전을 이룩하게 되었다. 1964년 도쿄올림픽 이후 시행된 대대적인 공업화는 일본사회를 도시화 대중화로 이끌었으며, 가족의 형태를 이전의 대가족에서 핵가족의 형태로 바꾸어놓았다. 이로 인해 현대사회는 국가나 사회조직의 존재가 희박해지면서 이전에 비해 다양한 가치관과 자기만의 평가기준이 크게 작용하게 되었고, 문학에 있어서도 탈정치적·탈역사적 성향이 주류를 이룬다.

2. 현대문학의 전개

전쟁이 종결되고 언론표현의 자유가 주어지게 되자 문학계에서는 예전 것의 부활과 새로운 것의 생성이 두드러지게 되었다. 이는 크게 '전통문학파', '민주주의문학파', '전후파'로 구분된다. 전통문학파는 문화통제시기 침묵으로 일관하다가 속속 작품을 발표하기 시작하였고, 민주주의문학파는 전시체제에서 탄압을 받았던 좌익문학세력을 모아 문단에 복귀하였다. 전후파는 저널리즘이 활기를 되찾게 되자 이러한 사회적 기운에 편승하여 등장하였다.

2.1 기성작가들의 활동재개

전시체제하 강력한 문화통제정책으로 장기간 침묵으로 일관하고 있던 '전통문학파'의 기성작가들은 전쟁이 종결되자 그동안에 써 두었던 작품을 속속 발표하게 된다. 시가 나오야(志賀直哉)는 『하이이로노쓰키(灰色の月, 잿빛 달)』를, 나가이 가후는 『군쇼(勳章, 훈장)』, 『마이코(舞子, 춤추는 아이)』 등을, 다니자키 준이치로(谷崎潤一郎)는 『사사메유키(細雪, 세설)』와 『쇼쇼시게모토노하하(少将滋幹の母, 소장 시게모토의 어머니)』를, 무샤노코지 사네아쓰(武者小路実篤)는 『신리센세이(眞理先生, 진리선생)』를 발표하여 건재함을 과시하였다.

또한 가와바타 야스나리(川端康成)는 『센바즈루(千羽鶴, 천마리학)』, 『야마노오토(山の音, 산소리)』를, 이부세 마스지(井伏鱒二)는 『혼지쓰큐신(本日休診, 금일휴진)』을, 이토 세이(伊藤整)는 『히노토리(火の鳥, 불새)』를 발표함으로써 중견작가들의 두드러진 활약을 보여주었다.

2.2 전후(戰後)의 문학

① 민주주의문학(民主主義文學)

종전 직후인 1945년 12월 프롤레타리아 계열의 나카노 시게하루(中野重治), 구라하라 고레히토(蔵原惟人), 도쿠나가 스나오(德永直), 미야모토 유리코(宮本百合子) 등이 발기인이 되어 〈신니혼분카쿠카이(新日本文学会)〉를 결성하고, 이듬해 3월 잡지 「신니혼분가쿠(新日本文学)」를 창간하였다. 이들은 민주주의문학을 기치로, 전후문학의 리더를 지향했으나, 그다지 특기할 만한 작품을 내놓지는 못했다. 도쿠나가 스나오(德永直)의 『쓰마요네무레(妻よねむれ, 아내여 잠들라)』, 미야모토 유리코(宮本百合子)의 『반슈헤이야(播州[1]平野, 반슈평야)』 정도가 발표되었다.

② 전후파문학(轉後派文學)

전후파문학은 전후의 혼란스러운 상황과 맞물려 자아붕괴, 자기부정적 발상이 지배적이었는데, 그 발상이 그대로 문학에 반영되게 된다.

ⓐ **무뢰파(無賴派)** : 기성 가치관의 전도(顚倒)와 붕괴의 와중에서 믿을 만한 것을 찾지 못한 채 자학적인 파멸 속으로 스스로 몸을 내던진 일단의 작가들이다. 이들은 패전 직후 허탈감과 혼란감에 휩싸인 젊은이들이 느낄 수밖에 없었던, 하루 아침에 태도를 표변하여 민주주의를 외치는 사회지도급 인사들에 대한 불신감에 조응하는 존재였다. 이들 무뢰파 문인들은 현실적 질서로 간주되고 있는 모든 것의 허구성을 폭로하며 니힐리즘(*nihilism*)[2]과 데카당스(*Décadence*)[3]로 치달은 파멸형 작가들이었다. 다자이 오사무(太宰治), 사카구치 안고(坂口安吾), 오다 사쿠노스케(織田作之助)가 대표적이다.

ⓑ **제1차 전후파(第一次戰後派)** : 사양기 마르크시즘의 세례, 쇼와 초기의 공산주의 문학운동, 그리고 전쟁과 패전이라는 체험을 공통분모로 하는 제1차 전후파 문인들은 이러한 현실을 자기부정의 어둡고 폐쇄된 세계로 인식하면서 살아간 작가들로, 하니야 유타카(埴谷雄高), 노마 히로시(野間宏) 등을 들 수 있다.

ⓒ **제2차 전후파(第二次戰後派)** : 제2차 전후파 문인들은 제1차 전후파 문인들에 비해 해외에서의 전투체험으로 확실하게 전쟁에 의한 가해의식과 자기붕괴를 체험한 그룹이다. 정신적으로나 물질적으로나 모든 것을 상실한 초토에서 출발해야 했기 때문에 오히려 관념이나 사상의 순수배양이 가능하였다. 또한 해외에서의 전투체험은 시야의 확대와 함께 좀 더 근본적인 인간생존의 문제를 진지하게 응시하게 만들었다고 할 수 있다. 오오카 쇼헤이(大岡昇平), 아베 고보(安部公房), 미시마 유키오(三島由紀夫)가 대표적이다.

---

1) 반슈(播州) : 일본 고대 소국가인 '播磨(はりま)の国'의 별칭.
2) 니힐리즘(*nihilism*) : 라틴어의 '무(無)'를 의미하는 니힐(nihil)이 그 어원으로, 허무주의를 이르는 말. 엄밀한 의미에서의 니힐리즘은 아무것도 존재하지 않는다는, 즉 무(無)라는 주장이다. 전통적인 기성의 질서와 가치를 부정하고, 생존은 무의미하다고 여기는 태도를 말하며 무의미한 생존에 안주하는 도피적인 경향과, 기성 문화와 제도를 파괴하려고 하는 반항적인 경향이 있다.
3) 데카당스(*Décadence*) : 19세기 후반 프랑스에서 시작되어 유럽 전역으로 전파된 퇴폐적인 경향 또는 예술운동을 가리키는 용어로 '퇴폐·쇠락'을 의미하며, '세기말(findesiécle)'이라는 별칭으로 19세기 말의 20년 동안 절정에 달했다가 점차 쇠퇴해갔다. 지성보다는 관능에, 도덕·질서보다는 죄·퇴폐에 관심을 갖고 새로운 전위적인 미를 발견하려 하였다. 병적인 감수성, 탐미적 경향, 전통의 부정, 비도덕성 등의 특징을 보이는 허무적·퇴폐주의적인 예술경향과 생활태도를 말한다.

2.3 고도성장기(高度成長期)의 문학

① 제3의 신인(第三の新人)의 활동

'제3의 신인'이란 제1, 2차 전후파에 이어 1955년경에 새롭게 등장한 작가들을 일컬으며, 이들은 〈아쿠타가와상〉 수상자이거나 후보자였다는 공통점을 지니고 있다. 고지마 노부오(小島信夫), 야스오카 쇼타로(安岡章太郎), 엔도 슈사쿠(遠藤周作) 등이 있는데, 이들은 전후파문학이 정치성 사상성을 보여준 것과 대조적으로 일본경제의 고도성장과 맞물려 생활의 저변에 깔려있는 위기에 착목하여 일상의 공허함을 그려내었다.

② 전후세대 작가의 활동

전후에 새로 출발한 신진작가들의 공통점은 안정된 사회 속에서 싹튼 공허함과 피로감을 나름의 방법으로 타파하려는 강한 개성을 문학에 표출하고 있다는 점이다.

이시하라 신타로(石原愼太郎)의 『다이요노기세쓰(太陽の季節, 태양의 계절)』는 기성도덕과 권위에 과감히 도전함으로써 존재의 충족을 추구하는 젊은이들의 모습을 그려냄으로써 당시 청년들로부터 전적인 공감을 얻어냈다. 또한 '태양족'이라는 신조어를 유행시키는 등 문학의 대중화시대를 이끌어냈다. 오에 겐자부로(大江健三郎)의 경우도 『고진테키나타이켄(個人的な體驗, 개인적인 체험)』을 비롯한 문제작을 연달아 발표하여 국내외적으로 크게 주목받았다.

한편 여류작가의 활약도 두드러지는데, 아리요시 사와코(有吉佐和子), 구라하시 유미코(倉橋有美子), 엔치 후미코(円池文子) 등의 활동이 특히 주목된다.

③ 내향의 세대(内向の世代)

1970년대 중반 경이적인 고도성장을 이룩한 일본사회는 안정권에 진입하였으나 급속한 도시화 과정에서 일상생활의 붕괴에 대한 위기감이 생겨난 데다, 대중화로 인해 개인이 소외되어가는 현상이 빚어지게 되었다. 이러한 불확실한 일상이나 인간관계를 치밀하게 묘사하려는 작가가 등장하게 되는데, 이들을 '내향의 세대(内向の世代)'라고 한다. 변화와 혼미를 거듭하는 외부상황에 대처할 자아의 부재를 절감하

고 자아의 공동(空洞)에 시달리는 의식의 흐름에 주력한 까닭에 이들의 작품에는 본격소설이 갖추어야 할 구성이나 긴장감이 없다는 점이 특징이다. 주요작가로는 구로이 센지(黒井千次), 아베 아키라(阿部昭), 고토 메이세이(後藤明生), 후루이 요시키치(古井由吉) 등이 있다.

2.4 1980년대 이후의 문학

국제화·고도정보화 사회로 변한 1980년대부터는 팍스아메리카니즘(Pax Americanism)[4]의 영향으로 '국적을 못 느끼는' 신세대 작가들이 등장한다. 이들은 다양한 가치관과 평가 기준으로 기존 문인들과는 달리 개인의 삶 영역에서 국가나 사회조직의 존재가 희박해지면서 탈정치·탈역사적 성향을 드러냈다. 외국에서의 유랑생활을 문학으로 엮어 내는가 하면, 그들만의 도회감각으로 세계 공통적인 라이프스타일에 일본적 서정을 가미한 작품을 발표하기도 하였다.

1980년대에는 무라카미 류(村上竜), 무라카미 하루키(村上春樹), 시마다 마사히코(島田雅彦), 다카하시 겐이치로(高橋源一郎), 요시모토 바나나(吉本ばなな), 야마다 후타바(山田双葉, 본명 山田詠美) 등이 영상세대(映像世代)다운 새로운 문학을 그려내고 있다. 이 시기 주목할 점은 여류작가들의 두드러진 활약과 이들이 그려내는 성(性)개념의 변화이다. 여성에게 성의 향락이 결혼이나 사랑을 전제로 했던 이전과는 사뭇 다른 양상을 보여주고 있는 것이다.

---

4) 팍스아메리카니즘(Pax Americanism) : 미국의 지배에 의해 세계의 평화질서가 유지되는 상황을 함축적으로 표현하는 용어이다.

Ⅶ 한국인의 일본어문학

1. 조선인 일본어문학

'조선인 일본어문학'이라 함은 구한말에서부터 일제강점기에 걸쳐 조선인이 일본어로 쓴 문학일반을 말한다. 당초 조선인의 '일본어글쓰기'는 1902년 이인직의 『가후노유메(寡婦の夢, 과부의 꿈)』를 시작으로 시행되어 왔다. 그러다가 〈중일전쟁〉과 〈태평양전쟁〉 시기에 이르러 국책의 일환으로 일제에 의해 강제되어 대거 양산되기에 이른다. 이는 시기와 사회적 배경을 기준으로 세 시기, 즉 1882~1922년을 제1기, 1923~1938년을 제2기, 그리고 일제말기인 1939~1945년을 제3기로 나누어 볼 수 있다.

1.1 제1기 조선인 일본어문학

제1기는 합병을 전후한 1882~1922년경에, 일본으로 건너갔던 조선인 유학생들에 의해 발표된 문학이다. 이광수(李光洙)의 『아이카(愛か, 사랑인가)』(1909)를 대표작으로 들 수 있으며, 이외에도 주요한을 비롯한 유학생들에 의해 고전작품 번역물과 새로운 창작물이 일본에 소개되기도 하였다.

1.2 제2기 조선인 일본어문학

제2기는 1923~1938년으로, 일본은 물론 조선에서도 일본어작품이 창작되었다. 1923년 일본으로 건너간 김희명(金熙明)과 정연규(鄭然圭)가 각각 시와 소설을 발표함으로써 재일조선인문학의 길을 열었으며, 정지용(鄭芝溶)도 유학기간동안 다수의 시를 일본어로 창작 발표하였다.

조선에서의 일본어소설은 유학에서 돌아온 이수창(李壽昌)의 작품을 효시로 보고 있으며, 조선과 일본을 오가며 활동한 작가로는 김사량(金史良)을 들 수 있다. 그런가 하면 기 발표한 작품이 일본어로 번역소개된 작품도 상당수 있다.

1.3 제3기 조선인 일본어문학

제3기는 〈중일전쟁〉이후 일본어상용화정책에 의하여 본격적으로 '일본어글쓰기'가 강화되던 시기이다. 주로 「국민문학(國民文學)」, 「녹기(綠旗)」, 「동양지광(東洋之光)」, 「국민총력(國民總力)」, 「신시대(新時代)」, 「총동원(總動員)」 등 친일잡지를 발표매체로 하고 있는데, 이를 유형별로 구분해 보면, 첫째, '징병·징용을 통한 천황의 국민 되기'나 '전쟁찬미'등을 소재로 하여 맹목적으로 침략전쟁을 찬양하거나 추종하는 작품. 둘째, 가장 강력한 내선일체의 한 방편이었던 내선결혼을 소재로 한 작품. 셋째, 황민화정책에 부응하는 조선인상을 그린 작품과 후방여성의 황국신민으로의 길을 제시한 작품으로 구분할 수 있다. 이 외에도 오족협화론과 만주개척을 소재로 하거나 식민지 문인의 고뇌와 갈등을 그린 작품도 상당수 있다.

2. 재일한국인 문학

재일한국인은 그 이동 시기와 원인에 따른 다양한 편차를 보이고 있으며 재일한국인 문학도 세대별, 작가별로 다양한 문학적 자장(磁場)을 형성하고 있다. '재일한국인 문학사'는 일제강점기에 일본에서 발표된 일본어창작물을 그 시초로 하여 한 줄기를 형성하고 있다. 이러한 측면에서 정연규의 『겟센노젠야(血戰の前夜, 혈전전야)』(1922)를 시작으로 장혁주와 김사량의 창작활동을 기반으로 하고 있지만, '재일한국인 문학'의 본격적인 출발은 해방 이후로 보는 것이 보편적이다. 이는 대체적으로 역사적 시간의 측면에서 언어적 갈등을 중심으로 제1세대에서 제3세대로 분류되고 있다.

2.1 제1세대 재일한국인 문학

제1세대 재일한국인 문학의 특징은 정치 지향적인 문제의식을 기본으로 하고 있다. 김달수(金達壽)를 시작으로 이은직(李殷直) 장두식(張斗植) 등을 들 수 있는데, 이들은 일제강점기의 민족적 경험을 작품으로 쓰고 있다는 공통된 특징을 지니고 있다. 따라서 민족의 운명과 직결된 문제들, 남북의 통일과 자주독립을 최우선 과제로 한 민중의 투쟁을 그려낸 작품이 대부분이다. 이들의 작품은 조선인으로서의 정체성이 작품 전반에 드러나고 있어, 일본문단에서도 조선인문학으로 인식되는 경향이 강하다.

2.2 제2세대 재일한국인 문학

제2세대 재일한국인 문학의 특징은 민족적 정체성의 위기 속에서 그들의 고뇌와 저항을 그리고 있어, 가장 재일한국인 문학답다는 평가를 받고 있다. 정승박(鄭承博), 김석범(金石範), 김시종(金時鐘), 이회성(李恢成), 고사명(高史明), 김학영(金鶴泳) 등이 이에 속하는데, 이들은 조국으로 돌아간다 하더라도 자신들이 이방인일 수밖에 없는 현실에 심한 정체성의 혼란을 겪는다는 특징이 있다. 그 가운데서도 자신의 몸에 한국인의 피가 흐르고 있음을 자각하고 그것을 작품으로 그려내고 있는 경우가 많다.

2.3 제3세대 재일한국인 문학

제3세대 재일한국인 문학의 특징은 민족적 정체성을 희구하기보다는 주제의 다양성을 드러내면서 문학적 영역을 확대해가고 있다. 대표적 작가로는 양석일(梁石日), 박중호(朴重鎬), 이양지(李良枝), 다케다 세이지(竹田青嗣), 유미리(柳美里), 강신자(姜信子), 현월(玄月), 가네시로 가즈키(金城一紀) 등이 있는데, 이들은 대부분 1980년대 중반에 작품 활동을 시작하여 현재에 이르고 있다. 제3세대 작가들 역시 제2세대 작가들과 마찬가지로 조국의 언어를 구사할 능력이 없는데다가, 고국에로의 귀속의식은 2세대에 비해 훨씬 희박하다. 때문에 민족적 정체성보다는 자신이 속한 일본사회에서의 정체성을 추구하려는 경향이 훨씬 강하며, 이러한 성향을 작품 곳곳에서 발견할 수 있다.

제3장 일본 장르문학의 개설

'운문문학'이란 일정한 음수율 또는 내재율을 지닌 문장을 말하며, ①가요(歌謠), ②와카(和歌), ③렌가(連歌)·하이카이(俳諧), ④센류(川柳)·교카(狂歌), ⑤한시문(漢詩文), ⑥시(詩)로 분류하여 보는 것이 보편적이다. 그중 와카의 여러 형식(歌体) 중 현재까지 존속되는 단카(短歌)나, 하이카이로부터 분화된 하이쿠(俳句, **俳**諧の**発句**에서 유래한 말)는 오늘날까지 왕성한 생명력을 지니고 있어 근대시와 함께 현대의 운문문학을 지탱하는 기둥이 되고 있다.

'산문문학'의 경우는 매우 다양하다. 이는 고대의 ①노리토(祝詞)·센묘(宣命), ②신화(神話)·설화(説話), ③모노가타리(物語)·소설(小説), ④일기(日記)·기행(紀行)·수필(随筆), ⑤평론(評論) 등으로 분류된다. 그중 고대로부터 중세에 성행했던 모노가타리 문학은 근세의 소시(草子)를 거쳐 근대 이후 소설문학으로 정착되어 현대에 이른다.

'극문학'이란 일본문학사에서 ①노(能), ②교겐(狂言), ③조루리(浄瑠璃), ④가부키(歌舞伎), ⑤신파(新派), ⑥신극(新劇) 등으로 이어지는데, 중세인 무로마치 시대에 창작된 노와 교겐이나, 근세의 조루리나 가부키 또한 개량의 과정을 거쳐 오늘날까지 전해지고 있다. 한편 메이지시대의 신파도 근대극으로서 이어져오고 있다.

Ⅰ 시가(詩歌)

1. 고대의 시가

대륙으로부터 문학이 도래하기 이전부터 일본에는 많은 민요적인 가요가 있었다. 고대가요는 『고지키(古事記)』, 『니혼쇼키(日本書紀)』, 『후도키(風土記)』, 『긴카후(琴歌譜)』, 『붓소쿠세키카히(仏足石歌碑)』 등에 기록되어 오늘날까지 약 300수(首)가 전해지고 있다.

　이윽고 문학이 도래하고 보급됨에 따라 가요(歌謠)에서 발전되어 더욱 개성적인 와카(和歌)가 만들어지게 되었다. 상고시대(上古時代)의 대표적인 와카는 나라(奈良) 말기의 『만요슈(万葉集)』에 수록되어 있다.

1.1 고대가요

① 우타가키(歌垣)

우타가키는 구송(口誦)에 의해 전해내려 온 구비문학(口碑文学) 형태이다. 다수의 남녀가 모여 신(神)을 제사하고 음식과 가무(歌舞)를 즐기는 농사와 관련된 행사에서 시작되었다. 산이나 언덕위에서 남녀가 서로 노래를 부르며 사랑을 나누는 집단행사로 전해져 왔다. 『만요슈』에 나오는 쓰바이치(海石榴市)[1]에서의 우타가키를 살펴보자.

> 海柘榴市の 八十の衢に 立ち平し 結びし紐を 解かまく惜しも。『万葉集』, 卷12
> (쓰바이치의 여든 갈래로 갈라진 길을 밟으며 묶은 속옷 끈 풀기란 아쉬워라.)

---

1) 쓰바이치(海石榴市) : 나라현(奈良縣)에 소재한 '쓰바이치'는 우타가키의 대표적인 지명으로 '쓰바기치'로도 불린다.

『만요슈』소재 우타가키는 남녀가 가무를 할 때, 남자가 묶어준 속옷의 끈을 다른 남자를 위해 푸는 것을 아쉬워한다는 여성의 노래이다.

반면 『니혼쇼키(日本書紀)』권16에 나오는 '쓰바이치'에서의 우타가키는 부레쓰(武烈)천황이 황태자 시절 쓰바이치에서 우타가키를 하는 사람들 틈에 끼어 가게히메(影媛)의 소매를 잡았지만, 가게히메는 이미 신하인 시비(鮪)와 관계를 맺은 사이였음을 알고 실망한다는 내용으로 되어있다.

② 기키가요(記紀歌謠)

구송(口誦)에 의해 전해내려 온 고대의 가요 중 『고지키』와 『니혼쇼키』에 채록된 가요를 '기키가요(記紀歌謠)'라고 하는데, 여기에 수록된 가요는 중복된 50수를 포함하여 약 240수에 달한다.

기키가요의 소재로는 남녀의 연애(恋愛)를 다룬 것이 가장 많고, 수렵(狩獵)이나 농경생활과 관련된 노동과 제사(祭祀), 전투(戦闘), 주연(酒宴) 등 고대인들의 생활 전반에 관한 것들이어서 고대인들의 생활과 감정을 엿볼 수 있다. 초기의 '니쿠기레(二句切れ)' 형식의 노래(歌)이다.

狭井河よ 雲立ちわたり / 畝火山 木の葉さやぎて 風吹かむとす。　　『古事記』
(사이강에 구름이 일고, 우네비산의 나뭇잎이 흔들리니 바람이 불려나.)

여기서 '바람이 불어대니 나뭇잎이 흔들리네!'라 하지 않고, '나뭇잎이 흔들리니 바람이 불려나보다!'라는 역발상은 기막힌 표현이라 할 수 있을 것이다.

기키가요의 가체(歌体)는 가타우타(片歌), 단카(短歌), 세도카(旋頭歌), 조카(長歌), 붓소쿠세키카(仏足石歌) 등이 있다. 간혹 4구체가(四句体歌)도 있기는 하나 한 구의 음수가 반드시 5음과 7음으로 갖추어져 있지는 않다.

▲ 상대가요의 가체(歌体)와 형식

가 체	형 식 (음수율)
가타우타(片歌)	5·7·7
단카(短歌)	5·7·5·7·7(和歌의 대표형식)
세도카(施頭歌)	5·7·7 / 5·7·7
조카(長歌)	5·7·5·7·5·7····5·7·7
붓소쿠세키카(仏足石歌)	5·7·5·7·7·7

　　노래의 표현기법은 '쓰이쿠(対句)[2]'나 동음(同音)의 반복이 많고 '마쿠라코토바 (枕詞)'[3] '조코토바(序詞)'[4] 등을 많이 사용하여 아름답고 힘찬 어조(語調)를 보여 준다.

　　한편 기키가요에 나타난 약 17종류의 가곡명은 노래로 불렸던 가요가 문자화되 었다는 증거이기도 하다. 예를 들면 『고지키』에는 시골풍으로 노래하는 히나부리우 타(夷振歌), 조용하게 노래하는 시즈우타(志都歌), 마지막 구를 올리는 시라게우타 (志良宣歌), 낭독풍의 요미우타(読歌) 등이 수록되어 있으며, 『니혼쇼키』에는 시사 적인 풍자를 담은 동요(童謡) 등이 수록되어 있다.

1.2 와카의 집대성 – 『만요슈(万葉集)』

종래의 구전문학(口伝文学)에서 기재문학(記載文学)으로 진보하면서 집단의 장소에 서 불리던 기존의 가요는 점차 개인감정이 가미되고 표현도 정비되어 새로운 서정시 (敍情詩) 와카(和歌)[5]로 발전하게 된다. 그러한 가운데 표현의 세련미가 더해져 다 양한 형식의 가요(歌謡)가 점차 5·7·5·7·7의 단카(短歌)형식으로 자리 잡게 되었 다. 다음 예문은 만요시대의 대표 여류가인 누카다노오키미(額田王)의 단카이다.

---

2) 쓰이쿠(対句) : 대구. 어격(語格)이나 뜻이 상대되는 둘 이상의 구(句)를 대조적으로 내놓아 표현하는 수사 (修辞)적 기교(技巧)('山紫に、水清し : 산은 보랏빛이요, 물은 맑도다 - '산자수명'), ('人生は短く芸術は 長し : 인생은 짧고 예술은 길다') 따위.

3) 마쿠라코토바(枕詞) : 노래의 주된 의미에 직접적인 관계없이 일정한 어구(語句)를 이끌어내어 그것을 꾸 미는 말로, 5음이 보통이다.

4) 조코토바(序詞) : 마쿠라코토바와 쓰임이 같으며, 주로 7음 이상이다.

5) 와카(和歌) : 『万葉集』에서는 '화답하는 노래(和ふる歌)'의 뜻으로 사용되었으나, 헤이안(平安)시대 이후부 터는 한시(漢詩)에 대응하는 '야마토노우타(大和之歌에서 和歌로)' 즉 일본노래라는 뜻으로 사용한다.

春待つと　わが恋ひをれば / わがやどの　簾うごかし　秋の風吹く。　　　額田王
(봄을 기다리며 연인을 꿈꾸는 사이에 가을바람이 〈방문에 걸어놓은〉 발을 흔들며 지나가네.)

　겨울이 끝나가는 시점에서, 그 옛날의 사랑하는 연인을 생각하다보니, 어느새 가을바람이 문 앞에 걸어놓은 발을 흔들며 지나간다는 내용이다. ㉠깊이 사랑했던 님 생각에 젖어서 시간가는 줄 몰랐다는 것과 ㉡그만큼 세월이 빠르다는 것을 노래한 것이다. '니쿠기레(二句切れ)'인데 초기에 비해 리듬감이 뛰어남을 알 수 있다.

　상고시대(上古時代)의 대표적인 와카는 대부분 나라(奈良)시대 후기 『만요슈(万葉集)』에 집대성되어 있다. 『만요슈』는 일본에서 가장 오래된 와카집으로 8세기 말경 성립된 것으로 보는 것이 일반적이다. 작자로는 천황을 비롯하여 귀족이 많으며, 농민이나 천민에 이르기까지 각계각층의 작품이 수록되어 있다. 여러 사람에 의해 수차에 걸쳐 정리되었기에 편자는 확실치 않으나 오늘날 같은 형태로 정비한 사람은 오토모노야카모치(大伴家持)[6]라는 설이 유력하다. 모두 20권에 4500여수가 수록되어 있는데, 표기는 한자의 음(音)과 훈(訓)을 적당히 혼용한 만요가나(万葉仮名)로 되어 있다. 가체(歌体)의 형식면에서는 단카(短歌)가 가장 많고, 이어서 조카(長歌), 세도카(旋頭歌)[7]가 있고, 내용면에서는 조카(雑歌)[8], 소몬카(相聞歌)[9], 반카(挽歌)[10] 등으로 나눌 수 있고, 그밖에 붓소쿠세키카(仏足石歌)가 있다.

▲ 万葉仮名의 歌体와 형식 및 歌數

가 체	형 식 (음수율)	가 수
단카(短歌)	5·7·5·7·7	약 4200여수
조카(長歌)	5·7·5·7·5·7 … ·5·7·7	약 260여수

---

6) 오토모노야카모치(大伴家持, 718?~785) : 오토모노다비토(大伴旅人)의 아들. 『만요슈』에 480수가 수록되는 등 시대의 최고의 가인으로, 특히 자연을 읊은 노래에 빼어난 작품이 많다.

7) 세도카(旋頭歌) : 일본의 와카(和歌) 형식의 하나. 상구(上句 かみのく)와 하구(下句 しものく)가 각각 5·7·7로, 6구(句)로 되어있다.

8) 조카(雑歌) : 소몬카에도 반카에도 속하지 않는 일반적 노래의 총칭.

9) 소몬카(相聞歌) : 넓게는 두 사람이 창화(唱和)하는 노래를 총칭하며, 좁게는 연가(戀歌)이다.

10) 반카(挽歌) : 죽은 자를 애도하는 노래. 아울러 소위 사세(辭世)의 노래도 포함하는데, 한국의 만가(輓歌, 挽歌)와 같은 의미이다.

세도카(施頭歌)	5·7·7·5·7·7	약 60여수
붓소쿠세키카(仏足石歌)	5·7·5·7·7·7	1수
렌가(短連歌)	5·7·5·7·7	1수

『만요슈』는 시기별로 4기로 구분하여 그 특징을 정리하고 있다. 여기에 지방 민중의 소박한 정서를 노래한 아즈마우타(東歌)[11], 사키모리우타(防人歌)[12]도 빼놓을 수 없다.

▲ 『万葉集』에 수록된 歌謠의 시기별 특징

기 수	시 기	특 징
一期 (발생기)	大化改新~壬申亂 (~672)	- 만요시대의 여명기 - 개성적인 와카의 발생
二期 (확립기)	壬申亂~奈良朝 以前 (672~710)	- 특히 웅대한 長歌가 융성함 - 표현기법의 획기적 발전
三期 (성숙기)	奈良朝 前期 (710~733)	- 세련되고 개성적인 歌人이 배출됨
四期 (쇠퇴기)	奈良朝 中期 (734~759)	- 감상적이고 우아한 가풍 유행 - 이지적 기교적 와카가 많아짐 - 万葉風~古今風으로의 이행기

① 제1기 – 발생기

다이카개신(大化改新) 이후 중앙집권체제가 확립되는 진신란(壬申亂, 672)[13]까지를 말한다. 고대가요의 집단적 성격에서 벗어나 개성적인 와카가 발생한 시기로, 초기만요(初期万葉)라고도 한다. 대표적인 가인(歌人)으로는 조메이천황(舒明天皇), 덴지천황(天智天皇), 덴무천황(天武天皇), 아리마노미코(有間皇子) 등이 있다. 덴지천황이 읊은 한 수를 감상해 보자.

---

11) 아즈마우타(東歌) : 도토미(東富), 무사시(武蔵), 시나노(信濃) 등 아즈마지방(東国)의 민요적 노래. 방언 혼합의 소박한 작품이 많음. 권14에 수록됨.
12) 사키모리우타(防人歌) : 서쪽지방의 방비에 임하기 위해, 아즈마지방(東国)에서 파견된 사람의 노래.
13) 진신란(壬申乱) : 덴지천황 사망 후 장자인 오토모(大友)황자측에 덴지천황의 동생인 오아마(大海人)가 672년에 일으킨 반란이다. 패배한 오토모황자는 자살하고, 덴지천황의 동생 오아마는 덴무천황이 되었다.

海神の　豊旗雲に　入日さし　今夜の月夜　さやけかりこそ。　　（卷一, 天智天皇）
（해신의 자태처럼 펄럭이는 구름에 석양이 비치니 오늘밤 달빛 더할 나위 없겠네.）

② 제2기 - 확립기

진신란(壬申の亂, 672)으로부터 나라(奈良)로 천도(710)하기까지의 40여년을 확립기로 본다. 율령제가 정비되어 궁정이 안정과 번영의 시기를 맞이하여 전문가인(專門歌人)이 활약한 시기로, 구상이 웅대해지고 마쿠라코토바(枕詞), 조코토바(序詞), 쓰이쿠(対句)와 같은 표현기법이 획기적으로 발전하였다. 대표가인으로는 가키노모토 히토마로(柿本人麻呂)[14], 지토천황(持統天皇), 오쿠노히메미코(大伯皇女)[15], 오쓰노미코(大津皇子)[16] 등이 있다. 다음은 가키노모토 히토마로의 노래이다.

東の　野にかぎろひの　立つ見えて　かへり見すれば　月傾きぬ。　　　柿本人麻呂
（동쪽 들판에 아지랑이 피어오르는 것이 보여, 뒤돌아보니 달이 서쪽으로 기울어 가네）

③ 제3기 - 성숙기

헤이조쿄(平城京)로 천도한 710년 이후부터 덴표(天平) 5년(733)경까지는 성숙기이다. 『고지키』, 『니혼쇼키』가 완성되고 중국의 불교 유교 노장사상 등이 유입되어 가풍도 성숙하여 세련되고 개성이 풍부한 가인들이 다수 출현하였다. 대표가인으로는 야마베노아카히토(山部赤人)[17], 오토모노타비토(大伴旅人)[18], 야마노우에노오쿠라(山上憶良)[19] 등이 있다. 오토모노타비토(大伴旅人)가 인생의 애환을 음미하며 읊은 노래를 감상해 보자.

---

14) 가키노모토 히토마로(柿本人麻呂, 생몰년 미상) : 『만요슈』최대의 궁정가인. 지토천황(持統天皇)시대의 하급관리로 천황의 행차에 수행하여 지은 산카(讚歌)나 황자와 황녀들의 죽음을 애도하는 반카(晚歌)가 많다.
15) 오쿠노히메미코(大伯皇女, 663~686) : 덴무천황의 황녀
16) 오쓰노미코(大津皇子, 663~686) : 덴무천황의 황자인데, 반역죄로 처형되었다.
17) 야마베노아카히토(山部赤人, 생몰년 미상) : 쇼무(聖武)천황의 하급관리이며 궁정가인이다. 천황의 행차에 수행하여 지은 와카가 많으며, 자연을 회화적으로 표현한 서경가(敍景歌)에 뛰어난 가인이다.
18) 오토모노타비토(大伴旅人, 665~731) : 오토모노야카모치(大伴家持)의 아버지로, 노장사상과 한문학의 영향을 받아 탈속적인 풍류로 술을 칭송하는 노래를 읊었다.
19) 야마노우에노오쿠라(山上憶良, 660경~733경) : 견당사로 다녀왔으며, 후에 지쿠젠(筑前) 수령을 역임함. 유교와 불교의 소양으로 서민적인 인간애를 가지고 사회의 모순이나 현실생활을 노래한 이색적인 가인이다.

しるしなき　ものを思はずは　ひとつきの　にごれる酒を　のむべくあるらし。

大伴旅人

(쓸데없는 생각은 해서 무엇하랴, 차라리 탁주 한 사발 들이키는 것이 낫겠네.)

④ 제4기 - 쇠퇴기

덴표 6년(734)부터 마지막 노래가 읊어진 759년까지를 쇠퇴기로 보고 있다. 권력다툼과 율령제의 모순으로 인하여 귀족사회가 동요하기 시작하면서 힘차고 생명력 넘치는 만요가풍이 쇠퇴하고 옛날을 회고하는 감상적이고 우아한 고킨(古今)가풍이 유행하였다. 대표가인으로는 오토모노야카모치(大伴家持)이고, 가사노이라쓰메(笠女郎)[20], 사노노치가미노오토메(狹野茅上娘子)[21] 등이 있다. 다음은 이 시대 최고의 가인 오토모노야카모치(大伴家持)가 읊은 노래이다.

春の野に　霞たなびき　うら悲し　この夕影に　うぐひす鳴くも。　　大伴家持
(봄 들판에 안개 드리워지니 왠지 서글프다. 이 저녁 석양에 휘파람새 우는구나.)

新しき　年の初めの　初春の　今日降る雪の　いやしけ吉事。　　大伴家持
(새해의 시작인 신년, 오늘 내리는 눈처럼 좋은 일만 쌓여라.)

⑤ 아즈마우타(東歌)와 사키모리우타(防人歌)

『만요슈』는 지방 민중들의 소박한 노래도 수록하고 있는데, 아즈마우타(卷14)와 사키모리우타(卷20)가 대표적이다. 아즈마우타(東歌)는 아즈마지방(東国) 사람들의 연애나 노동을 노래한 것이, 사키모리우타(防人歌)는 규슈(九州) 북방의 경비로 징병된 병사나 가족들의 이별과 망향의 노래가 대부분이다. 각각 1수씩 감상해 보자.

富士の嶺の　いや遠長き　山路をも　妹がりとへば　けによばず来ぬ。
(후지산 봉우리의 머나먼 산길이라도 그댈 만나려고 가뿐히 왔노라.)

---

20) 가사노이라쓰메(笠女郎, 생몰년 미상) : 나라시대 중기의 여류가인. 『만요슈』에 실린 노래는 모두 오토모노야카모치에게 보낸 소몬카(相聞歌)이다.

21) 사노노치가미노오토메(狹野茅上娘子, 생몰년 미상) : 나라시대의 여류가인. 구라베(蔵部)의 하급관리로, 구라베의 女官은 결혼이 금지되었는데 나카토미노야카모리(中臣宅守)와 결혼하여 야카모리는 에치젠(越前)으로 유배당했다. 『만요슈』에 실린 노래는 모두 야카모리와의 이별을 탄식하는 증답가(贈答歌)이다.

父母が 頭かき撫で 幸くあれて いひし言葉ぜ 忘れかねつる。
(부모님께서 머리 쓰다듬으며 몸조심하라 이르신 말씀 잊을 수 없네.)

이처럼 아즈마우타(東歌)와 사키모리우타(防人歌)는 솔직하고 질박한 서민들의 애환이 잘 드러나 있다.

2. 중고의 시가

헤이안(平安)시대에 들어 와카는 일시적으로 침체기를 거치다가, 융성해가는 귀족 사회를 배경으로 다시 성장하게 된다. 이 시기의 와카는 이전의 소박하고 솔직담백함과는 달리, 풍아(風雅)함을 이상으로 세련된 면을 드러낸다. 천황의 칙명(勅命)에 의해 조쿠센와카슈(勅撰和歌集)[22]가 편찬되기에 이른다.

2.1 『고킨와카슈(古今和歌集)』의 성립

『고킨와카슈(古今和歌集)』(『고킨슈(古今集)』라고도 함)는 엔기(延喜) 5년(905)에 다이고(醍醐)천황의 칙명(勅命)으로 편찬된 최초의 조쿠센와카슈(勅撰和歌集)이다. 편자는 기노쓰라유키(紀貫之), 기노토모노리(紀友則), 오시코우치노미쓰네(凡河内躬恒), 미부노타다미네(壬生忠岑) 등 4인으로 알려져 있다. 전 20권에 수록된 약 1,100수의 노래 중 조카(長歌) 5수와 세도카(旋頭歌) 4수를 제외하고 모두 단카(短歌)이다. 서문으로 '가나조(仮名序)'와 '마나조(真名序)'가 있으며 전체적으로 우미(優美)한 가풍을 유지하고 있다.

---

22) 조쿠센와카슈(勅撰和歌集) : 천황이나 상황(上皇)의 명령에 의해 찬자(撰者)가 지명되어 조직적인 시집이나 가집(歌集)으로서 편집하여 진상된 한시집(漢詩集)이나 와카집(和歌集)을 말한다.

2.2 『고킨와카슈』의 시대구분과 가풍(歌風)

① 제1기 - 작자미상의 시대

『만요슈(万葉集)』 이후부터 850년경에 해당하며 『만요슈』에서 『고킨슈(古今集)』로 넘어가는 과도기적 성향을 보인다. 이 시기는 작자미상(詠み人知らず)의 노래가 약 40% 정도 차지하고 있으며, 그런 만큼 가풍(歌風) 또한 소박함을 엿볼 수 있다.

春霞　たてるやいづこ　みよしのの　吉野の山に　雪はふりつつ。　詠み人知らず
(봄 안개 잔뜩 끼어있는 저곳은 어디메뇨? 여기 미요시노의 요시노산은 눈이 내리는데)

② 제2기 - 롯카센(六歌仙) 시대

약 850년경부터 890년경까지 롯카센(六歌仙)[23]이 활동한 시대를 일컫는다. 우미한 감정을 엔고(縁語)[24]나 가케코토바(掛詞)[25] 같은 기교적 방식으로 노래하였다. 호리카와 대신(大臣)의 40세 축하연회 때 아리와라노나리히라(在原業平)가 읊은 한 수를 감상해 보자.

さくら花　散りかひくもれ　老いらくの　来むといふなる　道まがふがに。

在原業平

(벚꽃이여 흩날려 어두워져라. 노년이 찾아오는 길을 알 수 없도록)

③ 제3기 - 찬자(撰者)의 시대

약 890년경부터 『고킨슈』 성립까지로, 찬자(撰者)가 중심이 되어 우미하고 이지적인 가풍이 완성된 시대이다. 매끄러운 7·5조에 '엔고(縁語)'와 '가케코토바(掛詞)'를 멋지게 구사하였다. 대표가인으로 찬자(撰者) 이외에도 이세(伊勢), 소세이호시(素

---

23) 롯카센(六歌仙) : 일정 수의 뛰어난 가인을 가선(歌仙)이라 하여 와카의 선각자로 존경하며 규범으로 삼는다. 롯카센은 『고킨슈』의 「가나조(仮名序)」에 등장한 6인의 가선 소조헨조(僧正遍昭), 아리와라노나리히라(在原業平), 오노노코마치(小野小町), 훈야노야스히데(文屋康秀), 기센호시(喜撰法師), 오토모노구로누시(大伴黒主)를 말한다.
24) 엔고(縁語) : 의미상 관련 있는 표현을 사용하는 수사법.
25) 가케코토바(掛詞) : 두 가지 이상의 의미를 한 단어에 겹쳐서 표현하는 수사법.

性法師) 등을 들 수 있다. 다음은 찬자 기노쓰라유키(紀貫之)가 구라부산(くらぶ山)에서 읊은 노래이다.

梅の花　にほふ春べは　くらぶ山　闇にこゆれど　しるくぞありける。　　紀貫之
(매화꽃 향기 나는 봄이면, 어둠속에서 구라부산을 넘어간다 해도 그 향기만으로 매화인줄 확실히 알겠네.)

2.3 『고킨와카슈』의 구성

『고킨와카슈』는 사계절을 노래한 것과 연가(戀歌), 즉 춘(春), 하(夏), 추(秋), 동(冬), 축하(賀), 이별(離別), 여행(羇旅), 사물의 이름(物名), 사랑(恋), 애상(哀傷), 잡가(雜歌)와 잡체(雜體) 등으로 세분된 부다테(部立)로 구성되어 있다. 특히 사계절의 부다테는 절기나 자연의 풍경에 따른 계절의 추이, 변화를 돌아볼 수 있도록 구성되어있다. 각 계절별로 각 한 수씩 감상해 보자.

野邊ちかく　家ゐしせれば　鶯の　鳴くなる聲は　朝な朝なきく。　　(春上, 미상)
(들판 근처에 집을 지으니 아침마다 휘파람새 울음소리 들리네.)

五月まつ　花橘の　香をかげば　昔の人の　袖の香ぞする。　　　　　(夏, 미상)
(음력 오월을 기다리는 홍귤꽃 향내 맡으니 옛 연인의 소매 향낭의 향기가 나는구나.)

もみぢ葉の　流れて止まる　水門には　紅深き　波や立つらむ。　　(秋下, 素性)
(단풍잎이 흘러가다 멈춘 포구에는 진홍색 물결이 일렁이네.)

山里は　冬ぞさびしさ　まさりける　人目も草も　枯れぬと思へば。　(冬, 源宗于)
(겨울 산골은 적막함만 더해가네, 찾아오는 이도 없고 풀들도 말라버릴 것을 생각하니)

계절이 변해가는 모습을 마치 한 폭의 그림과도 같이 노래하고 있다. 『고킨와카슈』의 이러한 배열·구성은 이후 칙찬집(勅撰集, ちょくせんしゅう)의 규범이 되었다.

2.4 우타아와세(歌合)

우타아와세(歌合)는 가인(歌人)이 좌우로 나뉘어, 일정한 제목으로 노래를 읊어 우열을 가리는 것을 말한다. 귀족사회의 사교성을 반영하여, 9세기 후반에 시작되어, 『고킨와카슈』시대에 본격적인 문학적 행사로 발전하면서 와카 유행의 분위기를 조성하여, '가론(歌論)' 및 '가학(歌学)'의 발달을 촉진하였다.

2.5 가요(歌謠)

음악이나 무용을 동반하는 노래로, 신(神)께 제사지낼 때 행해지는 '가구라우타(神楽歌)', 긴키(近畿)지방의 민요가 귀족사회에 유입되었다. 연회석상에서 불리게 된 '사이바라(催馬楽)', 한시나 와카에 곡을 붙여 비파나 피리 등의 반주로 노래하는 '로에이(郎詠)', 이에 대비되는 '이마요(今様)'는 7·5조의 4회 반복 구조의 음률로 서민계층은 물론 궁중에서도 불렸다.

3. 중세의 시가

3.1 와카(和歌)의 성쇠(盛衰)

중세시대 초기 귀족들은 실권(實權)을 잃었지만, 가마쿠라막부 성립 직후 즉위한 고토바(後鳥羽)천황은 정치의 실권을 조정으로 되돌리기 위해 노력하는 한편 와카의 장려에도 적극적이어서 궁정귀족을 중심으로 와카가 크게 융성하였다. 이러한 가운데 『신코킨와카슈(新古今和歌集)』가 편찬되었다.

① 『신코킨와카슈(新古今和歌集)』
『신코킨슈(新古今集)』라고도 한다. 겐큐(元久) 2년(1205), 고토바인(後鳥羽院)의 칙명에 따라 편찬된 칙찬집으로, 전 20권에 약 1980수의 노래가 실려 있다. 편자는

미나모토노미치토모(源通具), 후지와라 아리이에(藤原有家), 후지와라 마사쓰네(藤原雅経), 후지와라 데이카(藤原定家), 후지와라 이에타카(藤原家隆), 자쿠렌(寂蓮) 등 6명이다.

성립은 『고킨슈(古今集)』를 답습하면서 당대의 가인(歌人)의 작품을 우선하여 선발하는 방침을 세웠다. 대표 가인과 작품 수를 살펴보면, 사이교(西行) 94수, 지엔(慈円) 92수, 후지와라 요시쓰네(藤原良経) 79수, 후지와라 슌제이(藤原俊成) 72수, 시키시나이신노(式子内親王) 49수, 후지와라노사다이에 46수, 후지와라 이에타카 43수, 자쿠렌 35수, 고토바인 33수, 기노쓰라유키 32수, 후지와라노슌제이노무스메(藤原俊成女) 29수, 이즈미 시키부 25수, 가키노모토 히토마로(柿本人麻呂) 23수, 후지와라 마사쓰네 22수, 후지와라노아리이에와 미나모토노쓰네노부(源経信)가 각각 19수, 미나모토노미치토모와 후지와라노히데요시(藤原秀能)가 각각 17수를 수록하고 있다.

이와 같이 주요 가인으로 이전시대 인물이 많다는 점은 『신코킨와카슈』가 중고(中古)에서 중세(中世)로 이행하는 과도기적 작품집이라는 것과, 헤이안의 귀족적 요소와 새로운 무가문화(武家文化)적 요소가 공존하고 있음을 말해준다.

구성은 권두에 서문으로 '마나조(真名序)', '가나조(仮名序)'가 있으며, 배열은 춘(春), 하(夏), 추(秋), 동(冬), 축하(賀), 애상(哀傷), 이별(離別), 여행(羈旅), 사랑(恋, 一 ~ 五), 잡가(雑, 上中下), 진기(神祇)[26], 불교(釋教) 순으로, 나름대로의 기준에 입각하여 질서정연하게 배열되어 있다.

▲ 『신코킨와카슈(新古今和歌集)』의 구성 및 내용별 특징

部立	入集歌	卷(卷數)	특징 및 내용
四季部 (사계부)	春歌·夏歌·秋歌·冬歌	1卷~6卷(6)	『고킨와카슈』의 전통에 따라 4계절의 풍물을 계절에 따라 배열
敬賀部 (경하부)	賀歌	7卷(1)	천황의 천추만세를 기원하거나, 천황즉의 의식에 관련된 노래 수록
哀傷部 (애상부)	哀傷歌·哀悼歌	8卷(1)	죽음을 슬퍼하는 조사(弔詞)나 애도·무상의 노래를 수록

---

26) 진기(神祇) : 천신지기(天神地祇). 하늘의 신과 땅의 신.

離別部 (이별부)	離別歌	9卷(1)	석별의 정 혹은 멀리 떠나는 사람을 그리워하는 노래를 수록
羇旅部 (여행부)	羇旅歌	10卷(1)	여행객의 풍정(風情)을 읊은 노래를 수록
恋部 (사랑부)	恋歌(一~五)	11卷~15卷(5)	남녀간의 사랑을 시간적 심리적 과정에 따라 배열
雑部 (잡부)	雜歌(上中下)	16卷~18卷(3)	사계의 경물 이외의 천상지의(天上地儀) 혹은 인간사의 술회에 관한 노래를 수록
神祇部 (기원부)	神祇歌	19卷(1)	신이 읊었다고 전해지는 노래나 신께 드리는 제사에 관련된 노래를 수록
釈教部 (불교부)	釋教歌	20卷(1)	부처가 읊었다고 전해지는 노래나 불교신자들의 노래, 경문(經文)에 관련된 노래를 수록

『신코킨와카슈』의 가풍은 와카의 전통을 지키면서도 상징적 여정(餘情)과 유엔(優艶)의 세계를 드러내고 있으며, 수사법으로는 '조코토바(序詞), 엔고(緣語), 가케코토바(掛詞), 혼카도리(本歌取り)[27], 쇼쿠기레(初句切れ)[28], 산쿠기레(三句切れ)[29], 다이겐도메(体言止め)[30]' 등의 표현과 기교가 중시되었다.

쇼쿠기레(初句切れ)

志賀の浦や / 遠ざかりゆく 波間より 氷りて出づる 有明の月。　　　藤原家隆
(시가포구여! 밤이 깊어가니 물가에서 시작하여 점차 바다멀리까지 파도사이로 차디차게 얼어가는 새벽녘의 달빛이여!)

산쿠기레(三句切れ)

見渡せば 山もとかすむ 水無瀬川 / 夕べは秋と なに思ひけむ。　　　後鳥羽院
(바라다보니 산기슭 안개 낀 미나세강 석양은 어찌 가을뿐이라 했나.)

산쿠기레(三句切れ)와 다이겐도메(体言止め)

見渡せば 花も紅葉も なかりけり / 浦のとま屋の 秋の夕暮。　　　藤原定家
(바라다보니 벚꽃도 단풍잎도 없구나. 포구 초가집의 가을 해질녘.)

---

27) 혼카도리(本歌取り) : 이전시대 와카의 표현을 빌려와서 새로운 작품세계를 창출해내는 기법.
28) 쇼쿠기레(初句切れ) : 5 / 7·5·7·7의 첫 번째 구를 끊어주는 기법.
29) 산쿠기레(三句切れ) : 5·7·5 / 7·7의 5·7·5에서 끊어주는 기법.
30) 다이겐도메(体言止め) : 와카의 끝을 체언으로 끝맺어, 여운(餘韻), 정취(情趣)의 취향을 느끼는 기법.

또 하나, 산쿠기레(三句切れ)와 다이겐도메(体言止め)의 기교에 역발상이 가미되어 있는 와카를 감상해 보자.

暮れて行く　春の湊は　知らねども / 霞に落つる　宇治の柴舟。　　　寂蓮法師
(저물어가는 봄 항구는 알 수 없어도, 우지강 안개 속을 미끄러져 가는 섶나무 실은 배.)

'봄의 끝자락에서 섶나무를 싣고 우지강 안개 속을 미끄러져 내려가는 배'를 노래한 이 와카는 앞의 '우네비산의 나뭇잎이 흔들리니 바람이 불려나보다!'처럼 '우지강에서 섶나무를 실은 배가 봄이 끝나는 우지강을 따라 여름이 시작되는 어느 항구를 찾아간다.'는 식의 역발상에, '다이겐도메(体言止め)'로 여운을 남기는 기법을 구사하고 있다.

『신코킨와카슈』의 이러한 가풍은 정치적으로 무력해진 귀족들이 와카의 미적 세계에 열중한 결과로, 환상적인 요염미(妖艶美)와 독특한 가경(歌境)을 수립하였다. 그러나 이후 중세의 와카는 대체적으로 『고킨와카슈』의 흉내를 내면서 쇠퇴하였고, 오히려 중세적인 집단성을 반영한 렌가(連歌) 쪽이 왕성해졌다.

다음은 이전시대 와카의 표현을 빌려와서 새로운 작품세계를 창출해내는 혼카도리(本歌取り)의 실례(實例)이다. 『만요슈(万葉集)』에 소개된 작자미상(詠み人知らず)의 작품과 후지와라노토시나리의 딸(藤原俊成のむすめ)의 노래를 비교해 보자.

ⓐ 五月まつ　花橘の　香をかげば、　昔の人の　袖の香ぞする。　　詠み人知らず
(음력 오월을 기다리는 홍귤꽃 향내 맡으니, 옛 연인의 소매 향낭의 향기가 나는구나.)

ⓑ 橘の　にほふあたりの　うたたねは、　夢もむかしの　袖の香ぞする。
　　　　　　　　　　　　　　　　　　　　　　　　　　　　　藤原俊成のむすめ
(홍귤꽃 향내풍기는 담벼락 선잠은, 꿈에서도 옛 연인의 소매 향낭 향기가 나는구나.)

가마쿠라(鎌倉) 전기의 가인(歌人)인 후지와라노도시나리의 딸이, 헤이안시대 작자미상의 작품인 ⓐ의 "袖の香ぞする。" 부분을 혼카도리(本歌取り)하여 '橘のにほふあたりのうたたねは、夢もむかしの袖の香ぞする。로 표현하였다. 홍

귤나무 꽃향기를 꿈에서도 잊지 못하는 그 옛날 연인의 향기로 착각할 정도로 사랑했음을 노래하는 것으로 승화시킨 것이다.

이어서 『만요슈』에 소개된 가사노이라쓰메(笠女郎)의 노래와 『긴카이와카슈(金塊和歌集)』에 소개된 미나모토노사네토모(源実朝)의 작품을 대비해보자.

ⓐ 伊勢の海の　磯もとどろに　寄する波、　かしこき人に　恋ひわたるかも。　笠女郎
(이세바다의 제방마저도 우르르 쿵쿵 울릴 정도로 밀려오는 파도여! 이 파도처럼 사랑하는 그님에게 내 사랑이 전해졌으면!)

ⓑ 大海の　磯もとどろに　寄する波、　われてくだけて　さけて散るかも。　源実朝
(넓고 넓은 바다를 막는 제방 둑도 우르르 쿵쿵하고 울릴 정도로 밀려오는 파도가! 갈라지고 부딪치고 밀려나서 흩어지누나!)

이 역시 헤이안시대에 가사노이라쓰메가 노래한 "磯もとどろに寄する波" 부분을 가마쿠라시대에 미나모토노사네토모가 "大海の磯もとどろに寄する波、われてくだけてさけて散るかも。"로 승화시킨 것이다. 즉, '伊勢の海の磯もとどろに寄する波、かしこき人に恋ひわたるかも。(이세바다의 제방마저도 우르르 쿵쿵 울릴 정도로 크고 거칠게 밀려오는 파도여! 이 파도처럼 사랑하는 그님에게 내 사랑이 전해졌으면!)'에서, '큰 바다의 제방둑이 울릴 정도로 거칠고 크나큰 나의 사랑'을 강조했던 와카를, '大海の磯もとどろに寄する波、われてくだけてさけて散るかも。(넓고 넓은 바다를 막는 제방 둑도 우르르 쿵쿵하고 울릴 정도로 밀려오는 파도여! 갈라지고 부딪치고 밀려나서 흩어지누나!)'의 파도치는 한 컷트의 묘사를, '갈라지고, 부딪치고, 밀려나서, 흩어진다.'는 네 컷트의 순간포착묘사기법을 채용한 혼카도리의 전형을 보여준 작품이다.

② 『신코킨와카슈』 이후의 조쿠센와카슈(勅撰和歌集)
『신코킨와카슈』 이후의 가단은 후지와라노사다이에(藤原定家, '후지와라노테이카'라고도 함)가 주도하였다. 그는 덴지(天智)천황으로부터 준토쿠인(順德院)까지 거

의 600여년에 걸쳐 활약한 100명의 가인의 와카 한 수씩을 선정하여 『오구라햐쿠닌 잇슈(小倉百人一首)』[31]를 편찬하였다. 수록된 와카는 모두 칙찬집에서 직접 선정하였다. 출처는 『고킨슈(古今集)』에서 24수, 『고센슈(後撰集)』에서 7수, 『슈이슈(拾遺集)』에서 11수, 『고슈이슈(後拾遺集)』에서 14수, 『긴요슈(金葉集)』에서 5수, 『시카슈(詞花集)』에서 5수, 『센자이슈(千載集)』에서 14수, 『신코킨슈(新古今集)』에서 14수, 『신초쿠센슈(新勅撰集)』에서 4수, 『쇼쿠고센슈(續後撰集)』에서 2수를 선정 수록하였다.

종류별로는 봄(春) 6수, 여름(夏) 4수, 가을(秋) 16수, 겨울(冬) 6수, 사랑(恋) 43수, 잡가(雜歌) 20수, 여행(旅) 4수, 이별(離別) 1수로, 전체적으로는 사랑을 노래한 와카가 압도적이며, 계절로는 가을이 많다. 가인별로는 남자가인의 것이 79편, 여자가인의 것이 21이며, 그 배열은 작자의 연대순으로 되어 있다.

『오구라햐쿠닌잇슈』는 나라(奈良), 헤이안(平安), 가마쿠라(鎌倉)에 걸쳐 전개된 와카 중에서도 당대의 가인 후지와라노사다이에(藤原定家)에 의해 선정되어 수록된 와카집의 정수로, 후세에 고전 와카의 입문서로서 존중되었으며, 에도(江戸)시대에는 우타가루타(うたがるた) 놀이 등에 사용되기도 하여 널리 보급되었다.

후지와라노사다이에(藤原定家)에 이어 아들 다메이에(爲家)가 칙찬집의 찬자(撰者)가 되는 등 크게 활약하였다. 그러나 다메이에가 사망한 이후 상속문제로 분쟁이 일어나 3파로 나뉘어 극심한 대립을 하게 되었다. 사다이에가 쓴 『신초쿠센와카슈(新勅撰和歌集)』를 이상(理想)으로 하는 보수적인 니조파(二條派), 『신코킨슈』를 이상으로 하는 교고쿠파(京極派), 그리고 레이제이파(冷泉派)가 대립하는 가운데서도 연이어 13권의 칙찬집이 편찬되었다. 그중 교고쿠파를 중심으로 하는 『교쿠요와카슈(玉葉和歌集)』와 『후가와카슈(風雅和歌集)』만이 참신함을 드러내었다.

남북조시대 이후 와카는 더욱 쇠퇴하여 조쿠센와카슈(勅撰和歌集)의 전통도 21번째 『신조쿠코킨슈(新續古今集)』를 끝으로 칙찬집의 편찬은 중단되게 되었다. 그 가운데서도 무가 출신으로 레이제이파의 가풍을 중시하였던 이마가와 료슌(今川了

---

31) 『오구라햐쿠닌잇슈(小倉百人一首)』는 후지와라노사다이에(藤原定家)의 산장이 있었던 교토의 오쿄쿠(右京區) 사가(嵯峨)에 있는 오구라(小倉)산장의 장지문에 100수의 와카가 시키시(色紙 ; 네모난 판종이)에 쓰여 붙어 있었던 것에서 연유한 이름이다. 찬자(撰者)와 성립에 대해서는 여러 설이 있으나 사다이에가 선정한 100수에 후세사람의 수정이 가해진 것으로 추정하고 있다.

俊)과 쇼테쓰(正徹)는 와카의 계몽과 이론연구에서 탁월한 업적을 남겼으며, 니조파에서는 소기(宗祇)가 활약하였다.

중세의 와카는 이렇듯 침체기와 맞물려 가단이 분열함으로써 쇠퇴의 길로 접어들었고, 이후 무사와 서민들 사이에 새로운 시가(詩歌) 형태인 렌가(連歌)가 성행하게 되었다.

3.2 렌가(連歌)의 성행

개성적이고 예술적인 것을 추구하는 단카(短歌)에서 파생된 렌가(連歌)는『고지키(古事記)』에 수록된 가요에서 유래되었다. 초기에는 5·7·5구(句)와 7·7구(句)를 각각 읊어 단카(短歌)형식으로 엮어간 형태의 단렌가(短連歌)가 헤이안 중기 이후 가인들 사이에서 여흥으로 읊어졌는데, 유희와 해학을 주 내용으로 하고 있어 당시는 그다지 주목 받지 못했다. 헤이안 말기에 이르러 5·7·5구와 7·7구를 길게 이어가는 조렌가(長連歌) 형식으로 읊어지기 시작했다.

가마쿠라 초기의 렌가는 해학을 주로 하는 '무신렌가(無心連歌)'와 우아한 작품 세계를 지향하는 '우신렌가(有心連歌)'로 분리되었고 작자층도 승려나 신흥계급인 무사, 일반 민중들로 확산되었다.

렌가는 남북조(南北朝)와 무로마치(室町)시대에 걸쳐 더욱 성행하게 되었다. 와카와 대등한 예술성을 추구한 우신렌가(有心連歌)는 무로마치(室町)기 들어 니조 요시모토(二条良基)[32]에 의해 훌륭하게 완성되었다. 뒤이어 이마카와 료슌(今川了俊), 소제이(宗砌), 신케이(心敬) 등이 활약했는데, 그중 신케이는『사사메고토(さ さめごと)』를 비롯한 여러 렌가 이론서로 렌가의 예술성을 높이는 데 진력했다.

신케이에 이어 렌가를 크게 혁신하여 완성시킨 사람이 소기(宗祇)이다. 소기는 니조 요시모토 이후 좋은 작품을 모아『신센쓰쿠바슈(新撰菟玖波集)』를 펴냈는데, 특히 제자 소초(宗長), 쇼하쿠(肖柏)와 함께 엮은『미나세산긴햐쿠인(水無瀬三吟百

---

32) 니조 요시모토(二条良基, 1320~1388) : 렌가 최초의 작품집인『쓰쿠바슈(菟玖波集)』를 펴냈고, 렌가 이론서인『쓰쿠바몬도(菟玖波問答)』와 규칙을 조목별로 쓴 시키모쿠(式目)를 정리한『오안신시키(應安新式)』를 남겨 렌가를 문학으로 대성시키는 데 공헌하였다.

韻)』이 유명하다.

雪ながらやまもとかすむ夕べかな　　　　　　　　宗祇

(잔설이 있긴 하나 산기슭에 안개 낀 석양이로다.)

行く水とほく梅にほふ里　　　　　　　　　　　肖柏

(아득히 물 흐르고 매화향기 감도는 마을)

川かぜに一むら柳春見えて　　　　　　　　　　宗長

(강바람에 한 무리 버드나무 봄이 보이네)

舟さすおとはしるきあけがた　　　　　　　　　宗祇

(배 젓는 소리가 선명한 새벽 무렵)

月や猶霧わたる夜にのこらん　　　　　　　　　肖柏

(달빛은 여전히 안개 건너 저편에 남아있겠지)

霜おく野はら秋はくれけり　　　　　　　　　　宗長

(서리 내린 들판에 가을은 깊어가네)

なく虫の心ともなく草かれて　　　　　　　　　宗祇

(울어대는 풀벌레 마음과는 달리 풀은 마르고)

垣根をとへばあらはなる道　　　　　　　　　　肖柏

(담장을 넘으니 황량한 길이로다)

소기(宗祇)시대에 완성된 렌가는 이후 시키모쿠(式目)[33]가 더욱 복잡해져 일반 민중들이 읊기에 어려워지게 되면서 점차 쇠퇴의 길로 접어들었다. 반대로 시키모 쿠에 구애받지 않는 자유롭고 해학적인 내용의 하이카이렌가(俳諧連歌)[34]가 유행하

---

33) 시키모쿠(式目) : ①무가(武家)시대에 법규나 제도를 조목별로 써놓은 것. ②렌가(連歌)나 하이카이(俳諧) 따위의 규칙.
34) 하이카이렌가(俳諧連歌) : 와카의 장구(長句、5・7・5)와 단구(短句、7・7)를 두 사람이 번갈아서 읊어, 한

게 되었다.

3.3 하이카이렌가(俳諧連歌)

소기(宗祇) 이후 렌가가 번거로운 규칙에 얽매여 신선함을 읽어가자 새롭게 등장한 하이카이렌가는 해학과 골계(滑稽)를 주로 한 것으로 야마자키 소칸(山崎宗鑑)과 아라키다 모리타케(荒木田守武)에 의해 보급되었다. 특히 소칸의 『이누쓰쿠바슈(犬筑玖波集)』[35]는 후세 하이카이의 규범이 되었다.

3.4 엔쿄쿠(宴曲), 와산(和讚), 고우타(小歌)

① 엔쿄쿠(宴曲)

주로 연회석상에서 불렸던 '엔쿄쿠(宴曲)'는 빠른 박자로 불렀기 때문에 소카(早歌) 라고도 한다. 7·5조(調)로 대다수가 여행 도중의 풍경이나 여정을 서술한 '미치유키 분(道行文)'이거나 같은 종류의 것을 열거하는 '모노즈쿠시(物尽し)'의 형태를 취하고 있다. 무가(武家)를 중심으로 귀족과 승려들 사이에 유행하였다.

② 와산(和讚)

와산(和讚)은 7·5조 형식의 구(句)에, 당시 유행하던 선율을 붙여 낭송하는 방식의 불교가요로서 불교의 보살, 종교의 시조(始祖), 고승의 가르침, 그리고 경전이나 교리 등을 찬양하고 칭송하는 내용으로 되어 있다.

③ 고우타(小歌)

무로마치기 말엽 주로 민간에서 불린 유행가요를 일컫는 '고우타(小歌)'는 남녀 간의

수의 노래로서 창화(唱和)한 것. 먼저 장구(長句)를 읊는 경우도 있고, 단구(短句)를 먼저 읊는 경우도 있다. 본래 렌가라 하면 이 단렌가(短連歌)를 지칭한 것이다.

35) 『이누쓰쿠바슈(犬筑玖波集)』: 『신센이누쓰쿠바슈(新撰犬筑玖波集)』의 약칭, 1539년경 성립. 정통적인 렌가에 비해 문예적으로 경시되었던 하이키이렌가에 주석을 붙여 수록하여 전해 남긴 의미는 대단히 크다. 에도시대 하이카이에 큰 영향을 끼쳤다.

애정이나 서민의 생활감정을 주 내용으로 하고 있어, 당대 서민들의 해학과 풍자를 엿볼 수 있다.

4. 근세의 시가

4.1 와카의 혁신

근세 초기의 와카는 니조파(二条波) 계통의 호소카와 유사이(細川幽齊)가 『고킨슈(古今集)』의 전수(傳受)를 중심으로 하는 전통적인 가학(歌学)을 집대성하여 많은 당상관(堂上官) 가인(歌人)을 배출하였으나, 새로운 가풍은 발생하지 않았다. 그러다가 겐로쿠기(元禄期)가 되자 무사 출신의 당하관(堂下官)들에 의해 와카 혁신의 기운이 활발해졌다. 에도(江戸)에서는 도다 모스이(戸田茂睡)가 『나시노모토슈(梨本集)』를, 오사카(大坂)에서는 시모코베 조류(下河部長流)가 『만요슈칸켄(萬葉集管見)』을 썼는데, 이는 게이추(契沖)의 『만요다이쇼키(萬葉代匠記)』에 의해 대성되었다. 게이추는 여기서 문헌학적 실증적 고전연구를 지향하는 국학(国学) 수립의 기초를 확립하였다.

근세 후기에는 교토(京都)에서도 와카 혁신의 움직임이 일어났다. 오자와 로안(小沢蘆庵)은 청신한 감정을 평이한 언어로 자연스럽게 표현하는 '다다코토우타(ただこと歌)'의 실천을 주장하였다. 이에 대해 가가와 가게키(香川景樹)는 '시라베세쓰(しらべ設)'를 제창하며 사물에 접했을 때의 참마음이 저절로 노래가 된다고 보았다. 이들 일파는 게이엔파(桂園派)로 불리며 기노시타 다카부미(木下幸文), 하타 도모노리(八田知紀) 등을 배출하며 에도 말기 가단(歌壇)에 일대 세력을 형성하였다.

에도(江戸)시대의 와카는 국학파(国学派)의 학자를 중심으로 만요(万葉) 중시의 기운이 일기도 하였지만, 『고킨슈』를 존중하는 완고한 전통은 여전했다. 이 두 파는 이론상으로는 활발한 논쟁을 보였지만, 실제적인 작품 활동은 저조한 편이었다.

4.2 하이카이(俳諧)

하이카이(俳諧)는 무로마치(室町)시대 말기에 유행한 '하이카이노렌가(**俳諧**の連歌)'
에서 유래된 말로서 골계(滑稽), 해학(諧謔)을 의미하는 한자어이다. 이 희극적 렌
가는 처음 렌가의 여흥, 즉 가벼운 놀이로 행해졌던 것인데, 에도(江戸)시대에 들어
서면서 그 골계성에 대한 흥미로 서민에게 널리 보급되어 '하이카이(俳諧)'라는 이름
으로 정착되었다. 전통시 중에서 와카(和歌)와 렌가(連歌)가 우아함을 추구하는 상
류층의 전유물이었던데 반해, 하이카이는 해학이 깃든 소박함을 추구하여 서민들에
게 널리 보급되었다.

하이카이에서 빼놓을 수 없는 형식미(形式美)는 계절을 상징하는 '기고(季語)',
'기다이(季題)'와 강한 여운을 남기는 '기레지(切字)'가 있다. '기고(季語)', '기다이(季
題)'와 기레지(切字)의 예를 들면,

古池や / 蛙飛込む / 水の音 　　　　　　　　　　　松尾芭蕉
(오래된 연못이여! / 개구리 뛰어드는 / 물소리)

에서, 'や'는 기레지(切字), 'かわず(蛙, 개구리)'는 기고(季語)이다. 개구리는 봄의
상징어이기에, 기다이(季題)는 '봄(春)'이다.

우수 경칩이 지나고 봄이 시작될 무렵, 인적이 드문 깊고 깊은 산속에 연못이
있다. 그 연못의 가장자리 바위에 초봄을 알리는 개구리 한 마리가 아래턱을 움직이
며 앉아있다. 그러다가 개구리가 뒷다리를 힘차게 박차고 연못위로 비상한다. 비상
의 절정에서 연못을 향해서 거꾸로 내려오더니, 한가운데로 떨어지는 자리에 원형의
물결이 왕관현상처럼 올라옴과 동시에 '퐁당'하는 소리가 난다. 자세히 보니, 처음의
왕관보다는 조금 낮지만 더 넓은 파문이 계속해서 연못의 가장자리까지 생긴다. 이
것은 소리의 높이는 더 낮아지지만, 소리의 범위는 더 넓어지는 것으로 연못의 반대
쪽으로 340미터씩 이동한다면, 개구리가 떨어지는 '퐁당' 소리는 미세하나마 계속 공
유할 수 있다는 가설(假説)도 가능할 것이다.

초기에는 문학성보다는 하나의 '놀이'로서 출발하였던 하이카이는 널리 보급되

면서 맨 첫 구인 홋쿠(発句)만이 단독으로 읊어지는 경우도 많아지게 되었다. 이 '하이카이의 홋쿠(**俳諧の発句**)'에서 '하이쿠(俳句)'가 나왔고, 오늘날의 하이쿠(俳句)가 되었다. 이것이 에도 초기의 데이몬(貞門), 단린(談林)을 거쳐 마쓰오 바쇼(松尾芭蕉)[36]로 계승되면서 전성기를 맞게 된다.

① 데이몬 하이카이(貞門俳諧)

마쓰나가 데이토쿠(松永貞徳)는 풍부한 고전 지식을 바탕으로 하이카이 규칙을 확립하고 많은 문인들을 배출하였는데, 그 일파를 데이몬파(貞門派)라고 한다. 단어의 표현으로 느끼는 재미를 목표로 하여 전통적인 운문 와카의 기교를 많이 사용하고 있는 점이 특징이다.

花よりも　団子やありて　帰る雁 　　　　　　　　　　　　　松永貞徳
(벚꽃보다도 떡이 좋아 돌아가는 저 기러기여)

그러나 데이몬 하이카이는 용어상의 재미에 치중한데다 너무 형식에 얽매이는 등 법식이 까다로워 쇠퇴하기 시작하였다.

② 단린 하이카이(談林俳諧)

데이몬 하이카이가 쇠퇴하자 데이몬과 경쟁관계에 있었던 니시야마 소인(西山宗因)을 중심으로 하는 단린파(談林派)가 등장하였다. 오사카의 신흥 조닌(町人)을 대상으로 발흥한 이들은 하이카이를 와카나 렌가와 같은 고전적 속박에서 해방시키고 소재와 용어의 자유를 추구했다.

---

36) 마쓰오 바쇼(松尾芭蕉, 1644~1694) : 이가노구니(伊賀国, 현 미에현 伊賀市)에서 태어나 젊은 시절 출사하였으나, 자신이 섬기던 주군의 죽음을 계기로 23세 때 교토로 진출하여 데이몬파의 한 사람에게 하이카이를 사사받았다. 에도로 거처를 옮긴 후 단린파의 하이진(俳人)들과 교류를 통해 새로운 기풍을 접하여 하이카이를 예술로 발전시켜나갔다. 사이교와 소기 등 일본 시인들의 작품에 영향을 많이 받고 이러한 영향을 통해 한적하면서도 우아한 하이카이의 풍조를 만들어내고 쇼몬파를 형성하였다. 후학들에게도 영향을 주었으며, 무엇보다도 여행을 통해 자신의 하이카이를 예술적 경지로 이끌었다. 1694년 나가사키(長崎)로 가던 도중 오사카(大阪)에서 객사하였다.

眺むとて　花にも痛し　頸の骨。　　　　　　　西山宗因
(벚꽃 바라보는데도 목뼈가 아프구나)

이에 따라 자유분방하고 기발한 발상으로 생활감정을 읊는 하이카이
가 탄생하였는데, 이러한 특징을 가장 잘 살려낸 사람은 이하라 사이카쿠
(井原西鶴)였다. 그는 정해진 시간에 몇 수의 하이카이를 지을 수 있는지
를 겨루는 '야카즈하이카이(矢數俳諧)'를 개발해낼 정도로 격식으로부터
자유로운 하이카이를 추구하였다.

이 외에도 고니시 라이잔(小西來山)과 이케니시 곤스이(池西言水) 그
리고 마쓰오 바쇼(松尾芭蕉) 등도 이에 속한다.

西山宗因　像

③ 쇼몬 하이카이(蕉門俳諧)

새로운 하이카이를 추구하는 움직임 속에서 독자적인 하이후(俳風)를 내세우며 하
이카이를 예술적 경지로 끌어올린 사람이 마쓰오 바쇼(松尾芭蕉)이다. 바쇼의 하이
카이를 '쇼후(松風)' 또는 '쇼후하이카이(蕉風俳諧)'라 하며, 바쇼의 문하를 '쇼몬(蕉
門)'이라 한다. 바쇼는 은둔과 여행을 통한 예술적 실천을 통해 하이카이를 예술의
위치로 끌어올렸다.

쇼후하이카이의 중심 미학인 'さび(사비)'는 한적하면서도 수수하고 고담한 경
지를 일컫는 것으로, 귀족적인 우아함을 추구하는 '雅(미야비)'와는 대조적인 서민적
인 미학이라고 할 수 있다. 쇼후하이카이의 특징은 제자 교라이(去来)와 본초(凡兆)
가 편집한 사루미노(猿蓑)에 가장 원숙한 형태로 나타나 있다.

枯枝に　烏のとまりけり　秋の夕暮。　　　　　松尾芭蕉
(마른 가지에 까마귀 앉았구나, 가을 해질녘)

静かさや　岩に染入る　蝉の声。　　　　　　　松尾芭蕉
(고요함이여 바위에 스며드는 매미우는 소리)

初しぐれ　猿も小蓑を　ほしげなり。　　　　　松尾芭蕉

(찬비 내리니 도롱이가 아쉬운 원숭이 눈빛)

　　그중 '静かさや　岩に染入る　蝉の声'는 한 여름의 매우 더운 날, 깊은 산속으로 들어감에 따라 점점 조용해지는데, 나무에서 매미 우는 소리가 너무 강해서 앞에 보이는 바위를 뚫고 들어가는 느낌을 받는다. 즉 매미 우는 소리가 귀로 들리는 '청각작용'에서 바위를 뚫고 스며드는 것이 눈앞에 보이는 듯한 '시각작용'으로 변용되었다고도 할 수 있다.

　　바쇼를 중심으로 한 쇼몬은 일본 전국의 하이단(俳壇)에 강한 영향을 끼쳤으며, 바쇼의 사후 그의 제자들은 바쇼로부터 전수받은 하이카이의 이론을 세상에 전하는 등 '쇼후하이카이'의 발전을 위해 제각기 노력을 하였다. 그러나 바쇼의 가르침의 일부를 확대 해석하여 자신의 하이론(俳論)으로 주장하는 제자들에 의해 여러 갈래로 분열하게 되면서 '쇼후하이카이'의 질적 저하를 초래하게 되었고, 이후 침체기에 접어들게 된다.

④ 덴메이 하이카이(天明俳諧)

바쇼의 사후 점차 예술성을 상실해가던 하이카이를 쇄신하고 쇼후하이카이(蕉風俳諧)의 모습을 되찾기 위한 움직임이 나타났다. 이를 대표하는 하이진(俳人)이 덴메이(天明, 1781~1788)기 하이카이 부흥운동에 힘쓴 요사노부손(与謝蕪村)이다. 부손의 하이카이는 바쇼가 갖는 서민성이나 현실성과는 달리, 고전적이며 탈 속세적인 경향이 있으며 낭만적이고 유미적(唯美的)이다.

五月雨や　大河を前に　家二軒。　　　　　　　　　　与謝蕪村
(장마에 큰물이 흐르는 강 건너편에 덩그러니 집 두 채)

　　여기서 '五月雨'는 '음력 5월의 장마'를 뜻하므로, 양력으로 7월 전후의 여름장마에 해당한다. 'や'는 기레지, '五月雨'는 기고(季語), 그래서 기다이(季題)는 '여름(夏)'이다. 겨울과 봄에 메말랐던 크나큰 냇가(강)에 내리는 여름장맛비로 큰물이 흐르며, 쏟아지는 장맛비로 인해 물불은 강(큰 내) 건너편 기슭은 보일 듯 말 듯 희미

할 것이다. 그 강 건너편에 '덩그러니 서 있는 <u>집 두 채(家二軒)</u>'에 이 노래의 백미가 있다. 집 한 채는 너무 외로울 것이고, 세 채는 즐겁게 어울릴 수 있을 것이다. 외로운 한 채도 아니고, 즐거운 세 채도 아닌, 딱 '두 채(家二軒)'에 이 노래의 기막힌 절제미가 있다고 할 수 있다. 일본문학에서 이 '집 두 채(家二軒)'와 같은 표현을 '사비(さび)' 또는 '와비(わび)'의 이념으로 해석하고 있다.

⑤ 근세말기의 하이카이

덴메이(天明)기에 잠시 중흥되었던 하이카이는 이후 신선함을 잃고 저속한 내용의 작품이 양산되는 시대를 맞이하게 된다. 그 가운데 두각을 드러낸 작가가 고바야시 잇사(小林一茶)이다. 속어와 방언을 대담하게 사용하여 인간미 풍부한 생활 하이쿠를 확립시킨 잇사는 불우했던 과거의 고아생활이 반영된 까닭인지 유독 약자에 대한 동정심을 읊은 구(句)가 많다. 그중에서 파리의 움직임을 해학적으로 포착한 구(句)와 고아근성이 강하게 투영된 개구리의 싸움을 묘사한 구(句)는 매우 흥미롭다.

やれ打つな　蠅が手をする　足をする。　　　　　　　　　　　小林一茶
(잡지 말게나, 파리가 두 손과 발로 싹싹 빌고 있잖은가.)

やせ蛙　まけるな　一茶　これにあり。　　　　　　　　　　　小林一茶
(야윈 개구리야! 지지말아라. (고아인) 잇사가 여기서 응원하고 있으니)

덴포(天保, 1830~1843)기에 접어들면서 하이카이는 돈을 걸고 내기를 하는 유희적인 쓰키나미하이카이(月並俳諧)로 전락하기도 하였다. 쓰키나미하이카이는 각지에 퍼져나가게 되면서 크게 유행하게 되지만, 한결같이 내용면에서 평범하고 진부한 쓰키나미초(月並調)를 벗어나지 못하여 점차 쇠퇴의 길로 들어서게 되었다.

▲ 마쓰오 바쇼(松尾芭蕉), 요사노부손(与謝蕪村), 고바야시 잇사(小林一茶)

구분	마쓰오바쇼(松尾芭蕉)	요사노부손(与謝蕪村)	고바야시 잇사(小林一茶)
사상	여행, 자연, 인생	고전, 낭만, 회화적 세계	서민생활에 밀착한 소박한 세계
작풍	상징적, 주정(主情)적, 음악적	묘사적, 주지적(主知的), 회화적	현실적, 골계적, 풍자적, 자학적

기본자세	속(俗)을 떠났다 속으로 돌아옴	속(俗)을 멀리하고 미(美)에 천착	불우한 환경을 반영한 강자에의 반감과 약자에의 동정

4.3 센류(川柳)

하이카이가 비속화된 형태인 센류(川柳)는 '기고(季語)'나 '기레지(切字)'와 같은 형식에서 탈피한 5·7·5의 정형시이다. '센류'라는 형식은 마에쿠즈케(前句付)의 덴자(点者, 점수를 매겨 그 우열을 판정하는 사람)였던 가라이 **센류**(柄井**川柳**)의 이름에서 유래한다.

마에쿠즈케란 7·7조의 앞 구(句)를 먼저 제시하고 이에 어울리는 5·7·5의 구(句)를 붙이는 일종의 재치문답 형식이었는데, 이것이 앞 구 없이 단독으로 읊어지게 되면서 '센류'라는 형식이 생겨나게 된 것이다. 이처럼 형식미를 벗어난 센류는 단순한 표현을 구사하면서도, 그 소재를 인간의 생활에서 찾고 있으며 내용면에서는 비속하고 예리한 풍자성을 보여주고 있다.

寝てゐても(5)　扇の動く(7)　親心(5)
(자고 있어도 연신 부채질하는 부모님 마음)

役人の(5)　子はにぎにぎを(7)　能く覺え(5)
(관리의 자식은 쥐엄쥐엄하며 손가락셈을 잘도 배우네.)

센류는 형식미에 구애받지 않고 인간의 본심과 약점, 비속함과 어리석음 등을 사실적이고 노골적으로 표현하였다는 데서 에도 조닌(町人)들의 기질과 부합되어 널리 유행하였다.

이러한 센류는 현재까지도 일반인들의 사랑을 받으며 이어지고 있는데, 한 예로 2015년 2월 일본 〈第一生命保險〉에서 주최한 '제28회 샐러리맨 센류 콩쿠르'에서 입선한 작품 중 하나를 들어보면,

ありのまま(5)　　メイク落とせば(7)　　どこのママ？(5)
생얼 그대로　메이크업 지우니　누구 엄마지?

라 읊고 있어, 현대인의 해학과 재치를 엿볼 수 있다. 화장을 즐겨하는 현대여성의 일면을 예리하게 풍자하고 있음을 알 수 있다.

4.4 교카(狂歌)

와카(和歌)의 문체에 단카(短歌)형식을 취한 교카(狂歌)는 속어를 사용하여 기지와 골계를 읊는 일종의 놀이문학으로, 오랜 역사를 지니고 있지만 근세에 이르러 크게 유행하게 된다.

근세의 교카는 오사카를 중심으로 한 '가미가타(上方)교카'와 에도를 중심으로 널리 확산된 '에도(江戸)교카'의 두 흐름이 있다.

가미가타교카는 18세기 전반 다이야 데이류(鯛屋貞柳)를 중심으로 오사카에서 유행하였는데, 대부분 와카의 패러디에 그친 것이 많았다. 반면 에도교카는 무사, 학자 등을 중심으로 18세기 중반부터 유행하기 시작하여 덴메이(天明, 1781~1789) 기에 덴메이초(天明調)라 불리면서 일대 전성기를 구가하였다. 덴메이교카를 지탱하던 대표적인 교카시(狂歌師) 가라코로모 깃슈(唐衣橘洲), 요모노아카라(四方赤良) 등은 기발한 착상의 작품을 남겼다. 그중 가라코로모의 작품을 감상해 보자.

風鈴の　音はりんきの　つげ口か　わが軒の妻に　秋のかよふを。　　唐衣橘洲
(풍경소리는 질투심의 고자질인가! 우리집 처마에 가을바람 든다고)

처마(軒)에 매달려 있는 풍경이란 바람에 의해 움직이고 소리 나는 것에서 착안한 기지와 골계를 엿보게 하는 작품이다. 여기서 처마(軒)는 아내(妻)와 같은 의미임을 암시하며, 풍경소리를 내는 가을바람을 샛서방으로 의인화하고 있음을 알 수 있다.

이같은 교카는 19세기 초 분카(文化)·분세이(文政)기에도 크게 유행하였으나 전반적으로 질적 저하에서 벗어나지 못했다.

5. 근현대의 시가

메이지기에 접어들면서 와카, 하이쿠, 한시(漢詩) 등 전통시에 만족할 수 없는 정신적 요구에서 근대시의 새로운 모색이 시도되어, 서양시의 형식을 모방한 일종의 신체시(新体詩) 형식이 창안되었다.

1882년(M15)『신타이시쇼(新体詩抄)』로 출발한 근대시는 1889년(M22) 모리 오가이(森鴎外)의 번역시집『오모카게(於母影)』를 통하여 예술성과 낭만적 서정의 번역시가 소개됨으로써 서정시로의 길을 열어갔다.

신체시 운동의 가능성을 확립한 것은 낭만주의 운동에서의 서정시(抒情詩)의 개화였는데, 그 초기 담당자는 기타무라 도코쿠(北村透谷), 시마자키 도손(島崎藤村) 등 청년시인들이었다. 이후 1905년(M38) 우에다 빈(上田敏)의 번역시집『가이초온(海潮音)』이 상징시 유행의 계기를 마련하였으나, 시대의 조류인 자연주의의 영향으로 구어자유시가 등장하였다. 신체시라는 용어는 1910년경 시(詩)라는 용어로 바뀌어 갔다.

다이쇼 초기에는 시라카바파(白樺派)를 중심으로 한 인도주의적, 이상주의적 경향의 시인들이 활약하였다. 그리고 근대시인의 최초의 대동단결이라고도 불리는 〈시와카이(詩話会)〉의 결성(1917), 예술파에서 탈퇴한 인물들로 구성된 〈신시카이(新詩会)〉의 창립(1921)이 있었다. 다이쇼 말기에 이르면 신인과 기성작가, 프롤레타리아와 반프롤레타리아, 공산주의자와 아나키스트(무정부주의자) 등이 대립하는 가운데 쇼와(昭和)기를 맞게 된다.

쇼와기 시(詩)의 전개는 시로부터 의미나 상징을 배제하고 주지적(主知的)인 감각에 의해 상상의 세계를 표현하려 하는 시 운동이 있었으나, 그나마 1930년대 후반 본격적인 전쟁기로 접어들면서 자유로운 활동에 제약을 받게 되어 점차 퇴조하게 된다.

5.1 시(詩)

① 신체시(新体詩)

신체시(新体詩)란 기존의 와카(和歌)와 하이카이(俳諧)의 전통을 탈피한 서양의 시를 모방한 새로운 시의 형태로, 일본의 근대시사(近代詩史)에서는 대체로 메이지시대의 문어정형시 형태를 중심으로 쓰인 것을 말한다. 문명개화와 더불어 새로운 시대의 사상과 감정을 표현하기 위한 신체시의 의미는 이노우에 데쓰지로(井上哲次郎), 야타베 료키치(矢田部良吉), 도야마 마사카즈(外山正一) 등 3인에 의해 발간된 『신타이시쇼(新体詩抄)』(1882)의 서문에 올린 이노우에 데쓰지로의 글에 잘 나타나 있다.

> 夫レ明治ノ歌ハ、明治ノ歌ナルベシ、古歌ナルベカラズ、日本ノ詩ハ日本ノ詩ナルベシ、漢詩ナルベカラズ、是レ新体ノ詩ノ作ル所以ナリ
> (무릇 메이지의 노래는 메이지의 노래다워야지, 옛날 노래다워서는 안 된다. 일본의 시(詩)는 일본 시다워야지, 한시(漢詩)다워서는 안 된다. 이것이 곧 신체시를 지은 이유이다.)

이러한 의미의 신체시는 뒤이어 발간된 야마다 비묘(山田美妙)의 『신타이시센(新体詞選)』(1886)과 모리 오가이(森鷗外)[37]의 『오모카게(於母影)』(1889) 등에 다수 수록되었다.

신체시는 형식면에서 일본의 조카(長歌) 형식인 5・7조(調)에서 파생된 듯한 7・5조를 사용해서 표현했기 때문에, 내용면에서는 전통적인 시정(詩情)에서 벗어날 수 없었다는 평가가 일반적이다. 예술적 가치가 높은 수준을 보였다고 얘기할 수는 없지만, 새로운 시의 개막이라는 점에서 그 문학사적 의의는 크다.

---

37) 모리 오가이(森鷗外, 1862.2~1922.7) : 육군 군의관 출신인 모리 오가이는 독일 유학을 다녀 온 뒤 서구의 고전 및 낭만시를 번역한 『오모카게(於母影)』(1889)를 내는 등 유럽 문예 소개에 힘써 신타이시(新体詩)에 큰 영향을 주었다. 漢詩, 新体詩, 短歌 등 다양한 장르를 시도하였으며, 서양 근대시의 신선한 시상을 잘 표현하여 점차 일본 낭만주의의 선구가 되었다.

② 낭만시(浪漫詩)

서양시의 외형적 모방의 신체시(新体詩)를 예술적으로 발전시킨 것이 모리 오가이(森鷗外)를 중심으로 하는 〈신세이샤(新声社)〉[38] 동인에 의해 발간된 시집 『오모카게(於母影)』(1889)이다. 『오모카게』는 영국과 독일의 낭만파 시를 번역 소개하여 당시 젊은이들의 호응을 얻었다.

메이지기 낭만시를 대표하는 시인 시마자키 도손(島崎藤村)은 그의 첫 번째 시집 『와카나슈(若菜集)』(1879)에서 인간감정을 솔직하고 아름답게 노래하였으며, 이어 1901년까지 『히토하부네(一葉舟)』, 『나쓰쿠사(夏草)』, 『라쿠바이슈(落梅集)』를 간행함으로써 일본근대시사(日本近代詩史)에 불멸의 이름을 새겼다.

같은 시기에 활약한 도이 반스이(土井晩翠)는 도손의 여성적인 서정과는 사뭇 대조적인 시인이다. 도이 반스이의 시는 한시(漢詩)를 직역한 듯한 음조(音調)로 일본민족의 이상을 노래하여 당시 청년들에게 널리 애송되었는데, 시집으로는 『덴치우죠(天地有情, 천지유정)』(1899), 『교쇼(暁鐘, 새벽종)』 등이 있다. 이들은 기타무라 도코쿠(北村透谷)[39] 중심의 「분가쿠카이(文学界)」 동인에게 크게 영향을 끼쳤다.

▲ 시마자키 도손(島崎藤村)과 도이 반스이(土井晩翠)

구 분	시마자키 도손(島崎藤村)	도이 반스이(土井晩翠)
본질	서정시인	서사시인
특색	정열적, 관능적	명상적, 관념적
표현	여성적, 서정적	남성적, 한시적
대표시집	『若菜集』(1897)	『天地有情』(1899)

---

38) 신세이샤(新声社) : 1889(M22)에 결성된 문예결사(文芸結社). 모리오가이(森鷗外)와 그 여동생 고가네이 기미코(古金井きみ子) 등이 동인으로 참여하였다. 신세이샤의 〈S·S·S〉로 첫자 이니셜을 취하여 표기하였다.

39) 기타무라 도코쿠(北村透谷) : 가나가와(神奈川)현 출신. 12세 때인 1881년에 당시 최고조에 이른 자유민권운동에 자극을 받고 정치에 뜻을 두었으나, 뜻을 이루지 못하자, '정치에서 문학으로'라는 생각으로, 정치적 이상을 문학을 통해 실현 하고자 하였다. 1889년에는 민권운동에 참여했던 자신의 청춘기와, 연인인 미나와의 사랑이야기를 담은 『소슈노시(楚囚之詩)』를 간행하였다. 또한 여러 서양의 작가들에게서 영향을 받은 정열적인 극시 『호라이쿄쿠(蓬萊曲)』(1891)를 발표하기도 하였으나, 현실의 두꺼운 벽에 부딪혀 25세의 나이로 자살하였다. 자아의 확립과 정신의 자유를 역설한 그의 사상은 지금도 많이 논의되고 있다.

③ 상징시(象徵詩)

감정이나 사상을 직접 표현하지 않고 날카로운 감각에 의한 언어조작에 의해 암시적으로 표현하는 상징시는 유럽에서 고전파에 대한 저항으로 생겨난 새로운 시풍으로, 이를 처음 소개한 사람은 우에다 빈(上田敏)이다. 그의 번역시집 『가이초온(海潮音)』은 번역시의 최고봉을 자랑하며 일본에서 상징시 형성에 크게 기여하였다. 이후 스스키다 규킨(薄田泣菫)[40]과 간바라 아리아케(蒲原有明)[41]로 이어지면서 상징시의 시대가 열리게 된다. 스스키다 규킨은 시집 『하쿠요큐(白羊宮)』(1906)에서 상징시적 수법으로 낭만적이고 고전적인 시풍을 드러내었으며, 간바라 아리아케는 『아리아케슈(有明集)』(1908)에서 일본의 상징시를 완성했다. 프랑스 상징시를 번역한 나가이 가후(永井荷風)의 『산고슈(珊瑚集)』(1913)도 시단에 큰 영향을 끼쳤다.

④ 구어자유시(口語自由詩)의 시도

메이지 40년대에는 형식을 부정하는 자연주의가 시단에도 영향을 끼쳐 기존의 문어정형시(文語定形詩) 대신 구어자유시(口語自由詩)가 시도되었다.

전통적인 7·5조에 구애받지 않는 자유로운 형식과 알기 쉽고 명료한 일상의 구어(口語)로 표현하고자 한 구어자유시는 1890년(M23) 야마다 비묘(山田美妙)의 시작(試作)이 기원이 된 이래, 1900년대에 크게 유행하다가, 다카무라 고타로(高村光太郎)와 하기와라 사쿠타로(萩原朔太郎)에 의해 구어자유시로 완성되었다.

▲ 다카무라 고타로(高村光太郎)와 하기와라 사쿠타로(萩原朔太郎)의 비교

구분	다카무라 고타로(高村光太郎)	하기와라 사쿠타로(萩原朔太郎)
본질	理想派 시인	象徵派 시인
특색	의지적, 사상적	감각적, 환상적
표현	사상중시	음악적
공적	구어자유시의 확립자	구어자유시의 완성자
대표시집	『道程』(1914)	『月に吠える』(1917)

---

40) 스스키다 규킨(薄田泣菫) : 기존의 낭만주의를 독자적인 고전적 낭만시풍으로 만든 작가이다. 작품으로는 『니주고겐(二十五絃)』, 『하쿠요큐(白洋宮)』(1906) 등이 있다. 이 시집들은 풍부한 구어(口語)를 자유로이 구사하며, 고대 일본을 동경하고 있다.

41) 간바라 아리아케(蒲原有明) : 상징주의에 의한 일본의 근대시를 확립하였다. 작품으로는 『슌초슈(春鳥集)』, 『아리아케슈(有明集)』(1908) 등이 있다.

자연주의 사조가 시단에 끼친 영향은 상당하다. 무엇보다도 형식의 제약에서 벗어나, 구어로써 느낌을 자유로이 표현하려는 움직임이 확산되었다. 그 가운데 기타하라 하쿠슈(北原白秋)는 상징시풍을 계승하면서 예민한 감각으로 포착한 느낌을 자유분방하게 표현하는 문어자유시의 전성을 구가하여 시집 『자슈몬(邪宗門)』(1909)과 『오모이데(思ひ出, 추억)』에 담아내었다.

신시샤(新詩社) 출신으로 시집 『아코가레(憧憬)』(1905)를 통해 시인으로 등단한 이시카와 다쿠보쿠(石川啄木)는 『이치아쿠노스나(一握の砂, 한줌의 모래)』(1910)로부터 『가나시키간구(悲しき玩具, 슬픈 장난감)』(1912)에 이르기까지 낭만적인 감상에서 탈피하여, 일상적 경험을 꾸밈없이 표현하는 현실적 색채가 강한 작품을 남겼다.

⑤ 이상주의(理想主義)의 시

다이쇼(大正)기에는 시라카바파를 중심으로 한 인도주의적, 이상주의적 경향의 시인들이 활약하였다. 무로 사이세이(室生犀星), 센게 모토마로(千家元麿), 다카무라 고타로(高村光太郎) 등이 활약하였는데, 그 가운데 가장 두각을 나타낸 시인은 단연 다카무라 고타로이다. 다카무라 고타로가 생명의 충동과 이상을 향한 의지를 평이하고 힘찬 용어와 어법으로 노래한 시집 『도테이(道程, 도정)』는 구어자유시를 확립한 다이쇼기 대표적 시집으로 평가받고 있다. 무로 사

高村光太郎

이세이 역시 현실긍정적인 밝은 시풍의 『아이노시슈(愛の詩集, 사랑의 시집)』(1918)에서 구어자유시의 유려함을 한껏 드러내었다.

⑥ 민중시파(民衆詩派)의 시

〈제1차 세계대전〉(1914~1918) 직후 데모크라시 사조의 영향을 배경으로 창간된 잡지 「민슈(民衆)」(1918)를 중심으로 활동한 작가들의 시를 말한다. 도미타 사이카(富田砕花), 모모타 소지(百田宗治), 시로토리 세이고(白鳥省吾) 등이 대표적인데, 이들은 자유와 평등을 슬로건으로 내세워 평이한 어조로 그들의 사상을 노래하였다.

⑦ 예술시파(藝術詩派)의 시

민중시파와는 달리 예술지상주의적 입장에서 상징시의 흐름을 계승한 작가들을 말한다. 특히 하기와라 사쿠타로(萩原朔太郎)는 『쓰키니호에루(月に吠える, 달을 향해 짖다)』(1917)에서 내면적인 음악성을 부여하여 구어자유시의 실질적인 완성을 이루어 일본 근대시의 아버지로도 불렸다. 또한 사토 하루오(左藤春夫)의 문어정형시에 근대적 서정을 담은 시집 『준조시슈(純情詩集』(1921)와 초현실주의 시운동에 영향을 준 호리구치 다이가쿠(堀口大学)의 번역시집 『겟카노이치군(月下の一群, 월하의 한 무리)』(1925)도 빼놓을 수 없다.

▲ 주요 번역시집 일람표

詩集名	著者·譯者·流派 및 內容
『新体詩抄』	이노우에 데쓰지로(井上哲次郎) 등의 新体詩의 紹介
『於母影』	모리 오가이(森鴎外) 등의 낭만시
『海潮音』	우에다 빈(上田敏)의 상징시
『珊瑚集』	나가이 가후(永井荷風)의 탐미파 시
『車塵集』	사토 하루오(佐藤春夫)의 漢詩
『月下の一群』	호리구치 다이가쿠(堀口大学)의 초현실적인 시

⑧ 프롤레타리아의 시

다이쇼 말기부터 프롤레타리아 문학이 성행함에 따라 이전의 서정성이나 낭만성을 부정하고 농촌이나 공장 노동자 등 무산계급의 실상을 노래한 시인이 등장하였다. 나카노 시게하루(中野重治)가 대표적이며, 오쿠마 히데오(小熊秀雄), 오노 도자부로(小野十三郎), 하기와라 교지로(萩原恭次郎) 등도 주목받았다. 이들의 시는 대부분 완고한 사상표현이나 격렬한 슬로건의 나열에 치우쳐 예술성은 희박했다.

⑨ 초현실주의파(超現實主義派)의 시

호리구치 다이가쿠(堀口大学)의 번역시집 『겟카노이치군(月下の一群)』(1925)로 소개된 시단의 초현실주의[42] 운동은 1928년 창간된 잡지 「시토시론(詩と詩論)」을 통

---

42) 초현실주의(surrealism) : 1924년 프랑스 시인 앙드레 브르통이 주창한 예술론으로, 현실의 틀을 극복한 자유스런 상상을 표현하고 극히 주관적인 경향을 갖는다. 일본의 시와 소설, 회화에도 큰 영향을 끼쳤다.

해 추진되었다. 대표시인으로는 기타가와 후유히코(北川冬彦), 니시와키 준자부로(西脇順三郎), 하루야마 유키오(春山行夫), 미요시 다쓰지(三好達治) 등을 들 수 있는데, 이들은 새로운 시작법(詩作法)을 자각하고 시의 순수성과 시적인 긴장감을 되찾아 침체된 시단에 새바람을 일으키고자 하였다.

⑩ 「시키(四季)」와 「레키테이(歷程)」

ⓐ 「시키(四季)」 : 「시토시론」이 폐간되고 프롤레타리아문학이 쇠퇴한 1934년(S9) 창간된 잡지 「시키(四季)」는 구어자유시가 상실한 음악성의 회복과 새로운 서정성을 추구하였다. 소네트형식(14행의 詩形)으로 섬세한 서정을 풍부한 음악성으로 노래한 다치하라 미치조(立原道造)를 비롯하여 호리 다쓰오(堀辰雄), 미요시 다쓰지(三好達治), 마루야마 가오루(丸山薫) 등은 지성과 감성이 조화된 고전주의적 경향의 작품을 다수 남겼다.

ⓑ 「레키테이(歷程)」 : 구사노 신페이(草野心平)가 중심이 되어 창간한 잡지 「레키테이」는 다카하시 신키치(高橋新吉), 가네코 미쓰하루(金子光晴), 그리고 「시키」에서도 활약하던 나카하라 주야(中原中也) 등 여러 동인들과 함께 당시의 시단과는 다른 독자의 길을 걸었다. 상징파 시인으로 출발했던 가네코 미쓰하루는 『사메(鮫, 상어)』(1937)를 발표하여 침략전쟁과 천황제 및 국가권력을 날카롭게 풍자 비판하였으며, 나카하라 주야는 『야기노우타(山羊の歌, 산양의 노래)』(1934)와 『아리시히노우타(在りし日の歌, 지나간 날의 노래)』(1938)에서 우울과 권태, 상처받은 영혼의 고백을 읊었다. 미야자와 겐지(宮沢賢治)와 야기 주키치(八木重吉)의 유고가 「레키테이」에 게재되어 사후에 높은 평가를 받았던 것도 주목할 만하다.

⑪ 전후(戰後)의 시

〈태평양전쟁〉이 일본의 패배로 종결되면서 그간의 공백을 메우기라도 하듯 수많은 잡지가 창간되고 복간되면서 다양한 활동이 전개되었다. 이미 개방된 프롤레타리아 시 계통의 시인들과 기성시인들의 시집도 잇달아 간행되었다. 그중 가장 대표적인 시집은 아유카와 노부오(鮎川信夫), 다무라 류이치(田村隆一), 요시모토 다카아키

(吉本隆明) 등이 동인이 되어 출간한 『아레치(荒地, 황무지)』(1947)였는데, 이들은 현실이 황무지라는 인식하에서 이를 통하여 인간성 회복을 추구하였다. 또 같은 시기에 「레키테이」가 복간되면서 구사노 신페이(草野心平)를 중심으로 야마모토 다로(山本太郎) 등이 개성적인 시 세계를 구축해나갔다.

한편 좌익계 시인들이 창간한 잡지 「렛토(列島)」(1952)는 사회주의 리얼리즘을 지향하며 전전(戰前)의 프롤레타리아시를 비판적으로 계승하여 사회변혁과 연관한 새로운 시세계를 펼쳐나갔으며, 뒤이어 가와사키 히로시(川崎洋), 이바라기 노리코(茨木のり子) 등에 의해 창간된 잡지 「가이(櫂)」에 오오카 마코토(大岡信), 다니카와 슌타로(谷川俊太郎) 등이 참여하여 스스로의 감수성을 마음껏 표현해내었다. 이후 고도성장기에 접어들면서 대중사회화 되어감에 따라 일본 시단은 어느 특정 유파나 그룹이 주도하기보다는 제각각 개성을 발휘하는 추세로 나아가게 되었다.

▲ 주요 詩誌 일람표

雜誌名	창간년도	중심시인
「文学界」	1893	北村透谷
「文庫」	1895	河井酔茗
「明星」	1900	与謝野鉄軒
「スバル」	1909	木下杢太郎
「屋上庭園」	1908	北原白秋
「感情」	1916	萩原朔太郎, 室生犀星
「詩と詩論」	1928	春山行夫, 北川冬彦
「四季」	1933	三好達治
「歴程」	1935	草野心平

5.2 단카(短歌)

메이지 초기 거의 무비판적이라 할 만큼 서양문학이 유입되자 이에 대한 비판과 반성이 싹트게 되면서 고전문학의 재검토 및 와카의 개량이 시도되었다. 초기의 가단(歌壇)은 근세 와카의 전통을 고수하는 구파(舊派), 즉 '게이엔파(桂園派)', '도조파(堂上派)', '마부치파(眞淵派)' 등의 잔존세력에 의해 지배되는 가운데 단카(短歌) 혁신에 대한 논의가 거세지게 되었다.

마사오카 시키(正岡子規)는 쓰키나미하이카이(月並俳諧)를 비판하고 사생(寫生)을 도모한 새로운 하이카이혁신(俳諧革新)에 성공하여 '아라라기파(アララギ派)'의 기초를 열었으며, 일찍부터 와카 혁신을 제창하였던 요사노 뎃칸(與謝野鉄幹)은 오치아이 나오부미(落合直文)에 의해 결성된 〈아사카샤(浅香社)〉의 중심인물이 되어 『도자이난보쿠(東西南北, 동서남북)』(1896), 『덴치겐코(天地玄黃, 천지현황)』를 출판함으로써 자신의 주장을 구체화하였다. 이후 뎃칸은 아내 요사노 아키코(与謝野晶子)와 함께 주정적(主情的) 낭만주의를 펼쳐나갔다.

正岡子規

① '묘조파(明星派)'의 단카

오치아이 나오부미 문하에서 나온 요사노 뎃칸은 이제까지의 와카의 여성적인 가풍인 다오야메부리(たをやめぶり)를 부정하고, 남성적인 마스라오부리(ますらをぶり)의 가풍을 전개했다. 그는 1899년 도쿄신시샤(東京新詩社)를 창립한 이듬해 4월 아내 요사노 아키코(與謝野晶子)와 함께 기관지 「묘조(明星)」를 창간하여 젊고 재능이 많은 신진 작가와 시인을 참여하게 함으로써 낭만주의 단카의 전성시대를 열어갔다.

與謝野鉄幹

韓にして、いかでか死なむ、われ死なば、をのこの歌ぞ、また廃れなむ。

(與謝野鉄幹の『東西南北』より)

(한반도에서 어찌 죽을소냐, 내가 죽으면 사나이 노래 또한 사라질텐데.)

뎃칸의 아내인 요사노 아키코(與謝野晶子)는 일본문학사상 '정열에 불타는 가인'으로 기록되고 있다. 아키코는 자아에 눈뜬 신여성의 대담하고 분방한 소리를 가집 『미다레카미(みだれ髪, 헝클어진 머리칼)』에 담아내어 단숨에 문단의 주목을 받아 「묘조(明星)」의 여왕으로 활약하였다.

与謝野晶子

その子二十　櫛にながるる　黒髪の　おごりの春の　うつくしきかな。

(與謝野晶子の『みだれ髪』より)

(스무살 검은 머릿결에 흐르는 사치스런 봄날의 아름다움인가.)

② '네기시파(根岸派)'의 단카

기존 와카의 혁신에 정열을 불태우던 마사오카 시키(正岡子規)는 묘조파에도 대항하며 단카의 혁신을 역설하였다. 그는 가론서『歌よみに與ふる書(가인에게 보내는 글)』(1898)에서『고킨와카슈』및 그 아류의 와카가 이론에 파묻혀 감정을 몰각하고 있는 점을 지적하고,『만요슈』를 존중하여 있는 그대로를 표현하는 사생(寫生)을 주장하였다. 이를 잘 표현한 단카를 감상해 보자.

くれなゐの　二尺伸びたる　薔薇の芽の　針やはらかに　春雨のふる。

(正岡子規の『竹の里歌』より)

(다홍빛 가지가 두 자나 늘어난 장미가시에 부드럽게 봄비가 내리네.)

마사오카 시키(正岡子規)는 이듬해 〈네기시단카카이(根岸短歌会)〉를 결성하였는데, 여기에 이토 사치오(伊藤左千夫)와 나가쓰카 다카시(長塚節) 등이 참여하였다. 마사오카 시키의 사후에는 이토 사치오가 중심이 되어 기관지「아시비(馬酔木)」를 창간하여 네기시파를 이끌어갔다.

③ 자연주의(自然主義)와 탐미주의(耽美主義)의 단카

메이지 40년대에는 자연주의의 문예사조가 낭만주의 중심의 가단에 일대전환을 가져왔다. 오노에 사이슈(尾上柴船)의 문하에서 나온 와카야마 보쿠스이(若山牧水)는 근대인적인 비애를 띠면서 자연과 인생을 노래하였다.

幾山河　越えさり行かば　寂しさの　終てなむ国ぞ　今日も旅行く。　若山牧水
(산과 강을 몇 번이나 넘어야 고독이 끝나는 나라일까? 오늘도 그것을 찾아 길을 떠난다.)

보쿠스이와 동문인 마에다 유구레(前田夕暮)는 자연주의 묘사방법의 한 방편이었던 평면묘사를 단카(短歌)에도 적용시켰다.

한편 도키 아이카(土岐哀果)는 인간과 사회와의 관계에 관심을 두고 노동자의 생활에 눈을 돌린 사상성이 짙은 노래를 읊었고, 형식면에서도 로마자 삼행서(三行書)라는 새로운 형식을 만들었는가 하면, 이시카와 다쿠보쿠(石川啄木)도 구어시(口語詩)에 가까운 삼행서의 형식으로 독자적인 경지를 개척하였다. 감상적이고 달콤한 서정을 띄우면서 생활감정을 대담 솔직하게 표현한 다쿠보쿠의 작품 일부를 감상해보자.

はたらけど　はたらけど猶　わが生活　樂にならざり　ぢつと手を見る。石川啄木
(아무리 일을 해도 생활은 조금도 나아지지 않아 말끄러미 손을 보네.)

이러한 자연주의적 단카에 대항하여 일어난 것이 기타하라 하쿠슈(北原白秋), 요시이 이사무(吉井勇)가 잡지 「스바루(スバル)」를 중심으로 추구한 탐미주의적 경향의 단카이다. 근대적인 감각의 청신한 서정을 읊은 하쿠슈의 『기리노하나(桐の花, 오동나무 꽃)』를 감상해 보자.

日の光　金絲雀のごとく　顔ふとき　硝子に凭れば　人のこひしき。　　北原白秋
(햇빛줄기 카나리아처럼 하늘거릴제 유리창에 몸을 기대니 누군가가 그리워지네.)

④ 아라라기파(アララギ派)와 반아라라기파(反アララギ派)의 단카
마사오카 시키(正岡子規) 문하의 이토 사치오(伊藤左千夫)는 잡지 「아시비(馬酔木)」가 폐간되자, 같은 해 「아라라기(アララギ)」를 창간(1908)하였다. 이토 사치오의 사후에는 시마키 아카히코(島木赤彦)와 사이토 모키치(斎藤茂吉) 등이 다이쇼 말기부터 쇼와기에 걸쳐 가단(歌壇)의 중심세력이 되었다. 아카히코는 시키가 주장한 사생묘사설(寫生描寫説)을 심화하였고, 모키치는 『샷코(赤光, 낙조)』(1913) 등의 작품에서 실상관입(実相觀入)[43]의 사생이론을 완성시켰다.

---

43) 실상관입(実相觀入) : 대상의 진실상에 관입하여 자연과 자기를 일원화 한 생을 묘사하려는 태도를 말함.

立ち上がる　白雲のなかに　あはれなる　山鳩鳴けり　白くものなかに。　　斎藤茂吉
(피어오르는 흰구름 속에 산비둘기 애처롭게 우누나, 흰구름 속에서)

　　그밖에 아라라기파의 가인(歌人)으로 쓰치야 분메이(土屋文明)와 나카무라 겐키치(中村憲吉), 샤쿠 조쿠(釋迢空) 등이 있다.

　　한편 아라라기파가 전성기를 구가하던 다이쇼(大正) 가단에서도 이에 속하지 않고 독자적인 세계를 수립한 가인 구보타 우쓰보(窪田空穂)와 기노시타 리겐(木下利玄), 오타 미즈호(太田水穂) 등은 1924년(T13) 잡지 「닛코(日光)」를 창간하여 반아라라기(反アララギ) 세력을 결집하였다. 아라라기파의 샤쿠 조쿠(釋迢空)도 이 그룹에 가담하여 쇼와(昭和)시대 단카(短歌)로의 분기점을 형성하였다.

⑤ 쇼와(昭和) 초기의 단카

다이쇼(大正) 말기부터는 이시카와 다쿠보쿠(石川啄木) 등의 구어(口語)적 발상의 노래를 이어받아 구어단카, 구어자유율단카 운동이 진행되었고, 또 생활과 단카의 연장선에서 '프롤레타리아단카운동'이 일어나 단카의 신문화가 전개되었다. 이에 대한 반동으로 기타하라 하쿠슈(北原白秋)가 낭만주의 부흥을 외치며 잡지 「다마(多磨)」를 창간(1935)하였지만, 가단의 중심세력은 여전히 아라라기파가 주도하고 있었다. 1930년대 후반 본격적인 전시체제로 접어들게 되자 프롤레타리아계열의 단카는 궤멸되었다.

⑥ 전후의 단카(短歌)

전후에 전통문화에 대한 반성과 비판의식이 심화되면서, 하이쿠 및 단카 등 단시형 문학의 비근대성을 예리하게 지적하는 논의가 반향을 불러일으켰다. 이를 비판적으로 받아들여 새로운 단카의 과제 제시와 그 해결을 목표로 기마타 오사무(木俣修) 등이 「야쿠모(八雲)」(1946)를 창간하여 활동한데 이어, 제2차 전후파 그룹의 쓰카모토 구니오(塚元邦雄)와 오카이 다카시(岡井隆) 등이 등장하여 이전의 단카적 서정을 혁신하려는 동향을 드러냈다.

　　1950년대 중반은 노대가(老大家)들이 활동을 재개하고 전후파 신인들도 속속

등장한데다 새로운 문학결사와 잡지도 다수 탄생하여 가단이 활기를 띠게 되었다. 1956년(S31)에는 쓰카모토와 오카이 외에도 데라야마 슈지(寺山修司), 바바 아키코 (馬場あき子) 등에 의해 〈청년가인회(青年歌人会)〉가 결성되어 새로운 경향의 단카를 모색한 이래, 구어에 의한 현대적 감각을 담아내려는 참신한 시도도 나타났다. 창간 이후 오랜 전통을 유지하던 「아라라기」는 1997년(H9) 종간을 맞게 되었다.

5.3 하이쿠(俳句)

① 하이쿠의 혁신

메이지기 초기에는 근세 말기의 평범한 하이카이가 이어졌다. 메이지 20년대 이르러 마사오카 시키(正岡子規)가 구파(舊派) 하이카이의 진부함을 비판하며, 자연이나 인간의 있는 그대로의 대상을 선명하게 묘사하는 사생(写生)을 기치로 하이쿠의 혁신을 도모하였다. 마사오카 시키는 병중에도 하이쿠 혁신 활동을 이어갔다. 잡지 「호토토기스(ホトトギス)」를 주재하면서 나이토 메이세쓰(内藤鳴雪), 가와히가시 헤키고토(河東碧梧桐), 다카하마 교시(高濱虚子) 등과 함께 메이지 후기 하이단(俳壇)의 중추적 역할을 하였다. 마사오카 시키는 구시대의 하이쿠에서도 회화적이고 인상이 선명한 요사노부손(与謝蕪村)을 높이 평가하였다. 시대를 달리하는 두 가인의 하이쿠를 비교하며 감상해보자.

うらうらと　春日さしこむ　鳥籠の　二尺の空に　雲雀鳴くなり。　　　正岡子規
(따스한 봄볕 내리쬐는 새둥지 두 자 하늘에 종달새 지저귀네)

花の香や　嵯峨の燈火　きゆる時。　　　与謝蕪村
(벚꽃 향기여! 사가의 등불이 꺼졌을 때)

마사오카 시키의 사후, 가와히가시 헤키고토는 자연주의 영향을 받아 정형(定型)에 제약받지 않는 새로운 경향(傾向)의 하이쿠를 시도하였고, 그의 문하였던 오기와라 세이센스이(荻原井泉水), 나카쓰카 잇페키로(中塚一碧樓)는 다이쇼(大正)기에 접어들면서 기존의 정형을 무시하고 구어자유율하이쿠(口語自由律俳句)를 추진하였으나 곧 쇠퇴하였다.

② 호토토기스파(ホトトギス派)

마사오카 시키의 사후「호토토기스(ホトトギス)」를 주재하던 다카하마 교시(高濱
虛子)는 산문에 몰두하여 잠시 하이쿠를 멀리하다가 다시 복귀하였다. 신경향 하이
쿠에 불만을 품었던 다카하마 교시는 전통적인 기다이(季題)와 정형을
고수하는 입장을 취하는 가운데 마사오카 시키의 객관적 사생을 중시
하여 하이쿠를 화조풍영(花鳥諷詠)[44]의 문학이라 규정했다. 이로써
다카하마 교시는 하이쿠의 정형을 선호하는 사람들의 호응을 얻었고
그가 주재하는「호토토기스」는 하이단의 주류가 되었다. 이 외에도 미
즈하라 슈오시(水原秋櫻子), 야마구치 세이시(山口誓子), 무라카미 기
조(村上鬼城), 이이다 다코쓰(飯田蛇笏) 등이 활약했다.

高濱虛子

③ 쇼와 초기의 하이쿠(俳句)

쇼와기에 들어서도 호토토기스파가 하이단(俳壇)의 중심세력을 유지하는 가운데,
이에 반발하는 움직임이 내부에서 일어났다. 미즈하라 슈오시(水原秋櫻子)는 다카
하마 교시의 하이쿠풍(俳句風)에 대하여 개인의 해방과 서정성의 회복을 주장하였
고, 야마구치 세이시(山口誓子)는 도회적이고 인공적인 것에서 소재를 구하였다. 이
외에도 나카무라 구사타오(中村草田男), 다카노 스주(高野素十), 사이토 산키(西東
三鬼) 등이 활약했다.

④ 전후의 하이쿠

종전 직후 많은 하이쿠 잡지가 복간되어 하이쿠의 새로운 출발을 도모하는 가운데,
1946년 구와바라 다케오(桑原武夫)가 "하이쿠는 유희이지 예술이 아니다."라는, 이
른바 하이쿠의「제2예술론」을 발표하여 큰 반향을 불러일으켰다. 이로 인해 하이단
(俳壇)은 심하게 흔들리게 되었고, 하이쿠의 본질과 작자 각자의 위치에 대한 반성

---

44) 화조풍영(花鳥諷詠) : 계절변화에 따른 자연현상과 이에 따른 인간사와 현상에 접하여 일어나는 감동을
  읊는 것.

이 야기되어 재출발의 기점이 되었다.

전후의 하이단에서도 전통파 하이진(俳人) 사이토 산키(西東三鬼, 1900~1962)의 활약이 있었으며, 이시다 하쿄(石田波鄕) 등 신흥 하이진의 활약도 두드러졌다. 신인들의 등단도 많아졌는데, 전후에 등단한 가네코 도타(金子兜太)는 하이쿠에 사회성을 도입하는 등 새로운 방향을 지향하였다.

전후의 하이쿠는 작가층의 확대와 하이쿠의 국제화 등으로 표층의 번영은 이룩하였으나, 질적 저하와 세속화 현상이 나타나 한 때 젊은 하이진들로부터 개혁의 목소리가 일어나기도 하였다. 이후 하이쿠 발전을 위한 작가들의 지속적인 노력에 힘입어 현재까지도 끊임없이 대중들의 지지와 사랑을 받고 있다.

Ⅱ 일기(日記)·수필(隨筆)·기행(紀行)

고대의 일기(日記)는 원래 주로 남성이 공적(公的)인 행사나 의식에 대한 비망(備忘)을 위해 한문체로 기록한 것이었다. 이러한 일기가 기록이라는 실용성에서 인간의 내면세계를 형상하는 일기문학으로 자리 잡은 것은 가나(仮名)문자가 보급되고 난 이후이다. 가나문자의 보급은 개인의 심정을 있는 그대로 기록하는 일기라는 새로운 문학형태로 발전하게 되었고, 나아가 아무런 제약 없이 자유롭게 자신의 견문이나 경험 등을 서사한 수필문학으로까지 발전하게 되었다. 당시의 일기나 수필은 일상의 감흥보다는 일상을 떠나있던 시기의 기행적 요소가 가미된 것이 많아 상호 연계성이 농후하다. 이러한 일기·기행·수필문학을 통틀어 자조문학(自照文学)이라고 한다.

1. 중고시대의 일기·수필

헤이안 중기 가나(仮名)가 보급되면서 공적인 자리에서 쓰였던 일기는 점차 사적인 색채를 띠면서 문예작품으로서의 일기가 처음 등장했다. 기노쓰라유키(紀貫之)가 여성으로 가탁(假託)하여 가나로 쓴 『도사닛키(土佐日記)』가 그것이다.

그로부터 40여년 후 왕조문화가 최고조에 달할 무렵, 최초로 여성에 의해 쓰여진 『가게로닛키(蜻蛉日記)』가 등장했다. 『가게로닛키』는 종래의 사건본위의 일기와 달리, 개인의 내면이나 심리를 추구하는 문학성을 지니고 있어 후속 일기 및 산문문학에 크게 영향을 끼쳤다.

헤이안 중기 이후에는 『이즈미시키부닛키(和泉式部日記)』, 『무라사키시키부닛키(紫式部日記)』, 『사라시나닛키(更級日記)』 등이 궁정의 뇨보(女房)[1]를 중심으로 쓰이기도 하였다.

1.1 일기(日記)

① 『도사닛키(土佐日記)』

가나로 쓰인 자전적인 일기문학은 천재 가인(歌人) 기노쓰라유키(紀貫之)의 『도사닛키(土佐日記)』에서 시작된다. 『도사닛키』는 도사(土佐)지방의 수령 임기를 마친 기노쓰라유키가 쇼헤이(承平) 4년(934) 12월 임지였던 도사(土佐)를 출발하여 이듬해 2월 교토(京都)에 도착하기까지 55일간의 해로(海路)여행을 자세히 기록하고 있다. 그 서두는 이렇게 시작된다.

> 男もすなる日記といふものを、女もしてみむとてするなり。それの年の十二月の二十日あまり一日の、戌の時に門出す。そのよしいささかにものに書きつく。
> (남자가 쓴다는 일기란 것을 여자인 나도 써 볼까 한다. 그 해 12월 21일 오후 8시에 출발하였다. 그 때의 자잘한 이야기를 써둘까 한다.)

이와 같이 마치 여자가 쓰는 것과 같은 형식으로 시작되는 『도사닛키』의 중심 내용은 기노쓰라유키가 60대의 늙은 몸으로 도사에서 급사한 딸을 남겨 두고 온 심경, 불편한 해로여행의 공포와 괴로움, 교토에 당도하여 오랜만에 보는 달라진 도시의 모습을 대하는 귀경의 기쁨 등으로 이어진다. 특이한 것은 그 감흥을 여성의 입장에서 묘사하고 있다는 점인데, 간결하고 호소력 있는 필체는 후세의 여성 일기문학에 크게 영향을 끼쳤다.

『도사닛키』는 가나로 쓴 최초의 일기라는 점, 남성이 여성의 입장에서 썼다는 점, 인간의 내면세계를 자유롭게 표현하는 바탕을 구축했다는 점에서 상당한 문학적 가치가 부여되고 있다.

② 『가게로닛키(蜻蛉日記)』

현존하는 일본최초의 여성일기라 할 수 있는 『가게로닛키(蜻蛉日記)』는 上(15년

---

1) 뇨보(女房、にょうぼう) : 옛날, 일본의 궁중에서 한 직책을 부여받은 고위의 여성 관리 또는 귀족에 시중들던 여성. 『겐지모노가타리(源氏物語)』를 쓴 무라사키시키부(紫式部), 『마쿠라노소시(枕草子)』를 쓴 세이 쇼나곤(清少納言)도 '뇨보(女房)'였다. 궁녀이면서 '튜터(tutor)'의 개념이 강함.

간), 中(3년간), 下(3년간) 3권으로 되어 있으며, 저자는 헤이안시대 우다이쇼(右大將) 후지와라노미치쓰나(藤原道綱)의 어머니(藤原道綱母)이자 후지와라노가네이에(藤原兼家)의 둘째 부인인 후지와라노미치쓰나노하하(藤原道綱母)이다.

'가게로닛키'라는 표제는 상권 말미에 기록된 대로 "세상사의 덧없음을 생각하면 살아도 살아 있는 것 같지 않은 심정"으로 글을 쓴 데서 유래한다. 고대의 여성이 만족스럽지 못한 결혼생활 20여 년에 대한 고뇌를 일기문학 형식으로 진솔하게 토로하였다는 데서 문학적 가치가 부여된 『가게로닛키』는 뒤이어 등장한 『겐지모노가타리(源氏物語)』 등 일련의 여성문학에 큰 영향을 끼쳤다.

③ 『이즈미시키부닛키(和泉式部日記)』

『이즈미시키부닛키』의 저자는 연애편력이 화려한 정열적인 여류 가인(歌人) 이즈미 시키부(和泉式部)로 보는 것이 보편적이지만, 다른 사람이 썼다고 주장하는 설도 있다. 조호(長保) 5년(1003) 아쓰미치(敦道)왕자를 만나 주위의 반대를 무릅쓰고 하나가 될 때까지의 10개월간의 이야기를 담은 『이즈미시키부닛키』는 두 사람의 정열적인 사랑이 내용의 중심을 이루고 있다. 신분을 뛰어 넘는 두 사람의 사랑 이야기가 3인칭으로 표현된 증답가(贈答歌)를 중심으로 서술되는 가운데, 궁중 여성의 고독한 내면이 엿보이기도 한다.

④ 『무라사키시키부닛키(紫式部日記)』

작자는 『겐지모노가타리』의 저자 무라사키 시키부(紫式部)이다. 이치조(一条)천황의 중궁(中宮)인 쇼시(彰子)를 모실 때의 궁정생활을 상세하게 기록한 『무라사키시키부닛키』는 당시 궁녀들의 인물평과 감상 등이 재미있게 표현되어 있으며, 상류 귀족들의 행동과 의식, 남녀 복장 등을 자세히 묘사하고 있다. 그런가 하면 곳곳에 저자의 내성적인 성격으로 인해 궁정 생활에 적응하지 못하는 고독을 드러내고 있기도 하다. 작품 말미에 서간문 형식의 글이 있는데, 여기에 세이 쇼나곤(清少納言)이나 이즈미 시키부(和泉式部)와 같은 당대의 재능 있는 여성에 대한 비평도 실려 있어 흥미롭다.

⑤ 『사라시나닛키(更級日記)』

『사라시나닛키』는 모노가타리를 동경하면서 자라 온 스가와라노다카스에(菅原孝標)의 딸 스가와라노다카스에노무스메(菅原孝標女)가 쓴 회상기이다. 고호(康保) 2년(1059)경에 성립된 이 일기는 작자가 13세의 가을부터 약 40여년에 걸친 도시생활과 궁중생활, 결혼생활 등을 회상적으로 서술하고 있다.

　　앞서 『도사닛키』가 해로(海路)의 어려움을 토로하고 있는 데 반해 『사라시나닛키』는 도카이도(東海道) 육로(陸路)여행의 길고 험난했던 여정을 기록하고 있다. 그 외에도 『사라시나닛키』는 수도 교토(京都)에 도착하여 이야기책을 읽는 즐거움, 언니의 죽음, 먼 타향으로 전임한 아버지의 이야기 등, 헤이안시대의 꿈 많았던 문학소녀가 인생의 온갖 쓰라림을 겪으면서 불교에 귀의하기로 마음먹기까지의 과정을 낭만적으로 기록하고 있는데, 꿈과 환상이 현실 속에서 교차하고 있는 것이 특징이라 할 수 있다.

⑥ 『조진아자리노하하노슈(成尋阿闍梨母集)』

1073년 이후 성립된 『조진아자리노하하노슈』는 1072년 83세의 노모 조진아자리노하하(成尋阿闍梨母)가 송(宋)나라에 가는 61세의 아들 조진아자리(成尋阿闍梨)와 생이별을 한탄하는 심정을 묘사한 것이다. 어머니의 아들에 대한 사랑의 노래를 중심으로 그려낸 가집풍의 일기이다.

⑦ 『사누키노스케닛키(讃岐典侍日記)』

1109년 이후에 성립되었다고 보는 『사누키노스케닛키』는 호리카와(堀川)천황의 총애를 받던 궁녀 사누키노스케(讃岐典侍)가 모시고 있던 천황의 발병과 서거, 어린 도바(鳥羽)천황이 새로 즉위하기의 2년간을 기록하고 있다. 궁녀 사누키노스케의 천황에 대한 애절한 인간애를 느낄 수 있다.

1.2 수필(隨筆)

'수필(隨筆)'을 일반적으로 풀이하면, '마음이 흘러가는 바를 붓 가는대로 써가는 장

르의 글(心の流れて行くところを、筆に従って書き付ける文学ジャンルである。)', 즉 '붓 가는대로 쓰는 글'이란 의미이다. 시간의 흐름이나 장소의 한정 등 서술상의 제약을 갖는 일기에 비해, 이러한 제약으로부터 벗어나 자신의 견문, 체험, 감상 등을 마음가는대로 자유롭게 표현하는 글을 수필로 분류한다. 일본 최초의 수필은 서기 1000년경 성립된 세이 쇼나곤(清少納言)의 『마쿠라노소시(枕草子)』이다.

① 『마쿠라노소시(枕草子)』

『마쿠라노소시(枕草子)』는 '베갯머리 책'이라는 말 그대로, 베갯머리에서 가볍게 쓴 수필이다. 저자인 세이 쇼나곤(清少納言)은 이치조천황(一条天皇)의 황후인 데이시(定子)의 총애를 받던 궁녀였기에, 『마쿠라노소시』에는 귀족계급의 사교생활을 비롯한 자연과 인사(人事)에 관한 일들이 예리하고 섬세하고 명확하게 서사하고 있다.

　　『마쿠라노소시』는 300여 장단(章段)으로 구성되어 있다. 내용에 따라서는 소재나 미적 심상 등을 갈래에 따라 나열하고 거기에 감상을 덧붙인 '유취적장단(類聚的章段)', 궁정생활을 중심으로 황후 데이시에 대한 찬미나 여러 궁녀들과의 교류 외에도 궁중행사 등이 쓰인 '일기적장단(日記的章段)', 자연이나 인생에 대한 감상을 서술한 가장 수필적이라 할 수 있는 '수상적장단(隨想的章段)'으로 분류된다.

　　『마쿠라노소시』는 서두에서 봄, 여름, 가을, 겨울의 사계절을 소재로 하여 자연계와 인간사회에서 볼 수 있는 정취(情趣)를 예민한 감수성으로 간결하고 명쾌한 문체로 묘사하고 있다.

　　春はあけぼの。やうやう白くなりゆく山際、少しあかりて、紫だちたる雲の細くたなびきたる。
　　夏は夜。月の頃はさらなり。闇もなほ、蛍のおほく飛びちがひたる。
　　また、ただ一つ二つなど、ほのかにうち光りて行くもをかし。雨など降るもをかし。
　　秋は夕暮れ。夕日のさして山の端いと近うなりたるに、鳥の寝どころへ行くとて、三つ四つ、二つ三つなど飛び急ぐさへあはれなり。まいて、雁などのつらねたるが、いと小さく見ゆるは、いとをかし。日入り果てて、風の音、虫の音など、はた言ふべきにあらず。
　　冬はつとめて。雪の降りたるは言ふべきにもあらず、霜のいと白きも、またさらで

もいと寒きに、火など急ぎおこして、炭持てわたるも、いとつきづきし。昼になり
て、ぬるくゆるびもていけば、火桶の火も、白い灰がちになりてわろし。

(봄은 새벽이 멋있다. 점점 희어지는 산등성이가 조금씩 환해지며 보랏빛을 띤 구름이
가느다랗게 깔려있는 모습이 멋있다.

여름은 밤이 멋있다. 달 밝은 밤은 더욱 멋있다. 캄캄할지라도 많은 반딧불이가 이리저
리 날고 있는 밤도 멋있다. 단지 한 두 마리일지라도, 희미한 불빛을 내며 나는 것도
멋지다. 비 내리는 밤도 좋다.

가을은 해질 무렵이 멋있다. 석양이 산등성이로 다가갈 때 까마귀가 잠자리를 찾아 삼
삼오오 날아가는 것도 정취가 있다. 게다가 기러기가 나란히 한 무리를 이루어 그 모습
이 아주 작게 보이는 것은 정말 재미있다. 해가 떨어진 후의 바람소리 벌레소리는 말할
나위도 없다.

겨울은 이른 아침이 가장 멋있다. 눈 내리는 아침의 정경은 말할 나위도 없다. 하얗게
서리가 내린 아침도 멋있다. 그런 정경이 아니라도 몹시 추운 이른 아침에 서둘러 불을
지펴서 가지고 가는 모습도 정취가 있다. 낮이 되어 추위가 누그러지면 화롯불도 하얀
재가 되어 정취가 사라진다.)

서두에서부터 일본인의 전통적인 자연관을 엿볼 수 있는 『마쿠라노소시』는 수
필이라는 새로운 문학양식을 탄생시켰다는 점, 예리하고 뛰어난 관찰력과 미적 감각
의 돋보임, 자연이나 인간의 단면을 간결하고 명쾌하게 표현한 점에서 헤이안시대
수필의 진수를 엿볼 수 있다.

② 『마쿠라노소시(枕草子)』의 미학

『마쿠라노소시』의 미학이란 이 수필의 가장 큰 특징으로 꼽을 수 있는 '오카시(をか
し)'라는 미의식에서 찾을 수 있다.

'오카시'란 지적인 흥미를 일으키는 감각적, 직관적 정취로 대상을 관조하는 미
의식, 말하자면 어떤 대상에 숨겨진 미를 발견할 때 느끼는 지적인 흥미나 유쾌한
흥분을 일컫는 것으로, 『겐지모노가타리』의 전편에 흐르는 차분한 정취인 '모노노아
와레(もののあはれ)'와는 달리, 간결하고 시원스런 문장 속에서 대상을 지적으로
취하는 명랑함이다. 이것이 훗날 '골계'라는 희극적 정서로 발전하게 된다.

이러한 경쾌함, 명랑함, 발랄함으로 '오카시(をかし)'를 완성한 세이 쇼나곤은

무라사키 시키부와 더불어 헤이안 왕조 여류문학의 쌍벽을 이룬 걸출한 여성문인으로 일컬어지고 있다.

▲ 세이 쇼나곤(清少納言)과 무라사키 시키부(紫式部)

구 분	세이 쇼나곤(清少納言)	무라사키 시키부(紫式部)
모신 중궁	이치조천황(一条天皇)의 중궁 데이시(定子)	이치조천황(一条天皇)의 중궁 쇼시(彰子)
작품	『枕草子』	『源氏物語』, 『紫式部日記』
미의식	をかし	あはれ
문장	간결·감각적	우미·정서적
성격	명랑·개방적·이지적	정적(静的)·내향적·의지적

2. 중세의 일기·기행·수필

헤이안 귀족사회가 쇠퇴하고 가마쿠라(鎌倉)에 막부가 개설되면서 궁중여성들의 문학 활동도 미미해졌다. 그러나 그 가운데서도 일기와 기행문학은 여전히 성행하였다. 난세를 피해 은둔생활을 하면서 자신의 체험과 세상에 대한 감회를 형식에 구애받지 않고 자유롭게 기술한 은자의 수필도 빼놓을 수 없다.

2.1 일기·기행

① 『이자요이닛키(十六夜日記)』
1280년 경 성립된 『이자요이닛키(十六夜日記)』의 작자는 후지와라노다메이에(藤原為家)의 후처인 아부쓰니(阿佛尼)이며, 표제의 '이자요이(十六夜)'는 소송을 위해 가마쿠라로 출발하는 날이 '음력 16일 밤(十六夜)'이라는 데서 기인한다.

후지와라노다메이에(藤原為家)의 후처였던 아부쓰니는 남편이 사망하자 전처의 자식인 다메우지(為氏)가 남편의 토지상속에 대한 유언을 지키지 않은 것에 억울함을 느끼고 친자 다메스케(為相)가 상속받을 토지를 되찾아주기 위해 소송까지 하게 된다. 『이자요이닛키』는 아부쓰니가 1277년에 늙은 몸을 이끌고 교토에서 막부가 있는 가마쿠라(鎌倉)에 내려가게 되면서 쓴 여행일기이다.

『이자요이닛키』는 여행에 이르기까지의 여러 가지 사정을 적은 '여행전기', 여행 도중의 풍물을 묘사한 '14일 동안의 여행기', 막부의 판결을 기다리며 4년간을 가마쿠라에 머문 '가마쿠라 체재기(滯在記¹)' 등 3부로 구성되어있다. 늙은 몸으로 힘겨운 여행을 하면서도 아들에 대한 모성애, 소송에 대한 걱정 등이 서술되어 있는데, 작자 아부쓰니는 이 과정에서 강한 의지력을 보여주고 있으나 끝내 소송의 결말은 보지 못하고 사망한다. 『이자요이닛키』는 특히 여행 중의 풍물에 대한 풍경묘사가 뛰어난 작품으로 평가되고 있다.

② 『도와즈가타리(とはずがたり)』

1306년 경 성립된 『도와즈가타리』는 고후카쿠사(後深草)천황의 궁녀인 니조(二條)의 4살부터 49세 때까지의 일을 기록한 5권의 자전적 일기이다. 표제로 사용한 '도와즈가타리(問わず語り)'란 '묻지 않아도 얘기하지 않고서는 못 배길 충동 때문에 털어놓는다.'는 의미이다. 총 5권으로 되어 있는데 전반부인 1권부터 3권까지는 니조(二條)의 궁정에서의 애욕생활이, 후반부인 4권과 5권에서는 출가하여 여승이 된 니조가 각지를 여행하는 모습이 그려져 있어, 전반부를 궁정편, 후반부를 수행편이라 일컫기도 한다.

전반부는 14세 되던 해 상황이 된 고후카쿠사인(後深草院)의 측실로 들어가게 된 경위, 황자를 잃고 슬픔에 빠져 있을 때의 첫사랑 유키노아케보노(雪の曙)와의 관계, 남편 고후카쿠사인(後深草院)의 동생이자 정적인 가메야마인(亀山院)과의 관계, 그 밖에 다른 궁정인과의 애욕생활을 적나라하게 묘사하고 있다. 후반부는 온나가쿠(女樂)사건²⁾과 가메야마인과의 소문³⁾ 때문에 26세에 궁에서 추방당하게 된 니조가 각 지방을 여행하면서 종교를 통해 내적으로 정화되어 가는 과정을 섬세하게 묘사하고 있다.

---

2) 온나가쿠(女樂)사건 ; 겐지(建治) 3年(1277) 궁중에서 『겐지모노가타리(源氏物語)』의 온나가쿠(女樂) 공연이 있었는데, 이 공연에서 니조(二條)는 '아카시노우에(明石の上)'역을 배정받는다. 그런데 공연 당일 외조부가 니조를 밀어내고 그 자리에 자신의 후처의 딸을 앉힌다. 자존심에 상처를 입은 니조는 고후카쿠사인에게 아무런 말도 없이 궁을 나와 행방을 감춰버린다. 이 일로 외조부가 크게 노하여 다시는 궁에 발을 들여놓지 못하게 한 사건이다.

3) 가메야마인(亀山院)은 고후카쿠사인(後深草院)의 동생으로 고후카쿠사인과는 정치적 대립관계에 있었다. 고후카쿠사인은 가메야마인에게 여러가지 면에서 열등감을 가지고 있었는데, 그러한 가메야마인과 자신의 측실인 니조(二條)가 추문에 휩싸이게 되니 고후카쿠사인은 참지 못하고 니조를 추방시킨다.

비록 출궁을 당하기는 하였지만 니조에게 있어 고후카쿠사인과 교토는 언제나 번뇌의 원인이며 그리움의 대상이었다. 그래서 출가 후에도 고후카쿠사인에 대한 미련과 집착을 버리지 못했으며 고후카쿠사인의 장례식을 지키면서도 그에게서 벗어나지 못했다. 그 모습이 잘 나타나 있는 대목을 감상해보자.

「御棺を、遠なりとも、いま一度見せ給へ」と申ししかども、かなひがたきよし申ししかば、…… 試みに、女房の衣をかづきて日暮らし御所にたたすめどもかなはぬに、(巻5)
("관(棺)이나마 멀리서라도 한 번 보게 해 주세요." 라고 부탁하여도 그리 할 수 없다 하므로…… 시험 삼아 궁녀의 옷을 뒤집어쓰고 하루 종일 어소(御所)에 우두커니 서 있었으나 헛일이었다.)

『도와즈가타리』는 자신의 애욕생활과 신앙의 편력을 대담하게 고백하는 가운데 자조성과 구도성이 잘 어우러진다는 점에서 중세의 대표적 일기문학으로 평가되고 있다.

③ 『가이도키(海道記)』와 『도칸키코(東關紀行)』

1223년 경 성립된 『가이도키(海道記)』와 1242년 경 성립된 『도칸키코(東関紀行)』는 모두 작자미상이다. 두 작품 공히 불교사상이 현저하고 문장은 중세 특유의 기교적이고 화려한 와칸콘코분(和漢混淆文)으로 쓰였다.

교토(京都)를 출발하여 가마쿠라(鎌倉)에 10일 정도 머문 뒤 귀경할 때까지를 기록한 기행문인 『가이도키』는 여행길의 풍물 고사(古事) 등을 설명하는 생활묘사가 흥미롭고 문학적으로도 뛰어난 작품으로 평가받고 있다. 한편 『도칸키코』는 은둔자가 가마쿠라에 내려가서 보고 들은 견문과 여행도중의 풍경을 그린 기행문으로, 이 역시 흥미롭고 당시 가마쿠라의 실상을 엿볼 수 있는 작품이다.

2.2 수필

① 『호조키(方丈記)』

1212년 성립된 『호조키(方丈記)』는 은자문학을 대표하는 작품 중
하나로, 작자는 가모노초메이(鴨長鳴, 1155~1216)이다. 신관(神
官)의 아들로 태어난 가모노초메이는 문예에 뛰어난 재주를 갖추었
음에도 신분이 낮은 탓에 세상일이 뜻대로 풀리지 않게 되자 출가
하였고 50세에 오하라산(大原山)에 은둔하였다.

鴨長鳴

작자가 60세가 되던 해에 완성한 수필 『호조키』는 인생 평론
서이며 사색서이자 회상록의 성격을 띠고 있다. 전반부는 사회적
변화와 천재지변으로 인한 사회의 급격한 변동과 변화무상(變化無
常)한 인생에 대한 한탄이며, 후반부는 자신의 불우함과 은둔생활을 토로하는 가운
데, 홀로 지내는 한가로운 암자생활이 풍성하게 서술되어 있다. 문체는 '와칸콘코분'
이며, 간결하면서도 긴장감이 감도는 문장과 쓰이쿠(対句)나 비유(比喩)에서 높은
격조가 느껴진다. 유명한 서두부분에서 그 예를 찾아보자.

ゆく河の流れは絶えずして、しかももとの水にあらず。よどみに浮かぶうたかた
は、かつ消えかつ結びて、久しくとどまりたるためしなし。世の中にある人とすみ
かと、またかくのごとし。……
(흘러가는 냇물은 끊임없지만 그렇다고 해서 같은 물은 아니다. 웅덩이에 떠있는 물거
품은 사라졌는가 하면 다시 생겨나고, 생겨났는가 하면 다시 사라져 잠시도 머무는 일
이 없다. 이 세상에 살고 있는 사람이나 거처도 또한 이와 같으리니……)

Ⓐゆく河の Ⓑ流れは Ⓒ絶えずして、しかももとの水にあらず。(Ⓐ흘러
가는 Ⓑ냇물은 Ⓒ끊임없지만, 그렇다고 해서 같은 물은 아니다.)
ⓐよどみに浮かぶ ⓑうたかたは、ⓒかつ消えかつ結びて、久しくとどま
りたるためしなし。(ⓐ웅덩이에 떠있는 ⓑ물거품은 ⓒ사라졌는가 하면 다시 생
겨나고, 생겨났는가 하면 다시 사라져 잠시도 머무는 일이 없다.)
위 문장에서, Ⓐ / ⓐ, Ⓑ / ⓑ, Ⓒ / ⓒ는 수사법(修辞法)에 있어서, 각각

쓰이쿠(對句)로 구성되어 있다. 『호조키』는 이러한 쓰이쿠(対句), 도치(倒置), 생략(省略), 비유(比喩) 등 한문 투의 문체(文體)가 많은 것이 특징이다.

『호조키』의 서두에는 특히 작자의 무상관(無常觀)이 잘 드러나 있어 은자문학의 전형을 보여주고 있으며, 이후의 수필 『쓰레즈레쿠사(徒然草)』에도 크게 영향을 끼쳤다.

吉田兼好

② 『쓰레즈레쿠사(徒然草)』

『쓰레즈레쿠사』는 가마쿠라 말기인 1330년경 성립되었으며 작자는 요시다 겐코(吉田兼好, 1282~1350)[4]이다.

아무 할 일도 없는 무료함을 뜻하는 'つれづれ'로 시작되는 서단에서 유래한 『쓰레즈레쿠사』의 구성은 집필배경을 서술한 서단(序段)과 각각 독립된 주제를 가지고 있는 243단(段)으로 이루어져 있다.

つれづれなるまゝに、日暮らし、硯に向ひて、心に移り行くよしなしごとを、そこはかとなく書きつくれば、怪しうこそ物狂ほしけれ。(序段)
(이야기 상대도 없이 홀로 무료하고 적적하여 온종일 책상을 마주한 채, 마음속에 떠올랐다가 사라져가는 부질없는 것들을 적고 있자니 왠지 마음이 심란하구나.)

"つれづれなるままに…" 즉, 무료하고 적적하여 붓 가는대로 부질없는 것들을 적는다고 하고 있지만, 내용면에서 취급된 화제(話題)는 자연에 대한 흥미, 사람에 관한 이야기, 무상론, 취미, 훈계, 고증 등 다방면에 걸쳐 풍부하여, 요시다 겐코(吉田兼好)의 폭넓은 시각과 넘치는 교양을 드러내고 있다. 그중에서도 117단은 작가의 우정론을 언급하고 있어 주목된다.

友とするに惡き者、七つあり。一つには、高くやんごとなき人、二つには、若き人。三つには、病なく身つよき人。四つには、酒を好む人。五つには、武く勇め

---

4) 요시다 겐코(吉田兼好, 1282~1350) : 본명은 우라베 가네요시(卜部兼好、うらべかねよし)이다. 우라베(卜部)가문이 훗날 요시다(吉田)가문, 히라노(平野家)가문으로 나뉘게 됨에 따라, 에도시대 이후 요시다 겐코(吉田兼好)로 통칭되게 되었다. 또 출가였기 때문에 겐코법사(兼好法師)로 불리기도 한다.

る兵。六つには、虚言する人。七つには、慾ふかき人。

善き友も三つあり。一つには、ものくるゝ友。二つには、醫師。三つには、智惠ある友。

(친구삼기에 곤란한 사람 일곱 부류가 있다. 첫째로는 신분이 고귀한 사람, 둘째로는 나이가 젊은 사람, 셋째로는 병이 없고 건강한 사람, 넷째로는 술을 좋아하는 사람, 다섯째로는 강하고 용감한 무사, 여섯째로는 거짓말 하는 사람, 일곱째로는 욕심이 많은 사람이다.

좋은 친구도 세 부류가 있다. 첫째로는 뭔가를 잘 주는 사람, 둘째로는 의사, 셋째로는 지혜 있는 친구이다.)

『쓰레즈레쿠사』의 각각의 단은 관점도 흥미도 모두 제각각이지만 작품전체에 흐르고 있는 것은 역시 무상관(無常觀)이다.

『쓰레즈레쿠사』는『호조키』와 더불어 중세의 은자문학을 대표하는 수필이자 헤이안시대의『마쿠라노소시』와 함께 일본고전의 3대 수필로 일컬어지고 있다. 특히『마쿠라노소시』와는 구성, 작풍, 문체 등 여러 가지 면에서 비교의 대상이 되고 있다.

▲ 마쿠라노소시(枕草子)와 쓰레즈레쿠사(徒然草)의 비교

구분	마쿠라노소시(枕草子)	쓰레즈레쿠사(徒然草)
작자	세이 쇼나곤(清少納言)	요시다 겐코(吉田兼好)
성립	헤이안 중기	가마쿠라 말기
작풍	감각적·인상적·왕조적	사색적·체관적·상고적
문체	간결하고 비약적인 문체	雅文과 漢文脈을 혼용한 문체

3. 근세의 기행·수필

근세는 다양한 문화가 공존하는 시대상을 반영하듯 각양각색의 주제와 내용의 기행과 수필로 뛰어난 개성을 드러내고 있다. 문학자 요시다 세이이치(吉田精一)는 근세의 수필을 고전모방, 자전, 사상, 고정, 예도, 문예, 일기, 기행, 견문잡기, 해학 등으로 분류하고 있는데, 그중 대표적인 작품에 접근해보자.

3.1 마쓰오 바쇼(松尾芭蕉)의 기행수필

근세의 기행 수필문학에서 가히 독보적이라 할 수 있는 마쓰오 바쇼(松尾芭蕉)는 『노자라시키코(野ざらし紀行)』(1684～1685), 『가시마키코(鹿島紀行)』(1687), 『오이노코부미(笈の小文)』(1688), 『사라시나키코(更科紀行)』(1688), 『오쿠노호소미치(奥の細道)』(1689)에 이르기까지 5차례의 여행을 통하여 정적 속의 자연미를 추구하며 자연이나 인생의 탐구가 새겨진 하이쿠(俳句)의 세계를 지향하는 기행문을 집필하였다.

① 『노자라시키코(野ざらし紀行)』

『노자라시키코』는 마쓰오 바쇼가 돈과 명성에 대한 욕망이 가득 차있는 에도의 하이단(俳壇)을 떠나 제자들의 도움으로 바쇼암자(芭蕉庵)에 은거하던 중 어머니가 타계하자 1684년(40세)에 나라(奈良), 교토(京都), 나고야(名古屋), 기소(木曽) 등을 반년 간 순회하면서 쓴 기행문이다.

▲ 『野ざらし紀行』의 여행경로

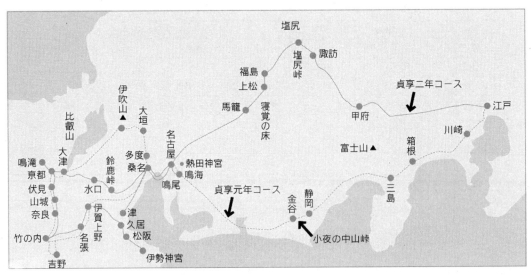

『노자라시키코(野ざらし紀行)』라는 제목은 이 여행의 출발 때 읊은 「**野ざら**
しを心に風のしむ身かな」에서 가져온 것이다.

> 行き倒れて骨を野辺に晒す覚悟をしての旅だが、風の冷たさがこたえるこの身だ
> なぁ
> (가다 쓰러지면 들판에 뼈를 묻을 각오로 떠난 여행이었지만, 바람의 냉기가 사무치는
> 이 몸뚱이로구나)

바쇼는 여기서 출발 전의 각오와는 달리 만만치 않은 고통이 수반된 여행임을
토로하고 있다. 그러나 에도를 지나면서 하코네(箱根)에서 늦가을 안개비에 가려져
있는 후지산에 깊은 정취를 느끼는가 하면, 스루가(駿河)에서는 후지강 유역에서 버
려진 아이를 보고서 두보(杜甫)의 심경에 다가가기도 하였다.

한편 도카이도(東海道)에 올라 이세신궁(伊勢神宮)을 참배한 후 고향 이가(伊
賀)의 우에노에서 어머니 무덤에 성묘를 한 후, 비와호(琵琶湖)를 바라보며 하이쿠
한 수를 읊었고, 도카이도를 내려와 오와리(尾張)에 머물다 4월 10일에 기소(木曽)
를 거쳐 바쇼암자로 되돌아오기까지의 심정과 정취를 고스란히 담아냈다.

② 『오쿠노호소미치(奥の細道)』

『오쿠노호소미치』는 마쓰오 바쇼가 1689년 3월 27일에 제자 가와이 소라(河合曽良)
를 데리고 에도를 떠나 닛코(日光), 마쓰시마(松島), 히라이즈미(平泉), 류샤쿠지(立
石寺) 등을 돌아보고, 해변을 따라 에치고(越後) 길을 거쳐 호쿠리쿠(北陸) 길을 통
해 오가키(大垣)에 이르기까지 약 150일 동안 6,000리의 길을 여행한 기록을 담고
있다.

이 여행의 전 과정과 감회가 기행수필 『오쿠노호소미치』에 잘 나타나 있다. 바
쇼의 인생관이 담겨 있는 서문을 살펴보자.

> 月日は百代の過客にして、行かふ年も又旅人也。舟の上に生涯をうかべ、馬の口
> とらえて老をむかふる物は、日々旅にして旅を栖とす。
> (세월은 영원한 나그네이고, 덧없이 오고가는 해 또한 나그네이다. 배위에서 평생을 보

내는 사공이나, 나그네, 그리고 짐을 지는 말을 이끄는 마부는 매일 매일이 여행이기에 여행 안에 삶이 있다.)

▲『奥の細道』의 여행경로

다음은 에도를 출발하기 직전 그가 살던 바쇼암자를 떠나는 작자의 심정이다.

この芭蕉庵も主が代わることになった。越してくる一家は女児がいると聞く。殺
風景な男所帯からお雛様を飾る家に変わるのだなぁ

(이 바쇼암자도 주인이 바뀌게 된다. 이사 들어오는 집안은 여아가 있다고 들었는데.
살풍경한 홀아비살림에서 히나인형을 장식하는 집으로 바뀌는구나!)

이 부분에서 특히 와비(侘び), 사비(さび), 호소미(細み), 가루미(軽み)의 정신
이 담긴 문장표현 등이 돋보인다. 바쇼의 인생관과 사상은 여행을 통해 폭을 넓히고
깊이를 더해갔다. 한적한 것을 즐기며 고담한 분위기를 사랑한 바쇼의 마음은 사물
의 깊은 뜻과 의미를 끌어내는 부드럽고 섬세한 시정으로 나타났으며, 자연 속에 드
러나는 조용하고 적막한 정취는 그대로 그의 글에 표현되었다.

바쇼가 쓴 마지막 어구는 사망하기 4일 전에 쓴 「旅に病んで夢は枯野を駆け廻る(여행으로 병이 들어도 꿈은 마른들판을 돌아다닌다)」이다.

旅先で死の床に伏しながら、私はなおも夢の中で見知らぬ枯野を駆け廻っている。
(여행지에서 죽음의 문턱에 엎어지면서도 나는 개의치 않고 여전히 꿈속에서 마른들판을 돌아다니고 있다.)

이 글을 끝으로 바쇼는 그가 경모해 마지않았던 선인 사이교(西行), 이백(李白), 두보(杜甫) 등과 마찬가지로 여행 도중에 50세로 생을 마감하였다. 바쇼의 기행문은 모두 사후에 출간되었다.

3.2 근세의 수필

① 『오리타쿠시바노키(折たく柴の記)』

『오리타쿠시바노키』는 아라이 하쿠세키(新井白石, 1657~1716)가 1716년경 자신의 정치적 생애를 회상하며 쓴 3권으로 된 자서전풍의 수필이다.

이 책은 상·중·하 3권으로 구성되어 있는데, 상권은 조부모에 관한 일에서 시작하여 양친에 관한 내용과 자신의 성장 과정이며, 중·하권에서는 자신의 행적과 더불어 쇼군과 막부와의 관계, 특히 막부의 정치와 외교에 관한 일화를 히라가나를 병용한 평이한 와칸콘코분(和漢混淆文)으로 기록하고 있다.

아라이 하쿠세키는 이 책의 서문에 자신이 섬기던 쇼군 도쿠가와 이에노부(德川家宣)의 정치적 업적과 하쿠세키 자신을 포함한 조상의 일을 후손들에게 알리기 위함이라고 적고 있는데, 설득력이 강하여 자전문학(自伝文学)으로 주목되는 수필이다.

② 『슨다이자쓰와(駿台雑話)』

총 5권으로 되어있는 『슨다이자쓰와』는 1732년경 의사의 아들로 태어나 오랜 내적 갈등 끝에 주자학을 받아들인 무로 규소(室鳩巣)가 저술한 수필이다. 부모에 대한 효(孝)와 쇼군에 대한 충(忠)과, 인간으로서 마땅히 지켜야 할 도리를 강조하였던 무로

규소는 이로써 정통사상을 확립하고자 하였는데, 『슨다이자쓰와』는 이러한 자신의 학문과 사상을 바탕으로 도덕과 학문을 권장하는 교훈적인 내용을 담고 있다.

③ 『가게쓰소시(花月草子)』

『가게쓰소시』는 1796년부터 1803년경 로추(老中)[5]로서 도쿠가와 이에나리(德川家斉)를 보좌하고 에도막부에 개혁을 단행한 마쓰다이라 사다노부(松平定信)가 정계를 은퇴한 후 저술한 수필이다. 총 6권으로 되어있으며 꽃, 달 등 자연의 풍물부터 정치, 경제, 학문, 사회와 예능, 전반에 걸쳐 자신의 견문과 감상을 156장에 걸쳐 기코분(擬古文)[6]으로 담아내었다. 주자학에 기반을 둔 유교윤리에 근거한 기지와 유머가 넘치는 내용의 『가게쓰소시』는 그의 높은 견식과 다양한 취미성을 드러내고 있어 교훈적 성향도 강하지만 높은 교양에서 우러나오는 날카로운 비판이 돋보인다.

④ 『다마카쓰마(玉勝間)』

『다마카쓰마』는 1794년부터 1812년경 국학(国学)[7]을 대성시킨 모토오리 노리나가(本居宣長)의 수상집이다. '모노노아와레(もののあはれ)論'을 비롯하여 고도(古道), 문학, 언어, 유소쿠코지쓰(有職故実)[8], 국학, 민족, 고전지식 등에 관한 내용을 평이한 문체로 1,000여 개 이상의 항목에 걸쳐 기술하고 있다. 알기 쉬운 문장에 명료한 기코분(擬古文)으로 되어있는 『다마카쓰마』는 모토오리 노리나가의 진지한 연구태도와 인생관, 학문관, 문학관을 알 수 있는 학문적 수필의 걸작이라 할 수 있다.

⑤ 『단다이쇼신로쿠(膽大小心録)』

『단다이쇼신로쿠』는 1806년경 『우게쓰모노카타리(雨月物語)』로 유명한 요미혼(讀本) 작가인 우에다 아키나리(上田秋成)[9]가 쓴 수필집이다. 1권으로 된 『단다이쇼신

---

5) 로추(老中) : 쇼군의 직속으로 정무를 총괄하고 다이묘를 감독하는 직책.
6) 기코분(擬古文, ぎこぶん) : ①헤이안시대 중기의 구어에 기초한 문체인 와분타이(和文體)가 중세 이후의 서기언어로 문학작품에 사용된 것. ②에도시대의 국학자(国学者)들이 헤이안초(平安朝) 시대의 문체를 모방해서 쓴 글.
7) 국학(国学) : 『古事記』『日本書紀』『万葉集』 등의 고전을 문헌학적으로 연구하여 불교와 유교 도래 이전의 일본고유의 정신을 분명하게 하려는 근세에 발흥한 학문.
8) 유소쿠코지쓰(有職故実) : 옛날의 조정이나 무가(武家)의 관직·법령·의식·의상·집기 등을 연구하는 학문.
9) 우에다 아키나리(上田秋成) : 18세기 후반 일본의 뛰어난 소설가이자 시인, 어렸을 때 장사꾼인 우에다

로쿠』는 고집스러워서 좀처럼 남과 화합하지 못하는 기인(奇人)의 험담을 모은 것인데, 구어로 쓰인 문장이 특이하다. 대상은 세상 전반에 대한 저자의 견해이며, 몽환적(夢幻的)이고 환상적(幻想的)인 작가의 문학관이 잘 나타나 있다.

⑥ 『란가쿠코토하지메(蘭学事始)』

2권으로 구성된 『란가쿠고토하지메』는 1815년경 '난학(蘭学)10)의 선구자'라고 일컫는 스기타 겐파쿠(杉田玄白)가 그의 나이 83세에 완성한 수필이다. 이 책의 원제는 『란토코토하지메』(蘭東事始)였으나 1869년(M2) 후쿠자와 유키치(福澤諭吉)를 비롯한 뜻있는 사람들이 『란가쿠코토하지메(蘭学事始)』라는 제목으로 재발간해 오늘에 이르렀는데, 아쉽게도 현재 원본은 사라지고 사본만이 전해지

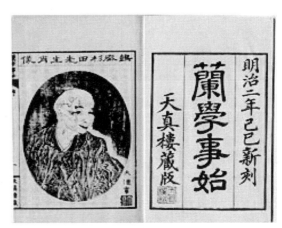

『蘭学事始』 明治2年刊

고 있다. 『란가쿠코토하지메』는 일본의 서양사상과 의학 분야에 지대한 영향을 끼쳤다. 또한 난학의 성립, 고심담(苦心談) 등이 기록되어 있어 난학이 일본에 들어온 시대상황을 이해하는 귀중한 자료이기도 하다.

4. 근현대의 수필

일본의 근대는 수필이 하나의 문학형태를 이루며 가장 광범위하게 필자와 독자층을 확보한 이른바 수필의 시대라 할 수 있다. 이와 같은 현상은 문학적 관심의 확산과 저널리즘의 발달로 전문적인 작가 이외에도 사회인의 집필기회가 많아졌기 때문이

집안의 양자가 되었는데 젊은 시절 하이카이(俳諧)를 배웠으며, 양부의 죽음으로 학문과 문학에만 집중하였다. 요미혼의 대표작인 『우게쓰모노가타리(雨月物語)』를 출판하였고 이후 화재로 파산을 당한 후에는 의술을 배워 의사로 개업하면서 국학 연구를 계속하였다.
10) 난학(蘭学) : 에도 중기 이후, 네덜란드어를 공부하고, 네덜란드 서적을 통한 서양의 학술을 연구하려던 학문을 말한다.

다. 시기를 대표하는 특징적인 수필에 접근해보자.

4.1 메이지시대의 수필

메이지시대는 계몽주의 시대로 수필에 있어서도 계몽적 성격의 수필이 많았다. 메이지 초기 계몽사상가로 유명한 후쿠자와 유키치(福沢諭吉)는 서양문명을 적극적으로 받아들여 기존의 중화사상(中華思想)과 유교정신에서 탈피한 문명개화를 일깨웠다. 『세이요지조(西洋事情, 서양사정)』, 『가쿠몬노스스메(学問のすすめ, 학문의 권장)』, 『분메이론노가이랴쿠(文明論之概略, 문명론의 개략)』는 후쿠자와 3부작으로 유명하다. 특히 제퍼슨의 인권선언문에서 참고하여 "하늘은 사람위에 사람을 만들지 않고, 사람 아래 사람을 만들지 않았다고 한다.(天は人の上に人を造らず、人の下に人を造らずといへり。)"로 시작되는 『가쿠몬노스스메』는 만민평등, 남녀동등을 일깨워 큰 반향을 불러 일으켰다. 또한 『후쿠오지덴(福翁自傳, 후쿠자와 자서전)』에는 오사카 하급무사 집안의 막내로 태어나 서구문물을 접한 후 일본근대화와 '탈아론(脱亞論)'을 주장하기까지의 몸부림이 특유의 독특한 명문으로 오롯이 담겨 있다. 후쿠자와는 교육 사업에도 힘써 게이오의숙(慶應義塾, 현 慶應大学)을 설립하여 그의 계몽사상을 후학에게 전수하였다.

한편 쓰보우치 쇼요(坪内逍遥)의 『분가쿠소노오리(文学その折, 문학 그 때)』, 모리 오가이(森鴎外)의 『지에부쿠로(知恵袋, 지혜보자기)』, 『쓰키쿠사(月草)』, 『가게쿠사(かげくさ)』도 문학성 높은 수필로 평가 받고 있다.

나쓰메 소세키(夏目漱石)의 『에이지쓰쇼힌(永日小品)』, 『가라스토노나카(硝子戸の中)』, 『만칸토코로도코로(満韓ところどころ)』 등의 수필도 주목되는 작품이다.

『에이지쓰쇼힌』은 뱀, 도둑, 감, 화로, 하숙, 과거의 냄새 등 다양한 작품이 수록되어 있어, 당시의 시대상을 비판하는 소세키 특유의 사상을 엿볼 수 있으며, 『가라스토노나카』는 인간의 허위와 추악한 면을 경멸하고 자비를 호소하는 심경을 리얼하게 표현하고 있어 매우 흥미롭다.

4.2 다이쇼시대의 수필

다이쇼시대는 〈제1차 세계대전〉을 계기로 저널리즘이 발달하여 순수한 창작이기보다는 가벼운 터치의 수필이 상당수 발표되었다. 이전에 비해 일반 사회인의 수필은 거의 찾아볼 수 없고, 대다수가 전문적인 작가나 시인 등에 의해 쓰였는데, 그중 나가이 가후(永井荷風)의 도쿄 시가지 산책기로 불리는 『히요리게타(日和下駄)』와 신변잡기인 『야하즈구사(矢筈草)』 등이 특기할 만하다.

소설보다 수필이 더 흥미가 있다는 구메 마사오(久米雅夫)의 『닌겐자쓰와(人間雜話)』는 수필의 명저로 통한다. 이외에도 스스키다 규킨(薄田泣菫), 기타하라 하쿠슈(北原白秋), 무로 사이세이(室生犀星), 하기와라 사쿠타로(萩原朔太郎) 등 시인들도 다수의 수필을 남겼다.

한편 아쿠타가와 류노스케(芥川竜之介)는 1923년 1월에 창간된 수필 전문잡지 「분게이슌주(文芸春秋)」에 매 호마다 수필을 연재하였다. 그중 『슈주노고토바(侏儒の言葉, 난장이의 말)』에서 아쿠타가와는 당시 사회 현실에 대해 일본군국주의나 제국주의가 거짓 이데올로기로 민중을 속이고 있고, 폭력으로 민중 및 다른 민족을 지배하고 있다는 인식을 명쾌한 논리와 역설적인 수사로 토로하였다. 그럼에도 현실에서의 거짓된 신념이나 폭력에 맞서 대항하기보다는 바보도 영웅도 아닌 평범한 인간이기를 바라는 마음으로 중용을 희구하고 있어 문학적 실천의 소극적인 면을 드러내고 있다.

4.3 쇼와시대의 수필

쇼와기는 수필의 시대라고 해도 좋을 만큼 일본 역사상 수필이 가장 융성한 시대이다. 이러한 현상은 사회구조가 복잡해지고 문예에 대한 흥미가 사회 곳곳으로 확산되어 전문작가 이외에도 집필의 기회가 많아졌기 때문으로 볼 수 있다.

쇼와시대의 수필가는 셀 수없이 많지만 그중 프롤레타리아 계열 시인의 일인자인 나카노 시게하루(中野重春)의 『야마네코(山猫, 삵)』는 아름다운 윤리감이 넘쳐 있는 매력적인 수필이다.

소설가 중에서도 뛰어난 수필을 남긴 작가가 많았다. 다니자키 준이치로(谷崎 潤一郎)의 『인에이라이산(陰翳禮讚, 그림자 예찬)』과 『이단샤노카나시미(異端者の 悲しみ, 이단자의 슬픔)』도 돋보이는 작품이다. 그중 『인에이라이산』은 일본의 전통가옥, 음식, 가부키 등 옛것 속에 내재한 어둠의 미학에 대해 다룬 것으로, 사물 하나하나를 바라보는 견해 속에 작가 자신의 미학을 감성과 이론과 행동으로 관철시키고 있다. 다니자키는 여기서 동양적 아름다움의 요체를 사물 그 자체가 아닌 물체와 물체가 만들어내는 그늘의 무늬나 명암에서 찾고 있었음을 엿볼 수 있다.

시가 나오야(志賀直哉)의 『무시바마레타유조(蝕まれた友情, 좀먹은 우정)』나 이부세 마스지(井伏鱒二)의 『쓰리(釣り, 낚시)』도 뛰어난 수필로 많은 독자를 확보하였다.

쇼와시대의 또 하나 특기할만한 점은 여성수필가의 등장이다. 모리타 다마(森 田たま)의 『모멘즈이히쓰(木綿随筆, 목면수필)』, 고보리 안네(小堀あんね)의 『반 넨노치치(晩年の父, 만년의 아버지)』, 고다 아야(幸田文)의 『스즈메도(雀堂, 참새집)』등이 걸작으로 평가받는다. 그중 고다 로한(幸田露伴)의 둘째 딸인 고다 아야는 아버지와의 추억을 다룬 『지치소노시(父 その死, 아버지 그 죽음)』라는 데뷔작으로 주목받은 이후 『나가레루(流れる, 흐르다)』, 『오토토(おとうと, 남동생)』를 발표하는 등 자전적인 성격의 작품에서 여성의 눈으로 바라본 사회에 대한 문제의식을 담아낸 작품에 이르기까지 다수의 작품을 남겼다.

이 외에도 학자나 대학교수 등 비전문가의 수필도 각 잡지를 통해 일반화 되었는데, 이러한 현상이 현대에까지 이어진다. 현대의 대표적인 수필은 1991년 일본의 대표적인 수필을 주제별로 집대성한 전 100권으로 된 『일본의 명수필(日本の名隨 筆)』(作品社 出刊)에서 만나볼 수 있다.

Ⅲ 모노가타리(物語)·소설(小説)

보통 소설이라는 용어에 해당하는 'Novel'이란 원래 '새롭다(新しい)'는 뜻의 라틴어에서 나온 것으로, 진귀한 물건(珍しい物)이라는 정도의 의미였다. 그것이 14세기 이탈리아 시인 보카치오의 『데카메론(デカメロン)』과 같은 짧은 이야기를 모은 책 한 편을 가리키다가, 19세기 들어 실제 삶에 입각한 사실적인 산문예술을 말하게 되었다.

처음 소설은 가상이나 허구적 요소가 강한 로망스(Romance)에 더 가까웠다. 이를 일본어에 대입하면 '모노가타리(物語)'[1] 내지는 '유메모노가타리(夢物語)'에 해당된다. 그것이 19세기 이후 '자연과학의 발달'[2]에 따라 인간을 생물학적 혹은 심리학적으로 고찰 분석하는 경향이 두드러진 근대 이후 사실성에 기반을 둔 '소설(Novel)'로서 정립되게 되었다. 그리고 이를 분량에 따라 장편소설(長篇小説, Novel), 중편소설(中篇小説, Novella 또는 Novelette) 단편소설(短篇小説, Short Story)로 구분하게 되었다.

일본소설의 기원은 무라사키 시키부가 『겐지모노가타리(源氏物語)』에서 "『다케토리모노가타리(竹取物語)』를 모노가타리(物語)의 시초"라 서술한데서 『다케토리모노가타리』를 소설의 시작으로 보고 있다.

---

1) 여기서 '모노가타리(物語)'란 순서에 따라 정리해서 내용을 이야기 한다는 의미의 동사인 '모노가타루'(物語る)를 '모노가타리'로 명사화한 것이다.
2) 자연과학의 발달은, 첫째로 인간을 생물학적 혹은 심리학적으로 고찰 분석하는 시각을 생성케 하였고, 둘째로 부르주아를 발흥케 하여 자유주의 및 개인주의를 확산시켰으며, 셋째로 인쇄술의 발달로 책을 손쉽게 구하여 읽게 되면서 독자들의 비판의식이 성장하였기에, Novel적인 것이 독자들의 호응을 얻어 다각적으로 발전하게 된 것은 자연스런 현상이라 하겠다.

1. 중고모노가타리

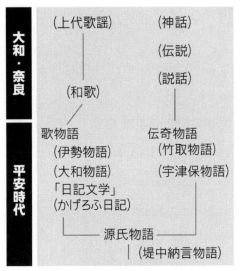

中古物語의 系譜圖

중고(中古)시대의 모노가타리는 덴키모노가타리 (伝奇物語)와 우타모노가타리(歌物語)의 두 축으로 발전해 오다가 헤이안시대『겐지모노가타리(源氏物語)』에서 집대성된다.

덴키모노가타리는 신화, 전설, 설화를 계통으로 고대 전승의 전기적인 요소가 다분한 공상세계와 허구를 그리고 있다. 『다케토리모노가타리(竹取物語)』를 시작으로, 『우쓰호모노가타리(宇津保物語)』, 『오치쿠보모노가타리(落窪物語)』 등이 이에 해당된다.

가요(歌謠)나 와카(和歌)를 비롯한 구승설화를 중심으로 엮은 우타모노가타리(歌物語)는 헤이안 귀족의 인간관계를 현실적으로 묘사하고 있다. 『이세모노가타리(伊勢物語)』, 『야마토모노가타리(大和物語)』, 『헤이추모노가타리(平中物語)』 등이 여기에 속한다.

1.1 덴키모노가타리(伝奇物語)

① 『다케토리모노가타리(竹取物語)』
『다케토리모노가타리』는 헤이안 초기를 대표하는 산문으로 작자미상이며 현존하는 모노가타리 중 가장 오래 된 작품이다. 구성은 ㉮가구야히메(かぐや姫)의 출생과 성장과정, ㉯다섯 명의 귀족과 대제(大帝)의 구혼, ㉰가구야히메의 승천 등 세 부분으로 되어 있다. 대략의 줄거리는,

대나무를 베어 살아가는 할아버지가 어느 날 대나무 속에서 세 치정도의 여자아이를 발견하고 '가구야히메(かぐや姫)'라고 이름 지었다. 이후 할아버지는 대나무를 벨 때, 가끔 황금이 가득 들어있는 대나무를 발견하여 부자가 되었다. 불과 석 달 만에 보통사

람의 크기로 성장한 '가구야히메'는 성인식을 치러 매우 아름다웠고, 그 소문이 퍼져나가게 되자 방방곡곡에서 수많은 남자들의 구혼이 있었는데, 그중 가장 적극적으로 구혼한 사람이 다섯 명의 귀공자였다. 죄를 짓고 인간 세상에 내려온 달세계의 선녀였던 가구야히메는 이들 다섯 명에게는 해결할 수 없는 어려운 난제[3]를 내어 구혼을 거절하고 달세계로 승천할 날을 기다린다.

かぐや姫の昇天

그중에는 대제(大帝)도 있었다. 어느덧 속죄기간이 끝나게 되어 가구야히메는 자기를 모시러 온 선녀들과 함께 중추의 보름날 밤에 승천한다.

천황은 "가구야히메가 없는 이 땅에서 불사약이 무슨 소용이란 말인가"라는 와카를 읊고 난 후, 가구야히메가 보내온 편지와 불사약을 하늘에 가장 가까운 후지산에 가서 태우도록 명하여, 가구야히메가 있는 하늘로 연기를 올려 보낸다.

는 내용으로 되어 있다. 가구야히메의 탄생설화로부터 시작되는 서두 부분과 승천해버린 가구야히메를 그리워하는 천황의 안타까운 심정을 묘사한 결말부분을 원문으로 감상해보자.

〈一。かぐや姫の生ひたち〉

今は昔、竹取の翁がいた。野山に入って竹を取ってはいろいろなことに使っていた。その翁の名は、さぬきの造といった‥‥。ある時、この翁がいつものように山にはいると一本の光り輝く竹を見つけた。切ると中から美しい女の子が現れ, かぐや姫と名付けられる。……

(지금은 옛날, 대나무 베어 살아가는 할아버지가 있었다. 야산에 들어가 대나무를 베어 이런저런 생활을 해결해나가고 있었다. ‥‥ 한번은 이 할아버지가 여느 때처럼 산에 들어가니 반짝반짝 빛나는 대나무 한줄기가 눈에 띄었다. 잘라보니 안에서 예쁜 여자아이가 나타나, '가구야히메'라고 이름 지었다. ……)

---

3) 다섯 명의 귀공자와 그들에게 주어진 문제 : ⓐ이시쓰쿠리노미코(石作皇子)에게는 부처의 사발을, ⓑ구라모치노미코(車持皇子)에게는 봉래산(蓬莱山)에 있는 옥으로 된 나뭇가지를, ⓒ우대신(右大臣) 아베노미우시(阿倍御主人)에게는 불쥐(火鼠)의 가죽옷을, ⓓ다이나곤(大納言) 오토모노미유키(大伴御行)에게는 용머리에 있는 오색구슬을, ⓔ주나곤(中納言) 이소노카미노마로타리(石上麻呂足)에게는 안산(安産)을 돕는다는 고야스카이(子安貝)를 가져오라는 과제를 주었다.

〈十。ふじの山〉

……大臣上達を召して、「いづれの山か天に近き」と問はせ給ふに、ある人奏す。「駿河の国にあるなる山なん、この都も近く、天も近く侍る」と奏す。これを聞かせ給ひて、

　逢ことも涙にうかぶ我身には死なぬくすりも何にかはせむ

かの奉る不死の薬に、又、壷具して、御使に賜はす。勅使には、つきのいはかさといふ人を召して、駿河の国にあなる山の頂にもてつくべきよし仰せ給ふ。嶺にてすべきやう教へさせ給ふ。御文、不死の薬の壷ならべて、火をつけて燃やすべきよし仰せ給ふ。そのよしうけたまはりて、つはものどもあまた具して山へ登りけるよりなん、その山をふじの山とは名づけゝる。その煙いまだ雲のなかへたち上るとぞ言ひ傳へたる。

(대신들을 불러 "어느 산이 하늘에 가까운가?"하고 물으시니 한 사람이 진언하였다. "스루가에 있는 산입니다. 궁궐에서 가깝고 하늘에도 가깝습니다."라 진언하였다. 그 말을 들으시고,

「사무치는 그리움에 눈물 어리네. 이내몸이야 죽지 않는다는 불사약(死なぬくすり)이다 무슨 소용 있겠는가!」

라 읊으시고, 바쳐진 그 불사약(不死の薬)을 단지에 넣어 시종에게 주었다. 칙사 쓰키노이와카사를 청하여 스루가노쿠니에 있다는 산 정상으로 가지고가서 정상에서 해야 할 일을 분부하셨다. 칙사는 그 명을 받고 많은 무사들을 거느리고 산으로 올라가 명령대로 행한 까닭에 그 산을 '후지산(ふじのやま＝富士山＝不死山)'이라고 하였다. 그 연기는 지금도 구름 속에서 피어오른다고 전해진다.)

동음이의어인 '富士'와 '不死'를 중의(重義)적으로 사용하여 지금도 화산활동으로 연기가 피어오르고 있는 '후지산(富士山＝不死山)'과 연결시킴으로써 덴키모노가타리의 현실성과 연속성을 서사해주고 있다.

② 『우쓰호모노가타리(宇津保物語)』

『우쓰호모노가타리(宇津保物語)』는 전 20권으로 구성된 일본 최초의 장편 모노가타리이다. 10세기 말경 성립된 것으로 보이며, 작자는 미나모토노시타고(源順)와 같은 남성지식인으로 추정된다.

작품명은 기요하라노도시카게(清原俊蔭)의 딸과 나카타다(仲忠)가 큰 삼나무의

공동(空洞, うつほ, 빈 구멍)에 살았던 일에서 유래하며, 이야기의 주제는 고토(琴)라는 현악기를 중심으로 음악의 전수와 학예존중의 이야기가 풍부한 공상으로 그려지고 있다.

『우쓰호모노가타리』는 견당사 자격으로 당나라에 가던 도중 하시국(波斯国, 현재의 이란 부근)에 표류하게 된 도시카게가 명금(名琴)과 비곡(秘曲)을 얻어 23년 만에 일본에 돌아와 거문고를 전수하는 과정을 담고 있다. 딸, 나카타다(仲忠), 이누노미야(いぬ宮)로 이어지는 4대에 걸친 거문고 명가의 음악 전수에 관한 이야기에, 3대째인 나카타다 시대에서 아테노미야(貴宮)를 둘러싼 구혼 이야기로 이어진다.

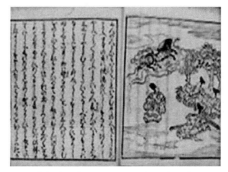

『宇津保物語』(文化三年) 絵入本

『우쓰호모노가타리』는 이처럼 두 가지 이야기가 교착하면서 다소 엉성하게 진행되는 면을 드러내지만, 거문고를 중심으로 한 집안의 4대에 걸친 이야기로 이끌어갔다는 것과, 또 정치적 색채를 띤 현실감 있는 구혼담으로 엮어갔다는 점에서 장편 모노가타리로의 이행과정을 엿볼 수 있다.

③ 『오치쿠보모노가타리(落窪物語)』

『오치쿠보모노가타리』는 서양의 '신데렐라' 이야기나 한국의 '콩쥐팥쥐' 이야기와 흡사하다. 작자는 미상이나, 내용이나 표현에서 남성일 것으로 추정되며, 이의 성립은 남자주인공 이야기가 세이 쇼나곤(清少納言)의 수필 『마쿠라노소시(枕草紙)』에 등장하였던 것으로 보아 1,000년 이전일 것으로 보고 있다. 서두는 다음과 같이 시작된다.

今は昔、中納言なる人の、むすめあまた持たまへるおはしき。大君、中の君には
壻取りして、西の對、東の對に、はなばなとして住ませたまつりたまふに、三、四
の君に裳着せたてまつりたまはむとて、かしづきそしたまふ。また、時々通ひたま
ひけるわかうどほり腹の君とて、母もなき御むすめおはす。北の方、こころやいか
がおはしけむ、仕うまつる御達の數にだに思さず、寢殿の方出の、また一間なる
落窪なる所の、二間なるになむ住ませた貰ひける。

(옛날에 딸을 여럿 둔 주나곤이 있었다. 첫째 둘째는 사위를 얻어 저택의 동쪽과 서쪽에 화려하게 신방을 꾸며 살게 하였고, 셋째와 넷째 딸은 금지옥엽 키워 성인식을 치러주었다. 주나곤에게는 가끔 만나던 왕가의 피를 받은 여인과의 사이에 낳은 딸이 있었다. 주나곤의 부인은 마음씨가 어찌나 못되었는지, 이를 자식으로 여기지도 않고 안채에 딸린 그것도 바닥이 움푹 꺼진 두 칸짜리 골방에서 지내게 하였다.)

이와 같이 불우한 처지에 놓여 있기에 주인공은 '오치쿠보 아가씨'로 불리며, 계모에게 갖은 학대를 받는다. 그러나 충직한 시녀 아코키(あこき) 덕분에 귀공자 미치요리(道賴)와 만나게 된다. 그 사실을 알게 된 계모는 오치쿠보를 나이 많은 호색한에게 시집보내려고 계략을 꾸미지만 시녀 아코키의 재치로 미치요리에게 구출된다. 이후 미치요리는 오치쿠보의 계모에게 여러 모양으로 복수를 한 후 가족들을 따뜻하게 돌보아 주어 모두 함께 행복하게 살게 된다는 해피엔딩의 이야기다.

대체적으로 『오치쿠보모노가타리』의 '계모담'이나 '강제결혼'에 대해서는 내용의 유사성 때문에 서양의 '신데렐라'나 한국의 '콩쥐팥쥐'와 관련짓는 경향이 있다. 여기서 추가로 언급해두고 싶은 것은 1886년에 스에히로 뎃초(末広鉄腸)가 쓴 『셋추바이(雪中梅)』(1886)를 구연학이 『설중매(雪中梅)』(1908)로 번안했고, 최찬식은 이를 훨씬 변형시킨 것으로 보이는 『금강문』(1914)을 발표했다. 『오치쿠보모노가타리(落窪物語)』의 구성과 스토리의 진행이, 스에히로의 『셋추바이』나 구연학의 『설중매』, 최찬식의 『금강문』과도 약간의 유사성을 찾을 수 있을 것이다.

1.2 우타모노가타리(歌物語)

① 『이세모노가타리(伊勢物語)』

『이세모노가타리』는 작자미상으로, 10세기 중엽에 와카(和歌)가 읊어지게 된 사정을 확대 재생산하여 이야기로 꾸민 우타모노가타리(歌物語)의 대표작이다. 『이세모노가타리』는 처음에는 아리와라노나리히라(在原業平)의 가집(歌集)을 모태로 하는 작은 규모의 작품이었지만, 차츰 증보되어 현재에 이르는 복잡한 성립과정을 거치고 있다. 작품 전체가 와카를 포함한 125단(段)의 장(章)으로 구성되고, 중요부분이 노래(歌)로 이루어진 뛰어난 서정의 세계가 형성되어 있다.

'아리와라노나리히라(在原業平)'라고 여겨지는 주인공 '한 남자(昔男)'의 일대기 풍의 구성을 취하고 있는 『이세모노가타리』는 어느 단에서나 연애의 미묘한 곡절과 음영을 그리고 있으며, 여러 방면의 여성을 좋아하는 남성을 설정하여, 아름다운 애정을 현실적인 인간관계 안에서 이루어가고 있다.

나리히라(業平)는 부계와 모계가 모두 황족으로서 고귀한 신분이었으나, 후지와라 가문(藤原氏)이 지배하고 있는 정계의 중심에서 배제되어, 와카를 읊으며 연애와 풍류를 즐겼던 인물로 이상적인 모노가타리의 주인공으로 조형되어 있다. 또한 니조(二条)황후나 이세사이구(伊勢斎宮)[4] 등과 금단의 사랑을 한다든지, 혹은 아즈마(東国)지역을 방랑하는 등의 단으로 구성되어, 실제의 아리와라노나리히라(在原業平)와는 관계없는 허구의 모노가타리 세계가 펼쳐지고 있기도 하다. 제1단(初段)은 성인식을 마친 한 남자의 이야기로 시작된다.

昔、男、初冠して、奈良の京、春日の里に、しるよしして、狩にいにけり。
(옛날에 한 남자가 성인식을 마치고 수도 나라(奈良)에서 가스가(春日)지방에 영지가 있어 그곳으로 사냥하러 갔다.)

'한 남자'는 거기서 아름다운 자매에게 예기치 못한 사랑을 느끼고 와카를 주고받고 나서, "옛날 사람은 이처럼 열정적인 풍류를 즐겼구나(昔人は、かくいちはやきみやびをなむしける。)."를 읊는다. 당시 귀족사회의 대표적 미의식인 미야비(みやび)[5]의 세계와 특히 서정적이고 아름답게 묘사하고 있는 이로고노미(色好み)[6]를 엿볼 수 있다. 그 남자의 죽음을 앞둔 마지막 125단을 감상해 보자.

むかし、男、わづらひて、心持死ぬべくおぼえければ、

つひにゆく道とはかねて聞きしかどきのふけふとは思業利子を。

(옛날에 한 남자가 병이 들어 죽을 것 같아 깊은 생각에 잠겼는데,

결국 가야할 길인 것을 전부터 듣고는 있었지만, 그것이 내 자신에게 오늘 내일로 다가

오리라고는 상상도 못했네.)

『이세모노가타리』가 후대에 끼친 영향은 매우 크다. 『겐지모노가타리』가 『이세모노가타리』에 들어있는 노래의 한 구절이나 명칭을 인용하거나 직접적인 인명을 거론하는 등 의식적으로 『이세모노가타리』를 취하고 있는가 하면, 주인공 히카루겐지(光源氏)의 조형에도 크게 관여한 것으로 보인다. 또 중세에 이르면 요쿄쿠(謠曲)에도 『이세모노가타리』의 이야기가 나리히라(業平)의 전설로 언급되기도 한다.

② 『야마토모노가타리(大和物語)』

실재 인물에 관한 전승이나 삽화를 모아 구성한 『야마토모노가타리』는 951년에서 1,000년경 성립된 것으로 추정되며 작자는 미상이다. 이야기의 내용은 크게 둘로 나눌 수 있는데, 전편은 궁중을 중심으로 하는 노래에 담겨 있는 전승을, 후편은 구전되는 전설을 중심으로 한 시대 이전의 가인들과 관계된 와카 설화를 이야기하고 있다. 한 인물중심을 벗어나 여러 주인공이 등장하고 있어 한 남자의 이야기로 진행되는 『이세모노가타리』와는 다른 면을 보인다.

③ 『헤이추모노가타리(平中物語)』

960년에서 965년경 성립된 것으로 추정되며, 이 역시 작자는 미상이다. 39단으로 구성된 『헤이추모노가타리』는 당대의 풍류남아 다이라노사다부미(平貞文)를 모델로 한 헤이추(平中)라는 남자의 해학적이고도 우스꽝스러운 연애이야기로 이끌어간다. 사랑에 대한 성취보다는 늘 좌절로 끝나고 있어 오히려 사랑의 실패담에 가깝다.

1.3 『겐지모노가타리(源氏物語)』의 세계

『겐지모노가타리』는 11세기 초 무라사키 시키부(紫式部)에 의해 완성되었다. 전 54첩으로 구성된 장편 역사소설이다. 헤이안 귀족사회의 장대한 로망이라고 평가되는 『겐지모노가타리』는 히카루겐지(光源氏)의 일생을 그린 전편과 그의 아들인 '가오루(薫)'를 중심으로 그린 속편으로 나누기도 하지만, 주제의 전개에 따라 전반부를 2부로 나누고 있어 3부작으로 보는 것이 보편적이다.

제1부는 기리쓰보(桐壺)천황의 황자이자 히카루 겐지의 탄생에서 부터 겐지의 애정편력과 유배 등 시련을 거쳐 상황에 버금가는 높은 벼슬을 얻어 영화의 절정에 오를 때까지 39년간의 삶이 화려하고도 다양하게 펼쳐지고 있다. 호화스러우면서도 모순에 가득 찬 궁정생활을 배경으로 죽은 생모와 흡사한 후지쓰보(藤壺)와의 이룰 수 없는 사랑을 비롯하여 실로 다채로운 여성들과의 교섭이 자세히 기록되어 있다.

제2부는 주인공 히카루 겐지가 출가를 결심하기까지 만년 12년간의 모습을 그리고 있다. 영화로웠던 젊은 날의 과실로 인하여 고뇌와 우수에 잠긴 생활을 하던 히카루 겐지가 뼈저린 고독을 느끼며 마침내 출가를 결심하게 되기까지의 내용을 담고 있다.

제3부는 히카루 겐지의 사망 후, 그의 불의의 아들인 가오루가 출생에 관련된 어두운 숙명에 번뇌하다가 현세를 등지고 종교에 구원을 청한다는 이야기가 우지(宇治)지방을 배경으로 펼쳐지고 있다.

『겐지모노가타리』에 그려진 시대는 천황 4대조 74년여에 이르며, 등장인물만도 약 490명이 등장하는 방대한 작품이다. 그럼에도 불구하고 각 인물의 설정과 각각의 성격이 주도면밀하고 다채롭게 그려져 있으며, 스토리 또한 전혀 파탄이 없이 자연스럽게 전개되고 있다.

자연이 인사(人事)에 조화하여 작품전체에 '모노노아와레(もののあはれ)'[7]의 정취가 흐르고 있는 『겐지모노가타리』의 각 첩에는 제각각 나름의 세계를 암시하는 아름다운 제목이 붙어있다.

▲ 『源氏物語』각 첩의 제목과 시기

부	첩	제 목	시 기
1부	1	기리쓰보(桐壺)	源氏誕生-12歳
	2	하하키기(帚木)	源氏17歳 夏
	3	우쓰세미(空蟬)	源氏17歳 夏, 하하키기(卷)
	4	유가오(夕顔)	源氏17歳 秋-冬, 하하키기(卷)
	5	와카무라사키(若紫)	源氏18歳
	6	스에쓰무하나(末摘花)	源氏18歳 春-19歳 春, 무라사키(卷)
	7	모미지노가(紅葉賀)	源氏18歳秋-19歳 秋
	8	하나노엔(花宴)	源氏20歳 春
	9	아오이(葵)	源氏22歳-23歳 春
	10	사카키(賢木)	源氏23歳秋-25歳 夏
	11	하나치루사토(花散里)	源氏25歳 夏
	12	스마(須磨)	源氏26歳春-27歳 春
	13	아카시(明石)	源氏27歳春-28歳 秋
	14	미오쓰쿠시(澪標)	源氏28歳冬-29歳
	15	요모기우(蓬生)	源氏28歳-29歳, 미오쓰쿠시(卷)
	16	세키야(関屋)	源氏29歳 秋, 미오쓰쿠시(卷)
	17	에아와세(絵合)	源氏31歳 春
	18	마쓰카제(松風)	源氏31歳 秋
	19	우스구모(薄雲)	源氏31歳 冬-32歳 秋
	20	아사가오(朝顔)	源氏32歳 秋-冬
	21	오토메(少女)	源氏33歳-35歳
	22	다마카즈라(玉鬘)	源氏35歳 以下, 다마카즈라十帖
	23	하쓰네(初音)	源氏36歳 正月, 다마카즈라(卷)
	24	고초(胡蝶)	源氏36歳 春-夏, 다마카즈라(卷)
	25	호타루(蛍)	源氏36歳 夏, 다마카즈라(卷)
	26	도코나쓰(常夏)	源氏36歳 夏, 다마카즈라(卷)
	27	가가리비(篝火)	源氏36歳 秋, 다마카즈라(卷)
	28	노와키(野分)	源氏36歳 秋, 다마카즈라(卷)
	29	미유키(行幸)	源氏36歳 冬-37歳 春, 다마카즈라(卷)
	30	후지바카마(藤袴)	源氏37歳 秋, 다마카즈라(卷)
	31	마키바시라(真木柱)	源氏37歳 冬-38歳 冬

---

7) 모노노아와레(もののあはれ) : 중고문학을 대표하는 미적 이념의 하나로 평가되고 있는데, 근세의 국학자 모토오리 노리나가(本居宣長)가 『겐지모노가타리』를 비평하면서 '통절하면서도 조화적인 정취의 아름다움'으로 정의한 용어이기도 하다. 그는 '모노노아와레'기법으로 묘사한 가장 뛰어난 고전이 『겐지모노가타리』라고 평가하고 있다.

	32	우메가에(梅枝)	源氏39歳 春
	33	후지노우라바(藤裏葉)	源氏39歳 春-冬
2부	34	와카나(若菜)上·下	源氏39歳 冬-41歳 春/41歳 春-47歳 冬
	35	가시와기(柏木)	源氏48歳 正月-秋
	36	요코부에(横笛)	源氏49歳
	37	스즈무시(鈴虫)	源氏50歳 夏-秋, 요코부에(巻)
	38	유기리(夕霧)	源氏50歳 秋-冬
	39	미노리(御法)	源氏51歳
	40	마보로시(幻)	源氏52歳
	41	구모가쿠레(雲隠)	光源氏の死を暗示。
3부	42	니오노미야(匂宮)	薫14歳-20歳
	43	고바이(紅梅)	薫24歳 春, 니오노미야(巻)
	44	다케카와(竹河)	薫14,5歳-23歳, 니오노미야(巻)
	45	하시히메(橋姫)	薫20歳-22歳, 이하 우지주조(宇治十帖)
	46	시이가모토(椎本)	薫23歳 春-24歳 夏
	47	아게마키(総角)	薫24歳 秋-冬
	48	사와라비(早蕨)	薫25歳 春
	49	야도리기(宿木)	薫25歳 春-26歳 夏
	50	아즈마야(東屋)	薫26歳 秋
	51	우키후네(浮舟)	薫27歳 春
	52	가게로(蜻蛉)	薫27歳
	53	데나라이(手習)	薫27歳-28歳 夏
	54	유메노우키하시(夢浮橋)	薫28歳,

　　일본고전문학의 최고봉이라 할 수 있는 『겐지모노가타리』가 후대에 끼친 영향은 이루 말할 수 없다. 이후의 모노가타리와 역사소설, 와카, 요교쿠(謠曲)는 말할 것도 없고, 이하라 사이카쿠의 『고쇼쿠이치다이오토코(好色一代男)』를 비롯한 근세의 문학에서 근대의 문학에 이르기까지 지대한 영향을 끼쳤다. 뿐만 아니라 예능, 음악, 회화 또는 장식, 문양(紋樣)에 이르기까지 이를 제재로 삼고 있는 것은 헤아릴 수도 없이 많다.

1.4 『겐지모노가타리』 이후의 모노가타리

중고시대의 모노가타리는 『겐지모노가타리』에서 정점에 달한 이후, 이를 뛰어넘는 작품은 찾아볼 수 없다. 왕조모노가타리문학(王朝物語文学)을 지탱해왔던 셋칸(摂

関)체제가 무너지는 정치적 상황과 맞물려 그것을 기반으로 하는 모노가타리문학도 쇠퇴해 갔다.

후기에도 다수의 모노가타리가 쓰였으나 대부분 『겐지모노가타리』의 영향권에 있었고 그 수준에 미치지는 못했다. 『겐지모노가타리』 3부의 가오루를 닮은 사고로모(狹依)를 주인공으로 하는 『사고로모모노가타리(狹衣物語)』를 비롯하여 『요루노네자메(夜の寢覺)』, 『하마마쓰추나곤모노가타리(浜松中納言物語)』, 『도리카에바야모노가타리(とりかへばや物語)』, 『쓰쓰미추나곤모노가타리(堤中納言物語)』 등이 있는데, 이들 작가는 대부분 궁중생활을 경험한 뇨보(女房)로 추정된다.

① 『사고로모모노가타리(狹衣物語)』

11세기 후반에 성립한 전4권으로 구성된 장편 모노가타리이다. 작자는 헤이안시대 여류가인(女流歌人)인 로쿠조사이인노센지(六条斎院宣旨)[8]이다. 사가인(嵯峨院)의 동생 호리카와(堀河)대신의 아들 사고로모 주조(狹衣中将)의 연애편력을 서사한 것으로, 전반부는 외모와 재능이 뛰어난 사고로모의 이룰 수 없는 사랑의 번뇌를, 후반부는 절망적으로 끝나버린 사랑의 추억과 번민을 담고 있다. 주제나 구성면에서 통일성은 있으나, 『겐지모노가타리』의 영향이 현저하다. 전체적으로 퇴폐적인 분위기를 띠고 있으나 사고로모의 번민을 구사하는 과정에서 운명관, 몽상적 묘사나 주인공의 우유부단함 등이 어우러져 우수적인 분위기를 자아낸다.

② 『요루노네자메(夜の寢覺)』

전생의 인연을 숙명적으로 받아들이고 살아가는 여인의 일생을 그린 『요루노네자메』의 작자는 스가와라노다카스에(菅原孝標)의 딸 스가와라노다카스에노무스메(菅原孝標女)이다. 주인공 나카노키미(中君)는 어릴 적 꿈에, 하늘나라 선녀로부터 비파의 비곡을 전수받고 장차 기구한 운명에 처할 것이라는 예언을 듣게 된다. 언니 오키미(大君)와 결혼하기로 되어있던 남자주인공 주나곤이 우연히 나카노키미와 관계를 맺게 되면서 나카노키미는 형부인 주나곤과의 이룰 수 없는 사랑에 번민하게 된

---

8) 로쿠조사이인노센지(六条斎院宣旨) : 고스자쿠천황(後朱雀天皇)의 네 번째 황녀인 바이시 나이신노(禖子内親王)의 궁녀.

다. 예언에 의한 숙명적인 인생을 살아간다는 점에서 『겐지모노가타리』의 영향이 엿보이지만 등장인물의 심리묘사가 뛰어난 작품이다. 요와노네자메(夜半の寢覺)라 고도 칭한다.

③ 『하마마쓰추나곤모노가타리(浜松中納言物語)』

헤이안 말기에 성립한 후기 왕조모노가타리(王朝物語)의 하나인 『하마마쓰추나곤 모노가타리』의 작자 역시 『요루노네자메』와 사라시나닛키(更級日記)의 저자 스가 와라노다카스에노무스메(菅原孝標女)로 추정되나 확실치는 않다. 내용은 주인공 하 마마쓰추나곤(浜松中納言)의 일본과 당나라를 배경으로 펼쳐지는 연애담이다. 꿈의 예언과 계시 등 몽상적이고 윤회와 같은 초자연적인 사상이 깔려있으며, 무대가 당 나라까지 확대된 점이 특색이다.

④ 『도리카에바야모노가타리(とりかへばや物語)』

11세기 말에 성립되었으며 작자미상이다. 전 4권으로 구성되어 있는 『도리카에바야 모노가타리』는 남성과 여성이 바뀌는 비현실적인 설정을 특징으로 하고 있다. 곤다 이나곤(權大納言)의 여성적 성향을 지닌 아들은 여자로, 남성적 성격을 지닌 딸은 아들로 자라면서 겪게 되는 다소 퇴폐적이고 변태적인 사건을 그리고 있는데, 특히 남장한 딸이 재상(宰相) 주조(中將)에게 자신의 성을 들킨 후 몸을 허락하는 장면은 엽기적이고 퇴폐적이라는 평가를 받기도 한다. 결국은 원래의 남녀로 돌아가 행복 한 결말을 맞는다는 내용으로 진행되는데, 당시 사회의 제약 속에서 남녀의 개인적 성향과 사회적 역할의 차이를 부각시킨 점에서 고대소설의 중요한 요소로 꼽히기도 한다.

⑤ 『쓰쓰미추나곤모노가타리(堤中納言物語)』

후기모노가타리 중 가장 문학성이 뛰어난 것은 10편의 단편을 모아 엮어낸 『쓰쓰미 추나곤모노가타리(堤中納言物語)』이다. 여러 사람의 작품을 모은 작품집인 만큼 각 편마다 귀족사회의 일상생활을 배경으로 일어난 진기한 희비극을 제재로 인생의 단 면을 보여주고 있다. 섬뜩한 송충이 같은 벌레 수집을 취미로 하는 희한한 아가씨

이야기인 『무시메즈루히메기미(虫めづる姫君)』, 젊은 미녀를 보쌈하려다가 잘못하여 늙은 비구니를 데리고 나온다는 『하나자쿠라오루쇼쇼(花桜折る少将)』, 갑자기 남자가 온다는 연락에 당황한 나머지 얼굴에 분가루 대신 먹가루를 발라 관계가 파탄난다는 『하이즈미(はいずみ)』 등 헤이안 귀족계층에 대한 풍자와 해학을 그리고 있다.

다채로운 제재를 통해 기발한 구상과 날카로운 감각, 그리고 생생한 묘사가 특징인 이 모노가타리는 근대단편소설에 가까운 느낌을 주고 있어 단편소설집의 시조라고 평가되기도 한다.

1.5 레키시모노가타리

헤이안시대 말기 셋칸체제가 무너지고 무사가 권력의 중심에 서게 되자, 후지와라 가문(藤原氏)을 대표로 하는 귀족들은 급격히 힘을 잃어갔다. 몰락한 귀족들은 그들이 권력의 중심에 있었던 화려하고 영화로웠던 시절을 그리워하며 그 화려했던 역사를 기록해 두고자 하였다. 그 과정에서 탄생한 것이 '레키시모노가타리(歷史物語)'이다.

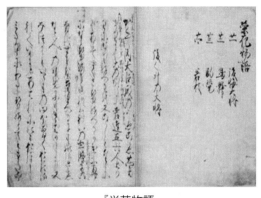

『栄華物語』

① 『에이가모노가타리(栄華物語)』

전후(前後) 2편(전편 30권, 속편10권)으로 구성된 『에이가모노가타리(栄華物語)』는 관(官)에서 편찬한 릿코쿠시(六国史, 육국사)9)의 뒤를 잇는다는 의도를 분명히 밝히는 가운데, 887년 우다천황(宇多天皇)에서부터 1092년 73대 호리카와천황(堀河天皇) 때까지 15대에 걸친 200여 년의 역사를 편년체로 기술하고 있다.

---

9) 릿코쿠시(六国史, 육국사) : 일본의 나라(奈良)시대부터 헤이안(平安)시대에 걸쳐 엮은 여섯 가지의 관(官)에서 편찬한 역사책. 한문으로 쓰인 편년체 역사책. 릿코쿠시의 마지막은 『니혼산다이지쓰로쿠(日本三代実録)』으로 고코(光孝)천황으로 끝맺음 된다.

전편에서는 후지와라노미치나가(藤原道長)의 영화에 대한 찬미를, 속편(續編)에서는 미치나가 사후 자녀들의 이야기를 다루고 있다. 『겐지모노가타리』식의 정서와 감상으로 미치나가를 찬미하는 등 궁정과 귀족의 일상을 묘사하는 데 치중하여 역사소설로서의 비판의식은 결여되어 있지만, 레키시모노가타리는 새로운 장르를 구축했다는 점에서 의의가 있다.

② 『오카가미(大鏡)』

12세기 초 성립된 것으로 보이는 『오카가미(大鏡)』는 '역사를 확실하게 반영하는 뛰어난 거울'이라는 의미를 지닌 만큼 단순한 구성과 찬미로 일관된 『에이가모노가타리』에 비해 주제의 다양성과 입체적 구성을 취하고 있다. 190살의 오야케노요쓰기(大宅世継), 180살의 나쓰야마노시게키(夏山繁樹)라는 두 노인의 옛날이야기로 진행된다. 그중 나이 많은 부인과 젊은 무사가 참가한 4인의 좌담 안에서 드러나는 역사의 뒷이야기와 이에 대한 비판정신이 돋보인다.

③ 『이마카가미(今鏡)』

『이마카가미(今鏡)』의 성립은 1170년 혹은 1178년 전후로 추정되며, 작자는 후지와라 다메쓰네(藤原為経)란 설이 유력하지만 확실하지 않다. 『이마카가미』는 현재의 역사란 뜻으로 『오카가미』의 뒤를 이은 1025년 고이치조천황(後一条天皇)대로부터 1170년 다카쿠라천황(高倉天皇)대까지 146년간의 역사를 기전체로 서술하고 있다. 역사소설이면서도 역사의 기술보다는 오히려 궁정의 풍류와 관련된 학문이나 예능을 중심으로 진행되고 있는 것이 특징이라 하겠다.

1.6 설화(説話)

중고시대의 설화는 크게 불교의 교의(教義)를 설파하기 위한 '불교설화'와 민간에 전승되는 갖가지 이야기를 기록한 '세속설화'로 구분된다. 대표적인 불교설화로는 『니혼료이키(日本霊異記)』, 『산보에코토바(三宝絵詞)』, 『우치기키슈(打聞集)』를 들 수 있다. 12세기 후반 불교설화와 세속설화를 모은 『곤자쿠모노가타리슈(今昔物語

集)』는 이 시대의 대표적 설화집이라 할 수 있다.

① 『니혼료이키(日本靈異記)』

헤이안 초기 야쿠시지(藥師寺)의 승려 교카이(景戒)가 쓴『니혼료이키(日本靈異記)』
는 설화문학의 효시로 여겨지고 있다. 上·中·下 3권에 약 116화의 설화가 수록되어
있으며, 서민, 관리, 귀족, 황족에 이어 유명한 고승에서부터 가난한 승려에 이르기
까지 다양한 계층의 인물이 등장하여 인과응보의 원리와 신앙의 공덕을 이야기하고
있다. 『니혼료이키』는 중국 불교설화집을 답습한 면이 있으나 처음 설화를 집대성
하여 정리 편집하였다는 점이나, 이후 많은 불교설화문학의 탄생을 촉발시켰다는 점
에서 큰 의의가 있다.

② 『산보에코토바(三宝絵詞)』

헤이안 중기인 984년 미나모토노타메노리(源爲憲)에 의해 편찬되었다. 불교설화집
『산보에코토바』는 부처, 경전, 승려를 일컬어 세 가지 보물, 즉 '산보(三宝)'라 하는
데, 이의 공덕을 기록하고 있기에 『산보에(三宝絵)』라고도 한다. 『니혼료이키』의
불교설화를 바탕으로 귀족사회의 불교사상과 민간신앙을 동시에 수용하고 있다.

③ 『곤자쿠모노가타리슈(今昔物語集)』

『곤자쿠모노가타리슈』는 12세기 초에 성립된 것으로 추정되며, 편자는 미상이다.
인도, 중국, 일본 삼국의 불교설화와 세속설화가 약 1,100여 편 수록되어 있는데, 설
화의 무대가 되는 지역이 광대한 만큼 소재가 풍부하고 등장인물이 다양한 것이 특
징이다.

　　『곤자쿠모노가타리슈』의 구성은 인도(天竺: 1～5), 중국(震旦: 6～10), 일본(本
朝: 11～31)의 불교설화, 세속설화 3부로 되어 있다. 각 권의 내용을 보면 인도편은
석가의 탄생에서부터 입멸 후 제자들의 활동 등을 포함한 석가의 불교설화이며, 중
국편은 중국으로의 불교전파 역사, 법화경의 공덕, 효자이야기, 중국의 사서에 전해
지는 기이한 이야기 등을 담고 있다. 한편 일본편에서는 제11권부터 20권까지는 불
교전파의 역사, 법회의 기원 및 공덕, 법화경 통독과 영험담, 승려의 극락왕생, 관세

음보살이나 지장보살의 영험담 등으로 이어지며, 21권부터 31권까지는 후지와라 열전, 예능담 및 무용담, 기이한 이야기. 우스운 이야기, 도둑이야기, 동물이야기, 연애이야기 등 세속설화를 수록하고 있다.

2. 중세모노가타리

중세의 모노가타리는 크게 기코모노가타리(擬古物語), 레키시모노가타리(歷史物語), 설화(説話) 등 전대(前代)의 전통을 계승한 모노가타리와 군키모노가타리(軍記物語), 오토기조시(御伽草子) 등 새로이 등장한 모노가타리로 분류된다.

2.1 기코모노가타리(擬古物語)

중세초기인 가마쿠라시대에 들어와서도 귀족들은 자신들의 약해진 위세를 한탄하며 지난날의 영화와 왕조시대의 화려했던 문화를 동경하는 기코모노가타리(擬古物語) 계통의 모노가타리를 다수 창작하였다. 그러나 이 시기 역시 주제나 구성면에서『겐지모노가타리』의 모방에 지나지 않았고, 내용도 귀족사회의 연애이야기로 일관하여 참신한 것은 드물었다. 그중에서 작품성이 인정되는 것은『스미요시모노가타리(住吉物語)』,『마쓰라노미야모노가타리(松浦宮物語)』,『고케노고로모(苔の衣)』정도이다.

① 『스미요시모노가타리(住吉物語)』

『스미요시모노가타리』는 헤이안시대에 유포되던 이야기를 새롭게 편집한 것으로, 작자는 미상이다. 내용은 어느 귀족의 딸이, 어머니가 죽고나서 새로 들어온 계모의 계략으로 번번이 결혼이 성사되지 않자 스미요시(住吉)로 가게 되었는데, 그 곳에까지 찾아온 구혼자를 만나 결혼하여 마침내 행복한 생활을 하게 된다는 이야기다. 중고시대의『오치쿠보모노가타리(落窪物語)』의 영향을 받은 의붓자식학대 형식의 모노가타리라는 점에서 기코모노가타리로 분류되고 있다.

② 『마쓰라노미야모노가타리(松浦宮物語)』

『마쓰라노미야모노가타리』는 다치바나노우지타다(橘氏忠)의 일대기를 다룬 것이다. 작자는 후지와라노사다이에(藤原定家, '후지와라노테이카'라고도 함)라는 설도 있지만 확실하지는 않다. 간나비(神奈備)공주와 사랑에 실패한 주인공 우지타다가 견당부사(遣唐副使)로 중국에 건너가서 악기의 비법을 전수받고, 당나라공주와 사랑에 빠졌다가 다시 귀국하여 출세한다는 내용으로 되어 있다. 이 역시 악기의 비법을 전수받는 장면은 헤이안시대의 『우쓰호모노가타리』의 모방인데다, 또 나라를 이동하며 다른 형태의 삶을 표현하고 있다는 점에서 『하마마쓰추나곤모노가타리』의 영향이 짙어 기코모노가타리로 분류된다.

③ 『고케노고로모(苔の衣)』

『고케노고로모(苔の衣)』는 이름 그대로 출가 및 은둔을 주제로 한 장편 모노가타리이다. 내용이나 구성면에서 중고시대 모노가타리의 영향을 받았지만, 전체적으로 어둡고 슬픈 분위기가 지배적이다. 속세를 떠나 은둔한다거나 부처님의 가호로 병이 낫는다는 내용은 중세적 요소가 가미되었다 할 수 있다.

2.2 군키모노가타리(軍記物語)

군키모노가타리(軍記物語)는 중고시대에도 『쇼몬키(将門記)』, 『무쓰와키(陸奥話記)』 등 몇 편이 있었다. 그러나 중고(中古)의 것은 모노가타리라기보다는 한문체의 기록적 성격이 강했다. 군키모노가타리는 중세(中世)에 들어 독자적인 세계를 구축하였으며, 중세를 대표하는 문학 장르로 자리 잡게 되었다.

전란이 끊이지 않았던 중세의 시대상을 전적으로 반영한 군키모노가타리는 단순한 전란의 기록이 아닌 헤이안 말기에서 가마쿠라 초기에 걸쳐 진행된 생생한 동란을 경험한 무사들의 체험담과 일기 등을 기초로 하여 문학적으로 재구성한 모노가타리이다. 무사들의 체험담이 원형이 되어 그것이 비파의 반주에 맞추어 읊어지거나 읽혀지는 과정에서 여러 사람들의 손에 의해 가필되면서 성장해 갔다.

중세 군키모노가타리의 공통된 특징은 무가(武家)의 흥망성쇠를 회고하며 그리

위하고 한탄하는 내용으로 되어 있다. 그리고 무상관, 인과응보의 불교사상 및 무사들의 의리가 중심이 된 유교사상이 작품내용의 저변에 깔려 있다.

① 『호겐모노가타리(保元物語)』

가마쿠라 초기에 성립된 것으로 추정되는 『호겐모노가타리(保元物語)』는 上·中·下 3권으로 구성되어 있으며 정확한 성립연대나 작자는 미상이다.

　　호겐(保元)원년(1156)에 왕위계승을 둘러싸고 일어난 '호겐의 난[10]'을 중심으로 전후 28년간 전란의 비애와 비참함을 담고 있다. 미나모토노타메토모(源爲朝)를 중심으로 골육간의 항쟁을 그리고 있다는 점이 특징이다.

② 『헤이지모노가타리(平治物語)』

『헤이지모노가타리(平治物語)』 역시 『호겐모노가타리』와 마찬가지로 上·中·下 3권으로 구성되어 있으며 정확한 성립연대나 작자는 미상이다. 1159년에 일어난 '헤이지의 난(平治の乱)'[11]을 중심으로 40여 년에 걸친 쟁란의 과정을 묘사하고 있다. 『호겐모노가타리』가 미나모토노타메토모의 영웅적인 모습을 그리고 있는 데 비해 『헤이지모노가타리』는 미나모토노요시토모(源義朝)의 서장자(庶長子)인 미나모토노요시히라(源義平)의 무사적인 모습과 죽음을 비극적으로 그려내고 있다.

③ 『헤이케모노가타리(平家物語)』

일본문학에서 군키모노가타리의 대표적인 걸작이라 할 수 있는 『헤이케모노가타리(平家物語)』는 당초 1220년경 이전에 만들어지긴 하였으나 그 후 많은 사람들에 의해 보완 개정되어 13세기 후반 성립된 것으로 추정되어 작자는 미상이다. 무사계급의 거두인 다이라 가문(平家)의 번영과 몰락을 중심으로 90년에 걸친 비극적인 역사를 묘사하고 있는 『헤이케모노가타리』는 무상관(無常觀)을 축으로 갖가지 인간상을 생생하게 묘사하고 있다. 그 서두를 살펴보자.

---

10) 호겐의 난(保元の乱) : 헤이안시대 호겐(保元) 원년인 1156년 천황(天皇)파와 상황(上皇)파가 교토(京都)에서 벌인 내전.
11) 헤이지의 난(平治の乱) : 헤이지(平治) 원년인 1159년 천황파와 상황파가 교토에서 벌인 내전.

ⓐ祇園精舎の鐘の声、諸行無常の響あり。ⓑ沙羅双樹の花の色、盛者必衰の理を
あらはす。ⓒおごれる人も久しからず、ただ春の夜の夢の如し。ⓓたけき者も遂
にはほろびぬ、ひとへに風の前の塵に同じ。

(ⓐ기원정사의 종소리, 제행무상의 울림이어라. ⓑ사라쌍수의 꽃 색, 성자필쇠의 이치
로다. ⓒ잘나가는 사람도 오래가지는 못한다. 단지 짧은 봄날 밤의 꿈과 같은 것. ⓓ운
좋은 사람도 결국엔 망하는 법, 오로지 바람 앞의 먼지와 같나니!)

ⓐ는 병든 사람들을 모아두는 기원정사(祇園精舍)! 이 기원정사에 있는 환자가
죽어나갈 때, 지붕 네 귀퉁이에 매달려있는 종이 울리게 되어있다. 때문에 기원정사
의 종이 울리면 사람이 죽어나가는 것을 의미한다. ⓑ는 석가모니가 열반할 때 사라
나무 두 그루가 꽃을 피웠던 것을 언급한 것으로, 세상의 모든 일이 번창하지만 반
드시 쇠퇴함을 일컫는 무상함을 표상하는 구절이다. ⓒ는 세상살이가 운 좋게 잘
맞아, 잘나가던 사람도 길게 가지는 못한다는 것을 단지 봄날의 짧은 밤의 꿈, 즉
일장춘몽에 비유하고 있다. ⓓ는 존귀한 사람도 결국에는 쇠락하는 이치를 오로지
바람 앞에 먼지처럼 하잘것없음에 비유하고 있다. 위의 문장은 다음과 같이 쓰이쿠
(対句)를 이루고 있다.

㉠祇園精舎の ↔ 沙羅双樹の, ㉡鐘の声 ↔ 花の色, ㉢諸行無常の ↔ 盛者必衰の,
㉣響きあり ↔ 理をあらはす, ㉤おごれる人も ↔ たけき者も, ㉥久しからず ↔ 遂に
はほろびぬ, ㉦ただ ↔ ひとへに, ㉧春の夜の ↔ 風の前の, ㉨夢の如し ↔ 塵に同じ

『헤이케모노가타리』는 3부 체제로 편성되어 있다.

ⓐ 제1부(1권~5권) : 다이라 가문(平氏) 일족의 부흥 및 영화의 역사와 다이라노기
요모리(平清盛)를 중심으로 묘사됨.

ⓑ 제2부(6권~8권) : 다이라 가문 일족의 쇠퇴과정과 미나모토노요시나카(源義仲)
가 중심인물로 등장함.

ⓒ 제3부(9권~12권) : 다이라 가문(平家)이 야시마(屋島) 전투에 이어 단노우라(檀
の浦)전투에서 패하여 멸망하는 과정.

『헤이케모노가타리』는 작품 전체에 불교적 무상관과 무사의 윤리규범인 유교사

상이 짙게 흐르고 있는가 하면, 신구(新舊)의 대립과 교체 양상, 도회적인 것과 지방적인 것, 남성적(의지적)인 것과 여성적(우미)인 것과의 대립이 교묘하고 조화롭게 묘사되어 있기도 하다.

와칸콘코분(和漢混淆文)으로 쓰인 『헤이케모노가타리』는 각각의 장면에 따라 문체를 바꾸어 쓰고 있다는 점이 특이하다. 양 세력이 충돌하는 전투장면에서는 간결하고 힘찬 한문문체로, 정서적인 장면에서는 유려한 7·5조의 일본어문체(和文体)를 사용하고 있으며, 회화문에서는 당시의 구어를 그대로 사용하고 있다는 점이 특이하다. 이러한 점에서 후대 문학에 끼친 영향은 지대하다.

④ 『다이헤이키(太平記)』

남북조(南北朝)의 쟁란을 중심으로 한 『다이헤이키(太平記)』는 1372년 전후에 성립된 것으로 보이며, 작자는 고지마호시(小島法師)로 추측된다. 난세를 살아가는 인간의 사욕에 찬 모습, 정치 사회의 부패, 하극상의 세태 등을 유교적인 입장에서 비판하고 있는 가운데, 유교의 도덕관과 불교의 인과론(因果論)이 짙게 깔려 있다. 『다이헤이키』 또한 헤이쿄쿠(平曲), 조루리(浄瑠璃), 오토기조시(お伽草子), 요미혼(読本) 등 후세의 문학에 큰 영향을 끼쳤다.

⑤ 『기케이키(義経記)』

『기케이키(義経記)』는 무로마치 초기에 성립된 것으로 보이며, 작자는 미상이다. 미나모토노요시쓰네(源義経)의 일생을 비극적으로 묘사한 『기케이키』는 약자에게 동정적이라는 소위 '호간비키(判官贔屓)'[12]라는 유행어를 탄생시킨 작품이며, 이 역시 후세의 연극이나 소설 등에 미친 영향이 매우 크다.

---

12) 호간비키(判官贔屓、ほうがんびいき) : 『기케이키(義経記)』의 주인공인 미나모토노요시쓰네(源義経)같은 불우한 영웅을 동정한데서 나온 말로, 약자나 패자를 동정하는 심리를 일컬음.

2.3 레키시모노가타리(歷史物語)

전란의 격동 속에서 정권이 어지러워지는 가운데 사람들의 사실(史實)에 대한 기록과 역사에 대한 비판의식이 높아져 레키시모노가타리(歷史物語)와 새로운 형태의 사론(史論)이 탄생하게 되었다.

① 『미즈카가미(水鏡)』

가마쿠라 초기인 1195년경에 성립된 것으로 보이는 『미즈카가미(水鏡)』는 『오카가미(大鏡)』와 『이마카가미(今鏡)』에 이은 세 번째 가가미모노(鏡物), 즉 역사서이다. 작자는 나카야마 다다치카(中山忠親)가 유력하다는 설과 미나모토노마사요리(源雅賴)라는 설이 있으나 확실하지는 않다. 모두 3권으로 이루어져있으며 『오카가미』에 기록된 것보다 이전시대인 제1대 진무천황에서부터 제54대 닌묘천황에 이르기까지의 역사를 편년체로 서술하고 있다. 『오카가미』의 내용을 보완하기 위해 만들어 진 것으로 불교설화, 전설 등이 많다.

② 『마스카가미(增鏡)』

남북조시대인 1368년에서 1375년 사이에 성립된 것으로, 작자는 니조 요시모토(二条良基) 등의 인물이 거론되지만 확실하지 않다. 1180년 고토바천황에서 1333년 고다이고천황이 유배지인 오키(大木)에서 귀경할 때까지의 약 150년간의 역사가 편년체로 기록되어 있다.

연로한 비구니의 이야기형식으로 진행되는 『마스카가미(增鏡)』는 무가(武家)의 횡포에 분개하면서 귀족이 몰락해 가는 것을 한탄하는 내용과 함께 조정과 무가와의 싸움도 상세하게 기술되어 있다.

『겐지모노가타리』와 『에이가모노가타리』의 영향을 받은 듯 각 편에 우아한 제목을 붙여놓았으며, 늙은 비구니가 이야기하는(내레이터, 語り部) 형식의, 회고적이고 유려한 문체로 씌어있다. 역사적 사실이 정확하고 미적인 문장을 구사하여 '시쿄(四鏡)13)' 중 『오카가미』에 버금가는 문학적 가치를 인정받고 있다.

2.4 사론(史論)

전란으로 인한 격동의 시대였던 중세는 역사적 사실(史實)이나 저자의 역사관을 바탕으로 역사를 논하는 본격적인 사론서가 쓰여진 시기이기도 하다.

실상『헤이케모노가타리』와 같은 모노가타리는 역사적 사실을 내용으로 하고는 있지만 일정한 사상이나 생각에 의해 역사를 서술하기보다는 어디까지나 역사에서 소재를 얻은 픽션이었다. 이에 비해 사론(史論)은 역사적 사실을 일정한 사상에 기초하여 평론하고 비판함으로써 장래의 일을 예견한다고 하는 점에서 모노가타리와는 상당히 다른 장르로 볼 수 있다.

①『구칸쇼(愚管抄)』

1220년 성립된 일본최초의 사론서이며, 작자는 지엔(慈円)이다. 전7권으로 되어있으며, 진무천황에서 준토쿠천황까지의 역사개요를 편년체로 서술하고 있다. 역사를 불교적 세계관으로 해석하여 역사를 이끄는 힘이 사물의 이치인 도리에 있다는 관점에서 역사를 논하고 있다.

②『진노쇼토키(神皇正統記)』

1339년에 성립된『진노쇼토키(神皇正統記)』의 저자는 기타바타케 지카후사(北畠親房)이다. 전7권으로 되어 있으며, 일본 건국에서부터 고무라카미(後村上)천황까지의 치세까지를 기술하고 있다. 불교나 유교 등 외래종교에 의지하지 않고 일본 고유의 신토(神道)만이 역사의 근본정신으로 일관되어야 하는 것임을 주장하는 가운데, 신의 직계로서 천황의 정통성을 강조하며 궁정정치나 귀족문화의 존엄성을 설파하고 있다.

가장 일본적인 입장에서 역사를 논하고 있으므로 메이지유신(明治維新)에도 많은 영향을 끼쳤고, 에도말기부터 근대에 걸쳐 형성된 일본의 국수주의에 큰 영향을 끼쳤다.

---

13) 시쿄(四鏡) : 역사적 사실에 바탕을 둔 이야기 중에서 '鏡'자가 붙은 네 작품인『오카가미(大鏡)』,『이마카가미(今鏡)』,『미즈카가미(水鏡)』,『마스카가미(增鏡)』를 총칭함.

2.5 설화

헤이안 말기부터 왕성하게 쓰여졌던 설화는 가마쿠라 전기에 황금시대를 맞이하였다. 세속설화집과 불교설화집이 연이어 발간되는가 하면, 레키시모노가타리(歷史物語)나 군키모노가타리(軍記物語), 오토기조시(お伽草子) 등에도 설화가 등장하여 설화적 성향을 드러내기도 하였다. 이들 설화는 계몽적이고 교훈적이며 서민문학적 성격이 강하다.

① 『홋신슈(発心集)』
『홋신슈(発心集)』는 가마쿠라 초기인 1216년경 가모노초메이(鴨長明)가 만년에 편찬한 설화집으로『조메이홋신슈(長明発心集)』라고도 한다. 불도를 추구한 은둔자의 입장에서 인도나 중국보다는 일본에 중심을 둔 갖가지 불교와 관련된 설화를 수록하고 있는데, 대부분 불전에서 차용한 이야기가 많다. 주로 은둔을 선택한 승려, 심적 방황으로 왕생하지 못한 성인, 기예연마의 험난한 과정을 거쳐 무아의 경지에 도달한 기인의 삶 등을 그리고 있으며, 여기에 편자의 감상이 덧붙여 서술되고 있다.

② 『우지슈이모노가타리(宇治拾遺物語)』
『우지슈이모노가타리(宇治拾遺物語)』는 1221년경 성립된 것으로 추정되며 작자는 미상이다. 전15권으로 되어 있으며, 인도와 중국과 일본을 배경으로 한 흥미 있는 설화가 약 197편정도 수록되어 있다.

　　『우지슈이모노가타리』는 크게 불교설화, 세속설화, 민간전승설화 등으로 나뉘는 가운데 특히 불교설화와 민간전승설화가 많이 수록되어 있다. 내용면에서 보면 귀족에서부터 서민에 이르기까지 다양한 인물이 등장하여 일상적 이야기, 진기한 이야기, 우스운 이야기 등을 이끌어가는 형식을 취하고 있다. 불교설화의 경우 대체적으로 신앙심을 유도하는 의도는 보이지 않고 난잡하고 유머러스한 소재를 다루고 있으며, 민간전승설화 중에서는『시타기리스즈메(舌切り雀, 혀 잘린 참새)』나『오니니고부토라루루코토(鬼に瘤取らるる事, 혹부리영감)』등이 지금까지 회자되는 유명한 이야기로 남아 있다.

③ 『짓킨쇼(十訓抄)』

가마쿠라 중기인 1252년 성립된 것으로 보이는 『짓킨쇼(十訓抄)』는 인도, 중국, 일본의 설화 282화를 전3권에 수록하고 있다. 총 10개의 항목으로 분류 구성되어 있는 『짓킨쇼』는 계몽과 교훈의 목적으로 만들어진 만큼 유교적 사상이 근저에 흐르고 있으며 각각의 교훈을 지킨 예와 지키지 않은 예를 여러 가지 예증과 예화를 들어 설명하고 있다.

④ 『샤세키슈(沙石集)』

『샤세키슈(沙石集)』는 1283년경 성립되었으며 작자는 무주 도교(無住道曉) 법사이다. 전체 150여 편의 이야기를 10개 항목으로 나누어서 서술한 『샤세키슈』는 대중들을 불교에 귀의시킬 목적으로 만든 만큼 『논어(論語)』, 『백씨문집(白氏文集)』, 『법화경(法華経)』 등에서 취재한 내용 중에서 불교와 처세훈 등을 예로 들어 평이하게 설명하고 있다.

2.6 오토기조시(御伽草子)

무로마치시대에 들어 기코모노가타리의 형태를 빌어 민간적인 설화나 전승 등을 소재로 하는 단편작품을 내놓았는데, 이를 오토기조시(御伽草子)라 한다. 기코모노가타리가 귀족을 중심으로 하고 있는 데 반해 오토기조시는 귀족은 물론, 서민, 무사, 상인 등 다양한 계층의 인물이 등장한 까닭에 다양한 독자층을 확보하였다. 포교하는 승려를 매체로 문학화 되었기 때문에 불교사상을 전하는 것이 많고, 작품 수도 대략 300여 편에 이른다. 이 시기의 오토기조시는 대략 ⓐ왕조시대의 귀족을 소재로 한 것, ⓑ포교하는 스님들을 다룬 것, ⓒ무사를 다룬 것, ⓓ서민의 일상을 다룬 것, ⓔ일본이 아닌 다른 세계를 다룬 것, ⓕ인간과 조수(鳥獸)들의 관계를 다룬 것 등 여섯 유형으로 분류된다. 주제별로 분류된 대표작은 다음과 같다.

ⓐ 왕조시대의 귀족을 소재로 한 것 : 『시노비네모노가타리(忍音物語)』, 와카쿠사모노가타리(若草物語)』, 『시구레(時雨)』, 『고오치쿠보(小落窪)』, 아키즈키모노가타리(秋月物語)』 등

ⓑ 포교하는 스님들을 다룬 것 : 『지고모노가타리(兒物語)』, 『아키요노나가모노가타리(秋夜長物語)』, 『아시비키(あしびき)』, 『도리베야마모노가타리(鳥部山物語)』, 『산닌호시(三人法師)』 등

ⓒ 무사를 다룬 것 : 『슌텐도지(酒呑童子)』, 『라쇼몬(羅生門)』, 『다무라노소시(田村草子)』, 『벤케이모노가타리(辯慶物語)』, 『모로카도모노가타리(師門物語)』 등

一寸法師

ⓓ 서민의 일상을 다룬 것 : 『잇슨보시(一寸法師)』, 『분쇼조시(文正草子)』, 『고오토코노소시(小男の草子)』, 『후쿠토미노소시(福富草子)』 등

ⓔ 일본이 아닌 다른 세계를 다룬 것 : 중국을 소재로 한 요키히모노가타리(楊貴妃物語)』, 『니주시코(二十四孝)』, 이상향을 다룬 『호라이모노가타리(蓬萊物語)』, 인도를 소재로 한 『호묘도지(法妙童子)』, 『호만초자(寶滿長者)』 등

ⓕ 인간과 조수(鳥獸)들의 관계를 다룬 것 : 『가리노소시(雁の草子)』, 『쓰루노소시(鶴の草子)』, 『주니루이에마키(十二類絵巻)』, 『우라시마타로(浦島太郎)』, 『후쿠로노소시(ふくろうの草子)』 등

이상의 오토기조시는 모두 단편으로 이루어져 있으며, 새로운 독자층인 서민들을 계몽하고 교훈하는데 목적이 있었기 때문에 서민적 요소가 강하다. 질적인 면에서 뛰어나지는 못하지만, 귀족문학에서 서민문학으로 옮아가는 이행기의 작품군인데다, 근세초기의 가나조시(仮名草子)를 낳은 바탕이 된다는 점에서 문학적 가치가 있다.

3. 근세모노가타리와 소시(草子)

근세의 산문은 오토기조시(お伽草子)의 계통을 잇는 계몽적이고 교훈적인 내용을 담은 가나조시(仮名草子)를 비롯하여, 조닌(町人)계층의 풍속을 사실적으로 묘사한 우키요조시(浮世草子), 장편역사나 전설을 소재로 한 전기적이고 교훈적인 작품 요미혼(読本), 유곽을 배경으로 하여 회화체 문장의 수법을 사용한 샤레본(洒落本),

서민의 생활을 익살스럽게 풍자한 곳케이본(滑稽本), 남녀간의 사랑을 주제로 한 닌조본(人情本), 그리고 구사조시(草双紙) 등의 이름으로 다양하게 전개되어 간다.

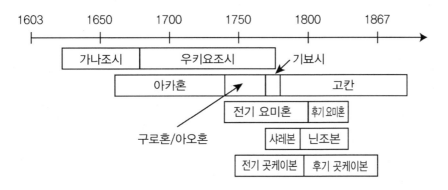

이와 같은 변화 추이를 드러내는 가운데 근세소설은 크게 전기의 가미가타문학(上方文学)과 후기의 에도문학(江戸文学)으로 분류하여 보는 것이 보편적이다.

3.1 가미가타문학(上方文學)

① 가나조시(仮名草子)

오토기조시(御伽草子)의 계통을 이어 근세 초기에 교토, 오사카 지역에서 유행한 소설류를 중심으로 한 산문 작품을 총칭하여 '가나조시(仮名草子)'라고 한다. 가나로 쓰인 책이라는 의미에서 '가나조시'라고 하였는데, 문학적으로는 미숙하지만 친근한 문체와 계몽성을 지닌 데다 인쇄술의 발달에 의해 널리 보급됨으로써 많은 독자층을 형성하였다. 작자는 주로 귀족이나 승려, 무사 등 지식계급이며, 작품 성격에 따라 교훈적인 것, 오락적인 것, 실용적인 것 등 세 부류로 나누어 볼 수 있다.

ⓐ 교훈적인 것 : 『가쇼키(可笑記)』, 『니닌비쿠니(二人比丘尼)』, 『이소호모노가타리(伊曾保物語)』 등

ⓑ 오락적인 것 : 『오토기보코(伽婢子)』, 『세이스이쇼(醒睡笑)』 등

ⓒ 실용적인 것 : 『지쿠사이(竹齋)』, 『도카이도메이쇼키(東海道名所記) 등

② 우키요조시(浮世草子)

'우키요(浮世)'란 가혹한 세상, 덧없고 허망한 세상, 항간, 호색 등의 의미이지만, 이 시기의 '우키요'란 현세적 향락적 의미가 짙다.

'우키요조시(浮世草子)'는 이하라 사이카쿠(井原西鶴)의 『고쇼쿠이치다이오토코(好色一代男)』(1682)를 시작으로 약 100년간 가미가타(上方, 교토 오사카)를 중심으로 유행하였던 풍속소설을 말한다. 서민(町人)의 현실적 에너지를 그대로 반영한 사이카쿠의 우키요조시는 작품의 성격에 따라 남녀의 성욕이나 애욕의 세계를 그린 '고쇼쿠모노(好色物)', 무사 사회의 의리나 생활상을 그린 '부케모노(武家物)', 서민의 경제생활을 중심으로 세태를 묘사한 '조닌모노(町人物)', 그 밖의 '자쓰와모노(雜話物)' 등으로 분류할 수 있다.

ⓐ **고쇼쿠모노(好色物)** : 『고쇼쿠이치다이오토코(好色一代男)』, 『고쇼쿠고닌온나(好色五人女)』, 『고쇼쿠이치다이온나(好色一代女)』 등

ⓑ **부케모노(武家物)** : 『부도덴라이키(武道傳來記)』, 『부케기리모노가타리(武家義理物語)』 등

ⓒ **조닌모노(町人物)** : 『닛폰에이타이구라(日本永代蔵)』, 『세켄무네산요(世間胸算用)』 등

ⓓ **자쓰와모노(雜話物)** : 『사이가쿠쇼코쿠바나시(西鶴諸国噺)』, 『혼초니주후코(本朝二十不孝)』 등

이 가운데 사이카쿠 우키요조시의 출발이자 대표작이라 할 수 있는 『고쇼쿠이치다이오토코』에 접근해보자. 1682년 오사카의 아라토야(荒砥屋)에서 출간된 『고쇼쿠이치다이오토코』는 부호 '유메스케(夢介)'와 유녀 사이에서 태어난 '요노스케(世之介)'의 일대기를 총 8권 8책 54장에 담고 있다. 전반 4권은 여행을 통한 호색 수업을, 후반 4권은 유녀들의 이야기를 중심으로 하고 있는데, 특히 요노스케의 7세에서 60세까지 54년간의 호색 행적을 중심으로 이어진다는 점에서 54책으로 된 『겐지모노가타리』와의 연계성 및 일종의 대항의식을 엿볼 수 있다.

부호 '유메스케(夢介)'와 유녀의 사이에서 태어난 주인공 '요노스케(世之介)'는 7세 어린 나이에 하녀에게 정을 품기 시작한 이래 여러 계층의 여자들과 어울려 방탕한 생활을

하게 되고, 20세 이후에는 전국 각지를
돌아다니며 호색행각을 벌인다. 그러던
중 34세에 아버지의 사망소식을 접하고
서 방랑생활을 접고 집으로 돌아와 막
대한 유산을 상속받게 된다. 당대 제일
의 호색가가 되기에 거리낄 것이 없어
진 요노스케는 전대미문의 유녀 '요시노
(吉野)'를 기적에서 빼내어 정처로 삼았
으며, 요시노 이외에도 이름난 수많은
유녀들과 어울리며 호색을 즐긴다. 그

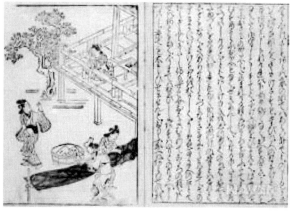

井原西鶴의 『好色一代男』

러던 '요노스케'도 어느덧 60세가 되자 몸이 허약해져 점차 세상에 미련이 없어져버린
다. 그간의 행위가 마음에 걸려 죽으면 지옥에 떨어질 것이라 느낀 '요노스케'는 남은
돈 6천냥을 산 속에 묻어두고, 친구 7명과 함께 배를 타고 뇨고지마(女護島)로 떠난다.
이후 요노스케의 행방은 아무도 모른다.

이러한 내용의 『고쇼쿠이치다이오토코(**好色**一代男)』는 제목에서부터 『이세모
노가타리』의 주인공 나리히라(業平)와 『겐지모노가타리』의 히카루 겐지의 이미지
인 '호색(色好み)'를 교묘하게 차용함으로써 독자들의 호기심과 흥미를 유발하였다.
우키요조시는 사이카쿠의 사망 후 하치몬지야본(八文字屋本)[14]으로 유형(類
型)화되자 활력을 잃어가면서 점차 요미혼(読本) 계통으로 흡수되어 갔다.

3.2 에도문학(江戸文學)

① 요미혼(読本)

그림보다는 문장이 중심이 된 소설을 '요미혼(読本)'이라고 한다. 요미혼은 우키요조

---

14) 하치몬지야본(八文字屋本) : 이하라 사이카쿠가 세상을 떠나자 그 동안 오사카의 서점이 주도하였던 출판
계의 판도가 교토로 옮겨가게 된다. 에지마 기세키(江島其磧)는 그곳에 영입된 전속 작가로서 대중 본위
의 작품을 출판하는데, 여기에서 간행된 책을 서점의 이름을 따서 '하치몬지야본(八文字屋本)'이라고 한
다. 에지마 기세키의 초기 작품으로는 각지의 유곽을 소재로 한 『게이세이이로자미센(傾城色三味線)』이
있으며, 이 작품은 독자로부터 크게 호평을 받았다. 그 후 기세키는 『세켄무스코카타기(世間子息気質)』,
『세켄무스메카타기(世間娘気質)』, 『우키요오야지카타기(浮世親仁気質)』 등 직업이나 나이 또는 신분에
서 나타나는 다양한 인간의 '가타기(気質)'를 소재로 한 작품을 썼는데, 이러한 성격의 작품군을 '가타기모
노(気質物)'라고 한다.

시가 작품의 참신성을 상실하고 천편일률적으로 되어가는 18세기 중엽에 가미가타를 중심으로 등장하기 시작하여 곧 에도로 확산되었는데, 가미가타를 중심으로 한 시기를 '전기요미혼', 에도를 중심으로 한 시기를 '후기요미혼'으로 구분한다.

ⓐ 전기요미혼 : 하치몬지야본이 전작(前作)을 모방하는 매너리즘에 빠져 있을 때 가미가타의 지식인들 사이에서 중국의 백화소설(白話小說)[15]이 유행하였다. 이러한 영향으로 오사카의 유학자이자 의사인 쓰가 데이쇼(都賀庭鐘)가 중국소설 『긴코키칸(古今奇觀)』을 번안한 『고콘키단하나부사조시(古今奇談英草紙)』(1749)를 발표하였는데 이것이 요미혼의 시초가 되었다. 이후 수많은 요미혼이 나왔는데 대부분 괴이(怪異)성과 전기(傳奇)성이 풍부한 낭만적 경향의 작품이 많다. 주요 작품으로는 쓰가 데이쇼의 『하나부사조시(英草紙)』, 다케베 아야타리(建部綾足)의 『니시야마모노가타리(西山物語)』(1768), 우에다 아키나리(上田秋成)의 『우게쓰모노가타리(雨月物語)』(1776), 『하루사메모노가타리(春雨物語)』(1808) 등을 들 수 있는데, 그중 아키나리의 『우게쓰모노가타리』는 중국 백화소설에서 다양한 소재를 취하였는데도 번안의 수준을 넘어 완전히 일본화 된 문학세계를 구축하여 높은 평가를 받고 있다.

上田秋成의 『雨月物語』

---

15) 백화소설(白話小説) : 송나라 때 발생하여, 원나라를 거쳐 명나라 때 꽃을 피운 중국의 구어체 소설을 말하는데, 대표적인 작품으로 『수호전(水滸誌)』『삼국지연의(三国志演義)』『서유기(西遊記)』『금병매(金瓶梅)』 등 중국의 4대기서(四大奇書)가 있다.

▲ 『雨月物語』 소재 단편 9편

순	소설명	내용 및 특징
1	白峯 しらみね (시라미네)	전쟁에 패배하여 비운에 간 스토쿠(崇德)상황의 능(陵)을 당대 유명한 가인이며 한때 궁중의 무관이었던 사이교(西行)가 참배하는 데서 이야기가 전개된다. 마왕의 화신이 되어 화염 속에 모습을 드러낸 스토쿠상황이 유교의 역성혁명론을 기조로 과거 자신의 행위를 정당화하는 것에 대해 사이교는 불교의 인과론으로 대항한다. 마침내 스토쿠상황은 현정권에 저주의 말을 남기고 사라진다.
2	菊花の約 きっか ちぎり (국화의 약속)	괴질에 걸려 죽어가는 안면부지의 한 무사와 그를 극진한 간호로 살려낸 한 학자의 이야기로, 우정과 신의를 주제로 하고 있다. 국화가 피는 중양절에 재회를 약속하고 헤어진 무사가 감금되는 바람에 약속을 지킬 수 없게 되자 자살하여 혼으로 나타나 약속을 지킨다는 이야기.
3	淺茅が宿 あさぢ やど (잡초 속의 폐가)	객지로 돈 벌러 나간 남편이 전란으로 인해 가을에 반드시 돌아오겠다는 아내와의 약속을 지키지 못하게 되고, 아내는 정절을 지키며 남편을 기다리다 죽는다. 여러 해 지난 후 남편이 집으로 돌아오니 아내가 살아 있어 남편을 맞이하고, 두 사람은 하룻밤을 같이 보낸다. 다음날 깨보니 그 아내는 망령이었다는 내용이다.
4	夢応の鯉魚 むおう りぎょ (꿈속의 잉어)	잉어 그림에 능한 스님이 병들어 반생반사 상태에서 잉어로 화하여 물속에서 유영하다가 허기로 인해, 잉어가 되기 전 사람의 낚시에 조심하여야한다는 해신의 명을 잊음으로써 낚싯줄에 걸려 횟감으로 되는 순간, 놀라 환생하게 된다는 이야기이다.
5	仏法僧 ぶっぽふそう (불법승)	한 부자가 한밤중에 영험한 산으로 아려진 고야산에 올라, 도요토미 히데요시의 미움을 사 자결한 히데요시의 양자이자 당대의 권력자였던 히데쓰구의 망령을 만난다는 내용이다.
6	吉備津の釜 きびつ かま (기비쓰의 솥)	남편에게 버림받은 아내가 망령이 되어서까지 처절한 복수를 한다는 이야기. 괴담의 특징인 전율과 박진감이라는 관점에서 보는 한 『우게쓰모노가타리』에 나오는 작품에서뿐만 아니라, 전 일본 문학 가운데서도 압권이라는 평가를 받고 있다.
7	蛇性の婬 じゃせい いん (음탕한 뱀)	매우 감성적인 한 문학 청년이 요염하고 아름다운 여인으로 둔갑한 백사에 홀려 그 애욕의 세계에서 벗어나지 못하고 여러 번 위기를 넘기다가 마지막에는 본정신을 찾고 도죠지의 스님의 법력을 빌려 이를 퇴치하게 된다는 이야기.
8	靑頭巾 あをづきん (청두건)	한 스님이 총애하던 미소년이 병으로 죽자, 스님은 소년을 너무 사랑한 나머지 매장도 하지 않고, 그 살을 먹고 뼈를 핥아 완전히 먹어치운 후, 인육의 맛을 못 잊어 매일 밤 마을로 내려와 시체를 먹는다. 그러다가 끝내는 고승에 의해 성불하고, 그가 앉았던 자리에는 청두건과 뼈만 남게 된다는 이야기.
9	貧福論 ひんぷくろん (빈복론)	재물을 중시하는 한 기이한 무사의 집에 어느 날 밤 황금의 정령이 나타나 무사를 상대로 경제나 빈부문제에 관한 인간사에 대해 의견을 교환한다는 이야기로, 인간의 길흉화복이란 불교나 유교의 논리로는 풀 수 없다는 것을 중심주제로 하고 있다.

ⓑ 후기요미혼 : 아키나리의 사후 요미혼의 중심은 에도로 이동하여 산토 교덴(山東京伝)에 의해 후기요미혼의 기반이 마련된다. 이 시기의 요미혼은 웅대한 구상

과 복잡한 스토리의 전개를 특징으로 하고 있으며, 작품의 밑바탕에 유교의 권선
징악과 불교의 인과응보 사상이 흐르고 있다. 대표적 작품으로는 산토 교덴(山東
京伝)의 『주신스이코덴(忠臣水滸伝)』과 『사쿠라히메젠덴아케보노조시(櫻姫全
伝曙草紙)』(1805), 또 교덴의 제자이면서 스승을 능가하여 요미혼의 대표적 작
가로서 지위를 굳힌 다키자와 바킨(滝沢馬琴)의 『진세쓰유미하리즈키(椿説弓張
月)』(1807~1822)와 28년에 걸쳐 완성한 『난소사토미핫켄덴(南総里見八犬伝)』

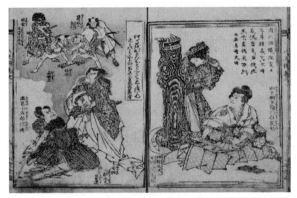

滝沢馬琴의 『南総里見八犬伝』

(1814~1842) 등이 있다. 중국 4대기
서(四大奇書)16)의 영향을 받은 『난소
사토미핫켄덴』은 1814년에 간행하기
시작하여 28년에 걸친 작업 끝에 1842
년 완성한 전98권 106책의 대작이다.
특히 잘 짜인 구성과 문학성으로 후기
요미혼의 대표작으로 일컬어지며, 작
품 전체의 서사기법 역시 중국의 4대

기서의 영향을 받았는데, 발단 부분의 구성이 『수호전(水滸傳)』과 매우 유사하
다. 무로마치(室町)시대 말기를 배경으로 하여 인(仁)·의(義)·예(礼)·지(智)·충
(忠)·신(信)·효(孝)·제(悌) 등 8개의 덕목을 표방하는 8명의 충신 핫켄시(八犬
士)가 난소(南総)지역 사토미(里見) 가문의 부흥을 위해 활약하는 이야기가 유교
적 도덕에 토대를 둔 권선징악이나 인과응보 형식으로 서술되고 있다.

② 구사조시(草双紙)

가미가타(上方)의 요미혼과는 달리 17세기 후반부터 에도를 중심으로 평이한 가나
문장의 그림책이 출판되었다. 요미혼이 문장중심이었던 것에 비해 그림을 위주로
한 구사조시는 표지의 색에 따라 아카혼(赤本), 구로혼(黒本), 아오혼(青本), 기뵤시
(黄表紙)로 불렸는데, 나중에 기뵤시를 합본하여 출판한 고칸(合巻)까지 총칭하여
구사조시라 하였다.

---

16) 중국 4대기서(四大奇書): 『수호전(水滸傳)』, 『삼국지(三國志)』, 『서유기(西遊記)』, 『금병매(金瓶梅)』를 말
한다.

빨간색 표지의 아카혼은 주로 동화적인 소재를 다룬 어린이나 부녀자를 위한 그림책이었는데, 검은색 표지 구로혼과 파란색 표지 아오혼에 이르러 사담이나 괴담 등을 실어 줄거리가 복잡해지기 시작하면서 점차 독서력을 가진 성인을 대상으로 한 내용으로 변해가기 시작했다.

시계방향으로 赤本, 黑本, 靑本,　　　　黃表紙

노란색 표지인 기보시도 처음에는 어린이 대상의 그림책이었으나 18세기 후반 고이카와 하루마치(恋川春町)의 『긴킨센세이에이가노유메(金金先生榮華夢)』(1775)가 출판된 이후 성인취향의 그림책으로 바뀌었다. 이 책은 풍류의식인 샤레(洒落, 멋내기)나 풍자, 골

恋川春町의 『金金先生榮華夢』의 표지와 내용

계를 주 내용으로 한데다 그림도 교묘하여 에도사람들에게 크게 호응을 얻었다. 산토 교덴(山東京伝)의 『에도우마레우와키노카바야키(江戸生艶気樺焼)』에서 기보시는 전성기를 맞게 된다. 그러나 간세이개혁(寬政改革)에 의해 막부의 통제를 받게 되면서 복수담이나 괴담 혹은 교훈을 위주로 내용이 바뀌고 형식도 장편화 되어 '고칸(合卷)'으로 이행하게 되었다.

복수나 괴담을 주로 한 기보시를 합본한 고칸은 19세기 초반부터 유행하게 되었다. 최초의 고칸으로는 시키테이 산바(式亭三馬)의 『이카즈치타로고아쿠모노가타리(雷太郎強悪物語)』이며, 대표작으로는 중국소설을 번안한 다키자와 바킨(滝沢馬琴)의 『게이세이스이코덴(傾城水滸伝)』, 류테이 다네히코(柳亭種彦)가 『겐지모노가타리』를 번안한 『니세무라사키이나카겐지(偐紫田舍源氏)』 등이 있다.

③ 샤레본(洒落本)

샤레본이란 소재를 주로 유곽에서 취하고 유녀와 유객을 중심으로 한 스토리의 전개를 회화체 문장으로 엮어 가는 독특한 양식의 소설이다. 문학사적으로는 우키요조시의 호색물의 흐름에 연접하며 기뵤시와 병행하여 많은 작품이 출판되었다. 이 나카로진타다노지지(田舎老人多田爺)의 『유시호겐(遊子方言)』(1770)에 의해 그 양식이 확립된 이래 약 400여 편이 간행되었다. 대표작으로는 산토 교덴의 『쓰겐소마가키(通言総籬)』(1787)와 『게이세이카이시주핫테(傾城買四十八手)』(1790)를 들 수 있다. 그러나 샤레본은 풍기문란이 문제시되어 간세이개혁(寛政改革) 이후 점차 쇠퇴의 길로 들어서게 되었고, 그 자리를 곳케이본(滑稽本)과 닌조본(人情本)이 대신하게 되었다.

④ 곳케이본(滑稽本)

웃음을 목적으로 익살이나 우스꽝스러움에 주안을 둔 곳케이본은 교훈을 해학적으로 설명하는 단기본(談義本)17)의 흐름을 이어받은 것으로, 시기에 따라 전·후기로 나누어 정리되고 있다.

ⓐ 전기 곳케이본 : 전기의 곳케이본(1752~1801년경)은 조칸보 고아(静観房好阿)의 『이마요헤타단기(當世下手談義)』(1752)를 시작으로 많은 모방작이 나오게 된다. 이후 독자의 취향이 변함에 따라 차츰 단기본의 교훈성은 엷어지고 오락적 성격의 작품이 등장하게 되었다. 대표적인 작가는 히라가 겐나이(平賀源内, 필명은 風來山人)이며, 그의 대표작 『후류시도켄덴(風流志道軒傳)』(1763)은 선인으로부터 깃털부채를 물려받아 대인국과 소인국 등 기인들은 각처를 돌아다니다 뇨고노시마(女護島)에 표착하여 유곽을 연다는 내용으로, 세상에 대한 거침없는 폭로가 흥미로운 작품이다.

ⓑ 후기 곳케이본 : 후기 곳케이본은 단기본의 흐름을 이어 받아 짓펜샤 잇쿠(十返舍一九)의 『도카이도추히자쿠리게(東海道中膝栗毛)』(1802~1822)를 최초의 작품으로 한다. 이후의 대표적 작가로는 시키테이 산바(式亭三馬)가 있으며, 그의 대표작 『우키요부로(浮世風呂)』(1809~1813)와 『우키요도코(浮世床)』(1813)는

---

17) 단기본(談義本) : 에도시대에 많이 간행된 우스갯거리를 담은 책으로, 곳케이본(滑稽本)의 선구적 장르라 할 수 있다. 조칸보 고아(靜觀坊好阿)의 『이마요헤타단기(當世下手談義)』에서 시작되었으며, 담의승(談義僧)이나 강담사(講談師) 등의 이야기 투를 흉내 내어, 우스갯거리에도 교훈적인 것을 섞어, 사회의 갖가지 현상을 풍자하고 있다.

十返舍一九의 『東海道中膝栗毛』

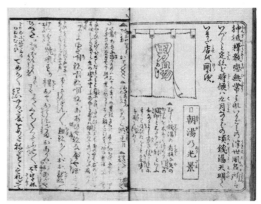

式亭三馬의 『浮世風呂』

각각 서민의 사교장이었던 대중목욕탕과 이발소를 무대로 한 작품으로, 조닌(町人) 남녀의 풍속이나 세태(世態)를 사실적이고 유머러스하게 묘사하고 있다.

⑤ 닌조본(人情本)

닌조본은 샤레본이 쇠락의 길로 들어선 이후 그 형식을 이어받아 무대를 서민의 일상으로 옮겨 그들의 연애와 치정(癡情)의 세계를 묘사하여 크게 융성하였던 소설이다. 닌조본의 융성에 크게 기여한 작가는 다메나가 슌스이(爲永春水)이며, 그는 대표작 『슌쇼쿠우메고요미(春色梅児誉美)』(1832∼33)로 대단한 인기를 얻었다.

爲永春水의 『春色梅児誉美』

이 속편으로 『슌쇼쿠타쓰미노소노(春色辰巳園)』 등 남녀간의 복잡한 사랑에 관심을 둔 작품을 연달아 발표했다. 그러나 풍속을 어지럽힌다는 이유로 닌조본은 막부의 덴포(天保)개혁에 의해 절판을 명령받게 되며, 다메나가 슌스이도 50일 간 자택에서 데구사리(手鎖, 글을 쓰지 못하도록 손에 수갑을 채우는 식의 형벌) 처벌을 받게 됨에 따라 점차 쇠퇴의 길로 접어들게 되었다.

▲ 근세의 대표소설 일람

구분	종 류		서 명	작 자	간행	내 용
上方	가나조시 (仮名草子)		우키요모노가타리 (浮世物語)	淺井了意	1661	우키요보(浮世房)의 좌충우돌 인생유전을 교훈조로 쓴 이야기
	우키요조시 (浮世草子)		고쇼쿠이치다이오토코 (好色一代男)	井原西鶴	1682	好色物, 부호의 아들 요노스케(世之介)의 방탕한 일대기
			사이카쿠쇼코쿠바나시 (西鶴諸国ばなし)		1685	雜話物, 여러지방의 진기하고 기이한 이야기 35편을 모은 것
			부케기리모노가타리 (武家義理物語)		1688	武家物, 무사가 주군을 위해 자기를 희생하여 의리를 지키는 이야기를 모은 것
			니혼에이타이구라 (日本永代蔵)		1688	町人物, 황금만능주의적인 도시상인 생활의 명암을 교훈적으로 묘사함.
江戸	구사조시 (草双紙)	기뵤시 (黃表紙)	긴긴센세이에이가노유메 (金々先生榮華夢)	戀川春町	1775	시골에서 올라온 긴베에(金兵衛)가 꿈속에서 큰 돈을 갖게 된다는 이야기.
			에도우마레우와키노카바야키(江戸生艷氣樺燒)	山東京傳	1785	잘 알지도 못하면서 아는 체 하는 주인공 엔지로(艶二郎)가 모든 면에 통달한 사람인 척 하다가 실패한다는 이야기
		고칸 (合券)	니세무라사키이나카겐지 (修紫田舍源氏)	柳亭種彦	1829 ~42	『源氏物語』의 패러디물. 무로마치 막부(室町幕府)를 무대로 하여 江戸의 쇼군 부인이 있던 곳의 생활을 묘사함.
	요미혼(讀本)		우게쓰모노가타리 (雨月物語)	上田秋成	1776	중국 백화소설에서 소재를 취하여 일본의 괴담을 적절히 섞어 번안한 이야기. 「菊花の約」,「夢応の鯉漁」 등
			난소사토미핫켄덴 (南總里見八犬傳)	竜澤馬琴	1814 ~42	난소(南總)의 사토미(里見)집안을 배경으로 仁・義・禮・智・忠・信・孝・悌 여덟 덕목을 실현한 八犬士의 활약담.
	사례본 (洒落本)		유시호겐 (遊子方言)	田舍老人 多田爺	1770	유곽에서 노는 방법의 능란함과 서투름을 대비하여 묘사함.
			쓰겐소마가키 (通言總籬)	山東京傳	1787	유곽의 정경, 유녀의 풍습과 언어 등을 섬세하게 묘사함.
	곳케이본 (滑稽本)		도카이도추히자쿠리게 (東海道中膝栗毛)	十返舍一九	1802 ~22	에도 상인 야지로베에(弥次郎兵衛)와 기타하라(喜多八)의 우스꽝스런 여행기. 정편과 속편으로 구성됨.
			우키요부로 (浮世風呂)	式亭三馬	1809 ~13	공중목욕탕을 배경으로 에도 서민들의 세태를 묘사함.
	닌조본 (人情本)		슌쇼쿠우메고요미 (春色梅兒譽美)	爲永春水	1832 ~33	미남 단지로(丹次郎)를 둘러싼 여인들(기생과 여염집 딸 등)과의 사랑, 갈등, 의리, 인정 이야기

4. 근대소설(近代小説)

메이지유신(明治維新) 이후 서양문명이 급속히 유입되면서 일본사회는 거의 모든 분야에 걸쳐 '서양의 모방' 혹은 '일본의 서양화'가 진행되었다. 문학부분에 있어서도 서구의 문학이 일본풍토에 이식되어 '번역' 혹은 '번안'이라는 기법으로 동서융합의 신문학 양상을 드러내었다. 신문학의 태동은 문학과는 직접 관련이 없는 계몽학자에 의해 나타났다. 후쿠자와 유키치(福沢諭吉)의 『문명론의 개략(文明論之概略)』은 계몽사조의 선구로서, 문인들에게 새로운 서양문물에 눈을 뜨고 깨우치는데 지대한 공헌을 하였다.

4.1 과도기적 계몽소설

① 게사쿠(戯作)소설

메이지 초기 근대화의 중심은 정치나 경제에 치우쳐 있어, 문학은 아직도 전근대의 단계를 탈피하지 못하였다. 에도 말기의 게사쿠(戯作)문학의 형식을 그대로 유지하는 가운데 내용면에서는 당시 일본인에게 있어 미지의 세계와도 같은 서양의 모습이 소개되는 정도로 서민층에서 있을법한 메이지 초기의 풍속을 재미있고 우스꽝스럽게 그려나가고 있었다. 그 대표적인 소설이 가나가키 로분(仮名垣魯文)의 『세이요도추히자쿠리게(西洋道中膝栗毛)』와 『아구라나베(安愚楽鍋)』이다.

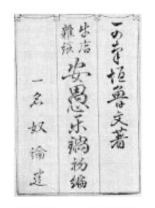

仮名垣魯文의 『安愚楽鍋』

짓펜샤 잇쿠(十返舎一九)의 『도카이도추히자쿠리게(東海道中膝栗毛)』를 모방한 『세이요도추히자쿠리게』는 『도카이도추히자쿠리게』의 주인공이었던 야지로베(弥次郎兵衛)와 기타하치(喜多八)의 3대(손자)가 주인공으로 등장하여 영국의 '런던 만국박람회'를 구경하기까지의 여행을 해학적으로 담아냈다.

『아구라나베』(1871~1872)는 불교적 문화의 영향으로 쇠고기를 삼가던 일본인들이 서양문명의 영향으로 쇠고기전골(鍋)을 즐겨먹게 되면서, 쇠고기전골 식당에 모여앉아 세상 돌아가는 이야기를 담은 세태풍자 소설이다.

② 번역소설

일본근대의 초창기는 근세풍의 게사쿠(戲作)소설과 함께 서양문물의 유입에 따라 서양문학작품의 번역과 번안물이 유행하였다. 이러한 추세는 문학 그 자체에 대한 흥미이기보다는 문명국의 풍속이나 인정(人情), 혹은 과학과 지리에 대한 지식을 공급받는다는 의미가 컸다. 이는 크게 공상과학소설과 당시 '서양 인정(人情)소설'이라고 불린 연애소설로 나눌 수 있다. 공상과학소설로는 쥘·베른 원작 가와시마 주노스케(川島忠之助)가 번역한 『하치주니치칸노세카이잇슈(八十日間世界一周, 80일간 세계일주)』, 『쓰키노세카이료코(月世界旅行, 달세계여행)』을 들 수 있으며, 인정소설로는 리튼 원작 니와 준이치로(丹羽純一郎) 번역의 『가류슌와(花柳春話, 화류춘화)』가 대표적이다. 그밖에 다니엘·데포의 『로빈슨 크루소(ロビンソンクルーソー)』나 죠나단·스위프트의 『걸리버 여행기(ガリバー旅行記)』등 해양모험소설도 이시기에 번역 소개되었다.

『八十日間世界一周』

『花柳春話』

초창기 번역소설이 일본문학의 근대화에 끼친 영향은 이루 헤아릴 수 없다. 물론 번역에 대한 고심과 오역 또한 만만치가 않았기에 문화적 차이가 드러나긴 하였지만, 이러한 피치 못할 간격과 오류에도 불구하고 번역문학은 일본문학의 근대화와 사상의 확대에 큰 영향을 끼쳤다.

③ 정치소설

1884년 이후 자유민권운동이 고조됨에 따라 이 시기를 기점으로 근대의 새로운 정치제도와 사회구조의 변화를 소재로 한 정치소설이 쓰이기 시작하였다. 그 목적은 서양 제국과의 불평등조약에 대한 비판이나 메이지정부에 대한 반정부운동이 활발해짐에 따라, 국력신장을 목표로 하는 내셔널리즘을 바탕으로 국민에게 문명국의 정치와 사상을 소개하고 선전함으로써, 정치적 계몽을 실현함에 있었다.

이시기 대표적인 정치소설로는 야노 류케이(矢野竜渓)의 『게이코쿠비단(経国美談, 경국미담)』과 스에히로 뎃초(末広鐵腸)의 『셋추바이(雪中梅, 설중매)』, 도카이 산시(東海散士)의 『가진노키구(佳人之奇遇, 가인의 기우)』 등을 들 수 있다.

『雪中梅』 佳人之奇遇

이시기 정치소설은 문학의 전통적 제약으로부터도 근대문학의 이념으로부터도 비교적 자유로운 위치에 있었기 때문에, 유연한 발상과 자유로운 상상력을 마음껏 구사할 수 있어, 전기적 로망의 문학으로 발전이 가능하다는 특징을 지니고 있었다. 또 주로 지식인의 여가선용이나 오락으로 취급되었던 소설에서 진보한 지식과 사상의 습득이 가능한 문화적 매체로서 인식시키는데 기여하여, 당대의 청년이나 지식층의 흥미와 관심을 소설로 끌어당기는 계기를 마련하기도 하였다.

4.2 근대소설의 자각

① 사실주의의 태동

일본문학의 근대화가 본격적으로 제기된 것은 서구문학이념의 도입, 즉 사실주의 문예이론의 도입에서 시작된다고 볼 수 있다.

坪内逍遥

쓰보우치 쇼요(坪内逍遥)의 문예이론서 『쇼세쓰신즈이(小説神髄, 소설신수)』(1885)는 일본 최초의 본격적인 문학이론서로, 근대소설에 대한 자각을 일깨우고 있음이 주목된다. 쇼요(逍遥)는 여기서 새 시대의 문학은 근세의 당치도 않은 황당한 이야기나 권선징악적인 소설과는 달리 "소설에서 중요한 것은 인정(人情)이며, 그 다음이 세태풍속이다(小説の主脳は人情なり世態風俗はこれに次ぐ。)"라며 '사실주의 소설'을 역설하였다.

坪内逍遥의
『小説神髄』(1885)

쇼요는 『쇼세쓰신즈이』에서 이처럼 메이지 초기에 유행하였던 게사쿠(戯作) 문학이나 계몽소설이 보여주었던 권선징악이나 공리주의적 가치를 배제하고 인간의 삶의 모습(인정, 세태, 풍속)을 있는 그대로 그려야하는 심리적 사실주의를 주장함으로써 새로운 문학이념을 제시하였다. 그리고 이러한 소설관을 구체화하고자 1880년대의 일본사회와 서생(학생)문화를 사실적으로 묘사한 『도세이쇼세이카타기(當世書生氣質, 당대서생기질)』(1885)을 발표하였다. 그러나 이 소설은 『쇼세쓰신즈이』에서 자신이 부정했던 전근대적 게사쿠문학의 요소를 그대로 답습하고 있다는 평가를 받았다.

二葉亭四迷

쇼요가 과제로 남긴 최초의 근대적 소설은 그의 추천으로 소설을 쓰게 된 후타바테이 시메이(二葉亭四迷)에 의해 성숙화 되었다. 『쇼세쓰신즈이』의 내용에 의문을 품고 있던 후타바테이는 이듬해인 1886년에 발표한 『쇼세쓰소론(小説総論)』에서 "예술은 감정을 통해 진리를 추구하는 것"이라 규정하고, 쇼요가 제창하는 '모사소설'이 세태와 풍속과 같은 현실을 있는 그대로 옮기는 것임에 반해, "모사

二葉亭四迷의 『浮雲』(1887)

라는 것은 실상을 빌려 허상을 비추는 것(模寫といへることは実相を假りて虚相を寫すといふことなり。)"이라 하여 허구를 창작의 중심으로 인정하였고, 아울러 인공적 구성에 의한 현실재현의 길을 열었다. 쇼요와 마찬가지로 후타바테이도 자신의 문학이론을 『우키구모(浮雲, 뜬구름)』(1887)에서 구체화하였다.

『우키구모』는 주인공 우쓰미 분조(内海文三)를 통하여 일본사회의 비속한 공리주의에 좌절하는 지식인의 내면적 고뇌와 굴절된 심리를 언문일치제[18] 문장으로 묘사하는 한편, 사회에 대한 비평을 객관적 리얼리즘 수법으로 전개하고 있다. 『우키구모』가 명실공히 일본근대소설의 효시로 평가받고 있는 까닭은 이러한 점에 있다. 당시의 난해한 문장을 살필 수 있는 예문으로, 제1회의 마지막 부분을 제시해 본다. 주인공 우쓰미 분조(内海文三)에게 온 어머니의 편지 소로분(候文)[19]이다.

---

18) 언문일치(言文一致) : 1880년을 전후하여 후쿠자와 유키치, 니시 아마네 등 계몽사상가에 의해 처음 주창되었다. 대중을 상대로 근대교육을 단기간에 효율적으로 보급하기 위해서는 격식 차린 한문 투의 문장보다는 '입으로 말하는 대로 쓰는 것'이 필요하다는 생각에서였다. 이를 문학에서 처음 시도한 사람이 후타바테이 시메이인데, 이러한 구어문의 전개는 ~だ체, ~であります체, ~です~ます체, ~である체의 순서로 사용되다가 1900년 후반부터 ~である체가 압도적으로 사용되었는데, ~である체의 성립을 언문일치제의 완성으로 보고 있다.

一筆示し参らせ候、さても時候がら日増しにお寒う相成り候へども御無事にお勤め被成候や、それのみあんじくらし参らせ候う。母事も此頃はめつきり年をとり、髪の毛も大方は白髪になるにつき心まで愚癡に相成候と見え、今年の晩には御地へ参られるとは知りつつも、何となう待遠にて、毎日ひにち指のみ折暮らし参らせ候、どうぞどうぞ一日も早うお引取下され度念じ参らせ候、さる二十四日は父上の……と読みさして覚えずも手紙を取落し、腕を組んでホツトため息。

(口語表記：ひとふでしめしまいらせそうろう、さてもじこうがらはひましにおさむうあひなりそうろえどもごぶじにおつとめなされそうろうや。それのみあんじくらしまいらせそうろう。ははこともこのごろはめつきりとしをとり、かみのげもおおかたはしらがになるにつきこころまでぐちにあいなりそうろえとみえ、ことしのくれにはおんちへまいられるとはしりつつも、なにとのうまちとおにて、まいにちひにちゆびのみおりくらしまいらせそうろう、どうぞどうぞいちにちもはやうひきとりくだされたくねんじまいらせそうろう、さるにじゅうよっかはちちうえの……とよみさしておぼえずもてがみをとりおとし、うでをくんでホツトためいき。)

(몇 자 적어 소식을 알린다. 마침 계절도 날이 감에 따라 점점 추워지는데, 무사히 근무하며 지내고 있는지? 그것만을 걱정하며 지내고 있다. 에미도 근래에는 완연히 나이가 들어, 머리도 거의 희어져가니 마음까지도 바보스러워진 것 같다. 금년 말에는 너 있는 곳으로 가게 될지 알고 있으면서도, 왠지 기다리기 힘들어 날이면 날마다 손가락을 꼽으며 지내고 걱정하며 살아가고 있다. 아무쪼록 하루라도 빨리 데려가기만을 마음 쓰며 지내고 있다. 지난 24일은 돌아가신 아버님의……라 읽어가다가 무의식중에 편지를 떨어뜨리고, 팔짱을 끼고 '후-욱'하고 한숨.)

② 사실주의의 심화와 의고전주의(擬古典主義)

쓰보우치 쇼요에 의해 사실주의 소설의 막이 열리고 후타바테이 시메이의 소설론에 의하여 인간심리의 객관적 묘사, 언문일치 등 근대소설의 이념이 정립되어가는 한편에서는 오자키 고요(尾崎紅葉)의 주재로 결성된 〈겐유샤(硯友社)〉[20]를 중심으로 활동한 작가들에 의해 의고전주의 경향이 받아들여졌다. 이들은 전통으로의 회귀를 추구하며 동인

尾崎紅葉

---

19) 소로분(候文、そうろうぶん)：'소로(候(そうろ)う)'라는 말을 사용하는 문어문(文語文)의 일종. 주로 편지에 쓰는 문어체(文語體)이다.

20) 겐유샤(硯友社)：1885년(M18) 2월, 오자키 고요(尾崎紅葉), 야마다 비묘(山田美妙) 등이 중심이 된 일본 최초의 문학결사. 에도적인 풍속취미를 살린 사실주의 문학운동을 전개하였으며, 취미성(趣味性), 풍속성(風俗性)이 농후하다. 기관지로 「가라쿠타분코(我楽田文庫)」를 발행하였다.

지「가라쿠타분코(我楽多文庫)」를 발행하여 소위 에도적 요소가 강한 작품을 발표하였는데, 그중 오자키 고요의『곤지키야샤(金色夜叉)』는 뛰어난 풍속묘사로 유명하다. 다음은『곤지키야샤』의 줄거리이다.

어려서 부모를 여읜 간이치(貫一)는 시기사와(鴫沢)의 집에서 자라게 된다. 제일고등중학교(一高의 전신) 학생이었던 '간이치'와 시기사와가문의 딸 '미야(お宮)'는 서로 사랑하여, 부모의 허락 하에 청혼한 사이다. 그러나 정월 카드놀이 모임에서 은행가의 아들 도미야마 다다쓰구(富山唯継)의 눈에 들어 청혼을 받게 된 '미야는 서양유학을 다녀온 도미야마의 이력과 도미야마(富山) 집안의 막대한 재산에 미혹되었다. 미야의 부모도 돈 많은 도미야마의 구혼을 받아들이도록 미야를 설득하였다. 미야는 간이치를 유학시켜주는 것을 조건으로 이를 받아들인다. 이러한 상황을 눈치 챈 간이치는 미야의 본심

을 확인하려고 그녀를 아타미(熱海) 해안으로 불러내어 달래고 애원한다. 그러나 이미 도미야마에게 기울어진 미야는 끝내 마음을 돌리지 않는다. 절망감과 배신감에 싸인 간이치는 용서해 달라며 매달리는 미야에게 발길질을 하고 떠난다. 간이치는 이 모든 것이 돈 때문이라는 것을 처절하게 깨닫고 돈을 벌기 위해 고리대금업자의 중간종업원으로 일하다가 마침내 직접 고리대금업에 뛰어들어 악랄한 행위를 서슴지 않는다.

한편 도미야마와 결혼한 미야는 인간미라고는 찾아볼 수 없는 냉혹한 남편에게 시달리다가 급기야 버림받게 된다. 미야는 뒤늦게나마 처절하게 후회하고, 간이치에게 용서를 청하는 편지를 여러 차례 보내지만 간이치는 그 편지를 개봉도 하지 않는다. 그러던 어느 날 우연히 편지 한통을 열어보는데, 거기엔 말로 다할 수 없는 미야의 가련한 처지가 적혀있어, 그날 이후 간이치의 갈등이 시작된다. 〈이하 생략〉

幸田露伴

이러한 내용의『곤지키야샤』는 한국에서 조중환에 의해『장한몽(長恨夢)』(일명 '이수일과 심순애')으로 번안 소개되기도 하였다.

오자키 고요와 더불어 고다 로한(幸田露伴)은『후류부쓰(風流佛, 풍류불)』(1889)와『고주노토(五重塔, 오층탑)』(1891)에서 예술의 영원성과 그것에 몰입하는 장인정신을 그린 독특한 작품세계를 펼쳐나갔다.

고다 로한이 전통문학을 계승한 독특한 작풍을 이루었다면, 최초

의 여류 직업작가 히구치 이치요(樋口一葉)는 일본 고전에 대한 교양을 바탕으로 독특한 서정적 세계를 전개했다 할 수 있다.

樋口一葉

히구치 이치요는 궁핍한 생활 속에서 빈민의 삶을 예리하게 관찰하여, 극한 상황에서도 필사적으로 살아가는 인간의 강인함을 그려내었다. 『주산야(十三夜, 13일 밤)』(1895), 『니고리에(にごりえ, 흐린 강)』(1895), 『다케쿠라베(たけくらべ, 키재기)』(1895~96) 등의 수작을 발표하여 복고적 시대풍조 속에서 주목을 받았으나 폐결핵으로 24세의 젊은 나이에 요절하였다.

〈겐유샤(硯友社)〉의 의고전주의(擬古典主義)는 에도시대의 희극풍이 드러나는 가운데 사실주의의 영향을 받아 심리묘사 주체로 바꾸어 나간다. 그것이 훗날 가와카미 비잔(川上眉山), 이즈미 교카(泉鏡花) 등에 의한 관념소설, 비참소설로 이어지게 된다.

③ 낭만주의 소설

사실주의 전개와 동일한 시기 일본 문학계에 낭만주의 운동이 일어났다. 낭만주의란 18세기 말 19세기 초 유럽을 중심으로 일어난 문예사조로 인간의 지성, 규범 등을 절대시한 고전주의에 대한 반발로 인간 내면의 진실과 감정을 중시하는 사조이다.

일본 낭만주의의 선구자로는 초기의 모리 오가이(森鴎外)를 들 수 있다. 실제로 활약한 작가는 기타무라 도코쿠(北村透谷)에 의해 창간된 잡지 「분가쿠카이(文学界)」의 젊은이들이었다. 당시 봉건적이고 고전적인 것에 가치를 둔 〈겐유샤〉가 문단을 지배 할 때, 잡지 「분가쿠카이」는 자아해방과 통일적 삶을 실현하고 초현실적인 것을 동경하는 낭만주의 작가들의 아지트 역할을 하면서, 기타무라 도코쿠, 시마자키 도손(島崎藤村), 히구치 이치요(樋口一葉), 구니기타 돗포(国木田独歩), 다야마 가타이(田山花袋) 등 시대를 대표하는 작가들에게 중요한 활동무대를 제공하였다.

한편 〈청일전쟁〉 이후 급격한 자본주의의 발전에 따라 점점 심각화 되는 사회적 모순 속의 어두운 부분에 주목하여 히로쓰 류로(広津 柳浪)는 『구로토카게(黒蜥蜴, 검은도마뱀)』(1895)에서 심각소설의 전형을 보여주었다. 또 갖가지 사회현상에 대하여 항의나 주장을 노골적으로 표현한 관념소설(観念小説)이 유행하게 되었는데, 구니기타 돗포(国木田独歩)의 『무사시노(武蔵野)』, 도쿠토미 로카(徳富蘆花)의 『호토토기스(不如帰, 불여귀)』, 이즈미 교카(泉鏡花)의 『야코준사(夜行巡査, 야행순사)』, 『게카시쓰(外科室, 외과실)』, 『고야히지리(高野聖)』가 대표적이다. 그중 이즈미 교카의 『게카시쓰(外科室)』 중 가장 극적인 장면이라 할 수 있는 외과실의 수술 부분을 감상해보자.

「でも、貴下は、貴下は、私を知りますまい！」謂ふ時晩し、高峰が手にせる刀に片手を添へて、乳の下深く掻切りぬ。醫學士は真蒼になりて戦きつつ、「忘れません。」其声、其呼吸、其姿、其声、其呼吸、其姿。白爵婦人は嬉しげに、いとあどけなき微笑を含みて高峰の手より手をはなし、ばつたり、枕に伏すとぞ見えし、唇の色変りたり。其時の二人が状、恰も二人の身辺には、天なく、地なく、社会なく、全く人なきが如くなりし。　　　　　　　　　　　　　　(上, 末)

("하지만, 당신은 당신은 저를 모를 거예요." 라는 말이 끝나자마자, 다카미네(高峰)의 손에 든 메스에 다른 손으로 덮어서, 유방 아래로 깊숙이 눌러 베어 들어갔다. 집도의(執刀醫)는 새파랗게 전율하며, "(부인의 사랑을 받아들여 영원토록) 잊지 않겠습니다." '그 소리, 그 호흡, 그 모습, 그 소리, 그 호흡, 그 모습'의 순회하는 순간순간! 기후네(貴船) 백작부인은 대단히 기쁜 듯이 천진난만한 미소를 띠고, 다카미네의 손을 놓으며, 발딱 베게에 엎드린듯하더니, 입술 빛이 변하였다. 이때 두 사람의 모습은? 마치 두 사람 주변에는, 하늘도 없고, 땅도 없으며, 사회마저 없어서, 전혀 무인지경과도 같았더라.

다음은 소설의 대미를 장식한, '다카미네(高峰)'와 '기후네(貴船) 백작부인의 정신적 불륜에 대한 '나(私)'의 변론이다.

其後九年を経て、病院の彼のことありしまで、高峰は彼の婦人のことにつきて、豫にすら一言をも語らざりしかど、年齢に於ても、地位に於ても、高峰は室あらざるべからざる身なるにも関わらず、家を納むる婦人なく、然も渠は學生たりし時代より品行一層謹嚴にてありしなり。豫は多くを謂はざるべし。青山の墓地と谷中の墓地と、所こそは変りたれ、同一日に前後して相逝けり。語を寄す、天下の宗教家、渠等二人は罪惡ありて、天にいくことを得ざるべきか。　　　　(下, 末)

(그런 뒤로 9년이 지나 병원의 흉부외과수술이 있을 때까지, 다카미네는 그 기후네 백작 부인에 대하여, 나에게마저 한마디도 언급하지 않았지만, 나이로나 지위로 봐도 다카미 네는 부인이 없어야 할 아무런 이유도 없는 신분임에도 불구하고, 집안 살림을 할 아내 도 없었다. 하지만 다카미네는 학생시절 때보다 더욱 품행을 엄격히 지켰다. 나는 많은 말을 하지 않을 수 없다. 아오야마(青山)의 묘지와 야나카(谷中)의 묘지로, 해(年)와 장 소는 다르지만, 같은 날에 세상을 떠났더라! 세상에서 시시비비를 가려 말께나 한다는 천하의 종교가들이여! 과연 이들 기후네 백작부인과 다카미네 두 사람은 불륜의 죄가 있어서 천당에 갈 수 없다고 말할 수 있는가?)

『게카시쓰(外科室)』는 '나(私)'의 등장으로 시작되고, '나(私)'의 퇴장으로 끝맺 음된다. 이러한 설정은 '노(能)'의 서사기법과 유사하다. 등장인물의 구성도 와키역 (わき役)의 '나(私)', 시테(シテ)역의 '다카미네(高峰)'와 '기후네(貴船)백작 부인', 쓰 레(ツレ)역의 '백작(伯爵)' 등으로 노(能)와 유사하다. 일본의 근대문학작품에는 이 렇게 '노(能)'의 서사기법을 응용하여 일본전통미를 한층 부각시킨 작품이 많은데, 가와바타 야스나리(川端康成)의 『유키구니(雪国)』같은 경우도 그중 하나이다.

4.3 소설의 성숙화·다양화

① 자연주의 소설

〈러일전쟁〉의 여파로 자본주의가 급격하게 발전함에 따라 발생한 사회적 모순 속 에서 서구의 자연주의, 즉 자연과학적 방법을 문학에 응용시켜 유전과 환경을 중 시하는, 이른바 에밀 졸라(E·Zola)의 졸라이즘(zolaism)[21]이 일본문학계에 파장을 일으켰다. 이에 따라 고스기 덴카이(小杉天外)의 『하야리우타(はやり唄, 유행가)』 (1902), 나가이 가후(永井荷風)의 『지고쿠노하나(地獄の花, 지옥꽃)』 등을 통해 작 품화가 시도되기도 하였다. 그러나 일본에서의 자연주의는 서양의 자연주의와는 그

---

21) 졸라이즘(zolaism) : 프랑스의 작가 에밀 졸라(1840~1902)의 문학 이론과 방법. 소설가의 사명은 인간과 사회를 과학적으로 분석하여, 임상의(臨床醫)적인 냉정한 태도로 관찰, 그 결과를 객관적으로 묘사하는 데 있다는 주장. 19세기 프랑스 자연주의 이론의 극점을 나타내는 것인데, 일본에는 메이지 30년대 중반인 1900년대 고스기 덴가이(小杉天外), 나가이 가후(永井荷風)에 의해 도입되어, 일본자연주의의 선구적 역할 을 하였다.

성격을 달리하여 사회문제보다는 주로 개인의 문제에 관심을 돌려 자아에 대한 충실을 기하는 자기고백, 인습타파 등을 내세웠다. 당시의 주요 이론으로는 다야마 가타이(田山花袋)의 '평면묘사론(平面描寫論)', 이와노 호메이(岩野泡鳴)의 '일원묘사론(一元描寫論)', 하세가와 덴케이(長谷川天渓)의 '무해결문학론'(無解決文学論)이 있다.

▲ 자연주의 문학의 주요이론과 내용

구분	다야마 가타이(田山花袋)	이와노 호메이(岩野泡鳴)	하세가와 덴케이(長谷川天渓)
이론	평면묘사론	일원묘사론	무해결문학론
내용	주관의 배제 외면묘사	작자주관의 이입중시	인생의 냉혹한 묘사중시

자아의 고백을 통해 진실을 파헤치는 일본 독자적인 자연주의는 시마자키 도손(島崎藤村)의 『하카이(破戒, 파계)』와 다야마 가타이(田山花袋)의 『후톤(布団, 이불)』에서 정점을 이룬다.

島崎藤村

ⓐ 시마자키 도손의 『하카이(破戒)』: 「분가쿠카이(文学界)」의 동인이자 낭만적 서정시인 시마자키 도손은 메이지 30년대 들어 산문에 의한 새로운 표현방법의 모색을 시도한 끝에 『하카이』(1906)를 발표하여 자연주의 대표작가로 변모하였다. 차별받는 부락 출신의 청년교사가 신분을 감추고 세상과 타협하며 살아가는 자기의 위선을 자각한 후 고백을 결심하기까지의 심리가 적나라하게 드러나 있다.

田山花袋

ⓑ 다야마 가타이의 『후톤(布団)』: 다야마 가타이 역시 낭만적 경향의 서정시인으로 출발하였으며, 1904년 평론 『로코쓰나루뵤샤(露骨なる描寫, 노골적인 묘사)』를 발표한 이후, 도손의 『하카이』에 자극을 받아 『후톤』을 발표하였다. 작가 자신을 모델로 하여 미모의 여제자에 대한 애정행각을 적나라하게 폭로하여 센세이션을 일으킨 『후톤』은 이후 자연주의문학의 방향을 결정지은 작품으로 평가되어, 일본 자연주의의 기본적 창작태도인 사소설(私小説)[22]을 낳

는 계기가 되었다. 『후톤(布団)』의 결말 부분을 감상해보자.

芳子が常に用いて居た布団－－ 萌黄唐草の敷布団と、綿の厚く入った同じ模様の夜着とが重ねられてあった。時雄はそれを引出した。女のなつかしい油の匂いと汗の匂いとが言いも知らず時雄の胸をときめかした。夜着の襟の天鵞絨の際立って汚れて居るのに顔を押付けて、こころのゆくばかりなつかしい女の匂いを嗅いた。

(요시코가 늘 쓰던 이불－－ 연두빛 당초무늬 요와, 도톰하게 솜이 들어간 같은 모양의 잠옷이 포개져 있었다. 도키오는 그것을 끄집어냈다. 여인의 그리운 체취가 무어라 형언할 수 없을 만큼 도키오를 두근거리게 하였다. 눈에 띠게 더럽혀져 있는 잠옷의 비로드 옷깃에 얼굴을 묻고 마음 가는 대로 그리운 그녀의 체취를 실컷 맡았다.)

▲ 『하카이(破戒)』와 『후톤(布団)』의 특색 비교

구분 \ 작품명	『하카이(破戒)』(1906)	『후톤(布団)』(1907)
작자	시마자키 도손(島崎藤村)	다야마 가타이(田山花袋)
구상	천민문제로 고통 받는 청년의 고뇌를 묘사	젊은 여성에 끌리는 중년남성의 고뇌를 묘사
창작동기	도스토에프스키의 『罪와罰』에서 착상	젊은 여제자와의 실제적 체험고백
특징	사회적·허구적	고백적·사소설적
의의	자연주의 문학의 확립	자연주의문학의 사소설적으로의 전환제시

그 밖의 자연주의 작가와 작품으로는 도쿠다 슈세이(德田秋声)의 『아시아토(足迹, 발자취)』(1910) 『가비(黴, 곰팡이)』(1911), 마사무네 하쿠초(正宗白鳥)의 『이즈코에(何処へ, 어디로)』(1908), 이와노 호메이(岩野泡鳴)의 『단데키(耽溺, 탐닉)』(1909) 등을 들 수 있다.

---

22) 사소설(私小説) : 작자가 자기 자신의 경험에서 취재(取材)하여, 자신을 주인공으로 묘사한 소설. 자연주의 작가 다야마 가다이(田山花袋)의 소설 『布団』(1907)에서 본격적·의도적으로 쓰이기 시작하여 자연주의의 기본적 창작태도가 되었다. 또한 자연주의에 속하지 않는 작가라도 소설작법으로서는 사소설적 기교를 많이 취하였다.

② 여유파(余裕派)와 고답파(高踏派)

자연주의 일색이었던 당시 문단에서 독자적 입장을 수립한 작가로 나쓰메 소세키(夏目漱石)와 모리 오가이(森鴎外)가 있다. 서구유학을 경험한 이들은 여유를 가지고 인생을 관조하며 지성인다운 안목으로 인간과 사회를 포착하여 자아개발과 이상을 추구하였다.

夏目漱石

ⓐ 나쓰메 소세키(1867~1916) : 영문학자로 출발하여 런던 유학에서 돌아온 후 다카하마 교시(高浜虚子)의 권유로 하이쿠 잡지「호토토기스(ホトトギス)」에『와가하이와네코데아루(吾輩は猫である, 나는 고양이로소이다)』를 발표하여 지성(知性)과 풍자로서 일약 유명해졌다. 이후 마쓰야마(松山)중학 영어교사시절의 체험을 소재로 한『봇창(坊っちゃん, 도련님)』(1906), 유유자적한 시정이 넘치는『구사마쿠라(草枕, 풀베게)』(1906)를 연이어 발표하였다.

초기의 대표작이라 할 수 있는『봇창(坊っちゃん)』은 '권선징악(勧善懲悪)'이라는 주제를 근대소설에 부활시킨 쾌작(快作)이다. 다음은 행동파 주인공이 근무지인 시코쿠(四国)의 에히메(愛媛)로 가는 길, 정거장까지 배웅 나온 하녀 '기요(清)'와의 이별장면이다.

出立の日には朝から来て、色々世話をやいた。来る途中小間物屋で買つて来た歯磨と楊子と手拭をズックの革鞄に入れて呉れた。そんな物は入らないと云つても中々承知しない。車を並べて停車場へ着いて、プラットフオームの上へ出た時、車へ乗り込んだおれの顔をじつと見て、ⓐ「もう御別れになるかも知れません。随分御機嫌やう」と小さな声で云った。目に涙が一杯たまつて居る。おれは泣かなかった。然しもう少しで泣く所であった。汽車が余つ程動き出してから、もう大丈夫だらうと思つて、窓から首を出して、振り向いたら、矢つ張り立つて居た。ⓑ何だか大変小さく見えた。

(출발하는 날에는 아침부터 와서, 이런 저런 것을 돌봐주었다. 정거장에 가는 도중에 잡화상에서 사온 치약 수건 등을 등에 메는 가방에 넣어주었다. 그런 것 따위 필요 없다고 해도 전혀 귀담아 듣지 않는다. 기요와 인력거 두 대에 타고 정거장에 도착하여, 플랫홈에 들어섰을 때, 기차에 올라탄 내 얼굴을 말끄러미 보고는, ⓐ"이젠 이별일지도 모르겠어요. 아무쪼록 몸건강하세요."라고 힘없는 목소리로 말했다. 눈에 눈물이 가득

고여 있었다. 나는 울지 않았다. 하지만 하마터면 울 뻔했다. 기차가 출발하여 상당히 갔기 때문에, 이젠 괜찮겠지 생각하고, 창에서 고개를 내밀고 뒤돌아 봤더니, 기요는 역시 그대로 서있었다. ⓑ왠지 대단히 작게 보였다.

밑줄로 표기한 ⓐ는 일차적으로는 '정거장에서의 이별'을 의미하지만, 늙은 하녀 기요(清)의 입장에서는 '영원한 이별'을 겸한 중의적 의미를 담고 있으며, ⓑ는 나쓰메 특유의 서사기법이라고 일컬어지는 '원근법(遠近法)'을 적용하고 있다. 그것은 첫째, '내'가 탄 기차가 출발하여 얼마간 달린 상태이기 때문에, 그 자리에 그대로 서 있는 '기요(清)'가 '원근법'을 적용하면 작게 보였을 것이며, 둘째, 젊은 '나'가 보는 늙은 기요(清)는 살아갈 날이 얼마 남지 않았기 때문에, 더욱 왜소하게 보였을 것이다. 셋째 새롭게 대두하여 밀려오는 근대의 신사상(신세대, 신학문, 나)에 밀려가는 기존의 구사상(구세대, 구학문, 기요). 즉 '신구사상의 교체현상'으로 나타나고 있다.

소세키는 1907년 도쿄제국대학 교수직을 사임하고 아사히(朝日)신문사에 입사한다. 입사 후 첫 작품으로 『구비진소(虞美人草)』(1907)를 발표한데 이어 『산시로(三四郎)』(1908), 『소레카라(それから)』(1909), 『몬(門, 문)』(1910) 등을 발표하여 소설가로서의 지위를 확고히 했다. 그는 초기에 있어서는 풍자적인 것, 화려하고 공상적인 작품을 많이 냈으나, 차츰 현실적이 되어갔고 마침내 그가 부정(否定)하던 자연주의로 접근하기도 했다. 그 가운데서도 현실을 그대로 긍정하기보다는, 강한 정의감으로 '인간은 어떻게 하면 이기심을 초극(超克) 할 수 있는가?'에 대한 문제를 추구하는 태도로 일관하였다. 그런 그의 문하에서 스즈키 미에키치(鈴木三重吉), 기쿠치 간(菊池寛), 구메 마사오(久米正雄) 등 우수한 문학자가 다수 배출되었다.

ⓑ 모리 오가이(1862~1922) : 군의관으로 독일 유학을 다녀온 후 여러 장르의 문학 활동을 전개하였다. 낭만주의 계통의 『마이히메(舞姫, 무희)』(1890) 이후 근대청년의 고뇌와 사랑을 그린 『세이넨(青年, 청년)』(1910), 회고 취미의 명작 『간(雁, 기러기)』(1911) 이후 역사소설에 눈을 돌려 『아베이치조쿠(安部一族, 아베일족)』(1913)를 발표하였다. 이어서 역사소설 『산쇼다유(山椒大夫)』(1915)와 『다카세부네

森鴎外

(高瀬舟)』(1916)를 통해 주관적 역사관을 피력하였으며, 만년에는 자료와 사실 (史實)을 존중한 사전(史傳)의 방법을 이용하여 역사인물전기 『시부에주사이(澁江抽齊)』(1916)와 『이자와란켄(伊沢蘭軒)』(1916~17) 등을 남겼다.

▲ 나쓰메 소세키(夏目漱石)와 모리 오가이(森鷗外)의 비교

구분 ＼ 작가	나쓰메 소세키(夏目漱石)	모리오가이(森鷗外)
태도	반자연주의, 低徊趣味, 余裕派	반자연주의, 高踏派
교양	英文学이 주류	獨文学이 주류
주제	에고이즘, 測天去私	知·情의 화합, 무사적 윤리
활동범위	소설, 하이쿠(俳句), 평론	소설, 평론, 詩歌, 번역, 희곡

③ 탐미주의 소설

탐미파는 미의 세계에 탐닉하며 향락적 관능적인 경향을 특징으로 한다. 자연주의 소설이 인생의 추악한 면을 파헤치는 것에 불만을 품은 나가이 가후(永井荷風)와 다니자키 준이치로(谷崎潤一郎) 등은 예술지상주의적인 입장에서 탐미적인 작품을 남겼다.

ⓐ 나가이 가후(1879~1959) : 외국체험을 감각적으로 그린 『아메리카모노가타리(あめりか物語, 미국이야기)』(1908), 『후란스모노가타리(ふらんす物語, 프랑스이야기)』(1909)로 일약 유명해졌으며, 연이어 발표한 『레이쇼(冷笑)』(1910), 『스미다가와(すみだ川, 스미다강)』(1911), 『우데쿠라베(腕くらべ, 솜씨겨루기)』(1916) 등에서는 에도적 화류계 사회를 소재로 관능적이고 향락적인 세계를 섬세하게 묘사하였다.

谷崎潤一郎

ⓑ 다니자키 준이치로(1886~1965) : 작품 안에서 주로 정신적 측면을 강조하면서 독특한 방법의식에 입각하여 악마적인 경향과 여성의 관능미를 찬양하는 작품을 추구했다. 그의 초기 작품인 『시세이(刺青, 문신)』(1911), 『기린(麒麟)』(1911), 『쇼넨(少年, 소년)』(1911), 『히미쓰(秘密, 비밀)』(1912) 등에서는 사디즘(때리면서 즐거워하는)과 마조히즘(맞는 것을 즐거워하는)의 문제를 다루었으며, 이어서 다이쇼시대의 다니자키는 '천재의식'과 '악(惡)의 공존'을 테마로

한 『신도(神童, 신동)』(1916), 『이탄샤노카나시미(異端者の悲しみ, 이단자의 슬픔)』(1917) 등에서 탐미주의의 진수를 보여주었다.

4.4 다이쇼기의 소설

① 시라카바파(白樺派)의 이상주의 소설

다이쇼시대 문단에서 가장 두드러진 현상으로는 메이지 말기 성행하였던 자연주의에 대한 반대적 성향을 지닌 '시라카바파'가 등장한 점이다. 나쓰메 소세키에 대한 친애감에서 출발한 가쿠슈인(学習院)[23] 출신의 시라카바파는 1910년(M43) 잡지 「시라카바(白樺)」를 중심으로 자연주의의 무이상, 무의지, 무해결의 태도를 비판하고 낙관적 이상주의를 추구하면서 다이쇼 문단에 신선한 바람을 일으켰다. 이를 주도한 문인은 무샤노코지 사네아쓰(武者小路実篤)였으며, 그를 중심으로 시가 나오야(志賀直哉), 아리시마 다케오(有島武郎), 사토미 돈(里見敦) 등 다수의 문인들이 참여하였다.

雜誌 「白樺」의 表紙

ⓐ 무샤노코지 사네아쓰(1885~1976) : 톨스토이의 영향을 강하게 받은 작가로, 인간내부의 힘을 낙천적으로 받아들여 자기를 해방하는 삶의 방식을 긍정하게 된다. 『오메데타키히토(お目出たき人, 어리숙한 사람)』(1911)로 데뷔, 『고후쿠샤(幸福者, 행복한 사람)』(1919), 『유조(友情, 우정)』(1919) 등의 작품을 남겼다.

武者小路実篤

ⓑ 시가 나오야(1883~1971) : 사네아쓰에 못지않은 강렬한 자아의식의 소유자인 시가 나오야는 1901년에 터진 '아시오광독사건(足尾鑛毒事件)'[24]을 둘러싸고 고용주인 아버지와 대립하였는데, 그 사고의 바탕에는 시가 나오야의 기도교적 인도

---

23) 가쿠슈인(学習院) : 1877년 설립된 도쿄의 화족(귀족)학교. 1884년 구나이쇼(宮内省) 직할의 관립학교가 되어 관제, 학제를 정비하여 황족과 화족의 자녀교육을 담당하였다. 1947년 宮内省이 해체됨에 따라 사립학교로, 1949년 신제(新制)대학이 되었다.
24) 아시오광독사건(足尾鑛毒事件) : 도치기현(栃木県) 서부에 위치한 아시오(足尾)의 동광산(銅鑛山)에서 흘러나온 광독성 물질이 강을 오염시켜 인체와 농작물에 큰 피해를 입힌 근대일본 최초로 불거진 공해문제. 정부는 업주 측에 피해방지를 위한 공사를 명하는 한편으로 경찰 헌병 등을 동원하여 피해농민을 탄압하였다.

志賀直哉

有島武郎

주의 윤리관이 자리하고 있었다. 이와 같은 부자지간의 대립이 시가 나오야 문학의 큰 주제가 되어 『오쓰준키치(大津順吉)』(1912), 『와카이(和解, 화해)』(1917), 『아루오토코(或る男, 어떤 남자)』(1920), 『소노아네노시(其姉の死, 그 누이의 죽음)』(1920) 등 많은 작품을 탄생시켰다. 장편소설 『안야코로(暗夜行路, 암야행로)』(1921~1937)는 그의 대표작이라 하겠다.

ⓒ 아리시마 다케오(1878~1923) : 부르주아적인 시라카바파의 이상주의 가운데서도 소외되고 억압당하는 약자의 모습에서 인간성 회복을 위해 노력한 작가. 가쿠슈인(学習院) 중등과를 나와 삿포로(札幌)농업학교에 진학하여 재학중 기독교에 입신하였는데, 미국 유학중에 기독교에 회의를 느끼고 아나키즘과 사회주의에 공감한다. 기선(汽船)의 녹을 제거하는 항만노동자들의 현실을 그린 『칸칸무시(かんかん虫, 굴뚝청소부)』(1910)를 시작으로, 빈민굴 소녀의 비극을 그린 『오스에노시(お末の死, 오스에의 죽음)』(1912)에 이어 인간의 격투를 배경으로 자본주의의 착취를 그린 『가인노마쓰에이(カインの末裔, 카인의 후예)』(1917)로 문단의 주목을 받았다. 이후 『우마레이즈루나야미(生まれ出る悩み, 태생적 고뇌)』(1918), 『아루온나(或る女, 어떤 여자)』(1912)로 이어진다. 한때 나쓰메 소세키의 후계자로 평가되었지만 사상적 고뇌와 창작부진 등 정신적 갈등 속에서 여성기자와 함께 자살하기에 이른다.

ⓓ 사토미 돈(1888~1983) : 애욕세계를 중심으로 인간심리의 모순을 그린 『젠신아쿠신(善心悪心, 선심악심)』(1916), '진심철학'을 피로한 『다조붓신(多情佛心, 다정불심)』(1922) 등을 남겼다.

ⓔ 나가요 요시로(長餘善郎, 1888~1961) : 그리스도 순교를 그린 『세이도노그리스도(青銅の基督, 청동의 그리스도)』(1923), 『다케자와센세이토이우히토(竹澤先生と云う人, 다케자와 선생님이라는 사람)』(1922) 등이 있다.

가쿠슈인 출신이었던 이들은 러일전쟁 이후 자본주의의 발전으로 대외적으로는 인근 국가의 식민지 지배에 총력을 기울이고, 내부적으로는 빈부의 차이가 갈수록

격심해지는 상황에서의 국가와 사회문제까지도 매우 낙관적으로 파악하며 각자의 개성을 발휘하였다. 이들은 한결같이 어두운 자연주의적 인생관을 배제하고, '인류' '우주' '개성' '자아'라는 용어를 즐겨 사용하며 개성적인 자아의 존중과 인간의 존엄성 회복을 지향하는 이상주의를 추구하는 한편 후기인상파로 대표되는 고흐나 세잔느 등의 미술을 소개하는 등 교양의 폭을 확장하였다.

② '신사조파(新思潮派)'와 신현실주의 소설

다이쇼 중기는 자연주의의 자아에 집착하는 무해결의 태도와 시라카바파의 사회적 현실과 무관한 낙천적 경향에 문제의식을 갖기 시작했다. 특히 잡지 「신시초(新思潮)」를 중심으로 현실과 인간을 이지적으로 파악하여 이념과 사상을 표현한 '신사조파(新思潮派)'[25)]는 아쿠타가와 류노스케(芥川龍之介), 기쿠치 간(菊池寬), 구메 마사오(久米正雄), 야마모토 유조(山本有三) 등이 대표적인데, 이들은 냉철한 관찰로 인생의 현실을 이지적이고 기교적으로 묘사하여 신현실주의 혹은 이지파(理知派)라고도 불렸다.

雜誌 「新思潮」의 表紙

신사조파의 대표작가로 꼽히는 아쿠타가와 류노스케(芥川龍之介)는 1915년 10월 동인지 「데이코쿠분가쿠(帝国文学)」에 『라쇼몬(羅生門, 라생문)』을 발표하고, 이어서 1916년 3월 제4차 「신시초(新思潮)」에 발표한 『하나(鼻, 코)』가 스승 나쓰메 소세키에게 인정받으면서 혜성처럼 등장하였다. 그의 소설은 왕조(王朝)의 설화집에서 취한 『라쇼몬』, 『이모가유(芋粥, 마죽)』(1916), 『지고쿠헨(地獄變, 지옥변)』(1918) 등 왕조물(王朝物), 『가미사마노비쇼(神様の微笑, 신의 미소)』(1922)

芥川龍之介

와 같은 기독교물, 그리고 예술지상주의적 경향이 농후한 『게사쿠산마이(戲作三昧, 희작삼매)』(1917) 등으로 구분된다. 아쿠타가와 류노스케는 이러한 작품에서 다채로운 문체의 변화와 교묘한 구상의 묘(妙)를 살려 나쓰메 문학에 제기했던 인간 존

---

25) 신사조파(新思潮派) : 동인지 「신시초(新思潮)」를 중심으로 활동한 작가. 「신시초(新思潮)」는 1차~4차 동인이 있는데, 1차는 오사나이 가오루(小山內薰)를 중심으로 해외연극 번역 소개중심으로 일본 신극운동의 선험적 역할을 하였으며, 2차 이후는 도쿄제국대학 문과계 학생이 중심이 되었다. 일반적으로 '신사조파'라 하면 3차, 4차 작가들을 말한다.

재에 관한 주제를 일반시민의 생활에 환원하는 실체화를 시도하였다. 초기작『하나 (鼻)』를 예문으로 그의 문학성을 살펴보자. 다음은 제자 중이 제시한 비법으로 젠지 나이구(禅智内供)의 코가 짧아진 부분이다.

さて二度目に茹でた鼻を出して見ると、成程、何時になく短くなっている。これ ではあたりまえの鍵鼻と大した変りはない。ⓐ内供はその短くなった鼻を撫でなが ら、弟子の僧の出してくれる鏡を、極りが悪そうにおづおづ覗いて見た。鼻 は……あの顎の下まで下がっていた鼻は、殆嘘のように萎縮して、今は僅に上唇 の上で意気地なく残喘を保っている。所々まだらに赤くなっているのは、恐らく 踏まれた時の痕であろう。こうなれば、もう誰も哂ふものはないのにちがいな い。……ⓑ鏡の中にある内供の顔は、鏡の外にある内供の顔を見て、満足さうに 目をしばたたいた。

(헌데 두 번째로 삶은 코를 꺼내어보니, 과연 어느 틈엔지 짧아져 있다. 이 정도라면 분명 매부리코와 크게 다를 바 없다. ⓐ나이구스님은 그렇게 짧아진 코를 만지면서, 제 자 중이 내밀어 준 거울을 내키지 않다는 듯 머뭇거리며 들여다봤다. 코는……턱 아래 까지 내려와 있던 코는, 마치 거짓말처럼 줄어들어, 이젠 고작 윗입술 위에 힘없이 모양 만 남아있다. 군데군데 얼룩얼룩 붉어진 곳은 아마도 밟혔을 때의 흔적일 것이다. 이렇 게 되었으니 이젠 누구도 비웃을 사람이 없을 것임에 틀림없다.……ⓑ거울 속에 있는 나이구스님의 얼굴은, 거울 밖에 있는 나이구스님의 얼굴을 보고, 만족스러운 듯이 눈 을 깜빡거리고 있다.)

ⓐ는 나이구스님은 짧아진 코를 만지면서, 제자 중이 내밀어 준 거울을 보고, 속으로는 뛸 듯이 기뻤겠지만, 제자 중이 내민 거울을 보고, 즐거운 내색을 하면 자 신의 속마음을 들키게 되므로, 오히려 그다지 기분 좋지 않은 듯 또는 썩 내키지 않는 듯이 들여다보는 모습을 연출하고 있다. 그리고 ⓑ는 거울을 들여다보는 나이 구스님이 기뻐서 웃고 있는 실제상황을 "거울 속에 있는 (코가 짧아진) 나이구스님 의 얼굴은, 거울 밖에 있는 나이구스님의 얼굴을 보고, 만족스러운 듯이 눈을 깜빡이 고 있다."는 역설적(逆説的) 표현으로, 나이구 스님의 숨기고 싶은 속마음을, 거울 속에 있는 제삼자의 기뻐하는 심정묘사로 절묘하게 반전시켜 표현하고 있다.

이어서 다시 코가 원래대로 길어진 이후의 심정이 나타난 부분이다.

翌朝、内供が何時ものように早く目をさまして見ると、寺内の銀杏や橡が一晩の中に葉を落したので、庭は黄金を敷いたように明るい。塔の屋根には霜が下りているせいであろう。まだうすい朝日に、九輪がまばゆくひかっている。禅智内供は、蔀を上げた縁に立って、深く息をすいこんだ。殆、忘れようとしていた或感賞が、再内供に帰って来たのはこの時である。

(이튿날 아침, 나이구가 여느 때보다 일찍 잠을 깨어보니, 경내의 은행나무와 칠엽수가 밤새 이파리를 떨어뜨렸는지 정원은 황금을 깔아놓은 듯이 밝았다. 탑머리에는 서리가 내린 까닭이었을까? 아직 으슴푸레한 아침 해에 탑의 기둥장식이 눈부시게 빛나고 있다. 젠치나이구는 덧문을 올린 툇마루에 서서 깊게 숨을 들이쉰다. 거의 잊을 뻔했던 어떤 감각이 다시금 나이구에게 되돌아왔던 것은 이때였다.)

다시 길어진 코로 변한 모습의 나이구가 가을아침 이슬내린 절 경내를 상쾌한 마음으로 바라보는 장면이다. 아침햇빛을 받아 반짝이는 정원의 9층탑과 은행잎의 이슬방울은, 코가 짧아졌을 때 그 누구도 비웃지 않을 것이라는 추측이 빗나가고, 오히려 방관자적 이기주의로, 몰래 몰래 히죽 히죽 비웃어서 더 크게 마음의 상처를 입었던 나이구의 괴로웠던 심정이 말끔히 해소된 상태의 상쾌한 마음을 상징한다.

1918년 아동용 문예지 「아카이토리(赤い鳥)」 창간호에 발표한 『구모노이토(蜘蛛の糸, 거미줄)』도 인간의 아집과 에고이즘을 고발하고 있어 주목되는 작품이다. 평생 도둑질과 강도짓만 일삼던 주인공 '간다타(犍陀多)'가 죽어서 지옥에 떨어지게 되는데, 딱 한 번 숲길을 지나던 중 거미를 발견하고 밟아 죽이려다가 생명의 존엄성을 느껴 살려주게 된다. 그 공로로 석가모니가 지옥에 거미줄을 내려주어 빠져나올 수 있는 기회가 주어지지만, 이기심 때문에 끝내 극락에 오르지 못하고 다시 지옥으로 떨어진다는 내용이다. '생명존중사상'과 '인과응보'라는 교훈적 메시지가 담긴 수작이다.

③ '신와세다파(新早稲田派)'와 후기자연주의 소설

다이쇼기의 작가들과는 사뭇 성향이 다르면서 빼놓을 수 없는 작가들이 있는데, 이들이 바로 와세다대학 문과 출신인 히로쓰 가즈오(広津和郎)와 가사이 젠조(葛西善藏) 등으로 대표되는 '신와세다파(新早稲田派)' 즉 후기자연주의 작가들이다. 이들

雜誌 「奇蹟」의 表紙

은 1912년 창간된 잡지 「기세키(奇蹟, 기적)」를 중심으로 메이지 말기 자연주의 문학을 계승하여 내면을 응시하여 있는 그대로의 나를 그려 내는 이른바 다이쇼 스타일의 '사소설(私小説)'을 완성하였다. 「기세키」 동인 외에도 우노 고지(宇野浩二)와 무로 사이세이(室生犀星)도 빼놓을 수 없는데, 이들 대부분은 도시와 지방의 분극화, 문명의 고도화가 초래한 왜곡된 사회상을 직시하고 소외된 인간의 내부에 발효하고 있는 권태감과 우울감을 포착하려는 공통점을 지니고 있다.

ⓐ 히로쓰 가즈오(広津和郎, 1891~1968) : 히로쓰 가즈오는 근대 지식인의 성격파탄을 그린 『신케이뵤지다이(神経病時代, 신경병시대)』(1918)로 문단의 주목을 받은 이래 주로 자의식 과잉과 실행력 결여에 의해 분열되어가는 인간유형을 묘사하였다.

ⓑ 가사이 젠조(葛西善藏, 1887~1928) : 철도종업원을 거쳐 「기세키(奇蹟)」의 동인이 된 가사이 젠조는 창간호에 『가나시키치치(哀しき父, 애처로운 아버지)』(1912)를 발표해 주목받았다. 그 밖에 『우고메쿠모노(蠢く者, 신음하는 자)』와 『고한닛키(湖畔日記, 호반일기)』 등이 알려져 있다.

ⓒ 무로 사이세이(室生犀星, 1889~1962) : 서정적 시인으로 등단하였던 무로 사이세이의 작품으로는 『요넨지다이(幼年時代, 유년시절)』(1919)와 『세이니메자메루고로(性に眼覺める頃, 성에 눈뜰 무렵)』(1919), 『아루온나노시마데(或る女の死まで, 어떤 여자가 죽기까지)』 등이 후기자연주의성향을 드러낸다.

4.5 쇼와(昭和) 전기의 소설

① 프롤레타리아 소설

〈제1차 세계대전〉(1914~1918)을 전후로 자본주의가 급격히 발전하면서 노사대립이 빈번해짐에 따라 확산되어간 사회주의사상에 의해 노동문학과 민중예술론이 대두되었다. 1921년 창간된 평론잡지 「다네마쿠히토(種蒔く人)」의 창간으로 시작된 프롤레타리아 문학운동은 1924년 「분게이센센(文芸戦線)」의 발간과 더불어 활성화되었다.

프롤레타리아문학의 초기작은 하야마 요시키(葉山嘉樹)의 『세멘토타루노나카노테가미(セメント樽の中の手紙, 시멘트 통 속의 편지)』(1926)와 『우미니이쿠루히토비토(海に生くる人々, 바다에 사는 사람들)』(1926)이다. 이후 〈전일본무산자예술연맹(NAPF)〉이 결성되고(1928) 기관지로 「센키(戰旗)」가 창간되면서 구라하라 고레히토(蔵原惟人)가 문학이론을 지도하게 되는데, 그의 이론은 예술보다 정치가 우선하며 지금까지의 문학이 추구해 온 개인적 문제보다는 사회적 관심을 중시하는데 있었다.

葉山嘉樹

이러한 이론을 바탕으로 도쿠나가 스나오(德永直)는 『다이요노나이마치(太陽のない街, 태양이 없는 거리)』(1929)를, 고바야시 다키지(小林多喜二)는 『가니코센(蟹工船, 게공선)』(1929), 『도세이가쓰샤(黨生活者, 당 생활자)』(1933) 등을, 나카노 시게하루(中野重治)는 『하루사키노카제(春さきの風, 초봄의 바람)』『데쓰노하나시(鐵の話, 철 이야기)』 등을 발표하였다.

그중 고바야시 다키지의 『가니코센』은 오호츠크 해까지 출어하여 게를 잡아 바로 통조림으로 만들어내는 폐선직전의 낡은 공장선 내에서의 이야기다, 항해법도 공장법도 적용되지 않은 인권의 사각지대인 공장선 안에서의 인권유린과 착취에 대한 불법의 구조를 깨달은 노동자들이 동맹파업으로 나아가는 실태를 리얼하게 묘사하여 프롤레타리아문학의 전형을 보여준 화제작으로 평가되고 있다.

小林多喜二

프롤레타리아문학에는 여성소설도 한몫을 하였다. 미야모토 유리코(宮本百合子)의 자전소설 『노부코(伸子)』(1924)와 『마즈시키히토비토노무레(貧しき人々の群れ, 빈곤한 사람들의 무리)』(1916)에서 사회와 제도로부터 소외된 여성의 희생을, 사타 이네코(佐多稲子)는 『캬라메루코조카라(キャラメル工場から, 캐러멜공장에서)』(1928)로 여성노동자가 처한 열악한 환경을 고발하고, 이들의 각성과 계급투쟁으로의 과정을 그려내었다.

그러나 이러한 프롤레타리아문학은 1931년 만주사변 이후 탄압과 전향 등으로 쇠퇴의 길을 걷게 되고, 전쟁과 전쟁기록을 문학화 한 '국책문학(国策文学)'과 좌익사상을 포기한 '전향문학(転向文学)'이 그 자리를 대신하게 되었다. 동 시기 프로문학에 대항하여 개성에 따른 예술적 문학을 지향하는 '신감각파'와 '신흥예술파'가 등장하였다.

② 신감각파(新感覺派)의 소설

신감각파는 프롤레타리아문학과는 대립적 입장을 취한 작가들로, 식상한 리얼리즘이나 작가 자신의 평범한 일상사를 다루는 사소설에 혁신을 가하고자 한 순수예술 지향의 문학자들이다. 이들 신감각파 문인들은 잡지 「분게이지다이(文芸時代)」를 중심으로 활동했는데, 직관과 인생에 대한 주관적 해석, 서구의 영향을 받은 표현기교를 감각적 문체로 참신하게 표현해내었다. 대표작가로는 요코미쓰 리이치(橫光利一), 가와바타 야스나리(川端康成), 가타오카 뎃페이(片岡鉄兵) 등이 있다.

橫光利一

ⓐ 요코미쓰 리이치(1898~1947) : 신감각파의 이론을 작품에 대담하게 적용시킨 요코미쓰 리이치는 1923년 『하에(蠅, 파리)』와 『니치린(日輪, 태양)』을 발표하면서 신진작가로 주목받았다. 그리고 「분게이지다이」 창간호에 발표한 『아타마나라비니하라(頭ならびに腹, 머리 그리고 배)』(1924)로 신감각파의 중심작가가 되었다. 이후 신심리주의 수법을 사용한 『기카이(機械, 기계)』(1930)로 호평을 받은 요코미쓰는 미완의 장편 『료슈(旅愁, 여수)』(1937~46)에서는 서양의 정신주의와 대립과정에서 동양의 정신주의로 회귀하는 과정을 그려내었다.

川端康成

ⓑ 가와바타 야스나리(1899~1972) : 1921년 『쇼콘사이잇케이(招魂祭一景, 초혼제일경)』로 등단한 가와바타 야스나리는 요코미쓰 리이치(橫光利一)와 함께 신감각파의 대표작가로 활동하였다. 가와바타의 작품은 일본의 전통미와 자연의 아름다움을 배경삼은 경향이라고 할 수 있다. 초기작 『이즈노오도리코(伊豆の踊子, 이즈의 무희)』(1926)에서부터 예민한 감각과 서정미를 드러내다가, 『유키구니(雪国, 눈고장)』(1935~37)에 이르러 허무적 비애감과 서정미가 어우러진 미의식의 절정을 이루었다. 그가 『유키구니』에서 그려낸 온천장의 기생 고마코(駒子)의 우수에 젖은 아름다움에서 순수한 아름다움의 본질이 결

국 허무한 것이라는 작가의 사상을 엿볼 수 있다. 『센바즈루(千羽鶴, 종이학)』(1949), 『야마노오토(山の音, 산소리)』(1949~54), 『네무레루비조(眠れる美女, 잠자는 미녀)』(1960~61) 등 일본적 미의식을 추구한 일련의 작품으로 1968년 〈노벨문학상〉을 수상하였다. 가와바타 야스나리의 감각적인 문학세계는 『이즈노오도리코(伊豆の踊子)』와 『유키구니(雪国)』에 그대로 드러나 있다.

『이즈노오도리코』(1926)는 의무적으로 기숙사생활을 해야 하는 일고(一高)에 재학하던 '나(私)'의 이야기이다. 고아근성으로 유독 자의식이 강한 '나'는 이즈(伊豆)지방 여행길에서 떠돌이 유랑극단에서 춤추는 15세 어린 '무희(舞姬)'를 만나 자신도 모르게 '무희'에게 마음이 끌리면서 순수성을 회복해간다는 스토리이다. 사생(寫生)이 아닌 회상(回想) 형식의 이 작품은 가와바타 야스나리 특유의 신선하고 신비로운 감각적 서사기법이 곳곳에 투사되어 있어, '신감각파' 작가로서의 일면을 보여준다.

『유키구니』(1935~1937, 완결은 1947)는 인생살이에 지친 동서양무용연구가(東西舞踊研究家) 시마무라(島村)의 여행 중에 있었던 이야기이다. 폭설로 유명한 곳 에치고(越後) 유자와(湯沢)의 다카한(タカハン)이라는 여관에서 만난 기생 '고마코(駒子)'의 청순한 열정에 마음이 끌려 시마무라는 몇 년 사이에 이따금 그곳을 찾아간다. 그러면서도 시마무라는 그것이 허망하고 헛고생(徒勞)이라 생각하여, 고마코에게 적극적으로 접근하지 못한다. 인생에 대한 갈등 중에 있는 자신의 실상을 제쳐놓고 '고마코(駒子)'와 어린 '요코(葉子)'에게 순간적으로 나타나는 순수한 미(美)의 추구자로 행동하는 것에서 이 작품의 세계가 성립한다. 『유키구니』 역시 시마무라의 등장으로 시작되고, 시마무라의 퇴장으로 마무리되는 일본전통극 '노(能)'의 서사기법과 유사한 작품이다. 시마무라는 작자에 의해 설정된 역할(仕立てられた役割)에 의한 인물로, 내레이터(narrator, 語り部) 역할을 하고 있는데, 이 소설이 내레이터인 시마무라에 의해 진행되므로, 혹자는 시마무라를 주인공이라고 주장하는 사람들도 있지만, 이는 주인공일 수도 있고 아닐 수도 있는 것이다. 시마무라의 와키역(わき役)으로서의 공허함이 시테(シテ)역의 고마코(駒子), 쓰레(ツレ)역의 요코(葉子)의 설정된 역할을 비춰주는 거울 역할을 하는 데서 『유키구니』의 미적세계는 배가된다. 그 미적세계의 실제에 접근해보자.

鏡の底には夕景色が流れていて、つまり@写るものと写す鏡とが、映画の二重写しのように動くのだった。ⓑ登場人物と背景とはなんのかかわりもないのだった。しかも人物は透明のはかなさで、風景は夕闇のおぼろな流れで、ⓒその二つが解け合いながらこの世ならぬ象徴の世界を描いていた。
(거울 속에는 저녁경치가 흐르고 있는데, 즉 @유리거울에 비치는 것과 유리거울에 반사되는 사람이, 마치 영화의 오버랩처럼 움직이는 것이었다. ⓑ등장인물과 배경은 아무런 관련이 없다. 하지만 인물은 투명한 허무함으로, 풍경은 어둑어둑한 땅거미의 으스름한 흐름으로, ⓒ이 두 개가 서로 하나로 승화되면서 이승이 아닌듯한 상징의 세계를 그리고 있었다.)

@는 기차의 차창너머 보이는 바깥 경치와 차창에 반사되는 사람이, 마치 영화의 이중영사(오버랩)처럼 보이는 것을 말하며, 이를 ⓑ에서 아무런 관련이 없는 제각각인 '차창에 비치는 인물'과 '땅거미 지는 차창 밖의 풍경'을 전자는 '투명한 허무함'으로, 후자는 '으스름한 흐름'으로 표현한 후, ⓒ에서 이 둘을 하나로 모아 어떤 상징적인 세계를 그려내고 있다.

小さい瞳のまわりをぽうっと明るくしながら、つまり娘の眼と火とが重なった瞬間、彼女の眼は夕闇の波間に浮ぶ、怪しく美しい夜光虫であった。
(자그마한 눈동자의 주위를 뽀얗게 밝히면서, 이윽고 아가씨의 눈과 불빛이 겹치는 순간, 그녀의 눈은 저녁노을의 파도사이에 떠오르는 요사스럽고 아름다운 야광충이었다.)

차창을 타고 들어온 산모퉁이의 불빛이 요코의 자그마한 눈동자의 주위를 뽀얗게 밝히면서, 이윽고 유리거울에 반사되어 비친 요코의 눈과, 유리창으로 타고 들어온 산기슭의 불빛이 겹치는 순간, 요코의 눈이 요사스럽고 아름다운 야광충처럼 보인다는 의미이다. 기차가 흔들리면서 야광충이 꼬리를 끄는 것 같은 현상은 신비로움을 자아낸다.

③ 신흥예술파(新興芸術派)의 소설

「분게이지다이」가 폐간되자 뒤이어 예술옹호를 외치며 반프롤레타리아문학 작가들의 대동단결을 도모한 것이 1930년 나가무라 무라오(中村武羅夫)와 후나하시 세이이치(船橋聖一) 등이 중심이 되어 결성된 신흥예술파 클럽이다. 이들은 프로문학에 압박받고 있던 작가들에게 자극이 되긴 하였으나 통일된 이론이나 방법을 찾지 못한 채 얼마 안 되어 해체되었다. 오히려 주류가 아니었던 이부세 마스지(井伏鱒二)와 가지이 모토지로(梶井基次郎) 등이 각자의 개성을 발휘하여 독자적인 작품활동을 전개하였다.

ⓐ 이부세 마스지(1898~1993) : 데뷔작 『산쇼우오(山椒魚, 도롱뇽)』(1929)는 암굴 밖으로 나올 수 없게 된 절망적인 상황의 도롱뇽의 모습을 통해 인간의 우둔함을 유머러스한 필치로 묘사한 작품이다. 이 외에도 『고이(鯉, 잉어)』(1928)가 있으며, 전후 원폭체험의 기록을 일기체 기법으로 문학화 한 『구로이아메(黒い雨, 검은비)』(1965~66)는 전후의 걸작으로 평가받고 있다.

井伏鱒二

ⓑ 가지이 모토지로(1901~1932) : 모토지로의 데뷔작이자 대표작인 산문시풍의 단편 『레몬(檸檬)』(1925)은 한 청년의 권태와 불안을 섬세한 감수성으로 그려내어 주목을 받았다. 이후 『사쿠라노키노시타니와(櫻の樹の下には, 벚나무 아래에는)』(1928)를 발표하고, 폐결핵이 악화되어 31세의 나이로 요절하였다.

④ 신심리주의(新心理主義) 소설

신심리주의는 제임스 조이스 류(類)의 서구심리주의를 적극적으로 받아들여 신감각파의 흐름을 계승 발전시킨 사조이다. 대표작가로는 호리 다쓰오(堀辰雄)와 이토 세이(伊藤整)를 들 수 있는데, 이들은 20세기 초 정신분석학이 바탕이 된 '의식의 흐름'과 '내적 독백'이라는 수법으로 인간의 심층심리를 예술적으로 표현하고자 하였다. 호리 다쓰오(堀辰雄)의 『세이가조쿠(聖家族, 성가족)』(1930), 「우쓰쿠시이무라(美しい村, 아름다운 마을)」(1933), 『가제다치누(風立ちぬ, 바람이 분다)』

堀辰雄

(1936～38) 등을 대표적 신심리주의 소설로 꼽을 수 있다.

▲ 일본 근대 문예사조와 주요작가 일람

문예사조	주관지	주 요 작 가
寫実主義	早稲田派	坪内逍遥、二葉亭四迷
	硯友社	山田美妙、尾崎紅葉
理想派		幸田露伴
浪漫主義	しがらみ草子	森鴎外
	民友社	徳富蘆花、国木田独歩
	文学会	北村透谷、島崎藤村
	明星	与謝野鉄幹、与謝野晶子
		泉鏡花
自然主義	新潮	島崎藤村、田山花袋、徳田秋声, 正宗白鳥、岩野泡鳴
	早稲田文学	島村抱月
反自然主義	スバル	森鴎外
		夏目漱石
耽美派	三田文学	永井荷風
	スバル	谷崎潤一郎
人道主義	白樺	武者小路実篤、志賀直哉、有島武郎 里見弴、長与善郎
新現実主義	新思潮	芥川竜之介、菊池寛
	三田派	佐藤春夫
	奇蹟　外	広津和郎、葛西善蔵、宇野浩二
新感覚派	文芸時代	横光利一、川端康成
プロレタリア文学	文芸戦線	葉山嘉樹
	戦旗	小林多喜二、宮本百合子、中野重治
新興芸術派	四季	掘辰雄
	青空	梶井基次郎
	文学	小林秀男
	文芸首都	井伏鱒二

▲ 근대의 문학사조와 대학과의 관계

대 학	문 학 사 조	동인지
早稲田大学	自然主義	
	新現実主義	奇蹟
東京帝国大学	新思潮派(第三次), 新現実主義(第四次)	新思潮
慶應大学	耽美主義, 新現実主義	三田
学習院	人道主義, 理想主義	白樺

⑤ 전쟁문학과 국책문학

火野葦平

1937년 〈중일전쟁〉 발발로부터 1945년 〈태평양전쟁〉이 종전되기까지 일본정부의 언론통제와 문장검열은 말할 것도 없고 작가에 대한 탄압이 극도로 강화된 시기이다. 다수의 문학자들이 '보도반원'으로 종군하게 되었고 거기서 소재를 얻어 전쟁의 참상과 죽음 앞에서도 꿋꿋이 싸우는 병사의 모습을 작품화하여 발표하였다.

히노 아시헤이(火野葦平)는 군보도원으로 중일전쟁에 참전하였던 체험을 『무기토헤이타이(麦と兵隊, 보리와 병사)』(1938)에 생생하게 담아냈다. 전쟁터에서 살아가는 병사의 시선으로 생사의 경계와 전장(戰場)의 광활한 자연에 대한 영탄 등을 종군일기 형식으로 담아내어 100만부가 팔리는 베스트셀러를 기록하였다. 뒤이어 『쓰치토헤이타이(土と兵隊, 흙과 병사)』, 『하나토헤이타이(花と兵隊, 꽃과 병사)』 등 전의를 고취시키는 병사 시리즈물을 연이어 발표하여 전쟁문학의 대표작가로 부상하였다.

火野葦平의 『土と兵隊』

그런가 하면 이시카와 다쓰조(石川達三)의 『이키테이루헤이타이(生きてゐる兵隊, 살아있는 병사)』(1938)는 군인으로서 전쟁을 비관한다는 반군적인 내용이 문제가 되어 발매금지 처분을 당하게 되었다. 이에 그치지 않고 작자, 편집자, 발행자 모두가 〈신문지법(新聞紙法)〉 위반 혐의로 기소되어 법적 처분을 받기도 하였다.

石川達三

1942년에는 〈농민문학간담회(農民文学懇話会)〉〈대륙개척문예간담회(大陸開拓文芸懇話会)〉〈해양문학협회(海洋文学協会)〉〈대정익찬회(大政翼賛会)〉 등 일련의 문학단체가 〈일본문학보국회(日本文学保国会)〉로 통합 결성되었다. 이로써 국가권력에 의하여 직접적인 문학통제가 실시되게 되자 대다수의 작가들이 국가시책에 부응하여 전쟁의욕을 고취시키는 이른바 '국책문학'으로 옮겨갔다. 대표적인 국책소설로는 다테노 노부유키(立野信之)의 『고호노쓰치(後方の土, 후방의 흙)』, 도쿠나가 스나오(德永直)의 『센켄타이

(先遣隊, 선발대)』, 유아사 가쓰에(湯浅克衛)의 『센쿠이민(先駆移民, 선 이주민)』,
하시모토 에이키치(橋本英吉)의 『고도(坑道, 갱도)』 등을 들 수 있는데, 이러한 작
품들은 목적성에 의한 소설이기에 작가 고유의 문학적 순수성은 찾아보기 어렵다.

5. 현대소설(現代小説)

전쟁이 종결되고 언론표현의 자유가 주어지자 문학계 역시 낡은 것의 부활과 새로
운 것의 생장이 두드러지게 되었다. 이는 크게 '전통문학파', '민주주의문학파', '전후
파'로 구분된다. 전시(戰時) 문화통제로 침묵으로 일관하던 '전통문학파'는 속속 새
로운 작품을 발표하였고, '민주주의문학파'는 전시체제에서 탄압을 받았던 좌익문학
세력을 모아 문단에 복귀하였다. 전후 저널리즘이 활기를 되찾게 되자 이러한 사회
적 기운에 편승하여 등장한 '전후파' 작가들의 활약도 주목된다.

5.1 '전통문학파' – 기성작가의 소설

전시체제하 강력한 문화통제정책으로 장기간 침묵으로 일관하던 기성작가들은 전쟁
이 종결되자 그동안에 써 두었던 작품을 속속 발표하였다.

① 시가 나오야(志賀直哉)

시가 나오야는 전후(戰後) 황폐해진 도쿄 전차 안을 배경으로 아사(餓死) 직전에 있
는 소년공이 잠든 채 노선을 일주하는 모습과 그 전차안의 다른 승객들의 모습에서
전후의 황폐하고 힘든 현실을 『하이이로노쓰키(灰色の月, 잿빛 달)』(1946)에 형상
화 하였다. 이후 이어지는 『지쓰보노테가미(実母の手紙, 생모의 편지)』(1948), 『야
마하토(山鳩, 산비둘기)』(1949), 『아사노시샤카이(朝の試寫会, 아침 시사회)』(1951)
등에서는 전후세대에 대한 관심보다는 자신의 심경에 치중하여 섬세하고 치밀하게
묘사하였다.

② 나가이 가후(永井荷風)

나가이 가후는 『우키시즈미(浮沈, 흥망)』(1946)에서 전쟁 중 일상생활의 어려움 속에서도 그것과는 상관없이 음란한 생낱을 그려내었다. 또한 친분이 있었던 아사쿠사(浅草)오페라극장의 작곡가, 가수, 무희들의 경험을 토대로 『오도리코(踊子, 무희)』(1946)와 『군쇼(勲章, 훈장)』(1946)를 발표하였다. 이들 작품은 전쟁 중 언제 발표될지도 모르는 상황에서 집필되었던 것으로 보인다.

③ 다니자키 준이치로(谷崎潤一郎)

다니자기 준이치로 역시 전전(戰前)에 중단되었던 『사사메유키(細雪, 세설)』를 지속적으로 집필하고 있었던 것으로 보인다. 사가판(私家版)을 만들어 지인들에게 돌리기도 했던 그는 1946년 상권을 간행하였고, 중권은 1947년, 하권은 1948년에 발표함으로써 마침내 완성을 보게 되었다. 1936년부터 1941년 〈태평양전쟁〉 발발 이전까지를 배경으로 한 『사사메유키』는 모든 일본인이 전쟁을 위하여 총동원되었던 시기의 갖가지 금지령과 상류층 가정의 자숙의 필요성, 외국인들의 동향 등을 서사한 데서 전쟁의 확장 및 장기전에 대비하는 작가의 심경을 엿볼 수 있다.

④ 가와바타 야스나리(川端康成)

가와바타 야스나리는 "패전 후의 나는 일본 고래(古來)의 슬픔 속으로 돌아갈 뿐이다. 나는 전후의 세상이라는 것, 풍속이라는 것을 믿지 않는다. 혹은 현실이라는 것도 가끔 믿지 않는다."는 극심한 상실감으로 전후의 시공간을 보내던 중, 허무와 아름다움이 자아내는 일본적 전통미에 이끌려 탐미적 경향을 강화한 『센바즈루(千羽鶴, 종이학)』(1949)를 발표하였다. 같은 시기 발표한 『야마노오토(山の音, 산소리)』(1949)에서는 일본의 전통문화를 자연 속에 배치하여 서정미의 극치를 보여주었다.

⑤ 그 외의 작가들

이 외에도 무샤노코지 사네아쓰(武者小路実篤)는 『신리센세이(眞理先生, 진리선생)』을 발표하여 건재함을 과시하였고, 이부세 마스지(井伏鱒二)는 전쟁으로 인한 상흔을 형상화 한 『요하이타이초(遥拝隊長, 요배대장)』(1950)와 『혼지쓰큐신(本日

休診, 금일휴진)』(1950)을, 이토 세이(伊藤整)는 『히노토리(火の鳥, 불새)』(1953)를 발표하여 중견작가들의 두드러진 활약을 보여주었다. 그밖에 사토미 돈(里見弴)의 『미고토나슈분(美事な醜聞, 멋진 추문)』(1947), 다무라 다이지로(田村泰次郎)의 『니쿠타이노몬(肉体の門, 육체의 문)』(1947)과 같은 풍속소설이 등장한 것도 전후문학의 특색이라 하겠다.

5.2 '민주주의문학파' – 프롤레타리아 작가들

전후 가장 빠르게 활동을 개시한 작가들은 전쟁 중 더더욱 침묵을 강요당하였던 프롤레타리아 문학자였다. 미야모토 유리코(宮本百合子), 나카노 시게하루(中野重治), 구라하라 고레히토(蔵原惟人) 등이 중심이 되어 〈신니혼분카쿠카이(新日本文学会)〉를 조직하고 잡지 「신니혼분가쿠(新日本文学)」를 창간하여 민주주의문학을 목표로 활동하였다. 인민대중의 창조적 문학적 에너지의 앙양과 결집, 반동적 문학이나 반동적 문화와의 투쟁, 진보적인 문학이나 진보적인 문화운동의 연락과 협동 등을 강령으로 한 '민주주의문학파'는 프롤레타리아문학자들이 중심이 됨으로써 이데올로기적 당파문학으로 경도되었다.

5.3 전후파(戰後派) 작가의 소설

전후 문학계에 전후파가 형성된 기점은 1946년 1월 창간된 「긴다이분가쿠(近代文学)」라 할 수 있다. 히라노 겐(平野謙), 혼다 슈고(本多秋五), 하니야 유타카(植谷雄高), 아라 마사히토(荒正人), 사사키 기이치(佐々木基一), 오다기리 히데오(小田切秀雄) 등 「긴다이분가쿠」에 참여한 작가들은 모두 청춘기에 프롤레타리아문학운동의 좌절을 체험하였고, 전쟁시기에는 극심한 자아의 굴절을 겪었던 30대 문학자들이었다. 전후를 맞은 이들은 세대적·사상적 기반을 공유하며 공통의 문학적 사명감을 지니고 있었다.

① '무뢰파(無賴派)' 작가의 소설

패전직후 기존 가치관의 전도(顚倒)와 붕괴로 니힐리즘과 데카당스로 치달은 파멸형 작가들을 일컬어 '무뢰파' 작가라 한다. 이들은 패전과 동시에 하루아침에 태도를 바꾸어 민주주의를 외치는 사회지도급 인사들에 대한 불신감에 의한 반동으로 믿을수 있는 것을 찾지 못한 채, 현실적 질서로 간주되고 있는 모든 것들의 허구성을 폭로하며 자학적인 파멸 속으로 스스로 몸을 내던진 작가들이다.

사카구치 안고(坂口安吾)는 『다라쿠론(墮落論, 타락론)』(1946)에서 "살아라. 살아라."하고 외쳐 반향(反響)을 불러일으켰으며, 이를 소설화 한 『하쿠치(白痴, 백치)』(1946)에서는 전쟁 말기 인간과 가축이 동거하는 헛간과도 같은 집에 하숙하던 청년과 백치 소녀와의 관계 속에서 원형적 인간의 모습을 보여주었다.

오다 사쿠노스케(織田作之助)는 『세소(世相, 세상)』(1946)에서 전후의 퇴폐를 긍정함으로써 패전직후 허탈감과 혼란감에 휩싸인 젊은이들의 심정을 대변하였다.

다자이 오사무(太宰治)는 『비욘노쓰마(ヴィヨンの妻, 비용의 아내)』(1947)에서 작가의 윤리적 항의를 반영하였다. 알 수 없는 불안감에 휩싸여 거리를 헤매는 술주정뱅이 시인인 남편의 행위에 상처받지 않고 가볍게 흘려버리는 아내의 시각으로 그려내는가 하면, 『샤요(斜陽, 사양)』(1947)와 『닌겐싯카쿠(人間失格, 인간실격)』(1948)에서도 자신을 파멸시킴으로써 기성사회의 개념을 파괴하려는 처절한 싸움을 전개하였다. 이러한 다자이 오사무를 스승 삼았던 다나카 히데미쓰(田中英光)는 『노기쓰네(野狐, 들여우)』(1949)에서 무뢰파의 정점을 보여주었다.

太宰治

무뢰파 작가들은 각각 다른 계통에서 등장하였기에 전전(戰前)에는 서로 면식도 없었고, 전후(戰後)에도 각각 독자적으로 활동하였지만, 작품 안에 자신의 허무와 파멸적인 입장을 강하게 반영하고 있다는 공통점을 찾을 수 있다. 사카구치 안고와 오다 사쿠노스케는 소설 속 인물처럼 각성제를 상용하였고, 다자이 오사무는 전후 혼란 속에서 자신의 관념을 현실화하기 위해 자살하는 등 스스로 파멸에의 길을 선택하였다. 그럼에도 전력질주에 가까운 그들의 처절한 생활 속에서 나온 작품이기에 현재까지도 많은 독자층을 확보하고 있다.

埴谷雄高

野間宏

椎名麟三

② '제1차 전후파' 작가의 소설

'제1차 전후파'라 함은 사양기 마르크시즘의 세례, 쇼와 초기의 공산주의 문학운동과 전쟁과 패전이라는 체험을 공통분모로 하는 문인들을 말한다. 여기에 해당하는 작가는 하니야 유타카(埴谷雄高), 노마 히로시(野間宏), 우메자키 하루오(梅崎春夫), 시이나 린조(椎名麟三), 다케다 다이준(武田泰淳) 등이다. 이들은 마르크스주의를 경험한 이후 전향체험이나 혹은 전장체험을 가지고 있어 전후의 현실을 자기부정의 어둡고 폐쇄된 세계로 인식하면서 살아간 작가들이다.

노마 히로시(野間宏)는 암흑시기의 혁명과 자기 확충의 통일의 길을 모색하는 청년을 그린 『구라이에(暗い絵, 어두운 그림)』(1946)와 군대 말단기구인 병영생활을 묘사한 『신쿠치타이(眞空地帶, 진공지대)』(1952)에서 군국주의 일본 비판과 군대의 비인간성을 폭로하였고, 우메자키 하루오(梅崎春夫)는 1944년 29세에 징집당하여 해군소속으로 시코쿠(四国) 사쿠라지마(桜島)에서 패전을 맞았던 자신의 전쟁체험을 바탕으로 창작한 『사쿠라지마(桜島)』(1946)에서 군대생활의 부조리와 엄습해오는 패전의 공포심을 폭로하였다.

또 시이나 린조(椎名麟三)는 실존주의적 작풍을 선보인 『신야노슈엔(深夜の酒宴, 심야의 주연)』(1947)을 발표하여 사회밑바닥에서 자라나 오로지 혁명운동으로 보내고 교도소에서 그 고독한 관념을 반추한 사람들의 생각을 담아냈다.

중국 상하이에서 패전을 맞은 다케다 다이준(武田泰淳)은 『신판(審判, 심판)』(1947)과 『마무시노스에(蝮のすゑ, 살무사의 후예)』(1948)에서 전쟁 중의 중국체험과 패전체험을 토대로 인간 내부에 있는 선과 악 혹은 가해자와 피해자의 이중성 등 새로운 인간인식과 묵시록적인 벌(罰)에 대한 관념을 그려냈다.

③ '제2차 전후파' 작가의 소설

제1차 전후파 작가에 비해 해외에서의 전투체험으로 보다 확실한 전쟁에 의한 가해

의식과 자기붕괴를 체험한 작가들을 '제2차 전후파'라 하는데, 오오카 쇼헤이(大岡昇平), 시마오 도시오(島尾敏雄), 미시마 유키오(三島由紀夫), 아베 고보(安部公房), 나카무라 신이치로(中村真一郎) 등이 여기에 속한다. 제2차 전후파 문인들은 정신적으로나 물질적으로나 모든 것을 상실한 폐허에서 출발해야 했기 때문에 오히려 관념이나 사상의 순수배양이 가능하였다. 또한 해외에서의 전투체험은 시야의 확대와 함께 인간의 생존문제를 좀 더 근본적이고 진지하게 응시함으로써 실존주의 내지는 존재론적 경향을 관념적이고 사색적인 방향으로 소설에 반영하였다.

1944년 35세의 늦은 나이에 소집되어 필리핀 민드로섬에 파병되었던 오오카 쇼헤이(大岡昇平)는 이듬해 1월 미군의 포로가 되어 레이테섬의 수용소에서 패전을 맞았다. 그는 필리핀에서의 종군과 포로체험을 『후료키(俘虜記, 포로기)』(1953)에 고스란히 담아내었다.

『후료키』는 크게 병사로서 필리핀 산 속에서의 전투체험을 담은 전반부와 미군의 포로가 되어 야전병원과 포로수용소의 생활을 담은 후반부로 나누어 볼 수 있다. 전반부는 우연히 발견한 미군을 쏘지 않은 사건에 대한 휴머니즘, 살인에 대한 혐오, 부성애, 신의 섭리 등에 대한 다양한 분석을 통해 주인공 '나'의 심리와 행동을 응시하고 있으며, 후반부에서는 기약 없는 포로생활 속에서 점점 타락해가는 포로들의 심리변화를 다각적으로 묘사하고 있다. 오오카 쇼헤이는 이 작품을 통하여 자신을 절망적인 싸움터에 몰아넣은 군부에 대한 증오와 이를 저지하기 위한 어떤 행동도 취하지 않았던 자신의 어리석음을 반추하고 있다. 또 『노비(野火, 들불)』(1951)에서는 패주하던 자신이 필리핀 산속에서 사람을 죽이고 인육을 먹기 직전의 참혹한 상황에까지 내몰리는 상황을 리얼하게 그려냈다.

大岡昇平

한편 시마오 도시오(島尾敏雄)는 1945년 아마미제도의 가케로마(加計呂間)섬에서 특공대 발동명령을 받았지만 출격명령이 떨어지기 직전에 패전소식을 접하고, 죽음과 직면했던 시간을 『슛코토기(出孤島記, 고도출격기)』(1946)에 담아내었으며, 훗날 이러한 체험을 「슛파쓰와쓰이니오토즈레즈(出發は遂に訪れず, 출발은 끝내 오지않고)』(1962)에 형상화하였다.

島尾敏雄

그밖에 미시마 유키오(三島由紀夫)의 내면의 고뇌를 담은 『가멘노고쿠하쿠(仮面の告白, 가면의 고백)』(1949)와 나카무라 신이치로(中村真一郎)의 『시노카게노시타니(死の影の下に, 죽음의 그늘아래)』(1947)도 주목되는 작품이다.

5.4 전후세대 작가와 소설

① '제3의 신인' 작가들의 소설

〈한국전쟁〉(1950～53)의 특수로 경제가 되살아나면서 일본사회는 전후의 궁핍에서 탈피하여 풍요의 시대로 접어들게 된다. 그러나 전쟁기에 유소년기를 보내고 사상이나 행동의 지표가 없는 상태에서 사회의 중추로 성장한 젊은이들에게 경제적 풍요는 허무와 공허함을 초래하였다. 이 때 새롭게 등장한 작가들이 '제3의 신인'[26]이다.

야스오카 쇼타로(安岡章太郎), 고지마 노부오(小島信夫), 요시유키 준노스케(吉行淳之介), 엔도 슈사쿠(遠藤周作) 등이 대표적인데, 이들은 마르크시즘과도 프로문학운동과도 무관한 세대로, 정치나 이데올로기에 혐오감 내지는 무관심을 보이며, 주로 사실적인 수법에 의해 일상의 공허함을 그려내었다.

安岡章太郎

ⓐ 야스오카 쇼타로(1920～2013) : 야스오카 쇼타로는 『와루이나카마(悪い仲間, 나쁜 동료)』(1953)와 『인키나타노시미(陰気な愉しみ, 음침한 즐거움)』에서 지울 수 없는 굴욕감을 간직한 약자로서의 '나'를 형상화하였고, 『마쿠가오리테카라(幕が下りてから, 막이 내리고 나서)』(1967)에서는 주인공의 애매모호한 실존과 붕괴되어가는 가족개념의 실상을 리얼하게 묘사하였다.

ⓑ 고지마 노부오(1915～2006) : 고지마 노부오는 『아메리카 스쿨(ア メリカン・スクール)』(1954)에서 미국학교를 방문한 일본인 영어교사들의 부조리와 골계적인 체험을 통해 패전 이후의 미일관계를 예리하게 풍자하고 있으며, 『호요가조쿠(抱擁家族, 포옹가족)』(1965)에서는 아내의 불륜사실을 알게 된 남

---

26) '제3의 신인'이란 전후 독자적인 상황에서 등장한 작가들을 그룹으로 묶어 구분한데서 비롯되고 있다. 제1차 전후파를 '제1의 신인', 제2차 전후파를 '제2의 신인'이라 한데 이어 3번째 그룹이라는 의미로 '제3의 신인'으로 구분하고 있다. 이들은 〈아쿠타가와상(芥川賞)〉 후보작이나 수상작으로 문단에 등장하였다는 공통점을 지니고 있다.

편이 오히려 반발하는 아내에게 어떻게 대응해야 할지에 대한 가치기준의 상실을 극명하게 보여주고 있다.

ⓒ 엔도 슈사쿠(1923~1996) : 엔도 슈사쿠는 〈제2차 세계대전〉을 배경으로 못생긴 얼굴 때문에 열등감을 지닌 프랑스인과 신체적 콤플렉스를 자각하며 순교를 희망하는 신학생을 대비하여 신앙에 대한 회의와 사색을 담아낸『시로이히토(白い人, 백인)』(1955)가 〈아쿠타가와상〉(제33회)을 수상하면서 각광을 받은 이래, 미군포로 생체해부사건을 소재로 한『우미토도쿠야쿠(海と毒藥, 바다와 독약)』(1957)를 발표하여 일본인에게 결여되어 있는 전쟁에 대한 죄의식문제를 거론하고 있다. 이후 발표한 역사소설『친모쿠(沈黙, 침묵)』(1966)는 17세기 일본의 기독교 박해시기를 배경으로 절체절명의 상황에서 배교(背敎)할 수밖에 없었던 가톨릭 신부 '로드리고'의 내면세계를 섬세하게 묘사하여 전후 일본문학에서 크게 주목받았다.

小島信夫

遠藤周作

'제3의 신인' 그룹은 전후파문학이 제시하던 심각하고 절실한 인간 실존의 문제의식과 사회성보다는 소시민적이라 할 수 있는 개인의 문제에 천착하여, 폐쇄적인 공간 속에서 밀도 높은 예술적 완성에 치중함으로써 사소설 극복을 지향하던 문학의 흐름을 다시 사소설 계보의 계승으로 돌려놓았다.

② 풍속소설과 중간소설

문학적 통제나 탄압이 없어진 전후(戰後), 도덕적 기준을 상실한 물욕이나 성욕, 남녀간의 감성적인 연애, 불륜이나 방탕호색 등 갖가지 풍속을 담아낸 '풍속소설'도 한편에서 세력을 과시하고 있었다. 이 계통에서는 니와 후미오(丹羽文雄)가『시노다케(篠竹, 조릿대)』(1946)에서 재빠른 변신을 보여주었으며, 노년의 추함을 생리적 리얼리즘으로 묘사한『이야가라세노넨레이(厭がらせの年齡)』(1947)에 이어『고쿠헤키(哭壁, 통곡의 벽)』(1947~48)로 풍속소설의 일인자로서의 면모를 보여주었다.

순문학과 대중문학의 중간이라는 의미의 '중간소설'은 순문학이 갖는 예술성을 유지하면서 대중문학의 오락성을 발휘하는 소설로, 종래의 대중문학에 만족하지 못

하고 이를 대신할 순문학의 예술적 요소를 가진 통속소설의 요구에 따라 발생한 시대의 산물이다. 전쟁문학으로 일관했던 히노 아시헤이(火野葦平)도 이시기에『하나토다쓰(花と竜, 꽃과 용)』(1952~1953)를, 하야시 후사오(林房雄)는『무스코노 세이슌(息子の靑春, 아들의 청춘)』(1950)을 발표하여 이전과는 다른 면모를 보여주었다.

　　이시기 가장 주목되는 작가는 이시하라 신타로(石原愼太郎)이다. 당시 무명의 대학생 신분으로『다이요노기세쓰(太陽の季節, 태양의 계절)』(1955)를 발표하여 중간소설의 전형을 보여줌으로써 〈아쿠타가와상〉을 수상한 것도 이례적이었지만, 그의『다이요노기세쓰』가 베스트셀러가 된 것은 더욱 이례적인 일이었다.『다이요노기세쓰』는 '태양족', '신타로식 헤어스타일' 등의 당시의 유행풍속까지 변모시키면서 이시하라 신타로를 상업주의 저널리즘의 총아로 만들었다. 유산층 부르주아 청년과 윤리부재인 여대생의 격정적인 행위와 성애(性愛)를 현시대적 감성으로 그려낸 소설의 줄거리를 살펴보자.

石原愼太郎

권투부의 학생 쓰가와 다쓰야(津川竜哉)는 여자와 교제하면서도 사랑은 하지 않는 스타일이었는데, 권투부 회원들과 함께 거리에서 알게 된 에이코(英子)에게 만큼은 달랐다. 에이코는 3년 전 자동차 사고로 애인을 잃고 난 후 자포자기 속에서 여러 남자들과 사귀어 오다가 다쓰야를 만나게 되었다. 다쓰야는 에이코에게 사랑을 고백하지만, 에이코는 처음엔 시큰둥하였다. 다쓰야의 계속적인 구애로 어느덧 에이코는 다쓰야를 사랑하게 된다. 그러자 다쓰야는 에이코가 번거롭고 귀찮아진다. 그러던 어느 날 형의 권유로 여대생들과 놀러가게 되었고, 그사이에 에이코는 형에게 유혹당해 관계를 맺게 된다. 다쓰야가 형에게 5천 엔을 받고 에이코를 형에게 넘겼다는 사실을 안 에이코는 다쓰야가 자신을 받아들일 때까지 돈을 낼 것이라며 계속 돈을 보낸다. 그 액수가 어느덧 2만 엔이 되었을 즈음 다쓰야는 에이코에게 감동을 받게 된다. 그러다 에이코는 다쓰야의 아이를 임신하게 되고, 다쓰야는 아이를 지우라며 에이코를 병원에 입원시킨다. 어쩔 수 없이 아이를 지운 에이코는 복막염으로 죽게 된다. 다쓰야는 에이코의 장례식 날 눈물을 흘리며 진정 그녀를 사랑했음을 깨닫는다.

이같은 내용의『다이요노기세쓰』는 기성도덕과 권위에 도전하는 인물을 내세워 당시의 젊은이들에게 존재의 충족감을 가져다줌으로써 강한 공감대를 형성하였다.

　이시기의 산업사회는 대량생산되는 저렴한 소비물자시장과 매스 미디어가 제공하는 정보를 공유하는 '대중'을 양산해냈다. 순수소설과 대중소설의 경계가 느슨해짐에 따라 성행하게 된 풍속소설·중간소설은 이러한 시대의 흐름에 따른 현상이라 할 수 있다.

③ 오에 겐자부로(大江健三郎)

전후 일본문학계에 오에 겐자부로(大江健三郎)의 등장은 의미가 크다. 일본에 두 번째로 〈노벨문학상〉을 안겨준 작가이기 때문이다. 도쿄대학(東京大学) 재학시절부터 문필에 뛰어난 재능을 보이던 오에 겐자부로는 『시샤노오고리(死者の奢り, 죽은자의 사치)』(1957)로 문단의 주목을 받았다. 그리고 전쟁말기 전쟁과 멀리 떨어진 산골마을에 헬리콥터의 추락으로 사로잡힌 흑인병사와 그를 둘러싼 소년들의 시선, 마을 사람들의 반응을 소재로 한 소설 『시이쿠(飼育, 사육)』(1958)

大江健三郎

로 제39회 〈아쿠타가와상〉을 수상하였다. 이후 오에 겐자부로는 신좌익정치사상에 깊이 빠져들었다. 1960년 우익 청년이 일본 사회당 당수 아사누마 이네지로(淺沼稻次郎)를 암살한 사건에 자극을 받아 1961년 단편 『세븐틴(セヴンティーン)』과 『세이지쇼넨시스(政治少年死す, 정치소년 죽다)』를 발표했는데, 특히 『세이지쇼넨시스』는 우익 단체로부터 강한 비난을 받기도 하였다. 뇌에 선천적인 장애를 가진 아들의 존재는 오에의 문학에 새로운 방향을 제시하였다. 『고진데키나타이켄(個人的な體驗, 개인적인 체험)』(1964)은 자신의 불행한 체험, 즉 기형아 출생을 주제로 하여 인권을 유린당한 전후세대의 문제를 파헤쳐 동년 〈신초샤(新潮社)문학상〉을 수상하기도 하였다. 이 같은 전쟁의 여파에 대한 관심은 『히로시마 노트(ヒロシマ·ノート)』(1965)와 『오키나와 노트(沖縄ノート)』로 출간되었다. 이후 『만엔간넨노훗토보루(万延元年のフットボール, 만엔 원년의 풋볼)』(1967)에서 『도지다이게임(同時代ゲーム, 동시대 게임)』(1979), 그리고 『아타라시이히토요메자메요(新しい人よ目覺めよ, 신세대여 눈을 뜨라)』(1983)는 고도의 세련된 문학적 기교와 작가의 진솔함으로 높이 평가받았다.

1994년 12월 스웨덴의 〈노벨문학상〉 수상 자리에서 밝힌 수상소감 「아이마이 나니혼토와타시(曖昧な日本と私, 애매한 일본과 나)」에서 밝힌 "일본이 특히 아시아인들에게 큰 잘못을 저질렀다는 것은 명백한 사실"이라는 내용과 "전쟁 중의 잔학 행위를 책임져야 하며 위험스럽고 기괴한 국가의 출현을 막기 위해 평화체제를 유지해야 한다."는 내용은 침략전쟁에 대한 많은 시사점을 준다.

5.5 내향(內向)세대의 소설

1970년대 중반 경이적인 고도성장을 이룩한 일본사회는 풍요로움과 안정권에 진입하였다. 그러나 급속히 도시화와 대중화로 인해 일상생활의 붕괴에 대한 위기감과 사회에서의 소외감이 대두되게 되었다. 이러한 불확실한 일상이나 인간관계를 치밀하게 묘사하려는 작가들을 '내향의 세대'라고 한다. 이들은 종래 소설의 스타일을 거부하고 보다 순수하게 동요하는 인간의 내면을 확인하고 이를 형상화하려는 노력을 하였다. 그러나 구로이 센지(黒井千次)의 『하시루카조쿠(走る家族, 달리는 가족)』(1970), 아베 아키라(安部昭)의 『시레이노큐카(司令の休暇, 사령의 휴가)』(1970), 고토 메이세이(後藤明生)의 『가카레나이호코쿠(書かれない報告, 쓰여지지 못한 보고)』(1971) 등에서는 변화와 혼미를 거듭하는 외부상황에 대처할 자아의 부재를 절감하지 못하고 자아의 공동(空洞)에 시달리는 의식의 흐름에만 주력하고 있어 대비된다.

黒井千次

古井由吉

이러한 현상은 후루이 요시키치(古井由吉)의 『요코(香子)』(1971)에서도 나타난다. 주인공 '요코'를 통해 비뚤어진 세상에서 시종일관 자기의 불확실한 위상정립을 위해 시달리는 면을 드러낸다. 이들의 자기 탐색적 문학이 자칫하면 긴장감을 상실하고 안일한 양식으로 변해버리는 위험부담을 안고 있었던 것이다.

이런 까닭에 이 시기의 소설은 본격소설이 갖추어야 할 구성이나 긴장감은 찾아보기 어렵다는 평가가 일반적이다.

5.6 1980년대 이후의 소설

국제화 고도정보화 사회로 급변해 가는 1980년대부터는 팍스 아메리카니즘(Pax Americanism)[27]시대를 살아가는 '국적을 못 느끼는 신세대' 작가들의 등장이 이채롭다. 이들은 대부분 전후(戰後)에 출생한 작가들로, 기존 문인들과는 달리 개인의 삶 영역에서 국가나 사회조직의 인식이 희박해지면서 탈정치·탈역사적 성향을 띠었다. 기존 문인들은 예술의 순수함을 추구하고, 작가의 주관이나 이상, 양심과 같은 철학이 담긴 작품을 쓴 데 반해, 신세대 작가는 엔터테인먼트로서의 소설관을 지닌 오락적인 작가의 세계로 전환하여 외국에서의 유랑생활을 문학으로 엮어 내었다. 도회 감각을 그려내 세계 공통적인 라이프스타일에 일본적 서정을 가미하는가 하면, 기호학을 사용하여 영상세대 다운 측면을 보여주기도 한다.

① 무라카미 류(村上竜)

무라카미 류(村上龍)의 데뷔작인 『가기리나쿠토메이니치카이부루(限りなく透明に近いブルー, 한없이 투명에 가까운 블루)』(1976)는 마약과 섹스에 탐닉하는 청년의 일상에서 일본 근대화가 빚어낸 상실감을 그려내었다. 이후 『코인로카 베이비즈(コインロッカー・ベイビーズ)』(1980)를 발표하여 물질만능주의와 인간성 상실의 시대를 비판함으로써 일본 현대사회의 시대적 문제를 가장 예리하게 다루고 있는 대표적인 작가로 부상하였다.

村上竜

무라카미 류는 그의 작품에서, 특히 일본 사회에서 금기시하는 마약, 섹스, 폭력 등을 과감하게 다루면서 일본의 전통적 가치관을 통렬하게 뒤집고 있다. 다소 거친 방법으로 세상에 대한 '적의'를 표현하고는 있지만, 그 안에 가운데 희망과 재생의 메시지, 인간에 대한 따뜻한 시선을 전제하고 있는 것이 특징이다.

---

27) 팍스 아메리카니즘(Pax Americanism) : 미국의 지배에 의해 세계의 평화질서가 유지되는 상황을 함축적으로 표현하는 용어이다.

② 무라카미 하루키(村上春樹)

村上春樹

1970년 『가제노우타오키케(風の歌を聞け, 바람의 노래를 들어라)』로 잡지 「군조(群像)」의 신인상을 수상하면서 소설가로 등단한 무라카미 하루키(村上春樹)는 현대 젊은이들의 감성을 일깨우는 『노르웨이노모리(ノルウェイの森, 노르웨이의 숲)』(1988)로 각광을 받으며, 1980년대 대표작가로 부상하였다. 그는 순수문학을 하면서도 끊임없이 여러 하위문학에 빠져들었다. 그의 문학은 공허함과 허탈감으로 가득 차있는 것 같으면서도 한편으로는 기존에는 발견할 수 없었던 툭툭 던지는 듯한 경쾌한 문체로 일본문학계에 새로운 패러다임을 제시했다.

일본에서 첫 번째 〈노벨문학상〉을 받은 가와바타 야스나리 문학이 일본의 전통미와 자연에 깊숙이 호응하고 있다면, 무라카미 하루키의 문학은 서양의 문명기호와 팝송에 유별나게 호응하고 있다고 할 수 있다. 이러한 작풍(作風)이 고스란히 담겨져 있는 소설이 지금까지도 세계에 꾸준히 읽히는 베스트셀러 『노르웨이노모리』이다.

「ねえワタナベ君、英語の仮定法現在と仮定法過去の違いをきちんと説明できる？」と突然僕に質問した。
「できると思うよ」と僕は言った。
「ちょっと訊きたいんだけれど、そういうのが日常生活の中で何かの役に立ってる?」
「日常生活の中で何か役に立つということはあまりないね」と僕は言った。「でも具体的に何か役に立つというよりは、そういうのは物事をより系統的に捉えるための訓練になるんだと僕は思ってるけれど」
緑はしばらくそれについて真剣な顔つきで考えこんでいた。「あなたって偉いのね」と彼女は言った。「私これまでそんなこと思いつきもしなかったわ。仮定法だの微分だの化学記号だの、そんなもの何の役にも立つもんですかとしかかんがえなかったわ。だからずっと無視してやってきたの、そういうややっこしいの。私の生き方は間違っていたのかしら？」…〈中略〉…「そうよ。だって私これまでいろんな人に英語の仮定法は何の役に立つのって質問したけれど、誰もそんな風にきちんと説明してくれなかったわ。英語の先生でさえよ。みんな私がそういう質問すると混乱するか、怒るか、馬鹿にするか、そのどれかだったわ。誰もちゃんと教えてくれなかったの。そのときにあなたみたいな人がいてきちんと説明してくれたら、私

だって仮定法に興味持てたかもしれないのに」

「ふむ」と僕は言った。

("그런데, 와타나베! 영어의 '가정법 현재'와 '가정법 과거'의 차이를 정확하게 설명할 수 있어요?"하고 갑자기 나에게 질문했다.

"설명할 수 있어요."라고 나는 대답했다.

"잠간 묻고 싶은데 말이죠! 그런 것들이 우리들의 일상생활에서 무슨 도움이 되는 거죠?"

"물론 일상생활에서 무언가 특별한 도움이 되는 것은 그다지 없지?"라 하고, 나는 말을 이었다. "하지만 구체적으로 어디에 도움이 된 다기 보다는, 그런 것들이 사물을 보다 더 체계적으로 파악하기 위한 훈련이 된다고 생각하고 있어."

미도리는 잠시 그 대답에 진지한 표정으로 생각하더니, "당신은 정말 훌륭하군요."라며 말을 이었다. "나는 지금까지 그런 것에 대해 그렇게까지 생각해보지도 못했어요. 가정법이니 미분이니 화학기호 따위는 아무 짝에도 쓸모없다고 밖에 생각 못했어요. 그래서 지금까지 그런 까다로운 것들을 무시해버린 거예요. 내가 살아온 방식이 잘못된 걸까?"

…〈略〉…

"그래요. 하지만 나는 지금까지 여러 사람들에게 '영어의 가정법이 무슨 쓸모가 있지?'하고 질문해 보았지만, 아무도 제대로 설명 해 주지 않았어요. 영어 선생님조차요. 모두 내가 그런 질문을 하면, 허둥대든가 화를 내든가 바보취급하든가 어느 하나였지. 그 누구도 제대로 가르쳐주지 않았어. 그럴 때 당신 같은 사람이 있어서, 제대로 설명해 주었더라면, 나도 가정법에 흥미를 가질 수 있었을지도 모르는데."

"그런가?"라고 나는 대답했다.)

위 내용은 어떤 학문을 하는 데 있어서, "그것을 왜 해야 하는가?" 하는 이유를 설명하거나 듣고 이해 하고나서 하는 학문은, 교육자나 피교육자에게 그 학문을 해야 하는 타당성을 훨씬 확실하게 이해할 수 있고, 그렇기 때문에 학습자 주도적이고 자율적으로 사물(事物)이나 물사(物事)에 접근할 수 있다는 근거를 제시하고 있다. 우리들은 어릴 때부터, "왜 그것을 해야 하는가?"하는 근거 없이, 기계적으로 해온 것을 반성해 볼 수 있는 대목이다. 즉, 특수한 것을 보편적인 것으로 승화시켜 접근할 수 있는 근거를 제시하고 있다. 이어서 '인간의 실존 가치와 위치'를 확인할 필연성을 제시한 문장이다.

僕は緑に電話をかけ、君とどうしても話がしたいんだ。話すことがいっぱいある。話さなくちゃいけないことがいっぱいある。世界中に君以外に求めるのは何もない。君と会って話したい。何もかも君と二人で最初から始めたい、といった。緑は長いあいだ電話の向こうで黙っていた。まるで世界中の細かい雨が世界中の芝生に降っているようなそんな沈黙がつづいた。僕はそのあいだガラス窓にずっと額を押しつけて目を閉じていた。それからやがて緑が口を開いた。「あなた、今どこにいるの？」と彼女は静かな声で言った。僕は今どこにいるのだ？
僕は受話器を持ったまま顔を上げ、電話ボックスのまわりをぐるりと見まわして見た。僕は今どこにいるのだ？　でもそこがどこなのか僕にはわからなかった。見当もつかなかった。いったいここはどこなんだ？　僕の目にうつるのはいずこへともなく歩きすぎていく無数の人々の姿だけだった。僕はどこでもない場所のまん中から緑を呼びつづけていた。

(나는 미도리에게 전화를 걸어, "아무래도 너와 이야기하고 싶다. 얘기할 것들이 엄청 많다. 이야기하지 않으면 안 될 게 잔뜩 있어. 온 세상에서 너 이외에 원하는 건 아무것도 없어. 너와 만나 이야기하고 싶다. 뭐가 됐든지 너와 둘이서 처음부터 시작하고 싶다."고 말했다.

미도리는 오래도록 전화 저쪽에서 말이 없었다. 마치 온 세상의 가랑비가 온 세상의 잔디에 내리고 있는 것 같은 그런 침묵이 계속되었다. 나는 그 동안 줄곧 유리창에 이마를 대고는 눈을 감고 있었다. 그리고 마침내 미도리가 입을 열었다.

"와타나베, 지금 어디 있는 거죠?" 하고 그녀는 조용한 목소리로 물었다.

나는 지금 어디에 존재하고 있는 건가?

나는 수화기를 든 채 얼굴을 들고, 전화박스 주변을 빙그르르 둘러보았다.

'나는 지금 어디에 있는 것인가?' 하지만 그곳이 어디인지 나로서는 알 수 없었다. 짐작도 할 수 없었다. 도대체 여기는 어디란 말인가? 내 눈에 보이는 것은 행선지도 없이 걸어서 지나쳐가는 무수한 사람들의 모습뿐이었다. 나는 그 어떤 좌표도 없는 장소 한 가운데에서 계속해서 미도리를 부르고 있었다.)

인간의 삶은 존재보다는 타율적 규제에 의해 기계처럼 돌아가는 일상을 살고 있기에, 이러한 현실에서 '인간의 실제적 존재여부와 존재의 가치'를 확인해볼 필연성을 제시한 것이다. 인간의 실존에 있어서, 시대성을 띠는 가로대(X축)와 각자의 개성을 중시하는 세로대(Y축)의 크로스에 의한 접점이, 바로 '나의 존재지점'이라고 할 수 있는데, 그 지점에서 '타자(개인, 단체, 환경)'와의 충돌, 긴장, 합의, 화해 등 제반 관계설정이 인간의 삶이라는 것을 말해주고 있는 것이다. 이처럼 『노르웨이노모리』는 평이한 문체로 고도의 내용을 취급하며 현실세계와 비현실의 세계를 소통하는 특이한 작풍을 보여주고 있다. 이런 까닭에 일본뿐만 아니라 해외에서도 '하루키 열풍'을 일으켰으며, '하루키칠드런'이라 불리는 작가들에게 많은 영향을 끼치고 있다.

또한 『노르웨이노모리(ノルウェイの森)』는 섹스장면의 묘사가 대단히 리얼하다. 그럼에도 불구하고 외설스럽다하여 음란물판정을 받았다거나 판매금지처분을 받지 않았다. 행위자가 일방적으로 섹스만을 추구하기보다는 사랑을 위하여 연인을 찾았고, 그 사랑 때문에 나름의 인간적 고뇌와 갈등을 겪었다는 특징이 가미되었다는 점이 『노르웨이노모리』를 외설스럽지 않게 보는 이유일 것이다.

③ 요시모토 바나나(吉本バナナ)

요시모토 바나나는 1987년 발표한 등단작 『키친(キッチン)』이 베스트셀러를 기록하면서 이듬해 제6회 〈가이엔신인문학상(海燕新人文学賞)〉을 수상한 여성작가이다. 자신이 좋아하는 열대지역에서 피는 빨간 바나나 꽃에 착안하여 국제적 감각을 지향하기 위해 '바나나'라는 성별불명, 국적불명의 필명을 생각해냈다는 요시모토 바나나의 작품은 그녀의 의도대로 전 세계 20여 나라에서 번역 출판되어 호평을 받고 있다.

吉本バナナ

『키친』은 젊은 여성들의 일상적인 언어와 문체, 소녀 취향의 만화처럼 친밀감 있는 표현으로 '하루키 현상'에 버금가는 '바나나 현상'을 낳았을 정도로 폭발적 인기를 누렸다. 그녀의 소설은 대체적으로 삶과 죽음, 현실과 초현실, 그리고 동성애, 성전환 등 일반적인 것과 이질적인 것이 서로 다른 고유의 영역과 가치를 지닌 채 포용되고 있다. 여성에게 성의 향락이 결혼이나 사랑을 전제로 했던 예전과는 다른 양상을 보여주고 있는 것이다.

Ⅳ 극문학(劇文學)

각본(脚本)이나 희곡(戲曲)은 원인, 발전, 정점, 결말(대단원)의 구성 원칙에 의해 통일되지 않으면 안 된다. 이는 아래의 표처럼, 중국의 '한시(漢詩)', 일본의 '노가쿠(能楽)', 서양음악의 '소나타형식'에서도 기본적으로 적용되는 구성 원칙이다.

▲ '한시(漢詩), 노가쿠(能楽), 소나타형식'의 구성

구분	원인(原因)	발전(發展)	정점(頂点)	결말(結末) 대단원(大團圓)
한시(漢詩)	기(起)	승(承)	전(轉)	결(結)
노가쿠(能楽)	서(序)	파(破)		급(急)
소나타형식	서주부 (序奏部)	제시부 (提示部)	전개부 (展開部)	재현부 (再現部)	종미부 (終尾部)

먼저 에도(江戸)의 짧은 노동요(勞動謠)를 '기승전결(起承轉結)'에 적용해 보겠다.

起　大阪本町糸屋の娘　　　（오사카 본정통 실집 아가씨）
承　姉は十六、妹が十四　　（언니는 열여섯, 여동생이 열네살）
轉　諸国大名は弓矢で殺す　（각 지방의 다이묘는 화살로 죽이고）
結　糸屋の娘は目で殺す　　（실집 아가씨는 눈으로 죽이네）

이 경우, '기(起)'의 '大阪本町糸屋の娘(오사카 본정통 실집 아가씨)'에서, '오사카 본정통 실집'의 주소를 발단으로, '승(承)'의 '姉は十六、妹が十四(언니는 열여섯, 여동생이 열네살)'에서, '(실집의) 언니와 동생 즉, 자매의 나이'로 이어받았는데, '전(轉)'의 '諸国大名は弓矢で殺す(각 지방의 다이묘는 화살로 (사람을) 죽이고)'가, '기(起), 승(承)'의 사항을 갑자기 돌려서, 전혀 상관없는 내용으로 서술하다가, '결(結)'에서 다시 '기(起), 승(承)'의 내용을 이어받아, '糸屋の娘は目で殺す(실집 아가

씨는 눈으로 (사람을) 죽이네'라는, 실집 자매의 아름다움으로 마무리하고 있다.

또 하나 일본의 오카모토 기도(岡本綺堂)가 창작한 1막 3장의 『슈젠지모노가타리(修禅寺物語)』는 가면제작자의 삶을 명인 기질에 대입하여, 자신의 장인정신을 예술지상주의로 승화하여 서사하고 있는데, 이를 위 표의 구성에 대입시켜보겠다.

『修禅寺物語』의 한 장면

무대는 이즈(伊豆) 지방의 슈젠지무라(修禅寺村). 가쓰라(桂)천변의 가면제작사 '야샤오(夜叉王)'의 집이다. 막이 오르자, 집의 앞마당에서 야샤오(夜叉王)의 큰딸 '가쓰라(桂)'와 작은딸 '가에데(楓)'가 가면의 초벌제작을 위한 다듬이질을 하고 있다. 언니 가쓰라(桂)는 기능인의 삶을 싫어하여, 장인정신을 무시하고 지금까지 독신으로 가업을 돕고 있는데, 여동생 가에데(楓)는 아버지의 제자 하루히코(春彦)를 남편으로 맞이하여, 분수에 만족하며 살고 있다. 이 두 자매의 성격과 삶을 나타내는 대사를 주고받는 부분이, '서(序)' = '기(起)' = '서주부(序奏部)'에 해당된다.

그리고 가마쿠라 막부의 2대 장군 미나모토노요리이에(源賴家)가 부하를 데리고 나타나, 예전에 명령해두었던 자신의 탈을 만들어 줄 것을 재촉한다. 야샤오(夜叉王)는 지금까지 요리이에의 탈을 몇 번이고 만들어봤지만, 이상하게도 그 탈에 죽을상(死相)이 나타났기 때문에, 아직 올려드릴 만큼 잘된 것이 만들어지지 않았다고 거짓말한다. 요리이에는 야샤오(夜叉王)가 자신을 놀리는 것 같아, 분노하여 야샤오를 칼로 내려치려한다. 바로 그 때 언니 가쓰라(桂)가 작업장에서 요전에 만들어놓은 요리이에의 탈을 가져와서, "여기 있어요! 이렇게 탈은 완성되어 있습니다." 라고 탈을 내민다. 야샤오(夜叉王)가 "그것 잘못 만들어져서, 탈이 죽어있습니다."라고 만류하지만, 요리이에는 듣지 않고 야샤오(夜叉王)가 만든 탈을 만족한 듯이 가지고 돌아간다. 요리이에는 돌아갈 때, 요리이에를 모시고 함께 살고 싶다는 가쓰라(桂)의 소망을 받아들여 요리이에의 저택으로 데리고 가면서 제1장(第一場)이 끝나게 된다. 여기까지가 '서(序)'를 이어받은 '파(破)'의 전반 = '승(承)' = '제시부(提示部)'에 해당된다. 요리이에의 등장으로 극이 훨씬 확대되고 야샤오(夜叉王)의 장인기질이 더욱 강조되고 있다.

이어지는 제2장은 요리이에와 가쓰라가 사랑을 속삭이면서 밤길을 걷는 장면이 전개되는데, 도중에 기타조 도키마사(北条時政) 쪽의 자객과 요리이에 부하들의 난투장면이 벌어진다. 요리이에에게 위기가 닥쳐옴을 암시하고 있는 것이다. 이 장면에서 무대에 변화를 줌으로써, 뭔가 더 불길한 사건이 일어날 것만 같은 분위기를 관객에게 느끼게 한다. 여기까지가 '파(破)'의 中間 = '전(轉)'의 上 = '전개부(展開部)'에 해당된다고 할 수 있을 것이다. (야샤오(夜叉王)가 탈에 죽을상(死相)이 보인다고 말했던, 복선(伏線)으로서 준비되어 있던 구성이, 점점 뚜렷하게 현실로 나타나고 있는 것이다.)

이상으로 제2장이 끝나고, 제3장은 다시 야샤오(夜叉王)의 집이다. 요리이에의 탈을 쓰고 남장(男裝)을 한 언니 가쓰라가 긴 칼을 든 채 피범벅이 되어 뛰어 들어온다. 한밤중에 요리이에의 저택에 기타조 도키마사(北条時政) 편의 군대(軍隊)가 쳐들어왔을 때, 마침 요리이에는 목욕을 하고 있었던 터라, 가쓰라는 요리이에의 옷을 입고 아버지 야샤오(夜叉王)가 만든 탈을 쓰고 자진하여 기타조의 군대 속으로 뛰어들어, 싸우다가 피투성이가 되어 도망쳐 온 것이었다. 마침내 쓰러진 가쓰라는 붙잡아 일으키려는 동생 가에데를 향하여,

> "아냐! 괜찮아! 죽어도 후회는 없어. 천한 것이 초라한 오두막에서 하잘것없이 천년만년 산다한들 무슨 부귀영화가 있겠어? 설령 한날한시를 살더라도 미나모토 요리이에 장군을 곁에서 모시며 와카사노쓰보네(若狭の局)라는 이름까지 하사받았으니, 이것으로 나는 세상에 나온 바램도 이루었다. 죽어도 나는 만족해!"

라 절규하며 숨을 거두려한다. (여기서 작자 오카모토 기도(岡本綺堂)는, 죽음에 직면한 가쓰라의 성격을 보다 확실하게 나타내고 있다.) 이 부분은 '파(破)'의 후반 = '전(轉)'의 하 = '재현부(再現部)'에 해당된다. 마지막으로 야샤오가 다음과 같은 말을 토해낸다.

> "아무리 여러 번 고쳐 만들어도 탈에 죽을상(死相)이 완연하게 보였던 것은, 내가 잘못 만들어서가 아니고 둔해서도 아니다. 미나모토의 장군 요리이에님이 그렇게 되실 운명이었음을 지금 이 순간에 비로소 깨달았다. 신(神)이 아니고서는 알 수 없는 인간의 운

명(運命)을, 먼저 나의 작품에 나타난 것은 자연의 감응(感應), 자연의 묘(妙), 기예(技芸)에 입신(入神)한 경지란 이런 것일세! 이즈(伊豆)의 야샤오(夜叉王)! 이래뵈도 천하 제일이로세!"

야샤오(夜叉王)는 회심의 미소를 흘리며, 단발마의 가쓰라를 향하여, "단발마의 젊은 여자 탈! 후세의 견본으로 그려놓고 싶구나! 고통을 참고 잠시 기다려라."라며 붓으로 열심히 사생한다. 여기서 대단원의 막이 내린다.

이 마지막으로 토해낸 야샤오의 대사와 동작은, 제1장에서 보인 그의 장인기질을 훌륭하게 통일시켜, 관객의 흥분을 최고조로 끌어올리면서 '급(急)' = '결(結)' = '종미부(終尾部)'의 급템포로 매듭짓는다. 『슈젠지모노가타리』는 이러한 점에서 '원인→발전→정점→대단원, 결말'이라는 구성의 치밀함이 돋보인다는 평가이다. 여기에 주인공 야샤오(夜叉王)의 예술에 대한 열의, 헌신, 고뇌 등이 진하게 묘사된 점, 최후의 가쓰라의 절규, 야사오가 친딸의 죽음을 보면서도 예술지상주의를 신봉하는 장인정신, 예술가로서의 자긍심 등이 주제(主題)와 잘 조응(照應)되었던 점에서 이 작품의 우수성을 엿볼 수 있다.

1. 초창기의 극문학

상대(上代)의 가요(歌謠)는 생산이나 신앙 등의 생활과 함께, 자연히 표출된 민중적 감정을 부정형률(不定形律), 우수구(偶數句)로 읊는 형식으로 발생하여 그 일부는 『고지키(古事記)』, 『니혼쇼키(日本書紀)』, 『후도키(風土記)』의 가요로 채록되었다.

고대의 헤이안(平安)시대에 들어서면 지방의 민요가 귀족적으로 정리되어, 가구라우타(神楽歌)나 사이바라(催馬楽) 등의 형태로 유행하게 되었다. 그것이 헤이안 중기에 접어들면서 한시문(漢詩文)에 가락을 붙여서 음창(吟唱)하는 '로에이(朗詠)'로 발전하였고, 헤이안 말기에는 '이마요(今様)' 등 갖가지 잡예(雜芸)로 나타나게 되었다. 그리고 중세에 이르면 가마쿠라(鎌倉) 중기에는 '헤이교쿠(平曲)'가 대유행하여 후대의 서사문학에 큰 영향을 미치게 되었다.

1.1 노(能)와 교겐(狂言)

노(能)와 교겐(狂言)의 원류는 나라시대(710~794)에 중국에서 전래된 산가쿠(散樂)에서 찾을 수 있다. 산가쿠는 원래 중앙아시아에서 비롯된 예능으로 곡예, 요술, 흉내내기, 가무 등을 내용으로 한다. 이 중에서 익살스러운 촌극 형태의 연희(演戱)가 중심이 되어 헤이안시대(794~1192)에 '사루가쿠(猿樂)'라는 예능으로 발전하게 된다. 헤이안시대 중기 후지와라노아키히라(藤原明衡)가 저술한 『신사루가쿠키(新猿樂記)』에 사루가쿠의 말(言)과 춤(舞)은 '턱이 빠지게 웃을 만큼 재미있다'라고 기록되어있을 정도로 사루가쿠는 흉내내기를 중심으로 요술 등이 포함되는 유쾌하고 재미있는 예능이었다.

　그 사루가쿠의 가무적인 요소를 계승하고 종교적인 면을 첨가하여 몽환(夢幻)의 세계를 추구하는 가무극으로 발전한 것이 '노(能)'이며, 사루가쿠 본래의 골계적이고 익살스러운 예풍을 그대로 계승한 것이 '교겐(狂言)'이다.

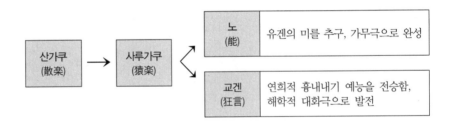

　노(能)와 교겐(狂言)은 한 무대에서 상연된다는 점에서 분리해서 볼 수는 없다. 서사시적 요소를 가미한 노(能)와 흉내내기와 같은 화술을 주체로 웃음을 추구하는 교겐(狂言)은 한 무대에서 각각의 특장점을 살려, 품격 있는 예능으로 발전시켜 나아갔다.

2. 중세의 극문학

2.1 노(能)

노(能)는 중세에 이르러 간아미 기요쓰구(觀阿彌淸次, 1333~1384)에 의해 14세기 후반 무대예술로 정립되어 현재까지 전승되어 온 일본의 대표적인 전통극이다.

能の上演

원래 사루가쿠의 예능은 사실적인 모방극이 주류를 이루었는데 간아미는 동시대 예능의 장점에 창의를 더하여 '사루가쿠의 노(能)'라는 가무극을 탄생시켰다. 간아미는 종래의 대화 위주의 촌극을 지양하고 서사시적 요소를 가미하여 노의 대본인 요쿄쿠(謠曲)를 만들고, 서사적인 대사를 표현하기에 적합한 음곡(音曲)을 혁신하여 정취 있는 춤(舞)으로 발전시킴으로써 사루가쿠의 면모를 새롭게 하였다. 간아미의 이러한 열정이 막부의 쇼군 요시미쓰(義滿)의 눈에 들어 무가사회의 비호와 후원을 받는 계기가 되었다.

이러한 간아미의 작업을 계승하여 노(能)를 대성시킨 사람은 아들 제아미 모토키요(世阿弥元淸：1363~1443)이다. 제아미 역시 무가사회의 후원을 받으며 노의 예풍을 더욱 발전시켜 나갔다. 그는 서민적 유흥극에서 고아한 정취가 있는 귀족적인 감상극으로의 전환을 꾀하였다. 제아미의 노의 궁극적 이념은 '유겐(幽玄)의 미'를 구현하는 데 있었으며, 그것이 몽환극(夢幻劇)으로 창출되었다. 이후 수많은 요쿄쿠의 창작과 예도(禮道)의 올바른 전승을 위한 제아미의 끊임없는 노력은 노가쿠(能楽)의 미학[1]으로 오늘에까지 전승되고 있다.

---

1) 노가쿠(能楽)의 미학 : 제아미는 수세기에 걸쳐서 '노' 연기자들이 따랐던 원칙들을 체계화시켜나갔다. 그는 자신이 쓴 「가쿄(花鏡)」(1424)에서 창작법, 낭송법, 배우들의 몸짓·춤, 연출지침을 상세하게 밝혀놓았다. 이것들이 '노'의 첫번째 주요원칙이 되었으며 제아미는 이를 모노마네(物眞似), 즉 '사물의 모방'이라고 표현했다. 그는 묘사할 인물로서 전설이나 전기에서 고전적인 인물을 적절하게 고르도록 권했으며, 시각적 선율적 언어적인 것을 적절히 통합시킴으로써, 마음의 눈과 귀를 열어 지고한 아름다움인 유겐(幽玄)의 경지에 이르게 할 것을 강조했다. 유겐은 그가 노의 2번째 주요 원칙으로 구체화시킨 것이다. 문자 그대로 '어둡고 어렴풋하다'는 뜻의 유겐은 관객이 한눈에는 거의 알아볼 수 없고 단지 부분적으로만 깨닫게 되는 아름다움을 암시하고 있다.

간아미·제아미 부자는 노(能)의 대본(謠曲) 중에서도 가장 우미하고 전형적인 작품들을 많이 썼는데, 그중 간아미의 『마쓰카제(松風)』와 제아미의 『다카사고(高砂)』는 걸작으로 꼽을 수 있다. 무겐노(夢幻能)의 전형이라 할 수 있는 『다카사고』의 줄거리이다.

다이고(醍醐)천황 치세인 엔기(延喜)년의 일이다. 규슈의 아소신사(阿蘇神社)의 신주 도모나리(友成)가 도성을 구경하던 중, 종자를 데리고 하리마노쿠니(播磨国)의 명소 다카사고(高砂)포구에 들른다. 도모나리가 마을 사람을 기다리는 곳에 정갈한 모습의 노부부가 나타난다. 소나무 그늘을 깨끗이 쓸어내는 노부부에게 도모나리는 다카사고의 소나무에 대해 묻는다. 노부부는 도모나리에게 이 소나무야말로 다카사고의 소나무이며, 멀리 스미요시(住吉)에 있는 스미노에(住の江) 소나무와 함께 '상생의 소나무(相生の松)'로 불리는 까닭을 말해준다. 그리고 『만요슈』의 때처럼 현 황제의 치세에 와카가 번창하고 있다는 것을 다카사고와 스미노에 소나무에 비유하고 칭송한다. 그리고 노부부는 도모나리에게 자신들은 다카사고와 스미요시의 '상생의 소나무(相生の松)'의 화신이라 말한 후, 스미요시에서의 재회를 기약하고 저녁파도가 밀려드는 물가에서 조각배를 타고 그대로 바람과 함께 사라져버린다.
남겨진 도모나리일행은 늙은 부부의 뒤를 쫓아 월출과 함께 작은 배를 내어 스미요시로 향한다. 스미요시의 해안에 도착하자 남자 몸을 한 스미요시의 신이 모습을 드러낸다. 달빛 아래 스미요시의 신은 거룩한 춤으로 악마를 물리치고 마을 백성의 장수를 기원한다.

간아미·제아미 부자의 끊임없는 창조적 노력은 후대로 이어져 제아미의 장남 간제 모토마사(觀世元雅)를 비롯하여 곤파루 젠치쿠(金春禪竹), 간제 노부미쓰(觀世信光)와 같은 뛰어난 예능인들이 출현하게 되었으며, 이들이 창작한 수많은 명작들은 현재까지 전해지고 있다.

16세기 들어 노(能)는 질적 변화와 함께 급진적으로 도약 발전하였다. 노에 심취하였던 도요토미 히데요시(豊臣秀吉)의 적극적인 후원으로 노의 의상이 극도로 고급화되고 호화스러워졌다. 노의 가면(能面) 제작에 있어서도 대가가 출현하여 명품가면이 만들어지게 되었으며, 상설공연장도 갖춰지게 되었다.

이후 노는 경사스러운 일이 있을 때 무사계급을 위해 직업 배우들이 벌이는 의식극(儀式劇)으로 발전하여, 지배층의 안녕과 장수(長壽), 번영을 기원하는 행사에 빠지지 않고 공연되게 되었다.

'노'의 유형

ⓐ 1번 노 : 첫 번째 상연하는 노로, '와키노(脇能)'라 한다. 신이 등장하여 초월적인 능력으로 지상과 인류에 축복을 내리는 내용으로 되어 있다.

ⓑ 2번 노 : 무장(武将)이 등장하여 전쟁체험과 사후(死後) 수라도(修羅道)에 떨어져 고통 받는 모습을 담은 내용으로 이를 '슈라노(修羅能)' 혹은 '슈라모노(修羅物)'라 한다.

ⓒ 3번 노 : 신분이 고귀한 여성이 등장하여 생전의 사랑과 이별의 애환을 가무(歌舞)로 표현한다. 가면과 가발을 사용하므로 '가즈라노(鬘能)' 혹은 '가즈라모노(鬘物)'라 한다.

ⓓ 4번 노 : 당대의 사실주의적인 이야기를 다루며 내용은 잡다하다. 격정과 빙의(憑依)로 인한 광란의 장면을 표현하므로 '모노구루이노(物狂能)' 혹은 '모노구루이모노(物狂物)'라 한다.

ⓔ 5번 노 : 신격이 낮은 악신이나 괴상한 짐승 또는 망령 등이 등장하여 거친 위력을 드러내는 내용이다. '기치쿠노(鬼畜能)' 혹은 '기치쿠모노(鬼畜物)', 또는 마지막에 상연하는 종목이므로 '기리노(切り能)'라 한다.

전형적인 '노'는 비교적 길이가 짧은 편이며 대사 역시 매우 적고 동작이나 음악을 위한 하나의 틀에 불과하다. 표준적인 노는 예술적인 조화와 훌륭한 분위기를 이루어내기 위해 앞의 5가지 유형 중에서 선택한 3개의 연극으로 구성되며 마지막 부분은 항상 '기리노(切り能)'로 마무리한다.

'노'의 배역

'노'에는 3개의 주요배역, 즉 ①주연배우인 시테(仕手), ②조연배우인 와키(脇), ③교겐의 배우가 있다. 각각의 연기자들은 독자적인 유파를 이룰 정도로 전문성을 지니고 있고 무대 위에서 연기하는 장소도 서로 다르다. 교겐의 배우 중에는 '노'에서 내레이터로 등장하는 경우가 많으며, 이밖에도 보조 배역으로는 시종 역할을 하는 '쓰레(連れ)', 어린이역을 하는 '고카타(子方)', 대사 없는 단역배우인 '도모(供)'가 있다.

노(能)의 음악은 '쓰즈미(鼓, 북)', '오쓰즈미(大鼓, 대고)', '고쓰즈미(小鼓, 소고)', '후에(笛, 피리)' 등 4가지 악기로 연주되는 기악합주인 '하야시(囃子)'와 8~10명의 가수로 이루어진 합창단인 '지우타이(地謠)'가 맡는다. 낭송인 '우타이(謠)'는 노 공연에 있어서 가장 중요한 요소 중 하나이다. 그 적용이 조금씩 다를 수는 있지만, 대본의 각 부분들은 낭송이나 여기(餘技)에 수반되는 동작 또는 춤의 방식을 지시한다. 대사와 노래에는 각각 고유의 이름이 있는데, 사시(差し)는 레치타티보(敍唱)와 비슷한 것이고, 우타(歌)는 원래 의미대로의 노래를, 논기(論議)는 합창단과 시테 사이에서 서로 번갈아 노래를 주고받는 것을 말한다. 기리(切り)는 연극이 끝날 때 나오는 합창이다.

2.2 교겐(狂言)

불교어인 '교겐키고(狂言綺語, 광언기어)'의 준말인 '교겐(狂言)'은 글자 그대로 '허튼소리'라는 뜻으로, '거짓을 보태고 꾸며서 그럴듯하게 하는 이야기'라는 부정적인 의미를 지닌다. 그러다 상식의 궤도를 벗어난 이야기, 혹은 우스갯소리라는 뜻을 내포하며 골계와 풍자를 특징으로 하는 극문학의 명칭으로 정착되었다.

교겐은 노와 같은 무대에서 공연되기는 하지만, 노와는 연극적 성격이나 주제가 전혀 다르다. 노가 유현의 미를 추구하여 가무극으로 완성된 데 반해, 교겐은 사루가쿠 본래의 특성인 연희적인 흉내내기를 그대로 전승하여 해학적인 대화극으로 발전하였으며, 또한 노는 장중하며 우아한 유현(幽玄)한 세계를 추구하는 데에 반해, 교겐은 가볍고 즐겁고 일상적인 세계를 묘사하여 풍자와 웃음을 선사하는 데 연극적인 목적을 두고 있기 때문이다.

1578년 채록된 현존하는 최고(最古)의 교겐집 『덴쇼쿄겐본(天正狂言本)』에 의하면, 당시의 교겐은 공연에 앞서 연기자 간에 대략의 줄거리와 대사 및 동작 등을 간단한 협의로 정하는 등 대본이 정립되지 않은 구전의 예능으로 기록되어 있다. 상당기간동안 즉흥성과 유동성, 대중성에 의존하고 있었던 것으로 보인다.

무로마치 말기에 이르러서야 오쿠라류(大藏流), 사기류(鷺流), 이즈미류(和泉流)와 같은 유파(流波)가 성립됨으로써 교겐계에도 각 유의(流儀)를 확립해가는 기

초가 형성되기 시작하였다.

교겐의 유형으로는 혼쿄겐(本狂言), 아이쿄겐(間狂言), 형태가 전혀 다른 산바소(三番叟)와 후류(風流)가 있다.

① 혼쿄겐(本狂言)

혼쿄겐은 독립된 제재(題材)와 줄거리를 가진 극으로 보통 '교겐'이라고 하면 혼쿄겐을 가리킨다. 노(能)로부터 독립된 예능이지만 발생 초기부터 독자적인 공연 없이 노의 사이에 끼여 노와 더불어 공연하는 방식을 지켜왔기 때문에 막간물(幕間物)과 같은 대접을 받아 왔다. 내용도 짧고 단순하며 상연시간은 15~40분 정도로 짧고 등장인물은 대부분 2~4명 정도로 되어 있다.

② 아이쿄겐(間狂言)

아이쿄겐은 주로 전후 2장으로 구성된 복식 노(能)의 막간(幕間)에 삽입되는 교겐이다. 노(能)의 전장(前場)이 끝나고 후장(後場)의 출연 준비를 하는 동안, 교겐의 배우 한 사람이 노의 주제와 관련된 이야기를 와키(ワキ)에게 들려준다는 형식으로 진행된다. 처음에는 시테(シテ)가 분장을 바꾸는 시간을 벌기위한 역할이었으나, 전반부의 내용설명이나 후반부의 흥미를 유발시키는 중요한 역할을 하게 되었다. 아이쿄겐에 등장하는 역할을 '아이(間)'라 하는데, 아이는 노의 전개를 돕는 역할로 등장할 때도 있다. '노' 자체에 삽입되어 노의 주제나 내용 등을 알기 쉽게 설명하는 역할을 하며 대개는 칼잡이, 뱃사공, 종복 등 신분이 낮은 배역이 그 역할을 담당한다.

③ 산바소(三番叟)와 후류(風流)

산바소와 후류는 의식에서 상연되는 특수한 예능으로, 신의 축복을 기원할 때나 경사스러운 일이 있을 때 상연한다.

2.3 조루리(淨瑠璃)

조루리는 본래 중세에 발생한 가타리모노(語り物), 즉 줄거리가 있는 이야기에 가락

을 붙이고 반주에 맞추어서 입으로 낭독하는 예능적 전통에서 기인한 것으로, 예능사상(芸能史上) 그 기원은 대체로 헤이안 말기에 생성한 『헤이쿄쿠(平曲)』를 시발점으로 한다.

『헤이쿄쿠』는 비파의 반주에 맞춰서 '헤이케모노가타리(平家物語)'를 낭독하는 것으로 이른바 장님인 '비와호시(琵琶法師)'의 전업이었다. '비와호시'의 이야기는 이미 헤이안시대 말기에 존재하고 있었는데, 가마쿠라시대에는 『헤이케(平家)모노가타리』『호겐(保元)모노가타리』『헤이지(平治)모노가타리』 등 뛰어난 전기문학의 성립과 함께 발달하여, 남북조시대로부터 무로마치시대에 걸쳐 크게 번영하였다. 불보살(佛菩薩)의 연기를 이야기하는 설경(説経)도 음곡적(音曲的) 발전을 이루어 '셋케이부시(説経節)'가 되었으며, 그 밖에도 '승(僧)의 이야기'라든가 '맹인어전(盲人御前)의 이야기', '고와카(幸苦)' 등 여러 종류의 가타리모노가 생겨났다.

그중에서도 무로마치 중기 소경스님이 부채로 손등을 치며 소리를 내는 박자에 맞춰 읊조리기 시작한 「조루리주니단조시(淨瑠璃十二段草子)」가 민중의 지지를 받으면서, 그 곡의 가락이나 억양을 '조루리 선율'이라고 부르게 되었고, 다른 '시쇼(詞章)'에도 쓰이게 됨으로써 '조루리'라 칭하게 되었다. 이 무렵 류큐(琉球)에서 도래한 뱀가죽으로 만든 악기 자비센(蛇皮線)을 반주하게 되면서 조루리는 크게 발전하게 되었다. 조루리 반주에 처음으로 자비센을 사용한 사람은 사와즈미 겐교(澤住檢校)라고 전해진다. 이후 뱀가죽을 구하기 어렵게 됨에 따라 고양이 가죽으로 사용하게 되었는데, 그것이 조루리의 필수 악기인 '샤미센(三味線)'이다.

3. 근세의 극문학

3.1 노(能)

14세기 간아미 부자에 의해 정립된 노는 무로마치시대에 급진적인 발전을 하였으며, 에도시대 접어들면서 보수적인 정책이 확립되기 시작한다. 이 과정에서 야마토 사루가쿠의 전통을 이은 4좌 체제(金春座, 觀世座, 寶生座, 金剛座)가 확고해지면서

'이에모토(家元)제도'2)에 의해 계보로서 전수되게 되었다. 4좌 체제가 확고해진 '노'의 조직에 새로운 유파인 기타류(喜多流)가 탄생하여 근세 노가쿠(能樂)계에는 '4좌 1류'의 구도가 형성되었다.

'노'는 '시키가쿠(式樂)'3)로서 막부의 의식행사에 의식예능으로서 상연되었다. 신년하례, 혼례, 탄생 등의 행사에 수반되는 공연, 즉 오모테노(表能)는 에도성 안의 무대에서 행해졌다. 시키가쿠의 시대를 거친 '노'는 보수적 성향을 고수하는 가운데, 연기 면에서는 극적인 진행보다는 부분적 세련미를 존중하여 배우의 동작이 신중해 졌으며, 희곡이 요청하는 것 이상으로 유형화, 양식화(樣式化)가 이루어지는 등 질적인 변화가 일어났다. 이것은 귀족화한 무사계급의 유장한 미의식인 '유겐(幽玄)'이 투영된 것으로, 일반인들이 즐길 수 있는 예능보다는 귀족들의 감상 예능으로 섬세하게 변모한 것으로 볼 수 있다.

'노'는 거의 아무런 사건도 일어나지 않기 때문에, 전체적 효과를 내는 것은 진행되는 행위보다는 주로 직유(直喩)나 은유(隱喩)에 의한 것이 대부분이다. 때문에 배우들은 서구적 의미의 배우나 연기자와는 달리, 이야기의 내용을 연기한다기보다는 이야기의 핵심적 요소를 암시하기 위해 주로 시각적 외양과 동작들을 사용한다. 노의 줄거리는 보편적으로 잘 알려져 있는 것이기 때문에 관객들은 배우들의 대사와 동작 속에서 일본 전통문화에 대한 상징과 미묘한 암시를 감상할 수 있다.

3.2 교겐(狂言)

에도막부에서 노와 교겐을 의례용 시키가쿠(式樂)로 제정하고 노의 체제를 정비함에 따라 교겐의 유파도 노의 4좌 조직에 편입되었다. 이에 따라 명인들은 3유파에 흡수되었고, 남은 교겐 무리들은 신흥예능 가부키(歌舞伎)에 편입되었다. 이렇게 교겐은 정착되어갔으며, 유파간의 상연종목도 확정되었다.

---

2) 이에모토(家元)제도 : 일본고래의 예도(芸道)로서, 정통의 유파(流波)로서의 권위를 이어받아, 유파의 문하 제자(門弟)를 통솔하는 집 혹은 당주(当主)를 말한다. 일찍이 헤이안시대로부터 가도(歌道)나 아악(雅樂) 분야에 이에모토가 형성되어, 전국(戰國)시대에는 무예의 이에모토가 나타났는데, 에도시대에는 널리 여러 예도(芸道)분야에, 이 제도가 전개되어 오늘날에 이르렀다.
3) 시키가쿠(式樂) : 가가쿠(雅樂), 노가쿠(能樂) 등의 공적인 의식에서 연주된 악극(樂劇).

1642년 오쿠라류(大蔵流)는 최초의 교겐대본 『오쿠라토라아키라본(大蔵虎明本)』을 발행하였으며, 사기류(鷺流)는 『야스노리본(保教本)』, 이즈미류(和泉流)는 『교겐리쿠기(狂言六義)』 등 교겐집을 발행하여 교겐의 형식을 정비해 나갔다. 이후에도 중기에 이르러 『오쿠라토라히로본(大蔵虎寛本)』(1792)이 발행됨에 따라 교겐의 고정화가 이루어지게 되었다. 이 교겐본은 전대의 교겐본과 비교할 때 작품 기재에 생략이 없고, 연출의 지시도 한가지로 고정되어 있으며, 외설스러운 작품이나 연출법은 삭제하고 간결하고 산뜻한 유머를 구사하도록 하고 있다. 본래의 교겐이 당대의 사회상을 풍자적으로 반영하며 웃음으로 처리하는 단순한 모방극으로 출발하였지만, 점차 유현(幽玄)의 미를 지향하는 '노'와의 공연에 조화를 이루고, 상류사회의 취향에 부응하기 위해 세련된 예능으로 발전시켜 간 것이다.

교겐의 분류는 유파에 따라 약간의 차이가 있으나 대체로 주인공이나 주제에 의해 분류되고 있다.

① 와키교겐(脇狂言)

처음 상연하는 교겐으로, 와키노와 마찬가지로 신이 인간에게 축복을 주는 내용이나 경사스러운 이야기를 주제로 한다. 민간신앙에서 모시는 신을 잘 받들고 부지런히 일하는 사람이 복을 받는다는 내용이 주류를 이룬다. 작품으로는 『후쿠노카미(福の神)』, 『에비스다이코쿠(夷大黒)』 등이 있다. 또한 부잣집 주인을 주인공으로 하는 작품은 『스에히로가리(末広がり)』, 『다카라노쓰치(宝の槌)』, 『산본바시라(三本柱)』, 『고부가키(昆布柿)』 등이 있다.

② 다이묘교겐(大名狂言)

지방 영주인 다이묘가 주인공인 교겐을 말한다. 어수룩하며 하인에게 놀림을 당하기도 하는 다이묘의 행동이 웃음을 유발시킨다. 『후즈모(文相撲)』, 『우쓰보사루(靭猿)』, 『하기다이묘(萩大名)』 등이 이에 해당된다.

③ 쇼묘교겐(小名狂言)

하인인 다로카자(太郎冠者, たろうかじゃ)가 주인공인 교겐으로, 다로카자교겐(太

郎冠者狂言)이라고도 한다. 쇼묘쿄겐은 쿄겐의 작품 중에서 가장 많은 수를 차지하며, 다로카자는 쿄겐을 대표하는 주인공으로 일컬어진다. 쇼묘쿄겐의 상징인 다로카자는 하인 중에서 최고참이면서도 덜렁대고 겁이 많지만 허풍을 떨면서 술을 좋아해 매사 실수를 저지르는 인물이지만 주인에게 꾸중을 들어도 다음날이면 아무 일도 없다는 듯이 일하는 낙천적인 성격을 지닌 인물이다. 천성이 착하고 천진스러워 친근감을 갖게 하는 특징이 있다.

대표작으로는 『보시바리(棒縛)』, 『부스(附子)』, 『스오오토시(素袍落)』, 『구리야키(栗焼)』, 『가네노네(鐘の音)』, 『소라우데(空腕)』, 『지도리(千鳥)』, 『기로쿠다(木六駄)』 등이 있는데, 그중 쇼묘쿄겐의 특징을 가장 잘 표현한 작품으로 『보시바리(棒縛)』를 꼽는다. 그 내용을 살펴보자.

하인 다로카자와 지로카자는 워낙 술을 좋아하여 주인이 집을 비울 때마다 술 곳간으로 들어가서 술을 훔쳐 마시기 일쑤다. 이런 사실을 아는 주인은 외출할 일이 생기면 여러 가지로 고민이 많다. 오늘도 외출할 일이 생기자 주인은 계책을 짜낸다. 주인은 먼저 지로카자를 불러서 최근 호신술을 배우고 있는 다로카자에게 그 자세를 해보게 한 후 그 틈을 타서 밧줄로 묶자고 제안한다. 그리고 나서 지로카자도 포박해버린다. 그러나 잔꾀가 많은 다로카자는 주인이 집을 비운 사이에 어떻게든 술을 먹을 궁리를 하다가 좋은 방법을 생각해낸다. 먼저 양팔이 길다란 봉에 묶여있는 다로카자가 바가지로 술을 퍼서 지로카자에게 마시게 하고, 그 다음에 술을 한바가지 더 떠서 양 손이 뒤로 묶인 지로카자의 손에 건넨다. 그리고 지로카자의 몸을 뒤로 기울게 하여 자신도 술을 마신다. 이러기를 여러 차례 되풀이하는 동안 두 하인은 얼근하게 취하게 되고.... 외출에서 돌아온 주인은 과연 어떤 행동을 취하였을까?

④ 무코쿄겐(聟狂言)

사위가 처가를 방문하여 인사드리는 의식을 치르는 날, 실수를 하여 망신당한다는 이야기를 다룬 작품이다. 대표작으로는 『후나와타시무코(船渡聟)』, 『후타리바카마

(二人袴)』등이 있다.

⑤ 온나쿄겐(女狂言)

부인이 등장하는 쿄겐. 부부간의 싸움이나 못생긴 부인을 둘러싼 소동 등을 주제로 한다. 온나쿄겐에 등장하는 부인은 성격이 매우 드센 중세의 서민 여성들이다. 연기하는 배우는 남자이기에 여인역할을 연기하기 위해 흰 천을 머리에 감아 양쪽으로

女狂言의 한 장면

길게 늘어뜨리는 분장을 한다. 가면을 사용하지 않는 것이 원칙이지만, 예외적으로 못생긴 여인으로 분장할 때는 추녀의 가면을 쓰기도 한다. 『쓰리바리(釣針)』, 『가가미오토코(鏡男)』, 『미카즈키(箕被)』, 『가마바라(鎌腹)』, 『돈타로(鈍太郎)』, 『오바가사케(伯母ヶ酒)』 등이 대표적이다.

⑥ 오니쿄겐(鬼狂言)

귀신이 등장하는 쿄겐이다. 여기서 등장하는 귀신은 나약하고 우둔한 모습을 보여 웃음을 유발한다. 인간의 완력이나 지혜에 지고 마는 무기력한 존재로 그리고 있다. 대표작으로 『아사히나(朝比奈)』, 『세쓰분(節分)』, 『가미나리(神鳴)』 등이 있다.

⑦ 야마부시쿄겐(山伏狂言)

주인공이 깊은 산속에 기거하며 고행수도를 하는 수행자로, 도(道)를 닦으며 얻은 능력으로 사람들을 병과 재앙에서 구제하는 것을 직업으로 하고 있다. 괴상한 주문을 외며 호언장담하지만 효험을 얻지 못하는데다, 매사에 실수를 하여 사람들의 웃음거리가 된다. 대표작으로 『가니야마부시(蟹山伏)』, 『구사비라(菌)』, 『가키야마부시(柿山伏)』, 『가규(蝸牛)』 등이 있다.

⑧ 슛케쿄겐(出家狂言)

승려들의 무지와 파계, 탐욕을 풍자한 쿄겐이다. 불교의 황금시대라고 일컬어지는 중세에 여러 종파가 생기고, 새로운 가치관도 생겨났지만 무질서와 혼란으로 불안감

이 팽배한 때이기도 했다. 슷케쿄겐은 무로마치시대 승려가 특권을 가지고 부패를 일삼는 것에 대한 풍자이다. 『슈론(宗論)』, 『사쓰마노카미(薩摩守)』, 『아쿠타로(惡太郎)』, 『오차노미즈(お茶の水)』 등을 대표작으로 꼽을 수 있다.

⑨ 자토쿄겐(座頭狂言)

맹인의 비애를 다룬 교겐이다. 눈이 먼 탓에 발생하는 일들을 웃음으로 표현하고 있다. 『쓰키미자토(月見座頭)』, 『가와카미(川上)』 등이 유명하다.

⑩ 자쓰쿄겐(雜狂言)

위의 분류에 들어가지 않는 교겐. 다양한 주제와 등장인물로 구성되는데 도둑, 사기꾼, 장사꾼, 이방인, 동물 등을 주인공으로 하여 다채롭게 엮어나간다. 대표작으로 『우리누스비토(瓜盜人)』, 『렌가누스비토(連歌盜人)』, 『자쓰보(茶壺)』, 『고야쿠네리(膏藥煉)』, 『후미야마다치(文山立)』 등이 있다.

3.3 닌교조루리(人形淨瑠璃)

① 분라쿠(文楽)의 유래와 인형극

분라쿠(文楽)의 유래는 인형과 조루리(淨瑠璃)의 결합에 있다. 원래 인형만을 사용하는 인형극은 나라(奈良)시대에 중국에서 건너온 구구쓰시(傀儡師)[4]에서 비롯되며, 가락을 붙여 악기에 맞추어 낭창하는 조루리(淨瑠璃)는 무로마치(室町)시대 중기인 15세기경 비파를 연주하면서 『헤이케모노가타리』 같은 옛 이야기를 들려주는 비와호시(琵琶法師)에서 비롯된다. 류큐(琉球)를 거쳐 오사카의 사카이(堺) 지방으로 전해진 샤미센이 조루리의 악기가 된 것은 1560년경이다. 이들은 제각각 시작되어 발전되어 왔는데, 1600년경 그것이 합하여 닌교조루리(人形淨瑠璃)로 발전하기 시작하였다. 닌교조루리는 당초 에도지방에서 시작되었는데, 그 중심이 점차 교토와 오사카로 이동하였다. 닌교조루리가 교토, 오사카지역에서 인기를 얻을 수 있었던

---

4) 구구쓰시(傀儡師) : 고대로부터 중세에 걸쳐 활동한 예능인 집단을 말함. 당시의 구구쓰시들은 상자 안에 작은 무대장치를 해놓고 인형을 놀리면서 각지를 돌아다녔다.

것은 오사카 출신 극작가 다케모토 기다유(竹本儀太夫)의 영향이 컸다.

닌교조루리가 분라쿠(文楽)로 불리게 된 것은 18세기 말 '분라쿠자(文楽座)'라는 극단이 대표적이었을 때 극단의 이름에서 유래된 것이다.

3명의 인형조종자가 관중이 보는 앞에서 허리 높이의 막 뒤에 있는 무대 위의 인형들을 움직이는 '닌교조루리(人形浄瑠璃)'라는 특징적 상연 형식은 18세기 중엽에 정착되었다. 유카(床)라는 돌출된 높은 단 위로부터 내레이터역인 다유(太夫)가 인형의 움직임을 말하고, 연주자는 3현 악기인 샤미센으로 반주한다. 다유는 대본에 따라 모든 등장인물의 역할을 각기 다른 목소리와 억양으로 연출하지만 즉흥적인 여지가 많다. 3명의 인형 조종자들은 삼위일체가 되어 인형의 몸짓과 태도가 생생하게 보이도록 신중하게 조종하여야 한다. 인형의 섬세한 의상과 개성 있는 표정은 대가들이 손으로 직접 만든다. 닌교조루리의 가장 큰 묘미는 인형의 다양한 동작과 섬세한 표정에 있다. 나무토막으로 만든 인형이지만, 인형조종자의 조종에 따라서 늠름한 장수의 기상을 나타내기도 하고 사랑하며 기다리는 애틋한 여인의 아름다움을 나타내기도 한다.

人形浄瑠璃의 上演

닌교조루리의 구성요소

ⓐ 배우인 인형과 인형조종자(人形遣い)
ⓑ 인형의 대사와 극의 내용을 노래로 전개하는 다유(太夫)
ⓒ 다유의 노래반주와 배경음악을 연주하는 샤미센 연주자(三味線引き)

太夫와 三味線引き

ⓐ 오모즈카이(主遣い) : 인형의 목과 몸통과 오른손을 다루는 조종자. 인형의 허리 아래에 뚫린 구멍에 왼손을 넣고 인형 목 아래 조정줄을 쥐며, 오른손으로 인형의 오른손을 다룬다.

ⓑ 히다리즈카이(左遣い) : 인형의 왼손을 담당하는 조종자. 오른손으로 인형의 왼손에 붙어있는 조정줄을 쥐고 조종하는 히다리즈카이는 왼손으로는 인형이 무대에서 사용하는 소도구를 다룰 수 있다.

ⓒ 아시즈카이(足遣い) : 인형의 양쪽 발을 담당하는 조종자. 아시즈카이는 몸을 낮추어 허리를 반쯤 들어 올린 자세로 인형의 두 발을 조종한다. 인형의 목과 몸통과 오른손을 다루는 오모즈카이가 15~40㎝나 되는 높은 게다를 신고, 인형을 무대 난간의 84㎝나 되는 상단까지 들어 올리고 있을 때에도 계속 그 자세로 서있거나 과격한 움직임을 해야 하기 때문에 엄청난 체력을 요한다.

人形과 人形遣い

ⓐ 유카(床) : 다유(太夫)와 샤미센(三味線)을 연주하는 장소. 유카 오른쪽에는 회전 무대가 갖추어져 있어 다유와 샤미센 연주자가 자연스럽게 등장하고 퇴장한다.

ⓑ 후나조코(船底) : 인형을 조종자들이 지나다닐 수 있는 통로. 이 통로는 무대 면보다 0.36미터 정도 낮게 만들어, 인형조종자의 눈높이와 인형의 눈높이가 비슷해지도록 한다.

ⓒ 고마쿠(小幕) : 무대 양쪽에 2개의 검은색 막을 말한다. 양쪽의 검은색 막은 시야에서 벗어난 장소, 이를테면 '관객에게 보이지 않는 장소'라고 하는 약속이다.

② 긴피라조루리(金平淨瑠璃)

긴피라조루리는 다유인 아이즈미(相泉)와 작자인 오카 세베(岡淸兵衛)를 중심으로 창시된 조루리의 한 종류이다. 미나모토노요리미쓰(源賴光)의 사인방의 한 사람인 사카다 긴토키(坂田金時)의 아들 긴피라(金平)와 그를 둘러싼 사인방이 악인을 퇴치한다는 무용담을 주 내용으로 한다. 주로 사카다 긴토키의 아들 긴피라가 활약하여 초인적인 용맹스러움을 보여주는데, 그 성격의 소박, 단순하다는 점이 에도인의 기풍과 합치하여 대단한 호평을 받았다. 대표적인 작품으로는 소위 긴피라모노(金平物)의 가장 오래된 극본인『우지노히메기리(宇治の姬切)』를 비롯하여『긴피라카단야부리(公平花壇破)』,『요리미쓰아토메론(賴光跡目論)』,『덴구하네우치(天狗羽討)』등이 있다.

③ 아야쓰리닌교조루리(操り人形淨瑠璃)

닌교조루리는 겐로쿠(元祿, 1688～1703)시대 다케모토 기다유(竹本義太夫)[5]가 모든 유파의 특색을 수용하여 기다유부시를 창시하였고, 각본가인 지카마쓰 몬자에몬(近松門左衛門)과 만나 완성을 이루었다.

近松門左衛門

(1) 지다이조루리(時代淨瑠璃)

1705년 다케모토 극단 흥행 책임자의 직책을 맡은 다케다 이즈모(竹田出雲)는 지카마쓰 몬자에몬을 극장 전속작가로 초빙하여 다케모토 극단의 재출발을 시도한 이래, 1715년『고쿠센야갓센(国姓爺合戰)』이 상연되기까지 10여년에 걸쳐 지다이조루리의 정형을 완성하였다. 지카마쓰의 지다이모노(時代物)는 기본적으로 다음과 같은 정형을 취한다.

ⓐ 初段 : 작품구조의 기본이 되는 극의 대립이 크게는 천하, 작게는 한 나라 내부의 반역 혹은 중심인물 사이의 불화라는 질서의 위기를 초래한다.

---

5) 다케모토 기다유(竹本義太夫) : 에도시대(江戸時代) 조루리의 대표적인 다유로, 본명은 기요미즈 고로베(淸水五郎兵衛)이다. 오사카 덴노지의 농가에서 태어난 그는 조루리를 좋아하여 20세에 전문적인 다유가 되어 1684년 오사카 제일의 환락가였던 도톤보리(道頓堀)에 조루리 극장인 다케모토자(竹本座)를 설립하였다. 이후 각본가인 지카마쓰 몬자에몬(近松門左衛門)과 만나『숫세카게키요(出世景淸)』를 시작으로 많은 조루리 작품을 만들어냈다.

ⓑ 二段 : 초단의 위기를 받아서 악인의 공격이 진행되고 선의 저항이나 질서 회복의 노력이 이루어지지만 성공하지는 못한다.

ⓒ 三段 : 비극장면을 절정으로 전제하고 그 앞에 1～2건의 발단이 되는 장면을 절정에 넣어 통일된 구성을 취한다.

ⓓ 四段 : 대부분은 미치유키(道行)[6]나 게이고토(景事)[7]의 등의 내용으로 약속한 것으로, 그 외에 볼 만한 장면이나 들을 만한 장면이 전개된다.

ⓔ 五段 : 대상황을 종결시키는 내용으로 작품 세계의 질서를 회복하거나 회복을 예고하는 형태로 대단원을 이룬다.

지카마쓰의 조루리는 이러한 비극적 구성의 핵을 '인정(人情)'과 '의리(義理)'의 갈등에 둔 점을 특징으로 하고 있다. 의리란 성실성에 기초한 공동체내의 인간관계가 뒷받침된 도덕이므로, 희곡작가가 의리를 핵으로 극적인 모순을 찾으려 할 때 반드시 수치를 느끼는 의식과의 일체화를 도모하기도 한다. 근세의 비극에 소위 '의리·인정 갈등극'이란 바로 이러한 성격의 것이다.

에도시대에는 동시대의 정치적 사건을 분라쿠(文楽)로 각본화(脚本化)하는 것이 엄하게 금지되었으므로, 에도시대에 일어났던 실제사건은 가마쿠라나 무로마치시대의 사건으로 각색하여 극적으로 재구성하는 방식을 취하였다. 때문에 사건의 배경은 이전시대인 헤이안(平安) 가마쿠라(鎌倉) 무로마치(室町)시대의 사건을 중심으로 전개된다. 가장 대표적인 작품은 1701～1702년 에도성에서 실제로 일어난 무사 47인의 할복자살사건인 '아코사건(赤穂事件)'[8]을 극화하여 대성공을 거둔『가나데혼추신구라(仮名手本忠臣蔵)』이다. 시대배경은 400년 전의 무로마치시대로, 등장인물의 이름과 관직명도 바꾸어 상연되었음은 물론이다. 총 11단으로 구성된 대략의 줄거리이다.

---

6) 미치유키(道行) : 조루리에서 무용에 의한 여행 장면.
7) 게이고토(景事) : 조루리에서 어느 명소 주위의 경치를 말로 늘어놓는 것.
8) 아코사건(赤穂事件) : 1701년 3월 14일 에도성에서 아코번의 번주 아사노 나가노리(浅野長矩)가 막부(幕府)의 의전을 맡은 기라 요시나카(吉良義央)를 칼로 내리쳐 상처를 입히는 사건이 발생하였다. 당시 5대 쇼군이었던 쓰나요시(綱吉)는 중요한 칙사를 대접하는 성내에서의 칼부림에 크게 진노한 나머지, '싸움은 양쪽 모두 처벌'이라는 무가사회의 대원칙을 무시하고 '아사노는 할복, 기라는 무죄'라는 불공평한 판결을 내렸다. 이에 아사노의 가신 오이시 구라노스케(大石内蔵之助)가 중심이 된 47인의 무사들은 주군의 한을 풀기 위하여 기라를 습격하는 복수극을 벌였고, 이듬해 2월 막부(幕府)로부터 전원 할복할 것을 명받게 되어 전원 할복자살한 사건을 말한다.

大序 : 하치만궁(八幡宮)을 조영한 후 쇼군 아시카가 다카우지(足利尊氏)를 대신하여
동생 다다요시(直義)가 가마쿠라로 온다. 그를 모로나오(師直)와 와카사노스케
(若狭之助), 엔야(鹽谷) 판관이 맞이한다. 적장인 닛타 요시사다(新田義貞)의
투구를 봉납하려는데, 진품을 몰라 대립하는 가운데 모로나오가 와카사노스케를
모욕하는 일이 발생한다.

二段 : 와카사노스케의 가로(家奴)인 혼조(本藏)의 거처로 혼조의 딸 고나미(小浪)의
약혼자 리키야(力弥)가 엔야 판관의 사자로 찾아온다. 이후 와카사노스케는 혼
조에게 자신을 모욕한 모로나오를 죽이겠다고 말하고, 혼조도 이에 동조한다.

三段 : 주군의 성격을 잘 아는 혼조는 성으로 가는 모로나오에게 뇌물을 주었고, 모로나
오는 태도를 바꾸어 와카사노스케에게 아부한다. 그리고 가오요에게 거절의 편
지를 받은 화풀이로 엔야 판관을 모욕하자 엔야 판관이 칼로 모로나오를 내리치
는데, 혼조의 제지로 가벼운 상처만 입힌다. 그러나 성 안에서의 싸움은 중죄이
므로 엔야가문은 폐문 당한다.

四段 : 폐문당한 엔야의 집에 사자가 도착하여 할복을 명한다. 엔야는 가로(家老) 유라
노스케(由良之介)가 오기를 기다렸으나, 유라노스케는 엔야가 할복한 후 도착
하고.... 주군의 피 묻은 칼을 보며 유라노스케는 절치부심하며 사후처리를 마친
후 동지들과 함께 복수를 맹세한다.

〈중략〉

七段 : 이후 유라노스케는 유곽에서 방탕한 생활을 하고, 모로나오는 유라노스케의 본
심을 알기 위해 구다유(九太夫)를 보내어 여러 가지로 시험해본다.

八段 : 고나미의 어머니 도나세(戶無瀨)는 딸 고나미를 데리고 리키야가 있는 야마나시
로 여행을 떠난다.

九段 : 유라노스케의 처 오이시(お石)는 혼조 때문에 엔야가 모로나오를 죽이지 못했다
며 리키야와 고나미의 결혼을 허락하지 않는다. 이에 도나세는 죽기를 각오하고
먼저 딸을 죽이려하자 오이시는 혼조의 목숨을 조건으로 결혼을 허락한다. 몰래
지켜보고 있던 혼조는 모로나오의 집 도면을 결혼선물로 남기고 리키야의 창에
일부러 찔려 죽는다.

十段 : 유라노스케는 장인 기헤이(義平)에게 복수를 위한 무기를 만들게 한다. 그리고
그를 시험하기 위해 가신을 포졸로 변장시켜 보낸다. 그러나 기헤이는 미동도
하지 않는다.

十一段 : 눈 내리는 밤 모로나오의 집에 쳐들어간 유라노스케와 동지들은 그의 목을
치고 주군 엔야의 위폐에 분향하고 나서 주군을 모신 고묘지(光明寺)로 향
한다.

(2) 세와조루리(世話浄瑠璃)

세와조루리는 에도시대 상공인의 생활과 풍속을 배경으로 서민의 실생활과 관련된 사건, 즉 의리, 인정, 금전관계로 인한 갈등을 주제로 하며 대중성에 기반을 두고 있다. 5단(段) 구성의 지다이모노에 비해 상·중·하 3단으로 구성되는 경우가 많고 진행속도도 빠르다.

세와모노의 주제가 의리와 인정의 묘사인 까닭에, 당시 인기 있는 씨름꾼이나 협객을 주인공으로 삼는 경우가 많으나, 가장 인기 있는 테마는 역시 남녀 간의 사랑이다. 에도시대는 특히 젊은이들의 순수한 사랑이 주위의 장애로 한계에 부딪쳤을 때 동반자살을 선택하는 경우가 있었다. 그것을 '신주(心中)'라 하는데, 당시 젊은이들은 신주를 '멋있는 일', '용기 있는 일'로 여기는 풍조가 있어 실제로 동반정사(同伴情死) 사건이 일어나는 경우도 많았다.

이런 사회적인 분위기에서 지카마쓰 몬자에몬(近松門左衛門, 1653~1724)은 소네자기 숲에서 실제 있었던 정사사건을 소재로 1703년 『소네자키신주(曾根崎心中)』를 만들어 무대에 올렸다. 다음은 대강의 줄거리이다.

숙부가 경영하는 간장가게 히라노야(平野屋)의 점원인 도쿠베(德兵衛)는 덴만야(天満屋)의 기생 오하쓰(お初)와 깊은 사랑을 하게 된다. 그러던 어느 날 도쿠베는 가게주인인 숙부로부터 혼담을 권유받고 의리와 연정 사이에서 번민한다. 도쿠베는 결국 의리보다는 연인 오하쓰를 택한다.
한편 오하쓰는 시골출신 손님을 따라 오사카(大阪) 33개소의 관음사찰을 순례하던 중 어느 찻집에 들러 잠시 쉬고 있었는데, 그곳에 숙부에게 쫓겨난 도쿠베가 와 있었다. 도쿠베는 숙부의 혼담을 거절한 대가로 당장 은(銀) 2관을 반납해야만 했기에 평생 동안 모아왔던 돈으로 해결하려고 했는데, 기름가게에서 일하는 친구 구헤이지(九平次)의 잔꾀에 말려 그 돈을 몽

浄瑠璃 『曾根崎心中』의 한 장면

땅 떼여버리고 잠시 피신해 있는 중이라며 슬퍼했다. 그 사정을 알게 된 오하쓰는 도쿠베를 위로한다.
……이쿠다마진자(生玉神社)에서 우연히 구헤이지를 만난 도쿠베는 차용증서를 들이대며 돈 갚을 것을 요구한다. 그런데 구헤이지는 오히려 잃어버린 자신의 도장으로 차

용증서를 날조하여 빌리지도 않은 돈을 요구한다는 오명을 뒤집어씌운다. 궁지에 몰린 도쿠베는 야밤에 오하쓰의 옷 속에 숨어 덴만야의 마루 밑으로 잠입한다. 그 곳으로 찾아온 구헤이지가 툇마루에 앉아있는 오하쓰에게 도쿠베의 욕을 하자, 둘은 발 신호로 동반자살 할 것을 결심한다. 모두가 잠든 깊은 밤에 둘은 몰래 덴만야를 빠져나와 소네자키 숲으로 간다. 먼동이 터 가는 밤의 끝자락에서 두 사람은 죽음을 맞는다.

『소네자키신주』처럼 실제 사건을 주제로 하는 분라쿠(文楽)는 시사성과 더불어 극적효과를 더했다. 관객들은 대도시의 항간에 일어난 동반정사(同伴情死)사건이나 치정에 얽힌 살인사건을 사건발생 수일 만에 분라쿠라는 연극형식을 통하여 감상하며 최신 뉴스를 접하는 효과를 누릴 수 있었다.

그러나 이러한 주제가 일으킨 사회적 파장도 컸다. 당시 교토와 오사카를 중심으로 유행병처럼 동반정사사건이 빈번해지게 되자 마침내 막부에서는 1722년 '신주금지령'을 내리기까지 하였다.

그럼에도 동반정사사건을 다룬 세와모노는 관객들의 정서와 맞물려 지속적인 인기를 유지하며, 성실한 처를 두고도 유녀와의 사랑 끝에 자살하는 남편의 이야기를 담은 『신주가사네이즈쓰(心中重井筒)』, 효(孝)와 사랑을 양립시키려 하였으나 성사하지 못하고 결국 파멸하는 모습을 그린 『신주요이고신(心中宵庚申)』 등으로 이어졌다.

3.4 가부키(歌舞伎)

가부키는 에도막부가 설립되던 1603년, 이즈모(出雲)지방의 무녀 오쿠니(阿国)가 교토의 한 강변에 판자로 가설극장을 세워 춤과 촌극을 공연한 것을 기원으로 한다. 당시 신기한 차림을 한 오쿠니의 새로운 춤은 삽시간에 대중을 매료시켜 크게 유행되었다.

'가부키'라는 말은 평평하지 않고 한쪽으로 기운다는 뜻의 '가부쿠(傾く)'에서 유래한 것으로, 관습에 얽매이지 않는 별난 모습이나 우스꽝스런 모습을 의미한다. 이후 오쿠니가 추는 새로운 춤을 '가부키오도리(歌舞伎踊り)'라 부르게 되었고, 그것이 가부키의 모태가 되었다. 가부키의 성립과 정착과정 그리고 그 종류를 살펴보자.

① 가부키의 성립과 정착

ⓐ 온나가부키(女歌舞伎) : 오쿠니의 공연이 인기를 끌자 이를 모방한 여성극단이 잇달아 생겨났다. 그들은 각 지방에서 춤과 촌극을 공연하였고 이로써 가부키는 널리 퍼져나가게 되었다. 이러한 여성들에 의한 가부키를 온나가부키(女歌舞伎)라 한다. 온나가부키는 오늘날의 가부키와는 다르게 연극의 내용보다는 춤과 음악이 중심이었고 배우들의 아름다운 미모를 볼거리로 하였다. 관능미를 내세운 온나가부키는 풍속을 문란하게 하고 사회질서를 어지럽힌다는 이유로 1629년에 금지되게 된다.

ⓑ 와카슈가부키(若衆歌舞伎) : 온나가부키 금지령을 계기로 여자역할을 위해 새로 등장한 것이 소년가부키, 즉 와카슈가부키(若衆歌舞伎)이다. 온나가부키에서 남장을 한 여자배우들과는 달리 여장을 한 소년들의 미모와 미성을 내세운 춤, 노래, 곡예 등이 새로이 각광을 받게 되어 온나가부키의 전성시대와 같은 큰 인기를 모았다. 그러나 그것이 극단의 내부분쟁을 초래한데다, 소년들이 남색의 대상이 되기도 하여 1652년 또 한 번의 가부키금지령이 내려지게 되었다.

ⓒ 야로가부키(野郎歌舞伎) : 와카슈가부키가 금지된 후 한동안 가부키는 사회에서 그 모습을 감추었으나 서민들의 가부키 부활운동과 탄원으로 '성인남자만 출연할 것', '구체적인 내용이 있는 연기 중심의 공연을 할 것' 등을 조건부로 공연허가를 받았다. 노래와 춤이 엄격하게 규제당한 가부키는 이후 극의 내용을 충실하게 구성하고 배우들의 기예 연마를 통해 대사와 동작에 중점을 둔 예술 본위의 연극으로 발전하게 되었다. 당시 성인남자들의 이마에서부터 중앙을 미는 머리형태를 야로아타마(野郎頭)

野郎歌舞伎의 한 장면

라고 하였는데 이러한 명칭에 의해 이후 성인남자만이 연기하는 가부키를 야로가부키(野郎歌舞伎)라 하였다.

이후의 가부키는 성인남자가 모든 배역을 맡아야하기 때문에 여성역인 온나가타(女方), 오야마(女形)가 등장하였으며 가부키 특유의 특색을 지닌 현재 가부키로 정착하게 된다.

② 가부키의 종류

(1) 작품에 따른 구분

ⓐ 마루혼모노(丸本物) : 인형극인 닌교조루리(人形浄瑠璃)로 상연한 작품을 가부키화한 것을 말한다. 인형극을 위해서 작가가 풍부한 구상으로 만들었기 때문에 희곡으로서의 골격이 튼튼하고 세밀한 구조를 가지며 문학성도 높은 것이 특징이다. 대표작으로는 『고쿠센야갓센(国性爺合戦)』, 『가나데혼추신구라(仮名手本忠臣藏)』, 『요시쓰네센본자쿠라(義経千本櫻)』 등이 있다.

ⓑ 준가부키(純歌舞伎) : 처음부터 가부키를 위해서 집필한 작품을 말한다. 마루혼모노가 일단 창작된 작품을 계속 반복적으로 상연하는 데 반하여, 준가부키는 원칙적으로 상연할 때마다 새롭게 창작하였기 때문에 마루혼모노에 비해 연기나 연출의 세부적인 면이 다소 떨어지는 경향이 있다.

ⓒ 쇼사고토(所作事) : 가부키상연 목록 중 무용적인 부분을 가리키는 것으로, 줄거리의 전개보다는 배우의 무용을 감상하는 데 중점을 두는 무용극을 말한다. 주로 나가우타(長唄)를 반주로 하여 춤을 추는데, 마루혼모노나 준가부키 안에 구성된 것도 있다.

(2) 주제에 따른 구분

ⓐ 지다이모노(時代物) : 지다이모노는 헤이안, 가마쿠라, 무로마치시대, 즉 고대와 중세의 귀족이나 무사사회에서 일어난 사건을 배경으로 한다. 지다이모노는 세와모노에 비해 규모가 크고, 무가사회에서 일어나는 파란만장한 비극이나 갈등 등을 양식적인 연기와 연출로 그려내고 있다. 대표작으로 『가나데혼추신구라』, 『요시쓰네센본자쿠라』, 『스가와라덴주데나라이카가미(菅原伝授手習鑑)』, 『간진초(勧進帳)』, 『스케로쿠(助六)』 등을 꼽을 수 있다.

ⓑ 세와모노(世話物) : 에도시대 서민들의 일상생활에서 일어난 사랑, 질투, 인정 의리 등을 소재로 다룬 것이다. 당시에 일어난 사건 등을 바로 소재로 삼았기 때문에 시대물보다 훨씬 사실적이어서 많은 사람들의 공감을 불러일으켰다. 대표작으로는 『소네자키신주』, 『신주텐노아미지마(心中天の綱島)』, 『산닌키치자(三人吉三)』, 『요쓰야카이단(四谷怪談)』 등을 들 수 있다.

ⓒ 오이에모노(お家物) : 에도시대 다이묘(大名)계승이나 주군과 가신과의 사이에서

일어난 소동을 다룬 작품을 오이에모노(お家物)라고 칭하며 따로 분류하기도 한다. 권선징악을 주제로 부정한 부인이나 간신 때문에 야기되는 문제 등을 소재로 하는 오이에모노는 서민사회에 폭넓게 받아들여졌다. 단조로운 조닌의 생활 묘사보다는 다이묘 집안의 소동을 실록적으로 취급하고 있어 지다이모노와 세와모노의 중간적인 작품으로 취급된다.

가부키의 약속된 연기양식

ⓐ 미에(見得) : 외양, 외관, 허세 등의 뜻을 가지고 있으며 가부키의 독특한 연기수법의 하나이다. 연기 중에 감정이 고조됐을 때나 난투 같은 심한 움직임을 했을 때, 특히 어느 행위를 관객에게 인상 깊게 하려고 할 때에 신체의 움직임이나 언어를 일시적으로 멈추어 긴장시키는 기법이다.

ⓑ 다테(殺陣) : 무대에서 벌어지는 난투 장면을 말하며, 살벌한 장면을 예술적으로 아름답게 보일 수 있는가 하는 것이 다테의 목적이라 할 수 있다. 연극에서 '다치마와리(立ち回り)'[9]와 같은 뜻임.

ⓒ 롯포(六方) : 배우들이 무대에 들어설 때, 손발을 크고 호기롭게 휘저으며 위세 좋게 걷는 걸음걸이를 말한다.

ⓓ 게렌(外連) : 무대에서 관객을 깜짝 놀라게 하는 교묘한 기교와 수법으로, 공중에 뜨게 하는 장치(宙乗り, 주노리), 재빨리 변신하는 연기, 겉옷을 재빨리 벗고 속에 입은 옷을 드러내는 연기(引抜, 히키누케) 등을 말한다. 곡예적인 요소를 도입해 관객을 즐겁게 하는 데 의의가 있다.

ⓔ 단마리(黙) : 등장인물들이 어둠 속에서 대사 없이 무언으로 서로 더듬어 찾는 동작을 과시하는 연기법을 말한다.

---

9) 다치마와리(立ち回り) : 연극에서 난투 장면. 나아가 '드잡이, 싸움, 난투'라고도 표현한다.

가부키의 독특한 화장법을 '구마도리(隈取り)'라고 한다. 구마도리는 가부키의 고유한 양식미를 표현하는 배우의 독특한 얼굴 치장 방법이다. 흰색은 선인의 역할을, 적갈색은 악역을 나타내며, 푸른색은 사악한 존재를 갈색이나 검은색은 귀신을 나타낸다.

가부키의 대표적 무대양식으로는 '하나미치(花道)'가 있다. 하나미치란 무대 왼쪽에 무대와 객석을 지나 뒤쪽으로 연결되는 공간을 말하며, 주요 등장인물들이 등장하고 퇴장하는 통로이다. 중요장면을 연기하는 무대의 일부이다. 다이내믹한 전개를 구사하기 위한 '회전무대'도 압권이다. 예전에는 인력으로 회전하였으나 지금은 전력을 통해 회전시키고 있다.

▲ 조루리(浄瑠璃)와 가부키(歌舞伎)의 비교

구분	조루리(浄瑠璃)	가부키(歌舞伎)
기원	浄瑠璃 物語	오쿠니가부키(阿国歌舞伎)
형태	지카마쓰 이후의 新浄瑠璃	야로가부키(野郎歌舞伎)
구성	곡절(曲節)을 가진 서사물에 의한 인형극	연기자의 춤이나 대사에 의한 연기
반주	義太夫節	長唄、唄浄瑠璃

4. 근현대의 극문학

4.1 노(能)와 교겐(狂言)

메이지유신(明治維新)으로 봉건질서가 붕괴되면서 '노' 역시 존립의 위협을 받게 되었으나 몇몇 저명한 배우들에 의해 그 전통의 명맥이 유지되었다. '노'가 활기를 되찾게 된 것은 제2차 세계대전 뒤 교육을 받은 많은 젊은이들이 관심을 갖게 되면서부터였다.

'노' 역시 새로운 관객들의 기호, 진보된 참신한 양식과 유형에 맞추어 변화해왔다. 또한 '노'의 목표를 더욱 명확하고 강렬하게 전달하기 위하여 표준형식들을 세련되게 다듬어나갔다. 그러나 이것들은 전통적인 형식에서 약간만 벗어났을 뿐 큰 변화는 없었다.

20세기에 들어서서 몇 가지 실험적 기법들이 시도되었는데, 도키 젠마로(土崎善磨)와 기타 미노루(喜多実)는 내용적으로는 새롭지만 그 표현방식에서는 전통적인 관례를 벗어나지 않는 '노'를 많이 만들었다. 한편 미시마 유키오(三島由紀夫)는 옛 연극을 선택하여 그 주제는 유지하면서 새로운 변형을 가했다. 이밖에 희극적인 막간극(幕間劇)형식의 교겐(狂言)을 정교화 시키거나, 가부키 식으로 관객들 사이를 지나서 무대에까지 이르는 긴 통로를 만들거나, 시테(シテ)에게 강한 스포트라이트를 비추게 하는 시도도 있었다. 그러나 관객들에게 별로 환영받지 못했다.

전후(戰後)에 이르러 '노'는 단지 '고전적 연극'으로서 뿐만 아니라, 완벽하고 세련되게 다듬어진 현대적 무대예술로서 감상하기 위해서 오는 관객들에 의해 유지되었다. 현재 2,000여 편의 대본이 완전한 형태로 남아 있으며, 그중 230여 편이 지금도 공연되고 있다.

'노'가 이러한 과정을 거쳐 대대로 이어져오면서도 상당부분 초기의 형식을 유지할 수 있었던 것은 첫째, 낭송, 춤, 동작, 음악 등을 상세히 지시하고 있는 대본이 보존되었기 때문이고, 둘째, 공연기법들이 직접적으로 정확하게 전수되었기 때문으로 보인다.

메이지유신과 함께 전통문화가 쇠퇴하는 풍조 속에 교겐 역시 쇠락을 피할 수는 없었다. 봉건도덕이 중시되어 남자가 남들 앞에서 우스갯소리를 하는 것이 부정적으로 평가받던 시기인데다, 정부가 군국주의를 내세우고 전쟁에 힘을 기울이게 되자, 웃음을 주제로 하는 교겐은 설 자리를 잃게 되었다. 그리하여 메이지 초기에는 오쿠라류 종가가 단절되고, 중기에는 사기류가 폐절되었다. 그리고 다이쇼 초기에 이르러 이즈미류의 종가도 단절되었다.

그러나 〈태평양전쟁〉 종전을 전후하여 도제(徒弟)들의 노력과 전후 고전극에 대한 일반인의 관심에 힘입어 오쿠라류와 이즈미류의 종가가 다시 부흥하여, 두 유파의 활동이 활발하게 이어졌으며, 현대에 와서는 노(能)와는 별도로 교겐(狂言)만의 독자적인 공연을 무대에 올리기에 이른다.

현재 공연물로 공인되고 있는 혼쿄겐의 종목은 오쿠라류가 180종, 이즈미류가 254종으로, 두 종류 공통의 작품인 174종을 제하면 260종의 작품이 상연물로 전수되고 있다. 현대에 들어 새로이 창작된 교겐을 신작교겐(新作狂言)이라고 하는데, 대부분은 계속 상연되지 못하고, 번외 곡에 편입된 것은 7종목밖에 없다. 이것은 고전극에의 신작 참여가 얼마나 어려운지를 대변해주는 예라 하겠다.

4.2 가부키(歌舞伎)와 분라쿠(文楽)

메이지정부는 개화의 수단으로 연극개량을 거론하였고 1886년 〈연극개량회〉가 발족되었다. 이러한 움직임에 호응한 사람이 당시의 명배우로 알려진 9대 이치카와 단주로(市川團十郎), 5대 오노에 기쿠고로(尾上菊五郎), 초대 이치카와 사단지(市川左團次)였다.

이 시대를 작품으로 지탱한 사람은 가와타케 모쿠아미(河竹黙阿弥)였다. 에도 시대부터 활약했던 가와타케 모쿠아미는 시대의 변화에 눈을 돌려 잔기리모노(散切もの), 가쓰레키모노(活歴もの)로 불리는 작품을 썼는데, 개량운동의 선에 너무 집착한 결과 흥미와는 거리가 먼 것이었다. 이들 작품에 대해 쓰보우치 쇼요(坪内逍遥)는 『와가쿠니노시게키(わが邦の史劇, 우리나라의 사극)』에서 '역사도 인간도 묘사되어 있지 않았다.'고 단정하고, 『기리히도하(桐一葉, 오동잎 하나)』(1894)를 비롯한 이른바 신사극(新史劇)이라 불리는 작품을 발표하였는가 하면, 모리 오가이(森鴎

外)도 극평과 함께 신가부키(新歌舞伎) 작품을 내놓았다.

가부키는 주요작품의 주역을 대대로 세습하는 관행을 가지고 있으며 전통의 엄밀한 계승을 중시하고 있다는 점이 특징적이다. 현대에도 가부키배우는 여전히 인기몰이를 하고 있어 현대 일본어의 일상용어에서도 가부키의 흔적을 찾아볼 수 있는데, 잘생기고 바람둥이 남자를 뜻하는 '니마이메(二枚目)', 재미있는 사람을 뜻하는 '산마이메(三枚目)', 또한 잘하는 것을 '주하치반(十八番)'이라고 곧잘 표현하곤하는 것도 가부키에서 유래된 용어이다.

한편 가부키(歌舞伎)의 발전에 비해 그다지 두드러진 발전을 보이지 못했던 분라쿠(文楽、人形浄瑠璃)도 전후(戦後)에 점차 활성화되어갔으며, 관계자들의 노력으로 1955년에는 일본의 중요무형문화유산으로 지정되었다. 과거 온종일 계속되었던 공연이 원래의 6막에서 2~3막 정도로 축소되는 가운데서도 지속적인 명맥을 유지하고 있으며, 에도시대 때 쓰인 700여 작품 가운데 약 160여 작품의 레퍼토리가 오늘날에도 남아 있어 오사카, 도쿄 및 지방에서 상연되고 있다. 대본의 미학적 우수성이나 극적 내용은 꾸준하게 현대의 관객을 매혹시키고 있다.

4.3 라쿠고(落語)

일본 근세에 시작되어 현재까지 계승되고 있는 화술을 기반으로 하는 전통예술 중하나인 라쿠고(落語)는 의상이나 도구, 음악을 활용하기 보다는 몸짓과 입담, 최소한의 소도구(쥘부채와 손수건)만으로 이야기를 진행시켜가는 독특한 공연예술이다.

라쿠고의 성립시기에 대해서는 여러 가지 설이 있지만 무로마치시대와 전국시대(戦国時代)에 활동한 오토기슈(御伽衆)라는 집단의 한 사람이었던 스님 안라쿠안사쿠덴(安楽庵策傳, 1554~1642)이 정리한 『세이스이쇼(醒睡笑)』(전8권)에 현대의 '오치(落ち)라쿠고'의 우스갯소리에 해당하는 부분이 포함되어 있어서 이를 라쿠고의 원형으로 보고 있다. 에도시대에는 이를 '하나시(はなし)', '오토시바나시(落しばなし)', '가루구치(軽口)', '곳케이바나시(滑稽ばなし)'라고도 하였고, '라쿠고(落語)'라는 명칭으로 정착된 것은 메이지시대에 들어서이다.

라쿠고는 〈2차 세계대전〉을 기준으로 그 이전의 것은 고전라쿠고(古傳落語),

그 이후의 것은 신작라쿠고(新作落語)로 구분한다. 고전라쿠고의 작품 수는 약 400편 정도이나 작자미상의 경우가 많고, 현재 그 절반만이 공연되고 있으며, 신작라쿠고는 풍자성이 짙은 작품이 대부분이다. 지역적으로는 도쿄를 중심으로 간토(関東)지역의 무대에 올리는 것을 에도라쿠고(江戸落語), 교토와 오사카를 중심으로 올리는 것을 가미가타라쿠고(上方落語)라 한다.

라쿠고는 '요세(寄席)'라 불리는 전용무대나 그 밖의 소규모 공연장에서 행하여지며, 직업으로써 라쿠고를 하는 예술가를 '라쿠고카(落語家)'[10]라고 한다. 라쿠고카가 풀어내는 이야기에는 일반적으로 여러 사람의 대화가 포함되므로, 라쿠고카는 여러 인물의 캐릭터를 목소리의 크기 및 높낮이, 추임새, 몸짓만으로 표현한다.

라쿠고카는 동업자들로 구성된 조합(협회)에 가입되어야 직업적인 라쿠고카로 인정을 받는다. 조합에서는 '도테이제도(徒弟制度)'가 지켜지고 있으며, 라쿠고카가 되기 위해서는, 스승의 문하에서 일정기간 이상의 수행을 거쳐야 한다. 따라서 라쿠고카가 활동할 때 사용하는 예명은 스승으로부터 받거나 다른 유명한 라쿠고카의 이름을 물려받는 것이 일반적이다. 현재 활발하게 활동하고 있는 라쿠고카로는 재일교포 3세인 쇼후쿠테이 긴페이(笑福亭銀瓶)[11]를 들 수 있다. 그의 대표적 공연물 『도키우돈(時うどん, 시간 우동)은 돈 없고 허기진 두 남자의 이야기다.

笑福亭銀瓶

가진 돈도 없는데 배가 너무나 고픈 두 남자가 있었다. 둘은 너무나 배가 고파서 서로가 가진 돈을 합해서 우동을 사먹기로 하고, 포장마차에 들어갔다. 그러나 둘이 합한 돈은

---

10) 처음 라쿠고카(落語家)는 에도 4대 쇼군 도쿠가와 이에쓰나(徳川家綱)시대 교토에 등장한 승려 쓰유노고로베(露五郎兵衛)였는데, 그는 갈대로 만든 오두막집 안에서 짧은 이야기나 수수께끼를 내면서 사람들을 웃겼다. 이후 오사카에 등장한 요네자와 히코하치(米沢彦八)는 라쿠고 이외에도 길거리에서 가부키배우 흉내를 내거나 소도구나 몸동작을 이용하여 재미있는 이야기를 하여 사람들을 즐겁게 하였다. 이후 에도에서도 오사카 태생의 시카노 부자에몬(鹿野武左衛門)이 아사쿠사지(浅草寺)에서 라쿠고를 공연하여 화제가 된 이래 수많은 라쿠고카가 등장하게 되었다.

11) 쇼후쿠테이 긴페이(笑福亭銀瓶, 1967~   )는 고베(神戸)출신의 재일교포 3세이며, 본명은 마쓰모토 쇼이치(松本鐘一), 한국이름은 '심종일(沈鐘一)'이다. 1988년 일본 3대 라쿠고카로 손꼽히는 쇼후쿠테이 쓰루베의 문하에 들어가 라쿠고카 수업을 받았으며, 현재 '쇼후쿠테이 긴페이'라는 이름으로 활동하고 있다. 2004년 최양일 감독의 영화 『지토호네(血と骨, 피와 뼈)』에 깊은 감명을 받은 이후 한국어 공부를 시작한 긴페이는 2005년부터 본격적으로 라쿠고 공연을 하였으며, 2007년부터는 한국 순회공연을 시작하여 매년 한국 관람객들과 만나고 있다.

열다섯 푼이고, 우동 한 그릇 값은 열여섯 푼이었다. 둘 중 머리 좋은 남자가 잔꾀를 생각해 내었다. 일단 포장마차에 들어가서 우동 한 그릇을 주문하였고 우동을 말끔히 먹어치운 후, 계산할 때가 되자 돈을 한 푼씩 세면서 내는 것이었다. 한 푼, 두 푼, 세 푼…… 여덟 푼까지 내더니 머리 좋은 남자가 주인에게 "주인장! 지금 몇 시래요?"라고 묻자 주인은 "아홉 개요"라고 대답했다.(옛날 일본에서는 시간을 한 개, 두 개, 세 개…… 이런 식으로 세었다.) 그 순간 머리 좋은 남자는 재빨리 열, 열하나……로 세어서, 열여섯 푼짜리 우동을, 열다섯 푼만 내고 포장마차를 나왔다. 그 다음날 멍청한 남자가 어제와 같은 방법으로 우동을 먹으러 그 포장마차에 갔다. 과연 성공할 수 있을 것인지……

라쿠고의 구성(3단)

ⓐ 도입부(枕, 마쿠라) : 본 이야기 전에 하는 짧은 이야기로, 주로 재미있는 토막이야기나 최근 이슈, 혹은 날씨관련 이야기로 시작한다.

ⓑ 중심부(本題, 혼다이) : 주제 중심의 이야기로, 가능한 설명을 자제하고 대사와 동작만으로 연기한다.

ⓒ 결론부(落ち, 오치) : 라쿠고의 가장 큰 묘미를 보여주는 부분으로, 주제에 맞게 흥을 돋우는 짧은 이야기로 마무리한다. 시작부터 석연치 않은 많은 풀리지 않는 것들로 연이어진 이야기가 '마지막에 말 한 마디'에 의해 앞의 모든 궁금증을 한꺼번에 풀면서 매듭지면서 이야기를 끝내는데, 이 '마지막에 말 한 마디'를 '**오치(落ち)**'라고 한다. 한국에서 유행하는 '00시리즈'의 마지막 부분과 같은 역할이다.

라쿠고의 계급

ⓐ 미나라이(見習い) : 라쿠고카로 첫 입문한 사람

ⓑ 젠자(前座) : 스승의 심부름이나 제자역할

ⓒ 후다쓰메(二つ目) : 라쿠고카로 입문해서 5년이 지나야 됨. 라쿠고카로 인정을 받아 스승으로부터 독립할 수 있다.

ⓓ 신우치(真打) : 라쿠고카의 최고의 위치. 입문하여 15년이 지나면 신우치로 승진할

4.4 근대 극문학의 발전

메이지 초기의 연극은 가부키(歌舞伎)를 중심으로 이어져갔다. 가와다케 모쿠아미
(河竹黙阿弥)는 잔기리모노(散切物)[12]에 의해 개화의 세태를 반영하여, 새로운 바
람을 일으켰다. 1880년경에는 연극개량의 기운이 높아지면서 후쿠치 오치(福地桜
痴) 등에 의한 가쓰레키모노(活歷物)[13]가 시도되었다.

　1890년대 들어 모리 오가이(森鴎外)는 서구연극의 소개에 힘쓰고, 문학으로서
희곡(戱曲)의 독립을 주장하였으며, 쓰보우치 쇼요(坪内逍遥)는 사실(史實)의 내면
적 해석과 인물의 성격표현을 추구하는 신사극(新史劇)을 추진하여 가부키계를 크
게 자극하였다. 종래의 가부키에 대한 불만은 가와카미 오토지로(川上音二郎)의 소
시시바이(壮士芝居)[14]를 거쳐, 이이 요호(伊井蓉峰) 등에 의해 신파극(新派劇)[15]
탄생으로 이어졌지만, 이는 근대극으로 보기에는 부족하였다. 근대극은 1900년대 초
자연주의 중심의 서구 근대극이 이입되면서 쓰보우치 쇼요, 시마무라 호게쓰(島村
抱月), 오사나이 가오루(小山内薫)를 중심으로 신극운동이 일어나게 되면서 비로소
근대극으로서의 면모를 드러내게 되었다.

① 신극운동(新劇運動)

1906년(M39) 쓰보우치 쇼요와 시마무라 호게쓰(島村抱月) 등 와세다파 문학자를 중
심으로 〈분게이쿄카이(文芸協会)〉가 발족되었다. 이들은 연극연구회를 설립하여
배우를 양성하여 쇼요, 셰익스피어, 입센의 작품을 상연하여 호평을 받았다. 그런데
시마무라 호게쓰가 여배우 마쓰이 스마코(松井須磨子)와 연애사건을 일으키는 바람
에 내분으로 해산되게 되자, 시마무라 호게쓰와 마쓰이 스마코는 그 해에 〈게이주쓰

---

12) 잔기리모노(散切物) : 메이지 4년(1871)의 단발령(斷髮令)에 의해 행해진 삭발머리(散切頭)에 상징된 문명
　　개화의 세태(世態)와 풍속(風俗)을 묘사한 새로운　세태물(世話物). 외형적(外形的), 소재적(素材的)으로
　　는 새로운 경향, 새로운 해석을 보이지만, 인물의 취급 등 본질적인 면에서는 구태의연했다.
13) 가쓰레키모노(活歷物) : 메이지 초의 명배우　구다이메 단주로(九代目団十郎)가 종래의 황당무계한 역사
　　극을 대신하여 사실(史實)을 중시하여 상연한 가부키를 말함.
14) 소시시바이(壮士芝居) : 자유민권운동을 목표하여, 메이지 24년경(1891)부터 가와카미 오토지로(川上音二
　　郎)·수도 사다노리(角藤定憲) 등이 시작한 일종의 신파연극(新派演劇), 서생연극(書生芝居)이라고도 함.
15) 신파극(新派劇) : 청일전쟁 이후, 이제까지의 가부키의 온나가타(女方)에 불만을 가지고, 남녀합동으로 공
　　연하는 것을 목표한 새로운 풍속극. 소시시바이(壮士芝居)의 연장선상에서, 이이 요호(伊井蓉峰), 가와이
　　다케오(河合武雄), 기타무라 로쿠로(喜多村緑郎) 등이 가담하여 완성하였다.

자(芸術座)〉를 결성하여 입센, 톨스토이 등의 작품을 상연하였다. 이후 1909년 (M42) 2대 이치카와 단주로(一川団十郎)와 오사나이 가오루(小山内薫)가 〈지유게 키조(自由劇場)〉를 창설하여 주로 셰익스피어, 입센, 호프만 등 서양연극과 요시이 이사무(吉井勇) 등의 신작을 상연하여 호평을 얻었다.

자연주의 작가 마야마 세이카(眞山靑果)는 『다이이치닌샤(第一人者, 제1인자)』 를 발표하였고, 이와노 호메이(岩野泡鳴)와 마사무네 하쿠초(正宗白鳥)에 이어 반 자연주의 작가 기노시타 모쿠타로(木下杢太郎), 다니자키 준이치로도 희곡을 썼다. 시라카바파 작가 무샤노코지 사네아쓰의 『소노이모토(その妹, 그 여동생)』(1915), 아리시마 다케오의 『도모마타노시(ドも又の死, 도모마타의 죽음)』, 구라다 하쿠조 (倉田百三)의 『슛케토소노데시(出家とその弟子, 출가와 그 제자)』 등과 신사조파 의 작가 기쿠치 간(菊池寛)의 『지치카에루(父帰る, 아버지 돌아오다)』 등은 대표적 희곡이다. 입센의 영향을 받은 이들 작가의 작품은 신극무대에 올려졌다.

▲ 초기 신극운동의 2대 유파

단체명	발족	내　　용
芸術協会	1906	坪内逍遥와 島村抱月. 신극운동 초기 강력추진. 번역극 상연
自由劇場	1909	小山内薫와 二代目市川左団次가 중심. 森鴎外의 번역극 상연

② 발전과 분열

1914년(T3) 오사나이 가오루(小山内薫), 히지카타 요시(土方与志) 등에 의해 신극 전문극장을 갖게 된 극단 쓰키지쇼게키쵸(築地小劇場)의 탄생은 새로운 신극운동을 초래하였다. 다이쇼기 비약적인 발전을 하던 신극운동은 쇼와기 들어 '예술파(芸術 派)'와 '프롤레타리아파(プロレタリア派)'로 분열되면서 마침내 해산되었다.

프롤레타리아파는 1928년(S3) 오사나이 가오루(小山内薫)가 사망하자 이듬해 좌익운동의 한 조직인 좌익극장과 접촉하여 급속히 좌경화 되었고, 예술파는 도모타 교스케(友田恭助) 부부에 의해 〈쓰키지자(築地座)〉가 창립되고, 잡지「게키사쿠(劇 作)」를 발행함에 따라 뛰어난 신작을 발표하였다. 신파(新派)는 이러한 사정에 의한 일시적 저조에서 벗어나 1929년(S4)의 합동으로 부활하게 되었으며, 가와구치 마쓰 타로(川口松太郎)를 중심으로 신생 신파(新派)가 결성됨에 따라 인기를 회복했다.

그러나 1937년(S12) 〈쓰키지자〉가 해산되자 도모타는 이듬해 새로 〈분가쿠자(文学座)〉를 결성하였다.

쇼와기의 희곡작품으로는 특히 미요시 주로(三好十郎)의 반파시즘 계열 『후효(浮漂, 부표)』와 무라야마 도모요시(村山知義)의 프롤레타리아 계열 『보료쿠단키(暴力團記, 폭력단기)』가 주목된다.

4.5 현대의 희곡

전후 신극은 체호프 작 『사쿠라노소노(桜の園, 벚꽃정원)』의 합동공연을 시작으로 각 연극집단이 활발한 행동을 개시함으로써 부활의 조짐이 일어났다. 전쟁기에도 비교적 탄압이 적었던 가부키와 신파(新派)는 그대로 활동을 확대하였고, 신극은 합동공연을 계기로 살아남은 〈분가쿠자〉와 전쟁중 결성된 〈하이유자(俳優座)〉, 부활한 〈신협극단(新協劇團)〉 외에도 〈극단민예(劇團民芸)〉, 〈극단사계(劇團四季)〉 등 새로운 그룹이 활동하였다. 이시기 마후네 유타카(真船豊), 미시마 유키오(三島有紀夫), 아베 고보(安部公房) 등은 이러한 신극운동과 상관없이 다수의 희곡작품을 발표하였다.

1960년대에 이르면 작가가 연출을 겸하거나 때로는 주인공을 겸하는 소극장운동이 일어나게 된다. 각각의 소극장 주최자가 거의 희곡작가인 셈이다. 이후 텔레비전이라는 새로운 미디어의 등장으로 2시간 드라마, 대하드라마 등등 신종용어가 정착되게 되고, 희곡작가들도 시나리오 작가로 새로운 변신을 시도하여 현재에 이른다.

오늘날 연극계에서 1,000여 차례를 훨씬 상회하는 상연(上演)기록을 보유한 기노시타 준지(木下順二)의 『유즈루(夕鶴)』는 『사도가시마무카시바나시슈(佐渡島昔話集)』(1942, 三省堂)에 수록된 '학의 보은담'을 제재로 쓴 『쓰루뇨보(鶴女房, 학각시)』를 골자로 하고 있다. 대략의 줄거리는 다음과 같다.

사도가시마(佐渡島) 마을에서 베 짜는 일을 하는 '요효(与ひょう)'는 병든 학을 보살펴 준 일이 있었는데, 어느 날 '쓰(つう)'라는 여인이 찾아와 하녀로 삼아줄 것을 청한다. 동네 아이들은 '쓰(つう)'와 놀고 싶어 눈 속에 덩그러니 서 있는 초가집으로 찾아온다.

'요효'와 '쓰'의 사는 모습을 보고 있던 '소도(惣ど)'와 '운즈(運ず)'는 '쓰'가 짜고 있는 센바오리(千羽織)가 탐나 '요효'를 꾀어 '쓰'에게 많은 직물을 짜게 하여 가져오도록 한다. 이들의 꼬임에 빠져 이미 돈맛을 알아버린 '요효'는 '쓰'의 거절에도 아랑곳없이 '쓰'에게 직물을 짜기를 종용한다. '쓰'는 '요효'를 위해 마지막으로 한 번만 직물을 짜기로 하고, 대신 자신이 직물 짜는 모습을 절대로 보지 말 것을 당부한다. 이 사실을 안 '소도'와 '운즈'는 작업실을 들여다보게 되고, 한 마리의 학이 자신의 깃털을 뽑아서 직물을 짜고 있는 모습을 발견한다. '쓰'가 좀처럼 작업실에서 나오지 않자 불안해진 요효도 그 곳을 들여다보는데, '쓰' 대신 한 마리의 학을 발견한다. '쓰'를 찾으러 돌아다니다 쓰러진 '요효'를 '소도'와 '운즈'가 집으로 데리고 오자 '쓰'가 여윈 모습으로 직물 두 장을 들고 나타나 '요효'에게 약속을 어긴 것을 책망한 후 '직물 한 장만은 남겨두라'는 말을 남기고 사라진다. 이 때 아이들이 '쓰'에게 놀러왔다가 학이 날아가는 것을 보게 된다. '소도'와 '운즈'는 '요효'가 들고 있는 직물을 빼앗으려 하나 '요효'는 '쓰'의 이름을 되뇌이면서 '쓰'가 남긴 직물을 움켜쥐고 결코 놓치지 않는다.

'학의 보은담'은 중국을 비롯한 동양권 여러 지역의 민화(民話)에서 흔히 접할 수 있지만, 특히 은(銀)광산이 소재한 사도가시마(佐渡島)의 민화를 채택한 이유는 은광산을 둘러싼 착취와 인간성 상실에 농민들의 반항이라는 지역적 상황이 반영되어 있기 때문이다.

인간의 물질적 욕망이 무위(無爲)의 청순한 애정을 어떻게 상처 내는가를 풍자하고 있는 것과, 전후(戰後) 이코노믹 애니멀이 횡행하여 선의(善意)의 영혼이 기세가 꺾여 밀려가는 것을 경고하고 있는 점에서 이 작품이 주목된다 하겠다.

Ⅴ 한국인의 일본어문학

1. 조선인 일본어문학

'조선인 일본어문학'이라 함은 구한말에서부터 일제강점기에 걸쳐 조선인이 일본어로 쓴 문학 일반을 말한다. 조선인의 '일본어글쓰기'는 1902년 이인직의 단편소설 『가후노유메(寡婦の夢, 과부의 꿈)』를 시작으로 자의적으로 시행되어 오다가 〈중일전쟁〉과 〈태평양전쟁〉 시기에 걸쳐 국가적 차원에서 강제되어 대거 양산되기에 이른다. 때문에 한국문학사적 측면에서는 이를, ①일본어로 쓰였다는 점 ②일본문단에 등단 혹은 활동하였다는 점 ③잡지 「國民文学」에 발표하였다는 점 ④친일단체에서 활동한 사람이 글을 썼다는 점을 들어 '친일문학'의 범주에 넣고 대개는 '친일문학'으로 보는 경향이 강하다. 이는 시대적 배경을 기준으로 세 시기, 즉 1882~1922년을 제1기, 1923~1938년을 제2기, 그리고 일제말기인 1939~1945년을 제3기로 나누어 볼 수 있다.

1.1 제1기 조선인 일본어문학

제1기는 1882~1922년으로, 강점을 전후한 시기 일본으로 건너갔던 유학생들에 의하여 '일본어글쓰기'가 행해진 시기이다. 대표작으로 1909년 이광수(李光洙)의 『아이카(愛か, 사랑인가)』를 들 수 있다.

『아이카(愛か)』는 열한 살 때 부모를 여의고 혈혈단신이 되어 온갖 고초를 다 겪은 조선인 유학생 '문길(文吉)'의 이야기다. 문길은 일본인 학생 '미사오(操)'에게 많은 위로를 받고 좋아하게 되면서 손가락을 잘라 혈서를 써 보내기까지 한다. 그러나 귀국하기 전날 밤 '미사오'를 만나기 위해 시부야의 하숙집으로 찾아간 '문길'은 '미사오'를 만나지 못하게 되자, 미사오가 일부러 만나주지 않는다고 생각하고 철도

레일위에 누워 죽음을 기다린다는 내용이다.

이외에도 주요한을 비롯한 유학생들에 의해 고전작품이 번역 소개되기도 하였고, 새로운 창작물로 진순성(秦瞬星)의 『사케비(따び, 외침)』(1917)가 발표되기도 하였다.

1.2 제2기 조선인 일본어문학

제2기는 1923∼1938년으로, 일본은 물론 조선에서도 일본어작품이 창작된 시기이다. 1923년 일본으로 건너간 김희명(金熙明)과 정연규(鄭然圭)가 각각 시(詩)와 소설(小說)분야에서 작품을 발표함으로써 재일조선인문학의 길을 열었으며, 정지용도 유학기간동안 다수의 시를 일본어로 창작 발표하였다. 프롤레타리아문학이 성행할 즈음 일본으로 유학간 이북만(李北滿), 임화(林和), 백철(白鐵) 등의 활동과, 일본에 장기체류하면서 활동한 김용제(金龍濟)도 빼놓을 수 없다. 1931년 이후부터는 신문이나 잡지에 투고도 많아지게 되었으며, 이상(李箱)이나 이석훈(李石薰)도 일본어작품을 다수 발표하였다.

장혁주(張赫宙)는 프롤레타리아문학이 쇠퇴하면서 등장한 케이스이다. 1932년 소설 『가키도(餓鬼道, 아귀도)』로 일본문단에 등단한 장혁주는 식민지의 참혹한 현실을 사실적으로 묘사하여 계급문학에 못지않은 현실비판의식을 담고 있다는 평가를 받기도 하였다.

조선에서의 일본어소설은 유학에서 돌아온 이수창의 작품을 효시로 보고 있으며, 조선과 일본을 오가며 활동한 작가로는 김사량(金史良)을 들 수 있다. 김사량은 시(詩), 소설, 희곡 등 문예전반에서 활동한 작가로 1932년 10월 처녀시 『시세이쇼슈(市井初秋)』를 잡지 「東光」에 발표한 이래 극예술에도 관심을 지녀 〈조선예술좌(朝鮮芸術座)〉와 인연을 맺기도 하였으며, 일본어소설 『도조로(土城廊, 토성랑)』를 각색하여 11월 쓰키지(築地)소극장에서 상연하기도 하였다. 이후 소설 『히카리노나카니(光の中に, 빛 속으로)』로 문단의 주목을 끌었으며, 이 외에도 평론 및 수필 등 왕성한 집필활동을 펼쳐나갔다.

1.3 제3기 조선인 일본어문학

제3기는 〈중일전쟁〉 이후 일본어상용화정책에 의하여 본격적으로 '일본어글쓰기'가 강화되던 시기이다. 주로 「국민문학(國民文學)」, 「녹기(綠旗)」, 「동양지광(東洋之光)」, 「국민총력(國民總力)」, 「신시대(新時代)」, 「총동원(總動員)」 등 친일잡지를 발표매체로 한 일본어소설을 유형별로 구분해 보면,

첫째, '징병·징용을 통한 천황의 국민 되기'나 '전쟁찬미' 등을 소재로 한 전시문학으로, 김사영(金士永)의 『세이간(聖顔, 성안)』과 『고후코(幸不幸, 행불행)』, 정인택(鄭人澤)의 『가에리미와세지(かへりみはせじ, 후회하지 않으리)』와 『오보에가키(覚書, 각서)』, 홍종우(洪鍾羽)의 『겐가쿠모노가타리(見学物語, 견학이야기)』, 최재서(崔載瑞)의 『히우치이시(燧石, 부싯돌)』 등을 들 수 있다. 이들 작품은 맹목적으로 침략전쟁을 찬양하거나 추종하는 어용작품으로 평가된다.

둘째, 내선연애 혹은 내선결혼을 소재로 한 작품으로, 이효석(李孝石)의 『아자미노쇼(薊の章, 엉겅퀴의 장)』, 홍종우의 『쓰마노코쿄(妻の故郷, 아내의 고향)』, 정인택의 『가라(殻, 껍질)』 등이 대표적이다. 이들 작품은 가장 강력한 내선일체의 한 방편이었던 내선결혼을 주제로 하고 있어 주목되는 작품이다.

셋째, 황민화정책에 부응하는 조선인상을 그린 작품으로, 최재서의 『호도엔슈한(報道演習班, 보도연습반)』, 이광수의 『가가와코초(加川校長, 가가와 교장)』, 최병일(崔秉一)의 『혼네(本音, 본심)』 등을 들 수 있다. 한편 정인택의 『세이료리카이와이(清凉里界隈, 청량리 부근)』, 최정희(崔貞熙)의 『노기쿠쇼(野菊抄, 들국화초록)』, 변동림(卞東琳)의 『기요이다마시이(淨魂, 깨끗한 영혼)』, 조용만(趙容萬)의 『모리쿤후사이토보쿠토(森君夫妻と僕と, 모리부부와 나)』 등은 후방 여성에게 황국신민이 되는 길을 제시한 작품이다.

이 외에도 오족협화론과 만주개척을 소재로 한 정인택의 『노무(濃霧, 짙은 안개)』, 이무영(李無影)의 『도류(土竜, 토룡)』 등이 있으며, 또 일제강점기를 배경으로 문인의 고뇌와 문단의 갈등을 그린 이석훈(李石薰)의 『시즈카나아라시(静かな嵐, 고요한 폭풍)』 등도 회자되는 작품이다.

'조선인 일본어문학'은 초기에는 무의식적으로 시작되었지만 일제말기에 이르러

서는 국책차원에서 강요된 문학자의 사명, 즉 '일본어글쓰기'와 '일제의 전시체제를 선전 선동하는 글쓰기' 측면으로 급선회하였다.

식민지시기 지배국에 의해 강제된 상황에서의 글쓰기를 '친일문학'의 범주에 넣고, 일괄하여 매도하거나 비난하기보다는 그 실상에 구체적으로 접근해 볼 필요가 있을 것이다. 국책인 '일본어글쓰기'를 수행하면서도 시국과는 전혀 무관한 유진오(兪鎭午)의 『난코쿠센세이(南谷先生, 남곡선생)』나 김사량의 『물오리시마(ムルオリ島, 물오리섬)』 등이 있는가 하면, 임순득(任淳得)의 『나즈케오야(名付親, 대모)』처럼 내선일체 황민화정책의 강화로 정체성이 말살되어가는 가운데서도 민족적인 것을 지키려고 고심한 흔적이 역력한 작품도 있기 때문이다.

소설 『나즈케오야』는 일본어소설임에도 일본인이나 일본이름이 전혀 등장하지 않으며, 창씨개명정책에 혈안이 되었던 시기에 작명을 소재로 하고 있으면서도 창씨개명에 대한 단 한 마디의 언급도 하지 않는다. 오히려 장차 태어날 아이의 이름을 짓는 과정을 통해 '창씨개명' 정책을 강하게 비판할 뿐만 아니라 이 땅에서 태어난 아이의 이름은 민족성과 주체성을 가진 진정한 한국인에 의하여 지어져야 한다는 강한 메시지를 담고 있다.

2. 재일한국인 문학

재일한국인은 그 이동 시기와 원인에 따른 다양한 편차를 보이고 있으며 재일 한국인 문학도 세대별, 작가별로 다양한 문학적 자장(磁場)을 형성하고 있다. '재일한국인 문학사'는 식민지시대에 일본에서 발표된 일본어창작물을 그 시초로 하여 한 줄기를 형성하고 있지만, 본격적인 출발점은 해방 이후로 보는 것이 타당하다. 따라서 재일 한국인작가는 언어적 갈등을 중심으로 역사적 시간의 측면에서 제1세대에서 제3세대로 분류하는 것이 보편적이다.

제1세대 작가는 기본적으로 일본어와 조선어의 이중 언어에 능하여 두 가지 언어로 창작활동을 할 수 있었다. 즉 이들은 언어를 문학창작을 위한 도구로 사용한 세대이다.

제2세대 작가는 조선어와 일본어 사이의 긴장관계 속에서 부득이 일본어를 문학창작의 용어로서 선택한 세대이다. 물론 1세대와 비교해 상대적으로 조선어 능력이 뒤떨어진다는 이유도 있겠지만 스스로가 일본어글쓰기를 선택한 작가들이라 할 수 있다.

제3세대 작가는 일본사회에서 태어나 성장하여 '일본어'를 선택할 수밖에 없었던 세대로, 한국과 일본을 동시에 비추는 거울이라고 할 수 있다. 이들은 기본적으로 한국인으로서 민족어 민족문화를 상실한 세대이자, 일본사회에서 이질적인 존재, 민족사회인 한국이나 북한에서도 이질적인 존재임을 자각한 작가들이다. 모국어를 상실한 점은 2세대와 다를 바 없으며 조국과의 거리는 2세대보다 한층 더 멀어진 세대로 볼 수 있다.

이들은 기본적으로 한일 관계를 모티브로 하는 재일한국인의 문제라든가 차별과 편견, 혹은 남북으로 분단된 조국을 향한 사상적 선택에 대한 갈등을 그려냄으로써 정치라는 외풍과의 대립에서 벗어나 '의미의 해체'로 향하고 있는 현대 일본문학계에 새로운 시각과 감동을 제공하였다. 이러한 점이 일본문학계에 새로운 시각과 감동을 부여하여 독자들의 주목을 받게 된 하나의 이유라 할 것이다.

2.1 제1세대 재일한국인작가의 문학

제1세대 작가들은 모국에서 유년시절을 보낸 후 일본으로 이주한 작가들로, 조국에 대한 유대감이 강하여 작품 곳곳에 저항적 측면이 드러난다. 패전 직후 작품을 발표하기 시작한 김달수(金達壽)를 필두로 이은직(李殷直), 장두식(張斗植) 등이 대표적이다.

10세 때 도쿄로 건너가 폐품업자, 공장노동자 등을 전전하며 일본대학 예술학부 졸업한 김달수(1919~1997)는 민족의 독립과 남북통일 등의 문제에 집중하여 『고에이노마치(後裔の街, 후예의 거리)』(1948), 『겐카이나다(玄海灘, 현해탄)』(1954), 『바쿠다루노사이반(朴達の裁判, 박달의 재판)』(1959), 『다이하쿠산먀쿠(太白山脈, 태백산맥』(1969) 등에 민족적 자각에 눈을 떠가는 민중들의 모습을 그려냈다.

장두식은 『아루자이니치조센진노기로쿠(ある在日朝鮮人の記録, 어느 조선인의 기록)』에서 일본에서 힘들게 살아갈 수밖에 없는 재일조선인의 삶을 묘사하고 있으며, 이은직 또한 그의 대표작 『나가레(ながれ, 흐름)』에서 일제강점기에 실시된 황민화정책을 비롯해 일제의 조선어 사용금지와 조선 전통문화 말살정책을 고발하는가 하면, 해방 후 일본에 남은 조선인의 민족교육운동을 위해 헌신하는 송영철

(宋永哲)의 활약을 통하여 민족의 정체성을 찾고자 하였다.

　　제1세대 작가들은 실로 정치 지향적인 문제의식을 기본으로 창작활동을 하였다. 이들은 일제강점기의 민족적 경험을 작품으로 쓰고 있다는 공통된 특징을 가지고 있으며, 민족적 정체성을 작품에 그대로 담아내고 있어서 일본문단에서도 일본어로 쓰인 조선인문학으로 인식되는 경향이 강한 측면을 드러내고 있다.

2.2 제2세대 재일한국인작가의 문학

1960년대 들어 일본문학계에서 작은 움직임이 포착되었다. 제2세대 작가로 일컬어지는 작가 고사명(高史明), 김학영(金鶴泳), 이회성(李恢成), 김석범(金石範) 등의 활약이 그것이다. 이들은 일본에서의 제도적인 민족차별의 문제, 끊임없이 지속되는 편견, 언어적 모순, 분단된 조국의 현상 등에 주목하여 각자의 작품에 중첩적으로 표현해 내었다. 그러나 이러한 테마임에도 단순히 민족적 문제를 넘어서 인간전체의 공통된 문제로까지 확장하였기에 일본 독자들의 호응을 얻어 문단의 주목을 받게 되었고, 이로써 문학상 수상이라는 작가로서의 명예도 얻게 되었다.

　　1935년 사할린에서 태어난 이회성(李恢成)은 1947년에 규슈의 오무라(大村)수용소 생활을 거쳐 홋카이도의 삿포로(札幌)시에 정착하여 고등학교를 마치고 상경하여 와세다대학을 졸업하였다. 그 후 창작생활을 시작하여 1969년『마타후타타비노미치(またふたたびの道, 또 다른 길』로 제12회〈군조(群像)신인상〉을 수상한데 이어『와레라세이슌노토죠니테(われら靑春の途上にて, 우리들 청춘의 도상에서)』(1969)를 비롯하여 다수의 작품을 발표했다. 그리고 마침내『기누타오우쓰온나(砧をうつ女, 다듬이질 하는 여인)』에서 조선의 풍속과 민족적 신앙심을 리얼하게 그려내어 한국인으로는 처음으로 제66회〈아쿠타카와상(芥川賞)〉을 수상하기도 하였다.

　　한편 1925년 오사카에서 태어난 김석범(金石範)은 교토대학 미학과 졸업 후 1968년까지 조총련에 근무하던 중 재일문제를 논하는 많은 평론을 썼다. 부모가 제주도 출신인 김석범은 1957년『가라스노시(鴉の死, 까마귀의 죽음』와『간수박서방(看守朴書房, 간수 박서방)』을「분게이슈토(文芸首都)」에 동시 발표한데 이어, 제주도에서 있었던〈4·3사건〉[1]에 천착하여 1976년부터 장편소설『가잔토(火山島, 화산도)』를 발표하기 시작하였다. 제주도 〈4·3사건〉의 전모가 장대하게 펼쳐진 『가잔토』는 그에게 〈다이부쓰지로상(大佛次郎賞)〉(1984)과 〈마이니치예술상(毎日芸術賞)〉(1998)을 각각 안겨주었다.

제2세대 작가들의 작품은 민족적 정체성의 위기 속에서 그들의 고뇌와 저항을 그리고 있어, 가장 재일한국인문학답다는 평가를 받고 있다.

2.3 제3세대 재일한국인작가의 문학

1980년대에서 1990년대에 걸쳐 재일한국인 문학세계에 의미 있는 변화가 펼쳐졌다. 이양지(李良枝), 유미리(柳美里), 현월(玄月), 양석일(梁石日), 가네시로 가즈키(金城一紀)가 일본문단에서 〈아쿠타카와상〉을 비롯한 주요 문학상을 수상하면서 재일한국인 문학이 한층 주목되기 시작하였다.

이들 제3세대 작가들은 고국에로의 귀속의식이 희박하여, 민족적 정체성보다는 자신이 속한 일본사회에서의 정체성을 추구하려는 경향이 훨씬 강하다. 그 가운데 이양지(李良枝)가 주목되는 것은 고등학교 재학 중 자신의 피와 민족에 대한 정체성을 끊임없이 추구하였던 까닭이다. 그녀는 27세 때 한국으로 건너와 서울대학에 입학하여 소설을 쓰기 시작하였고, 한일 양국에서 느끼게 되는 소외감을 재일동포의 냉철한 눈으로 관찰해 낸 『고쿠(刻, 각)』(1985)를 발표하였다. 그리고 뒤이어 발표한 『유희(由姫, 유희)』(1988)로 제100회 〈아쿠타카와상〉을 수상하기에 이른다. 이양지는 서울대 졸업 후 이화여대 대학원 무용학과에 입학하여 한국무용과 한국문학을 공부하면서 민족적 정체성 회복에 정진하였으며, 이후 일본에서 소설집필 등에 전념하다가 1992년 5월 22일 37세에 급성심근경색으로 사망하였다.

현재 일본 문단에서 인정받아 왕성하게 활동을 하고 있는 작가는 유미리(柳美里)이다. 유미리는 1993년 『우오노마쓰리(魚の祭, 물고기의 축제)』로 제37회 〈기시타구니쓰치(岸田国土)희곡상〉을 수상한 이래, 1996년 『풀하우스(フルハウス)』로 제24회 〈이즈미교카(泉鏡花)상〉에 이어, 제18회 〈노마(野間)문학상〉을 수상하였다.

---

1) 〈4·3사건〉 : 1948년 남한 단독정부 수립에 반대하여 제주도내 친북성향의 민중들이 봉기하여, 7~8만 여명의 희생자를 내고 강제 진압되었던 사건.

소설부분에서는 1994년의 『이시니오요구사카나(石に泳ぐ魚, 돌에 헤엄치는 물고기)』와 1996년의 『모야시(もやし, 콩나물)』가 〈아쿠타가와상〉 후보에 올랐으며, 1997년 『가조쿠시네마(家族シネマ, 가족시네마)』로 마침내 제116회 〈아쿠타가와상〉을 수상하였다.

유미리는 주로 현대인의 고독이나 소외 등 보편적 테마를 소재로 삼아 그녀만의 문학세계를 전개해 나가고 있다. 특히 가족문제에 애착을 보이면서 자신의 가족에게서 발생하는 면면을 작품에 반영하고 있는데, 가족 속에서 체험하는 고독감을 바탕으로 타인과 현실세계와의 관계성을 제시하여 이슈가 되고 있다.

柳美里

1998년 발표한 장편소설 『골드러시(ゴールドラッシュ)』에서는 혈연으로 맺어진 가족보다는 오히려 대체가족을 희구(希求)하고 있어 주목된다. 소년 가즈키의 가족은, 파칭코를 운영하면서 모든 것을 돈으로만 해결하려는 아버지에, 희귀병에 걸린 형과 아픈 형을 치료하려다가 종교에 미쳐 버린 어머니, 그리고 원조교제를 하는 누나이다.

부유하지만 이미 가족이라고 말할 수 없는 가족 속에서 살아가야 하는 소년 '가즈키'는 점차 돈, 여자, 마약, 유흥에 빠지게 되고, 마침내 자기가 바라는 새로운 가족, 즉 대체가족을 상상하게 된다. 이를 위해 아버지의 돈이 필요했던 가즈키는 아버지의 금고에 손을 대려다가 그만 아버지에게 들켜 추궁 당하게 되자, 주저 없이 꽃병을 아버지 머리에 던지고 장검을 들어 내리친다. 그리고는 아버지를 금고에 밀어 넣고, 금괴와 돈을 담은 가방을 들고 나온다. 수사망이 좁혀지고 죄책감에 불안해하면서도 아버지의 애인 '마이'와 관계를 갖는 등 가족붕괴의 절정을 드러낸다. 그리고 자신이 신뢰하던 '가나모토'를 찾아가서 아버지가 되어 달라고 한다. '가나모토'는 열네 살 소년의 천진한 어린아이 같은 얼굴을 보면서 가슴이 뭉클해진다. 이미 오래 전부터 엄마와 아빠를 대신해줄 누군가를, 신뢰할 수 있는 강한 어른을 찾고 있었다는 것을 알았지만, 거절할 수밖에 없었다. 가즈키는 더 큰 공포감에 싸여 모든 사실을 알고 있는 '마이'를 살해하려고 준비하는 도중 여자친구 '교코'의 설득으로 자수를 결심한다.

『골드러시』는 완전히 붕괴 되어버린 가족의 자리에 혈연이나 혼인관계가 아닌 상호의 이해와 안정, 신뢰, 사랑으로 재탄생한 '대체가족'을 희구하는 작가의 심정을 대변하고 있다.

이전까지 유미리의 작품에서 '가족'이 죽음이나 붕괴의 이미지가 강했다면, 자전적 소설 이라 할 수 있는 『이노치(命, 생명)』에서는 자신이 잉태한 아이와, 식도암으로 투병중에 삶의 의지를 잃지 않는 애인을 자신의 힘으로 지켜내려는 모습을 통하여 희망적 메시지를 담고 있다. 방송국에 근무하는 유부남과의 불륜, 사랑, 배신으로

수면제를 과다복용하게 되고, 그로 인해 중절과 자살의 기로에 섰던 유미리가 병원 복도에서 들려오는 갓 태어난 아이의 울음소리를 듣고 생명의 경이로움을 느끼는 데서 그동안 지니고 있던 가족에 대한 부정적 측면을 재고하는 계기가 된다. 그러나 뮤지컬 극단에서 알게 된 스승이자 애인인 '유타카'가 식도암 판정을 받게 되자 뱃속의 아이의 생명과 죽어가는 '유타카'의 생명을 지키지 않으면 안 된다는 생각을 하게 된다. 뱃속의 새 생명을 지키면서 최선을 다해 그를 간호한다. 이윽고 2000년 2월 건강한 남자아이를 출산하지만, 그로부터 두 달 후인 4월 '유타카'가 사망하게 된다. 한 생명은 잃었지만 새로운 한 생명을 얻었다는 것은 앞으로의 삶에 대한 희망의 표상인 것이다.

柳美里의 『命』의 위상

이러한 메시지를 담은 『이노치』는 그동안 가족의 붕괴라는 부정적인 사고를 극복한 상징적 소설로 볼 수 있다.

근래 재일한국인문학이 획득한 새로운 위상은 기존 재일한국인 문학의 성격을 변혁하려는 내부로부터의 다양한 모색의 결과일 것이다. 이러한 모색의 큰 줄기가 민족적 정체성과 저항이라는 이전의 주제에서 점차 멀어져가고 있는 것은 제3세대 재일한국인 작가들의 보편적 현상이 아닐까 싶다.

● 일본논저 ●

加藤周一(1980)『日本文学史序説』上・下，筑摩書房

高崎正秀(1968)『国文学史の整理法』，学習硏究社

久保田淳 外(1997)『日本文学史』，岩波書店

久松潛一 編(1971)『国文学史』，至文堂

国文学編輯部 編(1993)『近代文学作中人物事典』，学燈社

三木卓監修(2001)『日本の名作文学案内』，集英社

小西甚一(1993)『日本文学史』，講談社学術文庫

小田切秀雄(1984)『女性のための文学入門』，オリジン出版センター

小田切秀雄(1990)『社会文学・社会主義文学研究』，勁草書房

松原新一・礒田光一・秋山駿(1978)『戦後日本文学史・年表』，講談社

松井嘉一・松本圭司(1995)「日本語学習者のための日本文化史」，凡人社

漱沼茂樹 外(1977)『近代文学論文必携』，学燈社.

神保五弥(1978)『近世日本文学史』，有斐閣雙書

巖淵宏子・北田幸恵(2005)『はじめて学ぶ日本女性文学史-近代編』，ミネルヴァ書房

酒井茂之(1988)『一冊で日本の名著100冊を讀む』，友人社

竹田青嗣(1991)『戦後史大事典』，三省堂

中野幸一(1899)『常用源氏物語要覧』，武蔵野書院

清水孝一(1993)『近代文学作中人物事典』，学燈社

村松定孝(1985)『文学概論』，双文社

秋山虔・三好行雄(2005)『日本文学史』，文英堂

平岡敏夫・東郷克美 編(1979)『日本文学史概論』，有精堂

丸山顕徳 外(2007)『新編これからの日本文学』，金寿堂出版有限会社

後藤祥子 外(2003)『はじめて学ぶ日本女性文学史-古典編』，ミネルヴァ書房

● 한국논저 ●

강지현(2012)『일본 대중문예의 시원』, 소명출판

권태민(2006)『일본근대와 근대문학』, 불이문화

그린비 일본어연구실 編(2002)『日本地名よみかた辞典』, 도서출판 그린비

김상규(2012)『일본문학의 이해와 감상』, 도서출판 책사랑

김석자(1999)『현대 일본문학 100선』, 단국대학교출판부

_____(2003)『일본 근·현대작가와 작품연구』, 제이앤씨

김숙자 외(2010)『일본문화』, 시사일본어사

김순전(2007)『일본의 사회와 문화』, 제이앤씨

_____(2014)『한일 경향소설의 선형적 비교연구』, 제이앤씨

_____ 외(2015)『한국인을 위한 일본소설 개설』, 제이앤씨

김태연(2005)『일본문학 입문』, 제이앤씨

나카무라미쓰오 著·고재석 외 譯(2001)『일본메이지문학사』, 동국대학교 출판부

박순애(1998)『일본의 문화와 사회』, 시사일본어사

박전열 외(2000)『일본의 문화와 예술』, 한누리 미디어

신현하(2000)『日本文学史』, 보고사

안영희(2006)『일본의사소설』, 살림

이기섭(2008)『신일본문학사』, 시간의 물레

이애숙·김종덕(2003)『일본문학산책』한국방송대학출판부

이일숙(2002)『시대별 일본문학사』, 제이앤씨

이일숙·임태균(2009)『포인트 일본 문학사』, 제이앤씨

이토세이 著·유은경 譯(1993)『일본문학의 이해』, 새문사

임종석(2004)『일본문학사』, 제이앤씨

장남호(2007)『일본 근현대문학 입문』, 충남대학교 출판부

장남호·이상복(2008)『일본근·현대 문학사』, 어문학사

정인문(2003)『한일 근대문학 교류사』, 제이앤씨

정인문(2005)『일본근대문학의 어제와 오늘』, 제이앤씨

조양욱(1996)『日本, 키워드77 이것이 일본이다』, 고려원

추석민(2003)『日本近代文学の理解と鑑賞』, 제이앤씨

한국일본학회 著(2001)『新日本文学의 理解』, 시사일본어사

호쇼마사오 著·고재석 譯(1998)『일본현대문학사』, 문학과 지성사

가가미 시코(各務支考、かがみしこう) ; 에도 후기의 하이진(俳人).

가게로닛키(かげろふ日記) ; 헤이안 중기의 일기. 후지와라노미치즈나(藤原道綱、ふじわらのみちづな)의 어머니 후지와라노미치즈나노하하(藤原道綱母、ふじわらのみちづなのはは) 작품. 3권. 여류 일기문학의 선구.

가구라우타(神楽歌、かぐらうた) ; 신에게 제사지낼 때 부르는 가요. 헤이안시대에 발달.

가나가키 로분(仮名垣魯文、かながきろぶん) ; 게사쿠(戲作)작자. 대표작으로 『아구라나베(安愚楽鍋、あぐらなべ)』,『세이요도추히자쿠리게(西洋道中膝栗毛、せいようどうちゅうひざくりげ)』가 있다.

가나조시(仮名草子、かなぞうし) ; 에도 초기, 평이한 가나문(仮名文)으로 쓰인 소설류의 총칭. ⓐ 교훈적인 것 : 『가쇼키(可笑記)』,『니닌비쿠니(二人比丘尼)』,『이소호모노가타리(伊曾保物語)』 등. ⓑ오락적인 것 : 『오토기보코(伽婢子)』,『세이스이쇼(醒睡笑)』 등. ⓒ실용적인 것 : 『지쿠사이(竹齋)』,『도카이도메이쇼키(東海道名所記)』 등.

가라스마루 미쓰히로(烏丸光広、からすまるみつひろ) ; 에도 초기의 가인(歌人). 교시(狂詩)에 능통하고, 서가(書家)로도 유명함.

가루미(かるみ) ; **마쓰오 바쇼**(松尾芭蕉、まつおばしょう) 만년의 하이카이(俳諧) 이념. 심원한 시(詩) 정신에 근거한 평명솔직(平明率直)한 표현에 의한 새로운 풍조.

가마쿠라(鎌倉、かまくら)시대 ; 가마쿠라에 막부(幕府)를 두고 무사정치를 행하던 1192년부터 1333년까지를 말함.

가모노마부치(賀茂真淵、かものまぶち) ; 에도 중기의 국학자(国学者), 가인(歌人). 『만요슈(万葉集)』 연구에 큰 업적을 남겼다.

가모노초메이(鴨長明、かものちょうめい) ; 가마쿠라 전기의 가인. 중세 염세적 은자(隱者)문학의 대표적인 작가. 수필로는 『호조키(方丈記、ほうじょうき)』. 가론서(歌論書)『무메이쇼(無名抄、むめいしょう)』, 불교설화집으로 『홋신슈(發心集、ほっしんしゅう)』 등이 있다.

가부키(歌舞伎、かぶき) ; 근세 초기에 춤으로 시작되어 크게 유행한 일본의 대표적인 연극. 성립
과 정착 : ⓐ온나가부키(女歌舞伎) ⓑ와카슈가부키(若衆歌舞伎) ⓒ야로가부키(野郎歌舞
伎), 주제에 따른 분류 : ⓐ지다이모노(時代物) ⓑ세와모노(世話物) ⓒ오이에모노(お家物).

가사노카나무라(笠金村、かさのかなむら) ; 나라(奈良) 초중기의 가인(歌人). 생몰년 미상. 궁정가
인으로 천황의 행행(行幸)에 따른 작품이 많다.

가쓰레키(活暦、かつれき) ; 가부키와 교겐의 연출양식의 하나. 종래 사극(史劇)의 황당무계함을
배제하고 사실(事實)을 중요시하는 메이지(明治)시대의 연극개량운동에서 실현함.

가와바타 야스나리(川端康成、かわばたやすなり) ; 소설가. 잡지「文芸時代」창간에 참여하고, 신
감각파의 대표작가가 되었다. 2차 세계대전 후에는 일본미의 전통을 잇는 자세를 강하게
표출했으며, 1968년 〈노벨문학상〉 수상. 작품으로는『이즈노오도리코(伊豆の踊子、いず
のおどりこ)』,『유키구니(雪国、ゆきぐに)』등이 있다.

가와타케 모쿠아미(河竹黙阿弥、かわたけもくあみ) ; 에도 후기의 가부키 각본작자. 에도 가부키 최
후의 집대성자. 작품 약 360편.

가이라이자(傀儡者、かいらいじゃ) ; 여러 곳을 돌아다니면서 인형을 조정하는 마술사.

가이후소(懐風藻、かいふうそう) ; 나라(奈良)시대의 한시집(漢詩集). 751년 완성, 작자미상.

가제니쓰레나키모노가타리(風につれなき物語) ; 가마쿠라시대의 모노가타리. 내용이 부분적으로 많
이 없어진 채로 전해져 오는 귀족 이야기.

가쿄(花鏡、かきょう) ; 노가쿠쇼(能楽書). 1424년 제아미 지음. 선문후견(先聞後見), 서파급(序破
急、じょはきゅう) 유겐(幽玄), 겁(劫) 등의 문제를 논한 책.

가쿄효시키(歌経標式、かきょうひょうしき) ; 나라(奈良) 후기 일본 최고(最古)의 가학서(歌学書).
772년 완성.

가키노모토노히토마로(柿本人麻呂、かきのもとのひとまろ) ; 만요슈(万葉集)의 가인(歌人). 생몰년
미상. 덴무(天武)・지토(持統)・몬무(文武) 삼조(三朝)에 걸쳐 근무한 하급관리로, 서사(序
詞), 쓰이쿠(対句) 등 화려한 수사기교를 구사한 중후한 가풍(歌風)으로, 가성(歌聖)으로
숭앙받음.

간아미(観阿弥、かんあみ) ; 남북조시대의 노배우(能役者)이자 노작자(能作者). 야마토사루가쿠
(大和猿楽)의 간제자(観世座)를 창설하여 간제류(観世流)의 원조가 되었다.

게사쿠쇼세쓰(戯作小説、げさくしょうせつ) ; 희작소설. 소위 권선징악처럼 선인(善人)은 어디까지
나 좋게, 악인(惡人)은 끝까지 악인이다. 희작소설의 등장인물은 〈유형적(類型的)〉이다.

게이코쿠슈(経国集、けいこくしゅう) ; 827년 헤이안 초기의 칙찬한시집(勅撰漢詩集). 20권

겐유샤(硯友社、けんゆうしゃ) ; 1885년(M18) 2월, 오자키 고요(尾崎紅葉), 야마다 비묘(山田美妙)

등이 중심이 된 일본 최초의 문학결사. 기관지「가라쿠타분코(我楽多文庫、からくたぶんこ)」를 중심으로 에도적인 풍속취미를 살린 사실주의 문학운동을 전개하다가 1903년 10월 오자키 고요의 사망으로 해체됨.

겐유샤분가쿠(硯友社文学、けんゆうしゃぶんがく, **겐유사문학)** ; 근대 일본최초의 문학결사. 1885년 도쿄대학예비문(제일고등학교)의 학생이었던 오자키 고요(尾崎紅葉), 야마다 비묘(山田微妙), 이시바시 시안(石橋思案) 등에 의해 발족. 가와카미 비잔(川上眉山), 이와야 사자나미(巖屋小波) 등의 문학동호회에서 출발하여, 영원한 펜클럽 친구라는 의미로, 겐유샤(硯友社)로 칭하였다. 기관지「가라쿠타분코(我楽多文庫)」를 중심으로 활동함. 취미성(趣味性), 풍속성(風俗性)이 농후한 문학으로 문단에서 큰 영향을 끼침.

겐지모노가타리(源氏物語、げんじものがたり) ; 헤이안 중기의 장편 모노가타리. 54권. 무라사키 시키부(紫式部) 지음. 11세기 초기 성립. 제왕 4대 70여 년간에 걸친 인생사를 3부로 나누어 묘사하고 있다. 제1부는 주인공 히카루 겐지(光源氏)의 사랑과 영달을, 제2부는 히카루 겐지와 그를 둘러싼 사람들의 현세 생활의 파탄과 고뇌의 모습을, 제3부는 히카루 겐지 사후(死後)와 그의 아들 가오루(薫)의 이야기로, 유려하고 밀도 높은 문체에 의한 모노가타리 최고의 걸작으로 평가받음. 'あはれ'의 문학이념의 기반이 됨.

고다 로한(幸田露伴, こうだろはん) ; 소설가. 고증학자. 처음에는 이상주의적 경향을 나타내는 소설을 썼지만, 후에는 고증(考證), 평석(評釋)에 전념하여 훌륭한 사전(史傳)과 역사소설을 발표했다. 대표작 『고주노토(五重塔、ごじゅうのとう)』, 『쓰유단단(露団々)』 등.

고라이후타이쇼(古来風体抄、こらいふうたいしょう) ; 후지와라노도시나리(藤原俊成、ふじわらのとしなり)의 가론서(歌論書). 2권. 와카사(和歌史)를 서술하고, 『만요슈(万葉集、まんようしゅう)』부터 『센자이슈(千載集、せんざいしゅう)』에 이르기까지 뛰어난 우타(歌)를 논평함.

고문사학파(古文辞学派) ; 일본에서 근세 중기에 일어난 고학(古学)의 하나. 중국의 고문사학(古文辞学)의 학문을 발전시킨 오규 소라이(萩生徂徠、おぎゅうそらい)를 중심으로 한 학파.

고바야시 잇사(小林一茶、こばやしいっさ) ; 에도 후기의 가인(歌人). 고아근성으로 약자에 대한 관심과 주관적인 구(句)를 많이 읊은 개성적인 가인(歌人).

고쇼쿠이치다이오토코(好色一代男、こうしょくいちだいおとこ) ; 이하라 사이카쿠(井原西鶴、いはらさいかく)의 우키요조시(浮世草子、うきよぞうし) 8권. 주인공 요노스케(世之介、よのすけ)의 외도행각의 일생을 54장의 단편으로 묘사한 작품.

고쇼쿠이치다이온나(好色一代女、こうしょくいちだいおんな) ; 이하라 사이카쿠(井原西鶴)의 우키요조시(浮世草子) 6권. 24장. 여주인공의 호색적 편력의 생애를, 한 노녀(老女)의 참회 이야기 형식으로 묘사한 작품.

고스기 덴가이(小杉天外、こすぎてんがい) ; 소설가. 프랑스 에밀 졸라의 영향을 받아 자연주의 소설을 썼으나 후에는 주로 통속소설로 전환함.

고와카마이(幸若舞、こうわかまい) ; 중세기에 만들어진 예능의 하나. 군기모노(軍記物) 등에 곡을 붙여 말하며, 간단한 춤동작도 행한다.

고우타(小歌、こうた) ; 헤이안시대부터 근세에 걸쳐 민간에 유행한 가요. 당초 남성의 오우타(大歌)에 대칭적으로 궁녀들이 불렀던 가요였는데, 나중에는 민간에서 불린 당세풍(當世風)의 유행가요를 칭하게 됨. 『간긴슈(閑吟集)』가 대표적임.

고지쓰(故実、こじつ) ; 옛날의 의식, 복장, 예법 등의 규칙. 습관 사례.

고지쓰카(故実家、こじつか) ; 옛날의 의식, 복장, 의례 등의 규정, 습관, 사례에 능통한 사람.

고지키(古事記、こじき) ; 일본 최고(最高)의 역사서. 오노야스마로(太安万侶 : おおのやすまろ) 편, 712년 완성

고케노고로모(苔の衣、こけのころも) ; 가마쿠라시대의 모노가타리. 4권. 3대에 걸친 귀족의 이야기를 그린 작품.

고콘초몬주(古今著聞集、ここんちょうもんじゅう) ; 가마쿠라 중기의 설화집. 20권. 다치바나노나리스에(橘成季、たちばなのなりすえ) 편. 고금(古今)의 설화 약 700화를 내용별로 30편으로 분류하고, 시대별로 분류했다. 설화집 중에서 가장 형식이 정리된 작품.

고쿠가쿠(国学、こくがく) ; 『고지키(古事記)』, 『니혼쇼키(日本書紀)』, 『만요슈(万葉集)』 등 일본 고전을 문헌학적으로 연구, 유불(儒佛) 도래(渡來) 이전의 일본고유의 정신을 분명히 정리하려한 근세에 발흥한 일본 고유의 학문을 정리한 학문.

고쿠사쿠분가쿠(国策文学、こくさくぶんがく) ; 국책문학, 전시에 국가적 정책에 부응한 문학.

고킨와카슈(古今和歌集、こきんわかしゅう) ; 헤이안 초기 최초의 칙찬와카집(勅撰和歌集、ちょくせんわかしゅう)로, 줄여서 『고킨슈(古今集、こきんしゅう)』라고도 한다. 총 20권. 만요슈 이후의 훌륭한 와카 약 1,100수를 편집. 가풍은 우미섬세(優美纖細)하고 지적이고 기교적임.

고토바인고쿠덴(後鳥羽院御口伝、ことばいんごくでん) ; 고토바인(後鳥羽院)이 쓴 가론서(歌論書).

곤자쿠모노가타리슈(今昔物語集、こんじゃくものがたりしゅう) ; 헤이안 후기의 불화(佛話) 설화(説話) 민화(民話) 등을 묶어놓은 설화집. 31권. 작자미상. 인도, 중국, 일본의 3부로 나누어 1,065화를 수록한 일본 최대 최고의 설화문학.

관백(関白、かんぱく) ; 천황을 도와 국가를 다스리는 최고의 직위.

교겐(狂言、きょうげん) ; 일본 전통예능의 하나. 노가쿠(能楽) 사이에 끼여 연출되는 대사(臺詞)

중심의 희극.

교시(狂詩、きょうし) ; 에도 중기부터 메이지시대에 걸쳐 행해진 골계문학(滑稽文学、こっけいぶんがく)의 한 양식. 한시(漢詩)의 형식으로 속어, 속훈(俗訓)을 이용하여, 비속한 사물 형상을 해학적으로 읊은 것.

교쿠요와카슈(玉葉和歌集、きょくようわかしゅう) ; 가마쿠라 후기의 조쿠센와카슈(勅撰和歌集). 20권. 예리한 자연관조에 의한 서경(敍景))시에 특색이 있다.

구칸쇼(愚管抄、ぐかんしょう) ; 가마쿠라 전기의 역사서. 지엔(慈円) 지음. 도리의 전개라는 관념으로, 진무(神武)천황부터 준토쿠(順徳)천황까지의 역사를 설명하고 있다.

규사이법사(救済法師、きゅうさいほうし) ; 남북조(南北朝)시대의 렌가시(連歌師、れんがし). 후세 렌가(連歌) 제1의 선구자로 추앙받음.

기노시타 모쿠타로(木下杢太郎、きのしたもくたろう) ; 시인. 극작가. 국학자(国学者). 탐미주의를 대표하는 사람에 속한다.

기노쓰라유키(紀貫之、きのつらゆき) ; 헤이안 전기의 가인. 『도사닛키(土佐日記、どさにっき)』의 작자. 삼십육가선의 한 명. 『고킨와카슈(古今和歌集)』찬자(撰者)의 중심인물로 가나서문(仮名序)을 집필. 가풍은 이지적, 기교적으로 유려한 문체로 '고킨조(古今調)'를 대표한다.

기쿠치 히로시(菊池寬、きくちひろし) ; 기쿠치 간(菊地寬)의 본명. 소설가. 극작가. 잡지「문예춘추」를 창간했으며, 신문소설의 새로운 장을 열었다. 대표작으로 『지치카에루(父帰る)』가 있다.

기키(記紀、きき) ; 『고지키(古事記)』와 『니혼쇼키(日本書紀)』를 함께 표현할 때, 마지막 글자만을 따서 표현한 것. 기기가요(記紀歌謡、ききかよう)를 일컬음.

기타무라 도코쿠(北村透谷、きたむらとうこく) ; 시인, 평론가, 희곡작가. 자유민권운동에 좌절하여, '정치에서 문학(政治から文学へ)'으로 전향한 작가.

기타하라 하쿠슈(北原白秋、きたはらはくしゅう) ; 시인. 가인. 대표작 『자슈몬(邪宗門、じゃしゅうもん)』, 처음에는 탐미적인 경향을 나타냈지만, 나중에는 자연찬미로 전환했다.

긴요와카슈(金葉和歌集、きんようわかしゅう) ; 헤이안 후기 천황의 지시에 의해 만들어진 조쿠센와카슈(勅撰和歌集). 10권

긴키(近畿、きんき)지방 ; 일본 본토의 중서부에 위치한 지방. 교토(京都) 오사카(大阪) 미에(三重) 사가(佐賀) 효고(兵庫) 나라(奈良) 와카야마현(和歌山県)을 일컫는다.

나가이 가후(永井荷風、ながいかふう) ; 소설가. 처음에는 에밀 졸라의 영향을 크게 받았지만, 나중에는 에도정서에 탐닉하여 탐미파(眈美派)의 대표작가로 부상함.

나라(奈良、なら)시대 ; 수도가 나라(奈良)에 있었던 시대(710~784).

나미키 고헤이(並木五瓶、なみきごへい) ; 가부키 각본(脚本) 작자. 나미키 쇼조(並木正三、なみきしょうぞう)의 문인(門人). 1772~1801년에 걸쳐 교토 오사카와 에도 양쪽에서 활약. 합리성에 뛰어난 작풍으로, 시대물(時代物、じだいもの)과 세와모노(世話物、せわもの)를 독립시키는 방법을 창시함.

나미키 쇼조(並木正三、なみきしょうぞう) ; 가부키(歌舞伎) 각본(脚本) 작자. 1751~1781년에 걸쳐서 교토, 오사카 극단의 제1인자. 조루리(浄瑠璃)적인 수법으로, 웅대한 구상의 시대물을 특기로 했음.

나쓰메 소세키(夏目漱石、なつめそうせき) ; 영문학자. 소설가. 일본의 근대를 깊이 통찰하여, 지식인의 내면을 묘사했으며, 일본 근대문학의 확립에 공헌한 대표적 작가. 대표작으로 『わが輩(はい)は猫(ねこ)である』, 『坊(ぼ)っちゃん』, 『草枕(くさまくら)』, 『それから』, 『門(もん)』, 『こころ』, 『道草(みちくさ)』, 『明暗(めいあん)』 등이 있음.

나이코노지다이(内向の時代、ないこうのじだい) ; 내향의 시대. 1970년대 중반 불확실한 일상이나 인간관계를 치밀하게 묘사하려는 작가들이 활동한 시대.

나카가와 오쓰유(中川乙由、なかがわおつゆう) ; 에도 후기의 하이진(俳人).

나카쓰카사노나이시노닛키(中務内侍日記、なかつかさのないしのにっき) ; 가마쿠라 중기, 나카쓰카사노나이시(中務内侍、なかつかさのないし)의 일기. 후시미(伏見、ふしみ)천황의 뇨보(女房、にょうぼう)로 근무하던 시절의 회상기.

난소사토미핫켄덴(南総里見八犬伝、なんそうさとみはっけんでん) ; 다키자와 바킨(滝沢馬琴)의 요미혼(讀本). 9집(輯) 106책(冊). 1814~1842년에 간행. 인(仁) 의(義) 예(禮) 지(智) 충(忠) 신(信) 효(孝) 제(悌)의 여덟 가지 덕을 상징하는 옥(玉)을 가지고 여덟 마리 개(忠僕)가 사토미(里見) 가문의 신하로서 사토미 가문의 재건(再建)을 위해 활약하는, 권선징악 사상이 강한 전기(傳記)소설. 에도 요미혼(読本)의 최고봉.

노(能、のう) ; 춤을 주체로 표현하는 무대예술. 가마쿠라시대에 덴가쿠(田楽), 사루가쿠(猿楽)로부터, 무로마치(室町、むろまち)시대, 야마토사루가쿠(大和猿楽、やまとさるがく)의 간아미(観阿弥、かんあみ), 제아미(世阿弥、ぜあみ) 부자(父子)에 의해 대성되었다.

노가쿠(能楽、のうがく) ; 피리, 북 등의 반주에 맞추어 요교쿠(謡曲、ようきょく)를 부르면서 탈(가면)을 쓰고 춤을 추는 예능(芸能).

노리토(祝詞、のりと) ; 고대 제사 때 신전(神殿)에서 부르는 노래.

노인(能因、のういん) ; 헤이안 중기의 가인. 속명(俗名)은 다치바나노나가야스(橘永愷、たちばなのながやす). 우타마쿠라(歌枕、うたまくら, 우타를 짓는 수사법의 하나)를 동경하며,

여행과 우타를 사랑하였으며, 많은 일화를 남겼다.

뇨보(女房、にょうぼう) ; 옛날, 일본의 궁중에서 한 직책을 부여받은 고위의 여성 관리 또는 귀족에 시중들던 여성.

누카다노오키미(額田王、ぬかたのおおきみ) ; 만요슈 초기의 대표적 궁정 여류 가인(歌人). 생몰(生沒) 미상(未詳). 풍부한 정감과 정확한 기교를 구사한 가인으로, 『만요슈』에 장가(長歌、ちょうか), 단가(短歌、たんか) 합하여 11수가 있다.

니조 요시모토(二条良基、にじょうよしもと) ; 남북조(南北朝)시대의 정치가, 문화인.

니혼료이키(日本靈異記、にほんりょういき) ; 헤이안 전기의 일본 최고의 불교 설화집. 찬자(撰者)는 승려 게이카이(景戒). 민간의 고전승(古傳承), 인과응보, 설화 등 116화를 연대순으로 배열한 작품.

니혼쇼키(日本書紀、にほんしょき) ; 일본 최초의 칙찬(勅撰, 천왕의 지시에 의한) 역사서. 도네리 신노(舍人親王)가 편집지휘, 720년 완성됨.

닌토쿠(仁德、にんとく)**천황** ; 기키(記紀)에서 제16대 천황. 난파(難波)에 도읍을 정하고 외교와 농업을 장려한 천황.

닛폰에이타이구라(日本永代蔵、にっぽんえいたいぐら) ; 이하라 사이카쿠(井原西鶴)의 우키요조시(浮世草子). 세상의 부(富)에 관해 교훈을 섞어 묘사한 작품. 6권 6책. 단편 30화. 조닌물(町人物、ちょうにんもの)의 제1작품.

다누마(田沼、たぬま)**시대** ; 도쿠가와(德川、とくかわ) 10대 장군 이에하루(家治、いえはる)의 시대(1767～1786)

다니자키 준이치로(谷崎潤一郎、たにざきじゅんいちろう) ; 소설가. 탐미적, 악마주의적인 작풍을 나타내며, 관서 이주 후에는 전통적인 일본문화와 고전문학을 원천으로 하여, 모노가타리(物語)성이 풍부한 세계를 구축한 작품을 많이 썼다. 대표작 『시세이(刺青、しせい)』, 『春琴抄、しゅんきんしょう』, 『지진노아이(痴人の愛、ちじんのあい)』, 『사사메유키(細雪、ささめゆき)』 등

다메나가 슌스이(為永春水、ためながしゅんすい) ; 닌조본(人情本、にんじょうぼん)의 대표작가. 대표작 『슌쇼쿠우메고요미(春色梅兒誉美、しゅんしょくうめごよみ)』, 『슌쇼쿠타쓰미노소노(春色辰巳園、しゅんしょくたつみのその)』 등

다야마 가타이(田山花袋、たやまかたい) ; 소설가. 자연주의 문학을 주창하고, 추진한 작가. 대표작 『노골적인 묘사(露骨なる描写)』, 『후톤(布団、ふとん)』, 『생(生)』, 『이나카교시(田舍教師、いなかきょうし)』, 『닛페이소쓰(一兵卒、いっぺいそつ)』 등.

다이니혼훗케켄키(大日本法華驗記、たいにほんほっけけんき) ; 불교서

다이산노신진(第三の新人、だいさんのしんじん) ; 제3의 신인. 전후 독자적인 상황에서 등장한 작가 그룹으로, 〈아쿠타가와상〉 후보작이나 수상작으로 문단에 등장하였다는 공통점을 지닌다.

다이카개신(大化改新、たいかかいしん) ; 645년에 시작된 일본의 고대정치개혁. 율령을 바탕으로 중앙집권국가 수립을 도모한 사건.

다이키(台記) ; 헤이안(平安)시대 말기의 한문일기. 12권. 후지와노요리나가(藤原頼長、ふじわらのよりなが) 지음. 셋칸 정치사 연구의 근본 자료.

다이헤이키(太平記、たいへいき) ; 군키모노가타리(軍記物語、ぐんきものがたり). 40권. 고지마호시(小島法師) 지음. 남북조(南北朝)의 항쟁을 간결한 와칸콘코분(和漢混淆文、わかんこんこうぶん)으로 그린 작품.

다치바 후카쿠(立羽不角、たちばふかく) ; 에도 후기의 하이진(俳人).

다카하마 교시(高浜虚子、たかはまきょし) ; 하이진(俳人). 소설가. 마사오카 시키(正岡子規、まさおかしき) 이후의 하이단(俳壇) 최대의 지도자. 객관사생(客觀寫生)을 중시하고, 하이쿠(俳句)는 화조풍영(花鳥諷詠)의 시라고 주창했다.

다케루노미코토(倭建命、たけるのみこと) ; 야마토(大和、やまと) 국가 성립기의 전설적 영웅.

다케타카시(たけたかし) ; 가론(歌論) 등에서 격조가 높고 장대한 미를 일컫는다.

다케토리모노가타리(竹取物語、たけとりものがたり) ; 헤이안 전기의 현존 최고(最古)의 전기(傳記) 모노가타리. 모노가타리 문학의 시초를 이룬 작품.

다키자와 바킨(滝沢馬琴、たきざわばきん) ; 에도 말기의 게사쿠샤(戲作者). 산토 교덴(山東京伝、さんとうきょうでん)에게 사사(師事)하여 기뵤시(黄表紙、きびょうし)와 고칸(合巻、ごうかん) 등을 저술했지만, 요미혼(讀本、よみほん)에 뛰어난 작품이 많다. 대표작 『난소사토미핫켄덴(南総里見八犬伝、なんそうさとみはっけんでん)』은 권선징악을 중심 이념으로 웅대한 구상과 복잡한 내용을 아속절충(雅俗折衷、がぞくせっちゅう)의 유려한 문체로 저술함.

단가(短歌、たんか) ; 와카(和歌)형식의 하나. 5·7·5·7·7의 5句 31音으로 이루어지는 우타(歌). 상대말엽인 7세기경 성립하여 정착했다.

단나슈(旦那衆、たんなしゅう) ; 부자이고 세력이 있는 사람.

단린(談林、だんりん) ; 니시야마 소인(西山宗因、にしやまそういん)을 중심으로 1673〜1684년에 유행한 하이카이의 한 유파. 데이몬풍(貞門風)의 보수적 경향에 비해, 현실에 대한 관심과 수법의 자유분방함을 특색으로 했지만, 지나치게 기발하여 바쇼풍(芭蕉風)이 유행함과 동시에 붕괴됨.

데이몬(貞門、ていもん) ; 마쓰나가 데이토쿠(松永貞徳)를 중심으로 1624〜1673년에 유행한 하이카이의 한 유파(流波).

덴무(天武、てんむ)**천황** ; 천황 중심의 율령체제를 완성한 제 40대 천황.

덴치(天智、てんち)**천황** ; 일본 제38대 천황. 호적을 만들고, 율령을 새로이 하여 내정을 정비한
천황.

덴코분가쿠(転向文学、てんこうぶんがく) ; 전향문학. 주로 '천황을 부정했던 프롤레타리아문학에
서, 천황을 중심으로 국가가 나아가야 한다.'함을 중심이념으로 하는 문학을 지칭함.

도리카에바야모노가타리(とりかえばや物語) ; 헤이안 말기의 모노가타리. 현존본은 가마쿠라 초기
의 개작(改作). 작자미상. 곤다이나곤(權大納言)은 남성적인 딸과 여성적인 아들을 서로
남녀를 뒤바꾸어 양육한 결과 두 사람 모두 파탄하여, 결국 본래의 성으로 돌아와 행복하
게 되었다는 내용.

도사닛키(土佐日記、とさにっき) ; 헤이안 중기 기노 쓰라유키(紀貫之、きのつらゆき)의 일기문
학. 1권. 가나(仮名)에 의한 최초의 획기적인 일기문학 작품.

도이 반스이(土井晩翠、どいばんすい) ; 시인. 영문학자.『덴지유조(天地有情、てんちゆうじょう)』,
『荒城(こうじょう)の月(つき)』 등이 있음.

도카이 산시(東海散士、とうかいさんし) ; 메이지 중기 정치소설가. 대표작으로 사소설적인 정치소
설『가진노키구(佳人之奇遇、かじんのきぐう)』가 있다.

도쿠토미 로카(德富蘆花、とくとみろか) ; 작가. 후쿠자와 유키치(福沢諭吉)와 함께 일본의 대표적
인 계몽가 도쿠토미 소호(德富蘇峰)의 동생. 대표작『호토도기스(不如帰、ほととぎす)』,
『자연과인생(自然と人生)』 등이 있음.

란가쿠(蘭学、らんがく) : 에도 중기 이후, 네덜란드어를 수학하여, 네덜란드 서적을 통한 서양학
문을 닦으려했던 학문. 스기타 겐파쿠(杉田玄白、すぎたげんぱく)의 활약이 컸음.

레키시모노가타리(歷史物語、れきしものがたり) ; 가나(仮名)문으로 쓰인 모노가타리풍의 역사적
사실을 제재(題材)로 하여 서술한 역사서.

롯바쿠반 우타아와세(六百番歌合、ろっぴゃくばんうたあわせ) ; 1193년 가을, 후지와라노요시쓰네
(藤原良経、ふじわらのよしつね)의 집에서 행하여진 육백번의 노래경합(歌合、うたあ
わせ).

료운슈(凌雲集、りょううんしゅう) ; 헤이안 초기 일본 최초의 칙찬한시집(勅撰漢詩集). 1권 한시
문(漢詩文) 전성기를 상징하는 화려하고 웅장한 작품이 많다.

료진히쇼(梁塵秘抄、りょうじんひしょう) ; 헤이안 후기의 가요집. 고시라 가와인(小白河院) 편저.
20권.

마사시칸(摩詞止観、まさしかん) ; 중국 수나라시대의 불교서. 20권. 수행의 실천법을 설파하고, 천

태교학(天台教学)의 비법을 전하는 내용.

마스카가미(増鏡、ますかがみ) ; 남북조시대의 역사 모노가타리. 17권. 고도바(後鳥羽)천황부터 고다이고(後醍醐)천황까지의 15대, 154년간의 궁정 역사를 편년체로 기술.

마쓰나가 데이토쿠(松永貞徳、まつながていとく) ; 에도 초기의 하이진(俳人)이자 가인(歌人)・가학자(歌学者).

마쓰오 바쇼(松尾芭蕉、まつおばしょう) ; 에도 전기의 하이진(俳人). 하이카이를 혁신, 대성한 바쇼풍(芭蕉風)의 우타(歌). 대표적인 기행문 ;『野ざらし紀行、のざらしきこう』,『笈の小文、おいのごぶみ』,『更科紀行、さらしなにっき』,『奥の細道、おくのほそみち』등이 있음.

마쓰우라미야모노가타리(松浦宮物語、まつうらみやものがたり) ; 가마쿠라 초기의 모노가타리. 3권. 작자미상. 환상적이고 요염한 이야기. 헤이안시대의『우쓰보모노가타리(宇津保物語、うつぼものがたり)』를 모방한 것으로,『하마마쓰추나곤모노가타리(浜松中納言物語、はままつちゅうなごんものがたり)』와도 비슷하다.

마쓰이 스마코(松井須摩子、まついすまこ) ; 여배우. 연극『인형의집(人形の家)』에서 '노라'역으로 각광을 받으며, 새로운 시대의 여배우로 활약했다.

마쓰키 단탄(松木淡淡、まつきたんたん) ; 에도 후기의 하이진(俳人).

마에쓰케쿠(前付句、まえつけく) ; 7・7의 2구(句)의 쓰케쿠를 제목으로 하여, 그 앞에 5・7・5의 3구(句) 17자 하이구의 앞의 구를 붙이는 형식으로, 센류(川柳)의 전신.

마이게쓰쇼(毎月抄、まいげつしょう) ; 서간체의 가론서. 후지와라노테이카(藤原定家、ふじわらのていか)저. 어느 귀족의 노래에 대한 첨삭에 덧붙인 가론.

마치부교소(町奉行所、まちぶぎょうしょ) ; 에도시대에 에도, 교토, 오사카, 시즈오카에 설치된, 행정, 경찰, 재판 등을 담당하던 곳.

마쿠라노소시(枕草子、まくらのそうし) ; 헤이안시대 수필문학. 세이 쇼나곤(清少納言、せいしょうなごん)이 지음. '오카시'의 문학이념이 담겨 있음.

마쿠라코토바(枕詞、まくらことば) ; 수사법의 하나로, 주제와는 관계없이, 어떤 말 앞에 도입적으로 이용되는 일정한 표현. 5音이 가장많고 가끔 4, 3, 6음의 것도 있다.

만요슈(万葉集、まんようしゅう) ; 일본 현존 최고(最古)의 와카(和歌)집. 20권으로 이루어졌으며 약 4500수의 우타(歌)가 수록되어있다. 정확한 성립연대는 알 수 없으나 대체로 759년 전후에 성립되었을 것이라고 추측되며, 내용별로 잡가(雑歌、ぞうか), 상문(相聞、そうもん), 만가(挽歌、ばんか) 등으로 분류됨.

메이지유신(明治維新、めいじいしん) ; 19세기 후반, 에도시대 막번(幕潘、ばくはん) 체제의 붕괴로

부터 메이지 신정부에 의한 근대 통일국가의 성립까지, 일본 근대의 출발점이 된 정치개혁.

모노가타리(物語、ものがたり); 모노가타리(物語、ものがたり); 일본 헤이안시대에 발생한 산문 문학의 한 양식. 내용과 성격에 따라, 作(つく)り物語, 歌(うた)物語, 歴史(れきし)物語, 説話(せつわ)物語, 軍記(ぐんき)物語, 擬古(ぎこ)物語 등으로 분류되는데, 단순히 '모노가타리'라고 하면 『源氏(げんじ)物語』로 대표되는 作り物語를 말한다.

모리 오가이(森鴎外、もりおうがい); 소설가. 번역가. 평론가. 군의관. 일본 근대문학의 확립에 공헌한 대표적 문학자. 대표작으로 『마이히메(舞姫、まいひめ)』, 『아소비(あそび)』, 『세이넨(青年、せいねん)』, 『기러기(雁、がん)』, 『산쇼다유(山椒大夫、さんしょうだゆう)』, 『다카세부테(高瀬舟、たかせぶね)』 등이 있음.

모모야마(桃山、ももやま)시대; 도요토미 히데요시(豊臣秀吉、とよとみひでよし)가 전국(戦国)시대에 전국(全国)을 통일하고, 문화를 꽃피우던 시대(1582~1600).

몬토쿠(文徳、もんとく)천황; 일본 제55대 천황.

무라사키 시키부(紫式部、むらさきしきぶ); 헤이안 중기의 여류 문학자. 가인(歌人). 그녀의 작품인 『겐지모노가타리(源氏物語)』는 일본 고전의 최고봉으로 불린다. 그 밖에 『무라사키시키부닛키(紫式部日記)』, 『무라사키시키부슈(紫式部集)』가 있다.

무라사키시키부닛키(紫式部日記、むらさきしきぶにっき); 무라사키 시키부가 궁정에 근무한 기록. 전편은 아쓰히라황태자(敦成親王、あつひらしんのう)의 탄생 전후의 기록적 부분이 대부분이고, 후편은 수상(随想)적, 소식문에 기탁한 인생론과 인물론을 서술함.

무라카미 류(村上竜、むらかみりゅう, 1952.2.19~); 소설가. 영화감독. 히피문화의 영향을 강하게 받은 작가로서, 나가사키(長崎)현 사세보(佐世保)시 출신. 무사시노(武蔵野)미술대학 재학 중인 1976년, 마약과 섹스에 탐닉하여 타락한 젊은이들을 묘사한 『한없이 투명에 가까운 블루(限りなく透明に近いブルー)』로 〈群像新人文学賞〉, 〈芥川竜之介賞〉을 수상. 무라카미 하루키(村上春樹)와 함께 시대를 대표하는 작가로 평가. 대표작으로 『코인롯카·베이비즈(コインロッカー・ベイビーズ)』, 『사랑과 환상의 파시즘(愛と幻想のファシズム)』, 『오분후의 세계(五分後の世界)』, 『희망의 나라 엑소더스(希望の国のエクスダス)』 등이 있으며, 자신의 소설을 근간으로 영화도 제작함.

무라카미 하루키(村上春樹、むらかみはるき, 1949.1.12~); 소설가. 미국문학 번역가. 교토(京都)후 후시미(伏見)구에서 태어나, 효고(兵庫)현 니시미야(西宮)시와 아시야(芦屋)시에서 성장. 와세다(早稲田)대학 재학 중 재즈카페를 열었음. 1979년 『바람의 노래를 들어라(風の歌を聴け)』로 〈群像新人文学賞〉을 수상하여 데뷔. 1987년에 발표한 『ノルウェイの森』는 430만부의 매출을 올리는 베스트셀러가 되어 무라카미 하루키 붐을 유발함. 그 밖의 주요

작품은 『양을 둘러싼 모험(羊をめぐる冒険)』, 『세상의 종말과 하드보일드 원더랜드(世界の 終りとハードボイルド·ワンダーランド)』, 『태엽감는 새 크로니클(ねじまき鳥クロニク ル)』, 『일큐84(1Q84)』 등이 있는데, 미국을 비롯한 해외에서도 번역 소개되는 등 높은 인 기를 구가하고 있다.

무로마치(室町、むろまち)시대 ; 교토(京都、きょうとう)의 무로마치에 막부(幕府、ばくふ)를 두고 정치하던 시대(1336~1573).

무묘조시(無名草子、むみょうぞうし) ; 가마쿠라 전기의 논평(論評)문학. 작자미상. 「겐지모노가타 리(源氏物語)」 이후의 모노가타리를 비평하고 여류 문학자론에도 언급한 최초의 모노가타 리 평론서.

무샤노코지 사네아쓰(武者小路実篤、むしゃのこうじさねあつ) ; 소설가. 극작가. 시인. 화가. 쉽고 청신한 문체로 솔직한 자기긍정의 사상을 묘사. 대표작으로는 『아다라시키무라(新しき 村、あたらしきむら)』, 『인간만세(人間萬歳、にんげんばんざい)』, 『우정(友情、ゆう じょう)』 등이 있다.

미나모토노사네토모(源実朝、みなもとのさねとも) ; 가마쿠라막부의 3대 장군. 미나모토노요리토모 (源頼朝)의 차남. 와카에 뛰어남. 긴카이와카슈(金塊和歌集、きんかいわかしゅう) 편찬.

미즈마 센토쿠(水間占徳、みずませんとく) ; 에도 후기의 하이진(俳人).

민유샤(民友社、みんゆうしゃ) ; 메이지 20년(1887), 도쿠토미 소호(德富蘇峰、とくとみそほう)가 창설, 주재(主宰)한 출판결사. 기관지 「고쿠민노토모(国民之友、こくみんのとも)」 발간.

박자목(拍子木、ひょうしぎ) ; 밤 순찰을 알리며 치는 두 개의 긴 막대기.

방하사(放下師) ; 방하(放下 - 중세에서 근세에 걸쳐 큰 대로에서 벌이는 마술이나 곡예 등 일종의 잡기)를 연기한 예능인. 주로 승(僧)의 모습을 한 사람이 많았다.

벤노나이시닛키(辮内侍日記、べんのないしにっき) : 가마쿠라 중기의 일기. 2권. 궁정에 봉사한 6년 간의 내용을 와카와 함께 그린 작품.

분게이훗코기(文芸復興期、ぶんげいふっこうき) ; 문예부흥기

분카슈레이슈(文華秀麗集、ぶんかしゅうれいしゅう) ; 818년. 헤이안 초기의 칙찬한시집(勅撰漢詩 集). 3권

분쿄히후론(文教秘府論、ぶんきょうひふろん) ; 헤이안 초기 중국 육조와 당의 詩学書를 종합 정리 하여, 時文 창작의 주요 규칙을 설명한 시학서. 6권.

불역유행설(不易流行説) ; 쇼풍(蕉風) 하이카이(俳諧)의 근본이념. '불역(不易)'은 시적(詩的) 생명 의 영원성, 불변성이고, '유행(流行)'은 시대와 함께 변화하는 유동성을 말함.

비와호시(琵琶法師、びわほうし) ; 비파(琵琶, 현악기의 일종)를 켜면서 서사시를 낭송하는 것을

생업(生業)으로 한 승려. 가마쿠라시대 이후에는 군키모노(軍記物), 특히 『헤이케모노가타리(平家物語、へいけものがたり)』를 즐겨 읊었다.

빈궁문답가(貧窮問答歌) ; 야마노우에노오쿠라(山上憶良、やまのうえのおくら)의 장가(長歌) 및 반가(挽歌、ばんか). 『만요슈(万葉集)』5권에 있는, 빈자(貧者)의 생활과 괴로움을 문답 형식으로 호소한 작품.

사가(嵯峨、さが)천황 ; 일본 제52대 천황

사고로모노가타리(狭衣物語、さごろもものがたり) ; 헤이안 후기의 모노가타리. 4권. 『겐지모노가타리(源氏物語)』의 영향이 강하다. 겐지노미야(源氏宮)와의 이룰 수 없는 사랑에 고뇌하는 사고로모대장(狭衣大将)이 신탁(神託)에 의해 제위(帝位)에 오르는 반생(半生)을 그리고 있다.

사누키노스케닛키(讃岐典侍日記、さぬきのすけにっき) ; 헤이안 후기의 일기. 2권. 저자는 사누키노스케(讃岐典侍). 호리카와(堀河) 천황의 발병에서 승하할 때까지와, 어린 도바(鳥羽)천황에 봉사한 것에 대한 기록 일기.

사라시나닛키(更級日記、さらしなにっき) ; 헤이안 중기의 일기. 1권. 작자는 스가와라노다카스에노무스메(菅原孝標女、すがわらのたかすえのむすめ). 궁정세계에 대한 동경과 회한을 중심으로, 생애를 회고한 작품.

사비(さび) ; 쇼풍(蕉風) 하이카이의 근본이념의 하나. 한적(閑寂), 고담(枯淡)의 경지를 말하고, 구(句)의 정조(情調)로써 중시하였다. 원래는 중세의 대표적 미의 이념인 '유겐(幽玄、ゆうげん)'의 발전으로 형성된 미의식.

사쓰마 조운(薩摩浄雲、さつまじょううん) : 고조루리(古浄瑠璃)에서 이야기하는 사람(語り部). 사카이(堺) 출신으로, 1624년경에 에도에 나와 꼭두각시 연극을 흥행시킴.

사요고로모(小夜衣、さよごろも) ; 가마쿠라시대의 모노가타리. 3권. 왕조모노가타리(王朝物語、おうちょうものがたり)의 영향이 현저한 작품.

사이교호시(西行法師、さいぎょうほうし) ; 헤이안 말, 가마쿠라 초기의 가인. 23세에 출가하여 초암과 행각에의 감회를 우타(歌)로 표현했으며, 그 작풍(作風)은 자유청명하고 주정적(主情的)이다.

사이바라(催馬楽、さいばら) ; 헤이안시대에 발달한 가요. 귀족의 향연 등에 이용된 것.

사토무라 조하(里村絶巴、さとむらじょうは) ; 무로마치 말기의 렌가시(連歌師). 1602년 사망.

산가쿠(散楽、さんがく) ; 일본 고대 예능의 하나. 중국에서 나라(奈良)시대에 전래된 곡예(曲芸), 경업(輕業), 흉내 등 잡예(雜芸)의 총칭.

산다이지쓰로쿠(三代実録、さんだいじつろく) ; 헤이안 초기의 역사서. 50권.

산보에코토바(三宝絵詞、さんぼうえことば) ; 불교 설화집. 3권

샤레풍(酒落風、しゃれふう) ; 시류에 맞는 세련된 감각이 있는 것 또는 말.

세와모노(世話物、せわもの) ; 닌교조루리(人形浄瑠璃、にんぎょうじょうるり)나 가부키(歌舞伎、かぶき)에서, 유명한 소문이나 세상의 사건 등을 각색한 작품 또는 그 공연(公演)양식. 사실성이 특징.

세이 쇼나곤(清少納言、せいしょうなごん) ; 헤이안 중기의 여류 수필가. 가인(歌人). 명민한 재기와 기지, 한시문의 소양으로 궁정에서 특이한 재치를 발휘했다. 작품으로『마쿠라노소시(枕草子、まくらのそうし)』와『세이쇼나곤슈(清少納言集)』가 있다.

세이와(清和、せいわ)**천황** ; 일본 제56대 천황

세이지쇼세쓰(政治小説、せいじしょうせつ) ; 정치소설

세켄무스코카타기(世間息子気質、せけんむすこかたぎ) ; 에지마 기세키(絵島其磧)의 우키요조시(浮世草子). 6권. 기질물(氣質物).

센고햐쿠반 우타아와세(千五百番歌合、せんごひゃくばんうたあわせ) ; 1201년 고토바인(後鳥羽院)이 주최한 와카 사상 최대 규모의 우타아와세(歌合). 30명의 가인에게 각 100수씩 짓게 하였는데, 이의 낭독 및 평가는 이루어지지 않고 심판단의 재량으로 가판(加判)됨.

센류(川柳、せんりゅう) ; 5·7·5의 3구(句) 17자로 이루어지며, 기지에 의해 인정(人情)의 기미(氣味)를 표현하며, 풍자와 골계(滑稽)를 주로 하는 에도 서민문예.

센묘(宣命、せんみょう) ; 천황의 명령을 전달하는 문서. 조칙(詔勅)의 한 형식으로 센묘타이(宣命體)로 쓰임.

센소분가쿠(戦争文学、せんそうぶんがく) ; 전쟁문학. 전시상황을 선전 선동하여, 국민으로 하여금 전쟁에 협조하게하기 위하여 문학으로 승화시킨 것.

센키모노가타리(戦記物語、せんきものがたり) ; 전쟁담(合戦譚). 전쟁(合戦)모노가타리 등을 구성요소로 하여 성립한 서사시적인 문학형태. 특히 중세시대에 뛰어난 작품들이 많음.

셋칸정치(摂関政治) : 딸을 천황의 부인으로 들이고 거기서 태어난 황자로 황위를 계승하게 함으로써 천황의 외조부가 되어 실권을 장악하는 정치형태를 말함. 어린 천황을 대신하여 정무를 돌보는 섭정(摂政)과, 천황이 성장한 이후에는 천황을 보좌하여 정무를 돌보는 '간파쿠(関白)'의 첫 음을 따서 '셋칸(摂関)'으로 만들어진 용어이다.

소기(宗祇、そうぎ) ; 무로마치 후기의 렌가시(連歌師). 고전학자. 렌가(連歌) 최고의 명예적인 종장(宗匠)에 임명되어, 렌가집『신센쓰쿠바슈(新撰菟玖波集、しんせんつくばしゅう)』를 편찬했으며 문예 고전을 전국적으로 널리 알렸다.

소네노요시타다(曽禰好忠、そねのよしただ) ; 헤이안 중기의 가인. 고어(古語)와 속어(俗語), 신기

(新奇)한 표현을 이용한 우타가 많고, 가풍(歌風)이 청신함.

소초(宗長、そうちょう) ; 무로마치 말기에 활동한 렌가시(連歌師).

소칸(宗鑑、そうかん) ; 무로마치 말기의 렌가, 하이카이의 작자. 야마자키 소칸(山崎宗鑑).

쇼보겐조(正法眼蔵、しょうぼうげんぞう) ; 선서(禪書). 도겐(道元、どうげん) 지음. 95권. 1231
～1253년 사이에 일본어로 법어(法語)를 정리한 것으로, 조동종(曹洞宗)의 근본 교리.

쇼세쓰신즈이(小説神髄、しょうせつしんずい) ; 쓰보우치 쇼요(坪内逍遥、つぼうちしょうよう)
의 문학론. 권선징악주의 소설을 배제하고 사실주의를 제창. 일본 최초의 근대소설이론서.

쇼쿠고슈이와카슈(続後拾遺和歌集、しょくごしゅういわかしゅう) ; 가마쿠라 전기의 조쿠센와카슈
(勅撰和歌集).

쇼쿠센자이와카슈(続千載和歌集、しょくせんざいわかしゅう) ; 가마쿠라 전기의 조쿠센와카슈(勅
撰和歌集).

쇼쿠슈이와카슈(続拾遺和歌集、しょくしゅういわかしゅう) ; 가마쿠라 전기의 조쿠센와카슈(勅撰
和歌集).

수령(首領、しゅりょう) ; 국사(国司)의 별칭. 일반적으로 임지에 부임하여 실제로 행정을 담당한
지방관.

슈이슈(拾遺集、しゅういしゅう) ; 헤이안 중기 세 번째 조쿠센와카슈(勅撰和歌集). 20권

스미요시모노가타리(住吉物語、すみよしものがたり) ; 가마쿠라 초기의 기코모노가타리(擬古物語).
2권. 작자미상. 계모(繼母) 이야기의 대표작.

스사노오노미코토(素盞嗚尊、すさのおのみこと) ; 일본신화에 나오는 신. 폭풍의 신.

스에히로 뎃초(末広鉄腸、すえひろてっちょう) : 메이지 중기 정치소설가. 대표작으로 『셋추바이
(雪中梅、せっちゅうばい)』가 있음.

스즈키 쇼산(鈴木正三、すずきしょうさん) ; 에도 전기의 승(僧). 가나조시(仮名草子、かなぞう
し)의 작자.

시가 나오야(志賀直哉、しがなおや) ; 소설가. 강렬한 자아의식과 결백한 감성에 뒷받침된 정교한
리얼리즘을 확립한 작가. 대표작으로 『기노사키니테(城崎(きのさき)にて)』, 『안야코로
(暗夜行路、あんやこうろ)』 등이 있음.

시대물(時代物、じだいもの) ; 닌교조루리(人形浄瑠璃、にんぎょうじょうるり)나 가부키(歌舞
伎、かぶき)에서 역사적 사건 또는 인물을 제재(題材)로 한 것.

시라카바(白樺、しらかば) ; 메이지(明治)말～다이쇼(大正)초기 시라카바하(白樺派) 문예동인잡
지. 1910년 창간. 1923년 폐간. 개성존중, 인도주의를 주창함.

시라카바하(白樺派、しらかばは) ; 백화파. 메이지(明治)말～다이쇼(大正)초기 문예동인. 기관지

『시라카바(白樺)』가 있음.

시마자키 도손(島崎藤村、しまざきとうそん) ; 시인, 소설가, 자연주의 문학의 제1인자. 대표작으로 『하카이(破戒、はかい)』, 『봄(春、はる)』, 『이에(家、いえ)』, 『신세이(新生、しんせい)』 등의 소설과 『와카나슈(若菜集、わかなしゅう)』, 『라쿠바이슈(落梅集、らくばいしゅう)』 등의 시집이 있음.

시키테이 산바(式亭三馬、しきていさんば) ; 근세(近世)의 골계(滑稽) 작가. 대표작 『우키요후로(浮世風呂、うきよふろ)』, 우키요도코(浮世床、うきよとこ)』

시테(シテ) ; 노가쿠에서 주역이 되는 등장인물.

신고센와카슈(新後撰和歌集、しんごせんわかしゅう) ; 가마쿠라 전기의 조쿠센와카슈(勅撰和歌集).

신코킨와카슈(新古今和歌集、しんこきんわかしゅう) ; 가마쿠라 전기 여덟 번째의 조쿠센와카슈(勅撰和歌集). 20권. 약 1,980수. 『신코킨슈(新古今集、しんこきんしゅう)』라고도 함. 고도바인(後鳥羽院、ごとばいん) 편. 감각적, 회화적이고 모노가타리적, 상징적인 작품도 많음. 『만요슈(万葉集)』, 『고킨와카슈(古今和歌集)』와 함께 고전 가풍(歌風)의 세 전형(典型)의 하나이기도 함.

신니혼분가쿠카이(新日本文学会、しんにほんぶんがくかい) ; 민주주의문학을 기치로, 전후문학의 리더를 지향한 사회주의 계통의 문학결사. 〈태평양전쟁〉 직후인 1945년 12월 프롤레타리아 계열의 나카노 시게하루(中野重治), 구라하라 고레히토(蔵原惟人), 도쿠나가 스나오(德永直), 미야모토 유리코(宮本百合子) 등이 발기인이 되어 〈新日本文学会〉를 결성하고. 1946년 3월 잡지 「신니혼분가쿠(新日本文学)」를 창간함.

신사루갓키(新猿楽記、しんさるがっき) ; 가장 오래된 사루가쿠(猿楽)에 관한 기록서. 1권.

신시초하(新思潮派、しんしちょうは) ; 신사조파

신신리슈기(新心理主義、しんしんりしゅぎ) ; 신심리주의

신조쿠센와카슈(新勅撰和歌集、しんちょくせんわかしゅう) ; 고호리가와(後堀川)천황의 칙명(勅命)에 의해 후지와라노테이카(藤原定家、ふじわらのていか)가 찬진(撰進)한 조쿠센와카슈(勅撰和歌集). 무가(武家)의 노래(우타、歌)가 많다.

신칸카쿠하(新感覚派、しんかんかくは) ; 신감각파

신케이(心敬、しんけい) ; 무로마치 중기의 가인(歌人). 렌가시(連歌師)

신코게이주쓰하(新興芸術派、しんこうげいじゅつは) ; 신흥예술파

쓰레즈레구사(徒然草、つれづれぐさ) ; 요시다 겐코(吉田兼好) 법사(法師)의 수필. 2권. 헤이안시대의 『마쿠라노소시(枕草子、まくらのそうし)』와 함께 일본 고전수필의 대표작으로 일컬어짐. 중세문학 최고의 작품 중 하나.

쓰루야 난보쿠(鶴屋南北、つるやなんぼく) ; 교겐(狂言) 작자. 삼대 째까지는 배우, 사대 째는 가부키 각본 작자.

쓰보우치 쇼요(坪內逍遙、つぼうちしようよう) ; 영문학자. 극작가. 소설가. 평론가. 와세다(早稻田)대학 교수. 일본근대 최초의 소설이론서『쇼세쓰신즈이(小説神髓、しょうせつしんずい)』와 게사쿠(戱作)『도세이쇼세이카타기(当世書生気質、とうせいしょせいかたぎ)』의 작자

쓰쓰미추나곤모노가타리(堤中納言物語、つつみちゅうなごんものがたり) ; 헤이안 후기 일본최초의 단편 모노가타리집. 10편(編)과 단편 1로 구성되어 있음. 1편만이 고시키부(小式部)가 지었고, 나머지 작품은 작자미상. 뛰어난 재기와 감각이 엿보이며, 기발한 취향을 섞어 인생의 단면을 묘사한 작품.

쓰케아이(付合、つけあい) ; 렌가(連歌), 하이카이(俳諧)에서 장구(長句), 단가(短歌)를 덧붙이는 것.

쓰쿠리모노가타리(作り物語、つくりものがたり) ; 헤이안 초기의 문학 형식의 하나. 허구의 이야기.

아라고토(荒事、あらごと) ; 닌교조루리(人形浄瑠璃)나 가부키(歌舞伎)에서, 배우가 남색(藍色) 물감으로 얼굴에 선을 그리고, 과장된 연기로 초인적인 강인함을 표현하는 것.

아라라기(アララギ) ; 단가(短歌) 잡지. 1908년 창간. 사생단가(寫生短歌)를 표방하고, 시마키 아카히코(島木赤彦、しまきあかひこ), 사이토 모키치(斎藤茂吉、さいとうもきち、대표작(赤光、しゃっこう) 등을 배출.

아라키다 모리다케(荒木田守武、あらきだもりたけ) ; 무로마치 말기의 렌가, 하이카이(俳諧)의 작자.『모리다케센쿠(守武千句、もりだけせんく)』로서 하이카이 형식을 확립하고, 하이카이 문예의 기초를 다졌다.

아리시마 다케오(有島武郎、ありしまたけお) ; 소설가. 다이쇼기(大正期)의 시라카바파(白樺派)를 대표하는 사상성 풍부한 작가. 대표작『카인의 후예(カインの末裔)』,『아루온나(或る女)』등이 있음.

아리와라노나리히라(在原業平、ありわらのなりひら) ; 헤이안 초기의 가인. 육가선(六歌仙), 삼십육가선(三十六歌仙)의 한 명. 미모와 가재(歌才), 불우한 생애, 분방한 연애 등으로 유명함. 정감 넘치는 노래(歌)가 다수 있다.

아카조메 에몬(赤染衛門、あかぞめえもん) ; 헤이안 중기의 여류 가인. 재학(才学)에 뛰어나고, 가재(歌才)는 이즈미 시키부와 나란히 평가받았다.

아쿠다가와 류노스케(芥川竜之介、あくたがわりゅうのすけ) ; 소설가. 다이쇼기(大正期)의 시민문학을 대표. 나쓰메 소세키(夏目漱石)에게 사사받았다. 작품으로『라쇼몬(羅生門、らしょうもん)』,『지고쿠헨(地獄変、ちごくへん)』,『갓파(河童、かっぱ)』,『하나(鼻、はな)』,

『하구루마(歯車、はぐるま)』등이 있음.

야노 류게이(矢野竜渓、やのりゅうけい) ; 메이지 중기 정치소설가. 대표작으로『게이코쿠비단(経国美談、けいこくびだん)』이 있음.

야리쿠(遣句、やりく) ; 렌가·하이카이에서 마에쿠(前句、まえく 앞구)가 어려워서 쓰케구(付句、つけく 다음구)를 붙이기 어려울 때, 쓰케쿠(付句)를 붙이기 쉽도록 가볍게 붙이는 구.

야마노우에노오쿠라(山上憶良、やまのうえのおくら) ; 나라 전기 만요슈(万葉集)의 가인. 유교, 불교 등의 지식을 갖춘 사상가로서, 노병빈사(老病貧死) 등 인생 고난과 자식에 대한 애정을 노래한 작품이 많다.

야마모토 유조(山本有三、やまもとゆうぞう) ; 다이쇼기(大正期)에서 쇼와기(昭和期)에 걸쳐 활약한 소설가, 극작가, 정치가. 대표작으로『여자의 일생(女の一生)』이 있음.

야마베노아카히토(山部赤人、やまべのあかひと) ; 나라(奈良) 전기의 가인(歌人). 생몰년 미상. 궁정가인으로 맑고 깨끗한 자연미를 단정하게 노래한 가인(歌人).

야마지노쓰유(山路の露、やまじのつゆ) ; 가마쿠라시대의 모노가타리.

야마토모노가타리(大和物語、やまとものがたり) ; 헤이안 중기의 우타모노가타리. 173단으로, 전반은 가인(歌人)의 이야기이고 후반은 모노가타리(物語)적 설화로 구성되어 있다.

야마토조정(大和朝廷) ; 야마토 지방에 있었던 일본 최초의 통일정권(645～672).

에도(江戸)시대 ; 현재의 도쿄(東京)가 정치적 중심이 되었던 시대(1603～1867).

에이가모노가타리(栄華物語、えいがものがたり) ; 헤이안시대 최초의 레키시모노가타리(歴史物語). 전 40권. 작자미상. 우다(宇田)천황으로부터 호리가와(堀河)천황까지 15대 약 200년의 궁정을 중심으로 한 귀족사회의 역사를, 가나문에 의한 편년체(編年體)로 서술함.

엔기시키(延喜式) ; 헤이안(平安)시대 중기의 율령의 시행세칙. 율령정치의 기본이 된 것으로, 궁정의 연중의식과 제도 등에 대하여 기록한 것. 50권.

엔기카쿠(延喜格) ; 헤이안시대의 법전. 12권

엔쿄쿠(宴曲、えんきょく) ; 가마쿠라시대부터 무로마치시대에 유행한 서사적 장편 우타. 무사(武士)를 중심으로 주로 연회석에서 불려, 소카(早歌)라고 불렸다.

오구리 후요(小栗風葉、おぐりふうよう) ; 소설가. 오자키 고요(尾崎紅葉) 문하에서 활약했다.

오노노고마치(小野小町、おののこまち) ; 헤이안 전기의 여류가인. 육가선, 삼십육가선의 한 명. 애조를 띤 정감 넘치는 가풍.

오사나이 가오루(小山内薰、おさないかおる) ; 신극운동의 선구자. 자유극장, 쓰키지(築地)극장이라는 두 극단을 창립하고 주재했으며, 외국연극을 소개, 이식하고, 연출의 분야를 확립하였다. 또한 소설, 희곡을 창작하고, 연극평론과 영화에도 큰 공적을 남김.

오산문예(五山文芸、ごさんぶんげい) ; 가마쿠라 말기부터 무로마치시대에, 교토·가마쿠라의 오산(五山)을 중심으로 한 선승(禪僧)의 한시문(漢詩文)·주석(註釋)·어록(語錄)의 종류를 말한다.

오자키 고요(尾崎紅葉、おざきこうよう) ; 소설가. 근세문학과 근대문학의 가교 역할을 한 작가. 대표작 『곤지키야샤(金色夜叉、こんじきやしゃ)』

오치쿠보모노가타리(落窪物語、おちくぼものがたり) ; 헤이안시대의 모노가타리. 4권. 현존 일본 최고(最古)의 계모가 의붓자식을 학대하는 이야기. 서양의 『신데렐라』, 한국의 『콩쥐팥쥐』 계통의 이야기.

오카가미(大鏡、おおかがみ) ; 헤이안 후기의 역사를 이야기식으로 정리한 책(歷史物語) 작자미상. 몬토쿠(文德)천황으로부터 고이치조(後一条)천황까지의 14대 170여년의 역사를 기전체(紀傳體)로 서술한 역사물(鏡物)의 선구.

오카모토 기도(岡本綺堂、おかもとぎどう) ; 신극운동가, 신극창작자. 대표작 「修善寺物語、しゅうぜんじものがたり」

오토기조시(お伽草子、おとぎぞうし) ; 가마쿠라 말기에 생성되어 무로마치시대에 들어 기코모노가타리(擬古物語)의 형태를 빌려 민간적인 소재나 전승 등을 소재로 만들어진 통속 단편소설의 총칭. 귀족, 서민, 무사, 상인, 장인 등 다양한 계층의 인물이 등장하여 광범위한 독자층을 형성함. 근세 초기 가나조시(假名草子)로 옮겨가는 과도기적 소설의 한 장르로, 『잇슨보시(一寸法師)』, 『분쇼조시(文正草子)』 등이 대표적이다.

오토모노타비토(大伴旅人、おおとものたびと) ; 나라(奈良)시대 전기의 무장(武将)이자 가인(歌人). 오토모노야카모치(大伴家持)의 아버지. 타고난 서정시인으로 불린 歌人.

오토모노야카모치(大伴家持、おおとものやかもち) ; 나라 후기의 가인. 오토모노다비토(大伴旅人)의 아들. 섬세한 감성을 살려 해맑고 요염한 미를 표현한 훌륭한 작품이 많다.

와카(和歌、わか) ; 중국의 한시(漢詩)에 대응한 일본 고유시(大知の歌)의 총칭. 특히 5·7·5·7·7의 5구 31음의 음수율을 가진 단가(短歌)가 이를 대표한다.

와칸로에이슈(倭漢朗詠集、わかんろうえいしゅう) ; 헤이안 중기의 가요집. 2권. 후지와라노킨토(藤原公任、ふじわらのきんとう) 편

와키(ワキ) ; 와키야쿠(わき役). 노가쿠에서 조역, 무대와 청중을 연결시켜주는 내레이터(語り部) 역할을 하는 인물.

요루노네자메(夜の寝覚、よるのねざめ) ; 헤이안 후기의 모노가타리. 5권. 자신의 숙명에 고뇌하는 여주인공의 이야기. '요와노네자메(夜羊の寝覚)' 라고도 함.

요미혼(読本、よみほん) ; 에도 후기 소설의 한 종류. 그림을 주제로 한 이전의 구사조적 와카(知

歌)에 대칭적으로 읽는 것을 주로 한 책.

요사노뎃칸(与謝野鉄幹、よさのてっかん) ; 메이지 초기의 가인(歌人). 시인. 단가(短歌) 혁신운동을 추진, 〈신시샤(新詩社、しんししゃ、SSS)〉를 창립하고, 잡지 「묘조(明星、みょうじょう)」를 창간했으며, 부인 요사노 아키코(与謝野晶子、よさのあきこ)와 함께 낭만주의 운동을 전개함.

요사노부손(与謝蕪村、よさのぶそん) ; 에도 중기의 하이진(俳人), 화가. 중흥기 하이단(俳壇)의 중심작가. 청신하고 낭만적이며 유미적(唯美的)인 작풍(作風)을 추구함.

요시노(吉野)시대 ; 남북조(南北朝, 1336~1392)시대의 별칭.

요시다 겐코(吉田兼好、よしだけんこう) ; 가마쿠라 말기, 남북조 초기의 가인(歌人). 수필 「쓰레즈레구사(徒然草、つれづれぐさ)」의 작자.

요엔(妖艶、ようえん) ; 상냥하고 기품이 있는 아름다운 것 또는 모습.

요코미쓰 리이치(横光利一、よこみつりいち) ; 소설가. 신감각파의 대표작가. 가와바다 야스나리(川端康成)와 함께 잡지 「문예시대」를 창간.

요쿄쿠(謡曲、ようきょく) ; 노가쿠(能楽)에서, 소리에 의한 선율적인 부분인 가락과 대본에 해당하는 내용을 말함. 「요쿄쿠(謡曲)」를 무대에 올리면 노가쿠(能楽)가 됨.

우게쓰모노가타리(雨月物語、うげつものがたり) ; 요미혼(読本). 5권. 우에다 아키나리(上田秋成、うえだあきなり) 지음. 중국의 소설과 일본의 고전을 번안, 개작한 괴이소설 9편을 수록함.

우신(有心、うしん) ; 와카에서 의미내용과 사상의 깊이를 나타내는 미적 이념으로서, 이 이념에 합치하는 것을 '우신타이(有心体、うしんたい)'라고 함.

우쓰호모노가타리(宇津保物語、うつほものがたり) ; 헤이안 전기의 모노가타리. 20권. 금(琴, 한국의 거문고와 비슷한 현악기) 일족의 이야기와, 좌대장(左大将)의 딸 아테미아를 둘러싼 구혼 이야기를 섞은 내용.

우에다 아키나리(上田秋成、うえだあきなり) ; 에도 후기의 가인(歌人), 하이진(俳人), 국학자(国学者). 요미혼(讀本) 작자. 하치몬지야본(八文字屋本、はちもんじやぼん)의 작자로서 기질물(氣質物, かたぎもの　기질을 강하게 표현하려고 한 에도시대 소설의 일종)을 많이 저술했다. 대표작으로 『우게쓰모노가타리(雨月物語、うげつものがたり)』, 『하루사메모노가타리(春雨物語、はるさめものがたり)』가 있다.

우지슈이모노가타리(宇治拾遺物語、うじしゅういものがたり) ; 가마쿠라 전기의 설화(説話)집. 15권. 196화. 작자미상.

우키구모(浮雲、うきぐも) ; 후타바테이 시메이(二葉亭四迷、ふたばていしめい)의 소설. 'だ調'에 의한 언문일치체(言文一致體)로, 당시의 지식인(知識人)과 세태(世態)를 부각시킨 일본

최초의 근대소설.

우키요조시(浮世草子、うきよぞうし) ; 겐로쿠(元祿, 1688～1704)시대에서 메이와(名和, 1704～1772)시대까지 약 100여 년간 가미가타(上方, 오사카지방)를 중심으로 성행한 서민적이고 현실적인 산문문학. 1682년 이하라 사이카쿠(井原西鶴)가 『고쇼쿠이치다이오토코(好色一代男、こうしょくいちだいおとこ)』를 간행한 이후, 약 80년간 가미가다(上方, 오사카지방)를 중심으로 크게 유행함.

우타(歌、うた) ; 일본 운문문학의 한 형식. 와카(和歌)나 단카(短歌)를 일컬음.

우타닛키(歌日記、うたにっき) ; 가나문으로 쓰인 자기의 심정 생활의 고백과 지나간 인생을 회상적으로 기록한 것이 일기문학이라면, 우타닛키(歌日記)는 일기문학적인 특질과 함께, 우타(歌)가 중심이 되어, 그 우타(歌)를 짓게 된 배경 설명이 되어 있는 일기 작품이다.

우타모노가타리(歌物語、うたものがたり) ; 헤이안 초기의 문학 형식의 하나. 『이세모노가타리(伊勢物語、いせものがたり)』등과 같이 우타(歌)를 중심으로 한 이야기.

우타아와세(歌合、うたあわせ) ; 가인(歌人)이 좌우로 나뉘어 와카의 우열을 겨루는 문학적 유희. 헤이안시대 이후 궁정과 귀족 사이에서 유행.

우타타네노키(うたた寝の記、うたたねのき) ; 가마쿠라 중기의 일기문학. 아부쓰니(阿佛尼、あぶつに) 지음. 아부쓰니가 출가하기 전의 불꽃같은 사랑을 그린 작품.

유겐(幽玄、ゆうげん) ; 그윽하고 미묘하며, 측량할 수 없는 것 또는 모습. 깊은 맛이 있는 것. 일본 고전문학과 예술에서 미적 이념의 하나. 특히 가론(歌論) 등에서는 신비적이고 이해를 다 할 수 없는 언어 밖에 맴도는 서정이 있는 미.

이누쓰쿠바슈(犬筑波集、いぬつくばしゅう) ; 하이카이 렌가의 선집(選集). 렌가에 대해 하이카이를 비하(卑下)하여 '이누(犬)를 붙였다.

이마카가미(今鏡、いまかがみ) ; 헤이안 후기의 역사 모노가타리. 10권. 고이치조(後一条)천황부터 다카쿠라(高倉)천황까지의 약 150년간의 궁정사(宮廷史).

이세모노가타리(伊勢物語、いせものがたり) ; 현존하는 최고의 우타모노가타리(歌物語), 헤이안 전기 우타를 중심으로 한 단편 모노가타리로, 125단(段)으로 구성됨.

이와시미즈모노가타리(石淸水物語、いわしみずものがたり) ; 가마쿠라시대의 모노가타리. 2권. 작자미상. 무사의 사랑과 출가(出家)를 다룬 작품.

이자요이닛키(十六夜日記、いざよいにっき) ; 가마쿠라 중기의 일기문학. 아부쓰니(阿佛尼) 지음. 죽은 남편의 유산상속을 둘러싸고 그 소송을 위해 가마쿠라로 향하는 도중의 여행과 가마쿠라 체재중의 여러 가지 사정을 기록한 기행일기.

이즈미 교카(泉鏡花、いずみきょうか) ; 소설가. 오자키 고요(尾崎紅葉、おざきこうよう)의 문하

생(門下生)으로 특이한 작품을 표방하여 제1인자가 됨. 대표작『고야히지리(高野聖、こ
うやひじり)』,『우타안돈(歌行灯、うたあんどん)』,『게카시쓰(外科室)』등이 있음.

이즈미 시키부(和泉式部、いずみしきぶ) ; 헤이안 중기의 여류 가인. 파란만장한 생애를 보냈으며,
정열적이고 자유분방한 서정가(抒情歌), 연애가(戀愛歌)는 헤이안시대 여류가인 중 제1인
자로 평가된다.

이치카와 사단지(市川左団次、いちかわさだんじ) ; 가부키 배우. 일본 연극의 근대화에 공헌한 명배
우. 오사나이 가오루(小山内薫)와 함께 극단〈자유극장〉을 결성하여 신극(新劇)의 선구가
되었으며, 오카모토 기도(岡本綺堂、おかもときとう) 등과 신가부키(新歌舞伎)를 확립
하였다.

이하라 사이카쿠(井原西鶴、いはらさいかく) ; 에도 전기의 하이카이시(俳諧師、はいかいし). 우
키요조시(浮世草子、うきよぞうし) 작자. 대표작으로는 好色物로『고쇼쿠이치다이오토
코(好色一代男)』,『고쇼쿠이치다이온나(好色一代女)』, 町人物로『닛폰에이타이구라(日本
永代蔵、にっぽんえいたいぐら)』,『세켄무네잔요(世間胸算用、せけんむねざんよう)』
등이 있음.

인세이(院政、いんせい) ; 천황이 양위 후에 상황(上皇) 또는 법황(法皇)으로서 국정을 행하는 정
치 형태.

임신의난(壬申の乱、じんしんのらん) : 672년 덴치(天智)천황의 아들 오토모황자(大友皇子)와 천
황의 동생 오아마노미코(大海人)의 사이에 일어난 내란. 결국, 오토모황자는 자살하고 오
아마노미코가 즉위하여 덴무천황이 됨.

재(座、ざ) ; 절이나 신사(神社) 또는 귀족의 보호 아래 가마쿠라(鎌倉), 무로마치(室町)시대에 발
달한 상공업자의 동업조직. 영업과 세제상의 특권을 받았다.

잔기리모노(散切物、ざんぎりもの) ; 산발 머리를 주인공으로 한 가부키(歌舞伎)에서 세와모노(世
話物)의 일종. 메이지(明治) 초기 새로운 풍속의 세태(世態)극.

잣파이(雑俳、ざっぱい) ; 언어 유희적인 문예로 에도 시대의 서민 사이에 유행.

제아미(世阿弥、ぜあみ) ; 무로마치 초기의 노배우(能役者、のうやくしゃ), 노작자(能作者、の
うさくしゃ), 사루가쿠(猿楽、さるがく)를 유겐(幽玄、ゆうげん)한 무겐노(夢幻能、む
げんのう)로 끌어올려 대성시킴.

조게이슈(雑芸集、ぞうげいしゅう) ; 헤이안 후기부터 가마쿠라 시대에 걸쳐서 유행한 신흥가요를
모은 책.

조닌(町人、ちょうにん) ; 에도시대 도시나 도시근교에 사는 기술자와 상인.

조루리(浄瑠璃、じょうるり) ; 이야기로서의 조루리와 샤미센(三味線) 반주에 인형조종이 어우러

진 종합연극. 무로마치 말기의 낭독용 연애이야기인 「조루리모노가타리(淨瑠璃物語)」를 기원으로 한 조루리는 당초 자토(座頭, 맹인연주가)가 쥘부채와 비파(琵琶)를 곁들여 낭독하는 단순한 것에서 샤미센과 인형이 결합하여 닌교조루리(人形淨瑠璃)로 발전함.

조카(長歌、ちょうか) ; 와카(和歌)형식의 하나. 5음(五音)과 7음(七音) 즉 5·7음을 3회 이상 반복하면서 마지막에 추가로 7로 끝맺는 우타(歌). 이로서 장가(長歌)는 최소 43음 이상으로 구성된다. n(5+7)+7, n=2로 5+7+5+7+7=31음 일 때 단가(短歌), n＞2로 5+7+5+7+5+7+7음일 때 조카(長歌)가 된다.

주칸쇼세쓰(中間小説、ちゅうかんしょうせつ) ; 문학성을 강조한 순수소설과 오락성을 강조한 대중소설의 중간소설. 대표작으로 이시하라 신타로(石原愼太郎)의 『타이요노기세쓰(太陽の季節、태양의 계절)』를 들 수 있다.

지카마쓰 몬자에몬(近松門左衛門、ちかまつもんざえもん) : 에도 중기의 조루리(淨瑠璃)나 가부키(歌舞伎)의 작자. 소네자키신주(曾根崎心中、そねざきしんじゅう)를 저술.

지테이키(池亭記、ちていき) ; 요시시게 야스타네(慶滋保胤、よししげやすたね)의 수필. 한문체.

지토(持統)천황 ; 일본 제 41대 천황. 덴무천황의 황후. 덴무천황 사후에 즉위.

짓킨쇼(十訓抄、じっきんしょう) ; 가마쿠라 중기의 설화집. 3권. 작자미상. 주로 연소자에게 교훈을 주고 계몽하기 위해 10개의 덕목을 예를 들어 설명하고 있다.

짓펜샤 잇쿠(十返舍一九、じっぺんしゃいっく) ; 곳게이본(滑稽本)작가. 대표작『도카이도추히자쿠리게(東海道中膝栗毛、とうかいどうちゅうひざくりげ)』

프롤레타리아(プロレタリア)**문학운동** ; 기관지 「다네마쿠히토(種蒔く人)」와 「분게이센센(文芸戦線、ぶんげいせんせん)」,「센키(戦旗、せんき)를 중심으로 활동한 문학운동. 하야마 요시키(葉山嘉樹、はやまよしき)의 『우미니이쿠루히토비토(海に生くる人々)』, 고바야시 다키지(小林多喜二、こばやしたきじ)의 『가니코센(蟹工船、かにこうせん)』, 도쿠나가 스나오(徳永直、とくながすなお)의 『다이요노나이마치(太陽のない街)』 등이 대표적이다.

하기와라 사쿠타로(萩原朔太郎、はぎわらさくたろう) ; 구어자유시의 완성자. 구어에 의한 시적 음악성을 추구. 대표작으로 『스키니호에루(月に吠える)』가 있다.

하마마쓰추나곤모노가타리(浜松中納言物語、はままつちゅうなごんものがたり) ; 헤이안 후기의 모노가타리. 겐 주나곤(源中納言、げんちゅうなごん)을 주인공으로 전생(轉生), 몽고(蒙古) 등 신비적 색채가 강한 모노가타리.

하이분(俳文、はいぶん) ; 기지(機知), 골계(滑稽), 주탈(酒脱), 경묘(輕妙)라는 하이카이(俳諧)의 정신, 풍미(風味)를 지닌 문장.

하이카이(俳諧、はいかい) ; 골계(滑稽), 기지(機知)를 특색으로 한, 「하이카이렌가(俳諧連歌)」에

서 독자적으로 성장한 시가(詩歌)의 한 장르. 에도(江戸)시대에 서민문예로서 독립 발전했다.

하치몬지야본(八文字屋本、はちもんじやほん) ; 에도 중기 교토(京都)의 서점 하치몬지야(八文字屋)에서 출판된 책.

헤이안(平安、へいあん)**시대** ; 수도가 교토(京都)에 있었던 시대(794～1192).

헤이지모노가타리(平治物語、へいじものがたり) ; 가마쿠라 초기의 군기모노가타리. 3권. 작자미상. 『헤이지노란(平治の乱)』의 전말을 그린 작품.

헤이추모노가타리(平中物語、へいちゅうものがたり) ; 헤이안 중기의 우타모노가타리.

헤이케모노가타리(平家物語、へいけものがたり) ; 가마쿠라 전기의 군기모노가타리(軍記物語). 12권. 작자미상. 헤이케일문(平家一門)의 영고성쇠(榮枯盛衰)를 중심으로 치승(治承)·수영(壽永)의 동란의 역사를 그린 작품.

호겐모노가타리(保元物語、ほげんものがたり) ; 가마쿠라 초기의 군기모노가타리. 3권. 작자미상. '호겐의 난(保元の乱)'을 그린 작품.

호소카와 유사이(細川幽済、ほそかわゆうさい) ; 아즈치모모야마(安土桃山、あづちももやま)시대의 무장. 가인(歌人)으로서 유명하여 근대 가학(歌学)의 선조라고 불렸다.

호조키(方丈記、ほうじょうき) ; 가마쿠라 초기의 수필. 1권. 가모노초메이(鴨長明、かものちょうめい) 지음. 중세 염세주의적 은자문학의 대표작 중 하나.

혼야쿠쇼세쓰(翻訳小説、ほんやくしょうせつ) ; 번역소설

혼카도리(本歌取、ほんかどり) ; 잘 알려진 고가(古歌)의 한 구(句) 또는 몇구(數句)를 인용하여 작가(作歌)하는 기교. 연상에 의해 시적 내용이 풍부하게 되었다.

홋쿠(発句、ほっく) ; 렌가(連歌)와 하이카이(俳諧)의 연구(連句)의 제1구. 5·7·5의 17음으로, 원칙으로서 기고(季語、きご), 기레지(切れ字, 하이쿠 등에서 한 구(句)의 매듭에 쓰는 조사나 조동사)를 포함.

환골탈태(換骨奪胎) ; 옛사람의 시문(詩文)의 어구(語句)와 내용을 살리면서, 표현을 변화시켜 새로운 것을 만들어 내는 것.

효반키(評判記、ひょうばんき) ; 에도시대에 창작된 각 분야의 비평과 선전을 위한 작은 책자.

후가와카슈(風雅和歌集、ふうがわかしゅう) ; 남북조 초기의 17번째의 조쿠센와카슈(勅撰和歌集). 20권.

후도키(風土記、ふどき) ; 각 지방별로 풍토(風土) 문화 그 밖의 정서를 기록한 것. 713년 완성.

후시가덴(風姿花伝、ふうしかでん) ; 노가쿠예술론집(能楽芸術論集). 제아미 지음. 「노(能)」를 대성시킨 간아미(観阿弥), 제아미(世阿弥) 부자의 예술론을 집대성한 책.

후지와라노긴토(藤原公任、ふじわらのきんとう) ; 헤이안 중기의 가인. 가학(歌学)자. 박학다재(博

学多才)로 이치조초(一条朝) 문화의 중심적 존재.

후지와라노타메카네(藤原為兼、ふじわらのためかね) ; 가마쿠라 후기의 가인. 혁신적인 가풍(歌風)과 가론(歌論)으로 가단(歌壇)에 새로운 바람을 일으켰다.

후지와라노테이카(藤原定家、ふじわらのていか、ふじわらのさだいえ) ; 가마쿠라 전기의 가인(歌人). 고전학자. 요염하고 화려하며 교묘한 가풍(歌風)으로 신고킨(新古今)풍을 대표함. 오구라햐쿠닌잇슈(小倉百人一首、おぐらひゃくにんいっしゅ)의 撰者.

후지와라노도시나리(藤原俊成、ふじわらのとしなり、ふじわらのしゅんぜい) ; 헤이안 말, 가마쿠라(鎌倉)시대 초기의 가인. 후지와라노테이카(藤原定家)의 부친. 가풍(歌風)은 온화하고 서정적 경향이 강하며, 유겐체(幽玄体)를 이상으로 했다. 가마쿠라시대 초기의 와카(和歌)계를 지도했다.

후지와라노미치나가(藤原道長、ふじわらのみちなが) ; 헤이안 중기의 귀족. 세 명의 딸을 황후로, 세 명의 천황의 외척으로 섭정이 되어 후지와라(藤原) 가문 전성기를 만들어 낸 사람.

후지와라노아키히라(藤原明衡、ふじわらのあきひら) ; 헤이안 중기의 한시인(漢詩人). 문장박사(文章博士)를 역임한 학자의 가문을 확립한 사람.

후지와라노요리미쓰(藤原頼通、ふじわらのよりみつ) ; 헤이안 중기의 귀족. 후지와라노미치나가(藤原道長)의 장자(長子).

후쿠자와 유키치(福沢諭吉、ふくざわゆきち) ; 메이지시대의 계몽사상가. 게이오대학(慶應大学)의 전신인 게이오의숙(慶応芸臣義塾)의 창설자. 대표작 『세카이구니즈쿠시(世界国尽、せかいくにづくし)』, 『가쿠몬노스스메(学問のススメ)』 등.

후타바테이 시메이(二葉亭四迷、ふたばていしめい) ; 소설가. 러시아 문학 번역가. 언문일치체(言文一致體)에 의한 근대 사실주의 소설의 개척자. 대표작 『쇼세쓰소론(小説総論、しょうせつそうろん)』, 『우키구모(浮雲、うきぐも)』 등이 있음.

후톤(布団、ふとん) ; 다야마 가타이(田山花袋)의 소설. 1907년 발표. 중년 작가가 그의 여제자와의 사랑과 비애를 적나라하게 묘사하여, 자연주의 문학의 방향을 결정지은 작품.

히로쓰 류로(広津柳浪、ひろつりゅうろう) ; 소설가. 인생의 암흑면을 그려 비참소설에 활약이 큰 작가.

히키우타(引歌、ひきうた) ; 고가(古歌)를 우타와 문장 등에 인용하는 것. 또는 그 고가(古歌).

〈부록 2〉

日本文學의 장르별·시대별 흐름

1. 詩歌

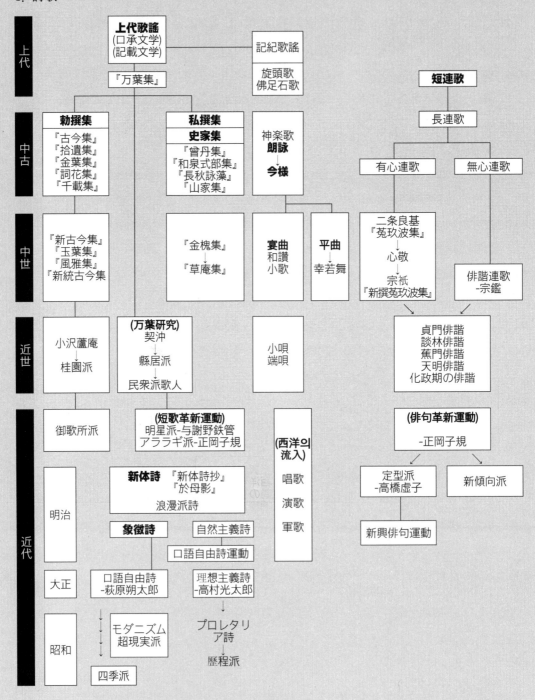

2. 日記·紀行·隨筆

中古

公的日記
(政務日誌)

(假名의普及)
私的日記

『土佐日記』

(女流日記)
『蜻蛉日記』
『和泉式部日記』
『紫式部日記』
『更級日記』

隨筆

『枕草字』

中世

『建札門院右京
大夫集』

紀行
『海道記』
『東関紀行』

『方丈記』

『徒然草』

『十六夜日記』

『東齊隨筆』
(説話集)

近世

(国学者의 日記)
『岡部日記』
『七番日記』
『うけらが花』

(俳人의 日記)
『奥の細道』

『遊覽記』

(国学者系)
『玉勝間』
『花月草子』

(俳文系)
『幻住庵記』
『おらが春』
『膽大小心録』

(漢学者系)
『折たく柴の記』
『駿台雑話』

西洋의 流入

近代

(福沢諭吉)
『西洋事情』
『学問のすすめ』
『文明論之概略』

(坪内逍遥)
『文学その折』

(森鴎外)
『知恵袋』

(夏目漱石)
『永日小品』
『満韓ところどころ』

(永井荷風)
『日和下駄』,
『矢筈草』

(芥川竜之介)
『侏儒の言葉』

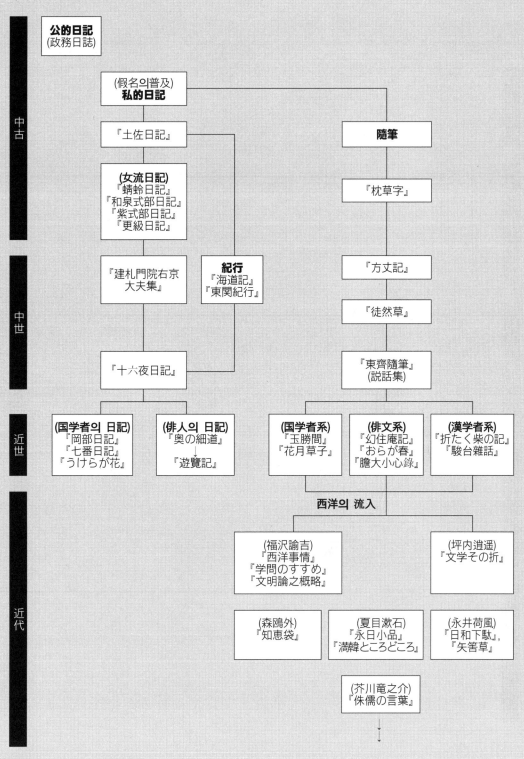

3. 物語・小説

① 중고~근세

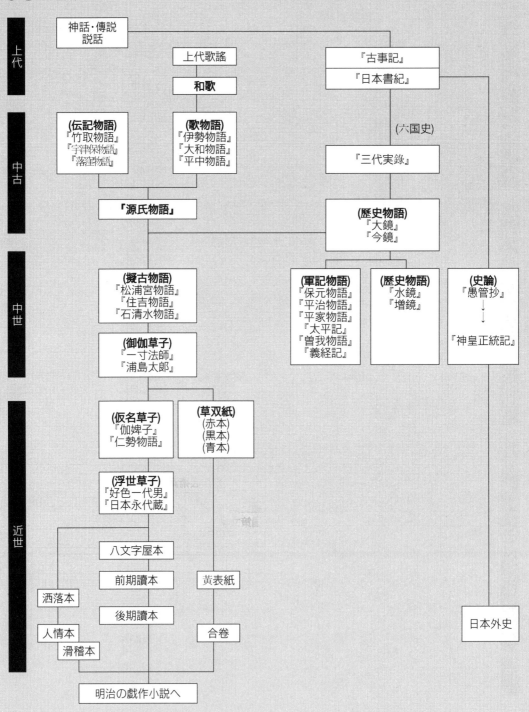

② 근현대소설

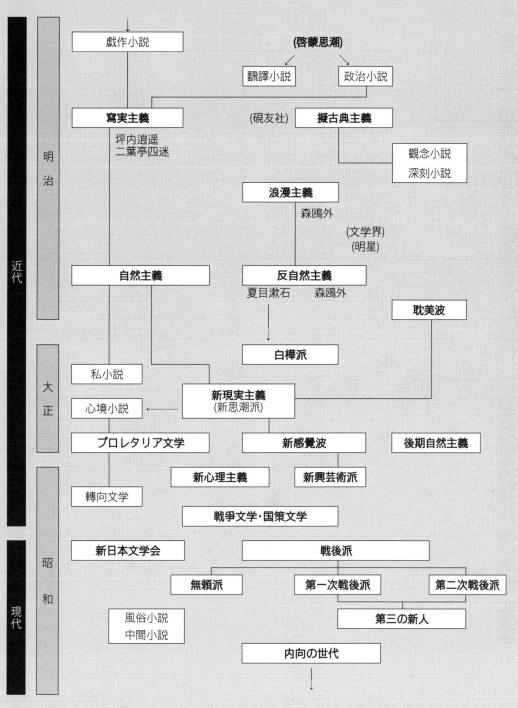

4. 劇文学

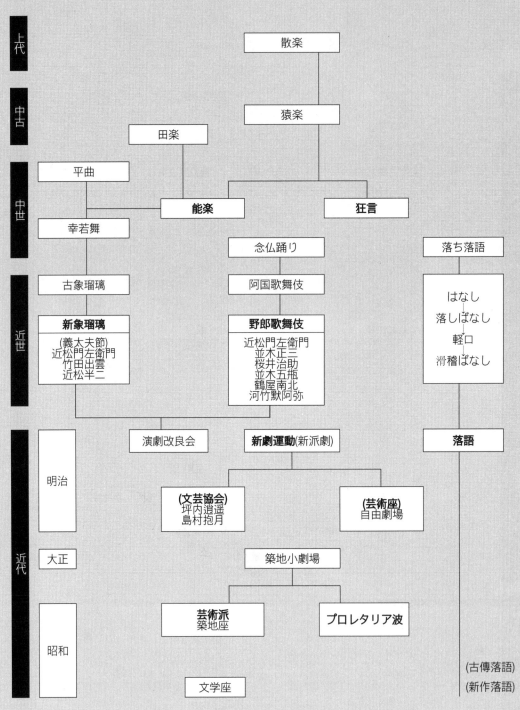

上代 — 散楽

中古 — 猿楽

中世 — 田楽 / 平曲 / 能楽 / 狂言 / 幸若舞

念仏踊り

落ち落語

近世 — 古象瑠璃 / 阿国歌舞伎

新象瑠璃
(義太夫節)
近松門左衛門
竹田出雲
近松半二

野郎歌舞伎
近松門左衛門
並木正三
桜井治助
並木五瓶
鶴屋南北
河竹默阿弥

はなし
落しばなし
軽口
滑稽ばなし

近代 — 明治 / 大正 / 昭和

演劇改良会

新劇運動(新派劇)

落語

(文芸協会)
坪内逍遥
島村抱月

(芸術座)
自由劇場

築地小劇場

芸術派
築地座

プロレタリア波

文学座

(古傳落語)

(新作落語)

찾아보기

(ㅇ)

김순전(金順槇)

전남대 일어일문학과 교수 / 한일비교문학·일본근현대문학 전공

저서　『일본의 사[]와 문화』(제이앤씨, 2011)

　　　『한일 경향소[]의 선형적 비교연구』(제이앤씨, 2014)

　　　『한국인을 위한 일본소설 개설』(제이앤씨, 2015) 외 저서 및 논문 다수

박경수(朴京洙)

전남대 일어일문학과 강사 / 일본근현대문학 전공

논문　「엔카와 大正 데모크라시의 영향관계 고찰 -添田唖蟬坊의 엔카를 중심으로-」(『日本語文學』 제67집,
　　　日本語文學會, 2014. 11.) 외 다수

저서　『정인택, 그 생존의 방정식』(제이앤씨, 2011) 외 다수

역서　『정인택의 일본어소설 완역』(제이앤씨, 2014) 외 다수

사희영(史希英)

전남대 일어일문학과 강사 / 일본근현대문학 전공

논문　「『國民文學』 좌담회에 나타난 ‘文學’역할과 ‘文化’변용」(『日語日文學』 제65집, 대한일어일문학회,
　　　2015. 2.) 외 다수

저서　『「國民文學」과 한일작가들』(도서출판 문, 2011) 외 다수

역서　『잡지 『國民文學』의 詩 世界』(제이앤씨, 2014) 외 다수

[개정판] 한국인을 위한

일본문학 개설

개정1판발행　2019년 6월 17일

저　자　김순전·박경수·사희영
발행인　윤석현
발행처　제이앤씨
등　록　제7-220호

주　소　서울시 도봉구 우이천로 353 3F
전　화　(02) 992-3253 (대)
전　송　(02) 991-1285

전자우편　jncbook@daum.net
홈페이지　http://www.jncbms.co.kr
책임편집　김선은

ⓒ 김순전·박경수·사희영, 2019. Printed in KOREA.

ISBN 979-11-5917-142-0　13830　　　**정가** 21,000원